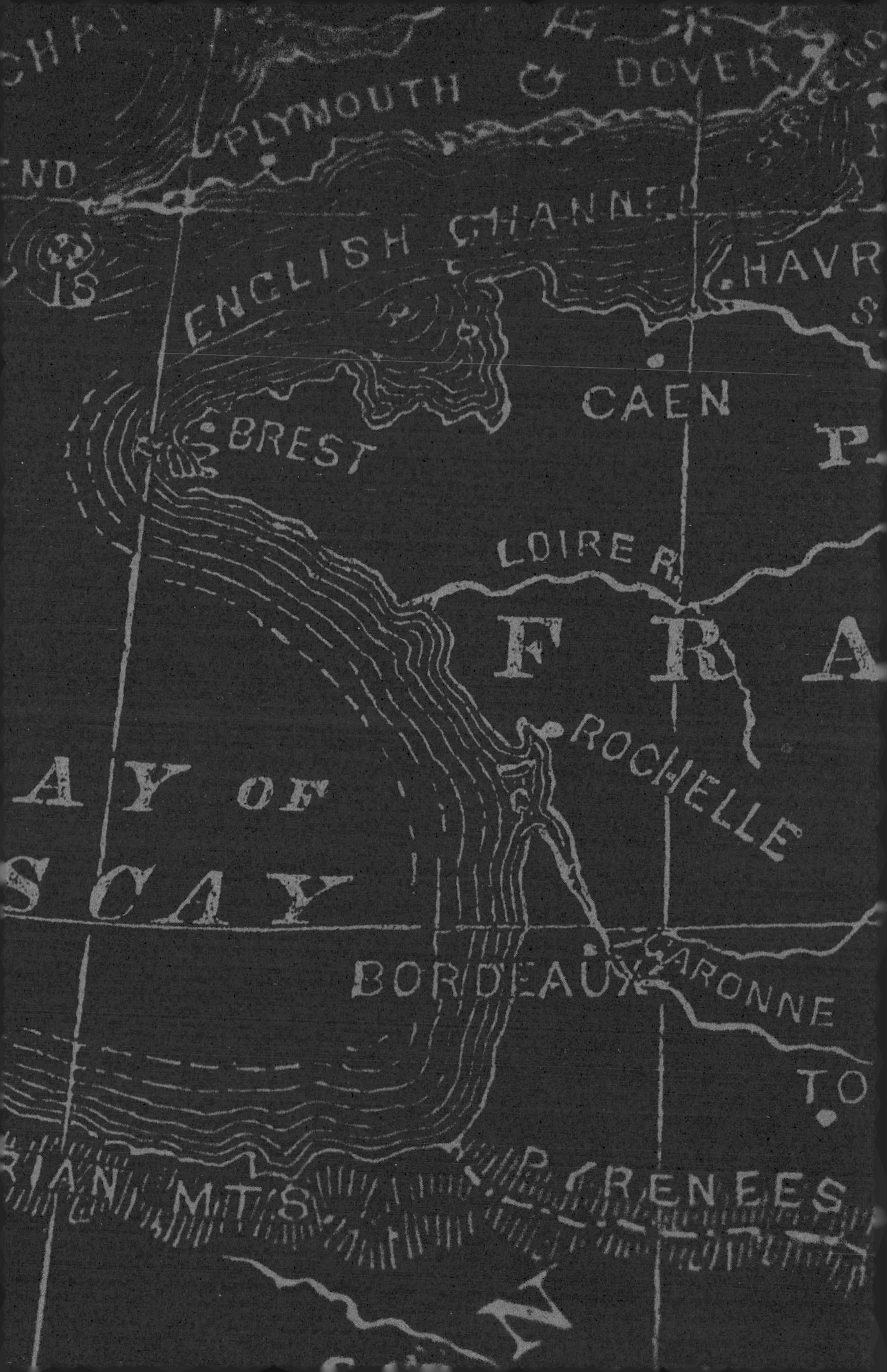

PLYMOUTH & DOVER
ENGLISH CHANNEL
HAVR
CAEN
BREST
LOIRE R.
F R A
ROCHELLE
AY OF
SCAY
BORDEAUX
ARONNE
TO
AN MTS.
RENEES

BELGIUM
SSELS
P
RHINE R.
FRANKFO
M
STUTTGART
R.
STRASBURG
ZURICH
MUNI
S
LUCERNE
DIJON
BERN
SWITZERLAND
N
C
E
ALPS
GENEVA
LYONS
NICE
MARSEILLES
G. OF GENOA
FLOREN
USE
G. OF LYONS
TOULON
CORSIC

BELGIU
USSELS
P
RHINE R.
FRANKF
STUTTGART
E R.
STRASBURG
ZURICH
MUN
IS
DIJON
LUCERNE
BERN
N C E
SWITZERLAND
A L P
GENEVA
LYONS
NICE
MARSEILLES
FLORE
G. OF LYON
TOULON
CORS
OUSE

DARKLOVE.

LOVELY WAR

Diretor Editorial
Christiano Menezes

Diretor Comercial
Chico de Assis

Diretor de Novos Negócios
Marcel Souto Maior

Diretora de Estratégia Editorial
Raquel Moritz

Gerente Comercial
Fernando Madeira

Gerente de Marca
Arthur Moraes

Gerente Editorial
Marcia Heloisa

Adap. de Capa e Proj. Gráfico
Retina 78

Coordenador de Diagramação
Sergio Chaves

Preparação
Retina Conteúdo

Revisão
Carolina Pontes

Finalização
Sandro Tagliamento

Marketing Estratégico
Ag. Mandíbula

Impressão e Acabamento
Braspor

DADOS INTERNACIONAIS DE CATALOGAÇÃO NA PUBLICAÇÃO (CIP)
Jéssica de Oliveira Molinari - CRB-8/9852

Berry, Julie
Guerra, adorável guerra / Julie Berry; tradução de Nilsen Silva. — Rio de Janeiro : DarkSide Books, 2023.
448 p.

ISBN: 978-65-5598-359-3
Título original: Lovely War

1. Literatura infantojuvenil norte-americana 2. Mitologia grega
3. Racismo - Estados Unidos I. Título II. Silva, Nilsen

24-0343 CDD 028.5

Índice para catálogo sistemático:
1. Ficção norte-americana

[2024]

DarkSide® *Entretenimento* LTDA.
Rua General Roca, 935/504 – Tijuca
20521-071 – Rio de Janeiro – RJ – Brasil
www.darksidebooks.com

Julie Berry

GUERRA, ADORÁVEL GUERRA

Tradução
Nilsen Silva

DARKSIDE

Para Gyrena Davison Keith e
Edith Dudley Gardner, minhas avós.
Para Kendra Levin, para sempre querida.
E para Phil.

E quando Hefesto ouviu a penosa história, foi até a forja, ruminando maldades no fundo de seu coração. Malhou o ferro em cima da bigorna e forjou correntes que não poderiam ser quebradas nem afrouxadas, para que os amantes permanecessem presos onde estavam. Assim, os dois subiram no leito e se deitaram para dormir. Ao redor deles as sorrateiras correntes do artificioso Hefesto se agaturraram, e eles não conseguiram mover nem erguer membro algum. Então perceberam que não havia mais escapatória.

Da *Odisseia*, de Homero

Abertura

OUÇO UMA RAPSÓDIA

Dezembro de 1942

Cai a noite no saguão elegante de um hotel em Manhattan. Prismas de cristal que balançam dos lustres cintilam suavemente. Em sofás de veludo próximos da lareira, casais estão sentados, os homens em fardas e as mulheres em vestidos de noite, repousando as cabeças nos ombros dos cavalheiros. À penumbra, garçons acomodam casais em mesas ocultas por falsos bustos de mármore e samambaias vistosas. Ali, beijos urgentes podem passar despercebidos.

A orquestra se prepara e começa a tocar "I Hear a Rhapsody". Uma cantora preenche o palco brilhante com sua voz ambarina:

Meu querido, me abrace forte
E sussurre para mim
Então, bem suavemente na noite estrelada,
Ouvirei uma rapsódia

Ela não é uma Dinah Shore,* mas é muito talentosa.

Um homem e uma mulher adentram o saguão e se aproximam da recepção. Todos os olhares os seguem conforme eles caminham pelos tapetes persas. O homem espadaúdo e de maxilar quadrado usa um chapéu *fedora*, abado de modo a cobrir uma sobrancelha. Quando busca a

* Cantora e atriz estadunidense muito popular nos anos 1940. (Nota da tradutora, de agora em diante N. T.)

carteira no bolso interno do terno risca-de-giz de abotoamento duplo, o recepcionista pensa, assustado, que ele vai apontar uma pistola. Os sapatos dele, com biqueiras pretas e brancas, não parecem joviais. Parecem perigosos. Ele deixa metade dos homens aflita, e a outra metade fula da vida. É o tipo de homem que poderia pisar em você, e ele sabe disso.

Mas ele é tão lindo.

E a amiga dele é ainda mais bela.

Ela usa um terno feito sob medida, acinturado, em um tom intenso de azul que combina mais com ela do que sua própria pele. Seu perfil é do tipo que faz com que outras mulheres desistam de vez. Das ondas do cabelo escuro, penteado e enrolado sob o chapéu casquete, passando pelos olhos de cílios longos que espiam pelo pequeno véu preto, até a risca atrás da meia-calça desaparecendo por dentro dos saltos de couro italiano, ela é absurdamente bonita. Perfeita de uma maneira impossível. A fragrância do perfume estica seus dedos finos pelo saguão. Todos ali, homens e mulheres, se rendem à presença dela.

O homem alto está bem ciente do efeito causado pela mulher e não gosta nada disso.

Ele sacode um punhado de notas diante dos olhos do recepcionista, que gagueja, e apanha, sem esforço, uma chave da mão dele. Eles avançam pelo saguão, e o homem urge a mulher para que vá mais depressa; ela, por outro lado, caminha lentamente, como se tivesse inventado a arte de andar.

Eles não levam bagagem.

Mesmo assim, um carregador de malas barbado e com uma deficiência motora os acompanha pela escada e depois pelo corredor. Os olhares impacientes do homem alto teriam feito outros saírem correndo, mas esse bagageiro tagarela enquanto salta pelos degraus tortos. A dupla o ignora, mas ele não parece se importar.

Eles chegam ao quarto. A fechadura cede quando o homem, em um gesto rápido, enfia e gira a chave. Eles entram no aposento, e o carregador, persistente, vai atrás deles.

Ele liga e desliga o interruptor. "A lâmpada deve ter queimado", diz em tom de desculpas. "Voltarei em breve com a equipe de manutenção."

"Não precisa", retruca o homem.

"Que tal uma garrafa de champanhe?", pergunta o bagageiro.

"Vá embora", ordena o homem. Ele e sua acompanhante adorável desaparecem pelo corredor estreito, para além do armário e do banheiro, e vão até a suíte belamente decorada.

"Como quiser", responde o carregador.

Eles escutam a porta se abrir e se fechar. No segundo seguinte, estão nos braços um do outro. Sapatos são chutados para longe, os chapéus atirados para o lado. Os botões dos paletós não são poupados.

Alguns não confiam no homem, outros podem até invejar ou censurar esse tipo de mulher, mas ninguém pode negar que, quando eles se beijam, quando esses dois paradigmas, esses espécimes esculpidos à perfeição colidem, bem...

Beijos acontecem aos montes todos os dias, mesmo em um mundo solitário como o nosso.

Mas este é um beijo para ficar na história. Como a colisão de uma batalha e uma amálgama corpórea deliciosa, embrulhadas juntas e incendiadas.

Eles ficam absortos por um tempo.

Até que uma rede gelada de metal cai sobre eles, e as luzes se acendem.

"Boa noite, Afrodite", cumprimenta o carregador de malas.

A REDE DOURADA

Dezembro de 1942

Os prisioneiros, piscando atordoados, parecem criminosos capturados e irreconhecíveis que usam meia-calça na cabeça para roubar um banco. A malha dourada da rede, flexível e translúcida, os comprime com o peso das correntes de ferro de um navio. É um belo trabalho, e um feito um tanto astuto, mas nenhum dos deuses é capaz de apreciar a técnica.

O amante de Afrodite tenta dilacerar a rede com dedos ferozes, mas os fios luminosos permanecem firmes. "Vou colocar você em um espeto, irmão", grunhe. "Esmagarei seu crânio como uma casca de ovo."

A maioria das pessoas fugiria ao ouvir a malícia dessa voz grave. Mas não é o caso de Hefesto. Ele não teme o deus grandioso.

"Não perca seu tempo com ele, Ares", aconselha a bela Afrodite. Ela lança um olhar torto para o marido fardado. "Para um hotel tão caro, o atendimento deste lugar é terrível."

Hefesto, deus do fogo, dos ferreiros e dos vulcões, ignora a alfinetada. Ele se acomoda em uma poltrona macia e estica os pés grotescos no tapete, então se dirige ao deus da guerra, seu irmão. Ambos são filhos de Hera. "O atendimento em todos os lugares foi por água abaixo desde que sua última guerra começou. Todos os homens bons estão além-mar."

"Eles estão exatamente onde deveriam estar." Ares mais uma vez se estrebucha sob a rede dourada e tenta conjurar uma arma. Em geral, seria uma tarefa simples.

"Não adianta", responde Hefesto. "Seu poder tem tanta eficácia aqui que você poderia muito bem ser um mortal. A rede é como uma barreira. Não posso me dar ao luxo de deixar você escapar."

Afrodite, deusa da paixão, dá as costas para o marido. Os olhares de ambos se encontram no espelho de moldura dourada.

"Você me enoja", sibila para o reflexo dele. "Seu cachorro ciumento e vil."

"Ciumento?" Hefesto finge surpresa. "Quem, eu? Com uma esposa tão fiel e dedicada?"

Se as palavras dele conseguem abalar Afrodite, ela não demonstra. A deusa torna a vestir o paletó azul e dá um nó em um pequeno e delicado lenço ao redor do pescoço. "Bem, você nos pegou. Aqui estamos, enredados como dois peixes em um rio. O que planeja fazer conosco?"

"Já fiz", é a resposta dele. "Bem, já dei o primeiro passo. Prender vocês."

Ares e Afrodite olham para Hefesto como se ele tivesse perdido o juízo, o que é bem possível.

"Segundo passo: oferecer um acordo."

Afrodite ergue as sobrancelhas. "Oferecer *o quê*?"

"Um acordo", repete ele. "Abandonar esse palerma e voltar para casa comigo. Seja minha esposa fiel e tudo será perdoado."

O relógio na cornija da lareira tiquetaqueia duas ou três vezes antes de Afrodite começar a rir. Ares, que a observava com atenção, gargalha. Grande demais, barulhento demais. Ele nunca foi um bom ator.

"Acha que ela vai deixar *isto* por *você*?" Ele flexiona seus vários, *vários* músculos. Eles nadam como golfinhos sob sua pele lustrosa. O simples ato de tirar a camisa já rendeu a ele lembranças gloriosas.

Hefesto fica enraivecido, mas decide se ater ao plano. "Está rejeitando minha proposta? Então levarei você a julgamento no Olimpo."

A rede, estendida sobre eles como um cobertor pesado, encapsula Ares e Afrodite como um saco. Uma corrente os iça. Os braços e pernas deles, tão impressionantes em estátuas de mármore, se remexem de forma desconfortável. O saco gira lentamente no ar, como um presunto curtido sobre brasas.

"O que você está *fazendo*?", reclama Afrodite. "Tire-nos daqui *imediatamente*."

"A data da sessão de julgamento foi adiantada", responde o carregador de malas. "O Pai Zeus será o juiz, e os outros deuses formarão um júri."

A deusa da beleza fica enjoada. Todo o panteão de imortais uivando e gargalhando com a humilhação dela! Que espetáculo. Ninguém conhece as aguilhoadas das zombarias dos deuses melhor do que outro deus. E ninguém conhece pontos fracos melhor do que irmãs. Ártemis e Atena, essas virgens certinhas, sempre olham com desprezo e presunção para ela.

Afrodite pode estar ensacada como uma galinha, mas ainda é orgulhosa. É melhor barganhar com o marido em um hotel sofisticado de Manhattan do que ceder perante sua família.

"Hefesto", diz com suavidade, pois Afrodite pode ter uma voz de veludo quando quer, "não pode haver uma terceira opção?" Ela nota que o marido está prestando atenção e aproveita a vantagem. "Não podemos resolver a questão aqui? Entre nós três?" Ela cutuca Ares com o cotovelo. "Ficaremos na rede e ouviremos. Ares vai se comportar. Não precisamos envolver os outros em um assunto tão particular."

Hefesto hesita. A privacidade é domínio de Afrodite. Um quarto de hotel praticamente dá a ela a vantagem de jogar em casa. Ele sente o cheiro de um ardil.

Mas ela tem razão. Ele também teria que sacrificar o próprio orgulho caso decidisse vir a público com o assunto.

"Deixe-me ver se entendi", diz ele, devagar. "Você está recusando o direito de um julgamento por júri?"

"Ah, deixe disso", retruca Ares. "Você é um ferreiro, pelos deuses, não um advogado."

Hefesto se vira para a esposa. "Muito bem", declara. "Podemos resolver a questão aqui. Um tribunal mais íntimo. Eu serei o juiz."

"Juiz, júri e o carrasco?", protesta Ares. "Este pseudojulgamento é uma piada."

Hefesto deseja ter um oficial de justiça, alguém que possa dar com um bastão na cabeça desse espectador indisciplinado. Mas provavelmente isso não é o que oficiais de justiça costumam fazer.

"Não dê ouvidos a ele", Afrodite diz ao marido. "Você já está nos julgando de qualquer forma, então, se é o que deseja fazer, seja o juiz."

Ares ri. "Vou dizer o seguinte, campeão. Lute comigo por ela. E que ganhe o melhor deus."

A quantidade de vezes que Hefesto imaginou essa perspectiva tão satisfatória nem sua mente divina é capaz de contar. As armas perversas e engenhosas que inventou no meio da noite, as milhares de maneiras de dar uma lição no irmão convencido que ele tem. Quem dera.

Mas ninguém aceita um desafio para duelar com o deus da guerra. Hefesto não é tolo.

Bem, menos quando se trata de sua esposa.

Ele conjura uma bancada e um martelo de juiz. “Está aberta a sessão”, declara Hefesto. “Que comece o julgamento.”

O TRIBUNAL DE MANHATTAN

Dezembro de 1942

Hefesto baixa a rede até o sofá e a expande para que os prisioneiros possam pelo menos se sentar com certo conforto. Eles podem se levantar, mas não conseguem ir muito longe.

"Deusa", diz ele, "no caso Hefesto contra Afrodite, você é acusada de ser uma esposa infiel. O que tem a declarar?"

Afrodite pensa. "Que estou achando graça."

Ares bufa.

"Isso é desacato à autoridade do tribunal", continua Hefesto. "O que tem a declarar?"

"Está se referindo a qual das acusações?", pergunta a deusa. "Infidelidade ou desacato?"

As abas do nariz de Hefesto se inflam. Que mau começo. "Ambas."

"Ah. Culpada. Mas não tenho a intenção de ser desprezível."

Hefesto se detém. "Você se declara *culpada*?"

Ela assente. "Aham."

"Ah." Ele não tinha esperado por isso. As frases sagazes que preparou, as palavras inflamadas, elas o desertam como fazem os traidores.

"Decepcionei você." A voz de Afrodite transborda uma empatia que qualquer um seria capaz de jurar que é genuína. "Iria se sentir melhor se mesmo assim apresentasse as evidências?"

Quem está manipulando quem aqui?

Ela não tem medo. As evidências, não importa quantas sejam, não são relevantes.

Mas Hefesto, que passou meses recolhendo cada uma delas, decide apresentá-las.

As luzes enfraquecem. Uma sucessão de imagens brota diante deles como um filme em cores dentro do quarto. A deusa do amor e o deus da guerra se beijando à sombra de um caramanchão. Na borda coberta de neve do vulcão Popocatépetl ao pôr do sol. Aconchegados no ombro de uma estátua da Ilha de Páscoa. Nas praias de areia branca cercadas pelos enormes penhascos da Enseada dos Contrabandistas, na ilha de Zaquintos, na Grécia.

"Hermes", sussurra Afrodite em tom sombrio. "Zeus nunca deveria ter dado uma máquina fotográfica a ele."

Se Hefesto esperava que a esposa fosse se contorcer de constrangimento com essa prova comprometedora, o que sobra é apenas decepção. Ela é despudorada. O irmão dele é despudorado. Ele foi um tolo por pensar que poderia humilhá-los.

As imagens desbotam. O silêncio reina.

Afrodite observa o marido.

Os pensamentos de Hefesto rodopiam. O que ele esperava? Um pedido choroso de desculpas? Um juramento de sinceridade? Ele devia ter imaginado que isso nunca iria funcionar.

Mas ele estava desesperado. Até mesmo os olimpianos, quando atormentados, não pensam direito. De todos os seres que habitam o cosmos, Hefesto é o único que não pode pedir para a deusa do amor ajudá-lo com seus problemas conjugais. O pobre coitado não tem a menor ideia de como agir.

"Hefesto", Afrodite diz com gentileza, "este julgamento não foi criado com o objetivo de me fazer admitir algo que você sabe que eu não me importo em admitir, foi?"

"Você *deveria* se importar."

"A pergunta que você realmente quer fazer", prossegue ela, "se não estou enganada, é por que eu não amo você."

"É simples", diz Ares. "Ela me ama."

Afrodite de repente parece achar a situação muito engraçada. Ares cruza os braços fortes.

Ela esfrega os olhos. "Eu não amo nenhum dos dois."

Ares fica de pé e retorce os lábios.

"Hefesto", continua Afrodite. Ele se sente como uma testemunha convidada a depor. "*Você* me ama?"

Ele não sabe bem o que dizer. O que ela está fazendo? Ele queria que o tolo do irmão dele não estivesse ali.

"Vou responder por você", diz ela. "É claro que não."

"Eu... Isso é..." Hefesto gagueja. "Estou aqui porque eu quero..."

"*Ninguém* pode me amar", declara Afrodite. "Ninguém."

"O que quer dizer com isso?"

"Este é o preço de ser a deusa do amor."

A voz grave de Ares rompe o silêncio. "Não diga bobagens. Pai Zeus fez com que se casasse com meu irmão porque todos os outros deuses estavam brigando com unhas e dentes para pedir a sua mão em casamento. Ele deixou você com Hefesto para evitar uma guerra civil. *Todos nós* queríamos você."

Ela dá de ombros. "Eu *sei* que todos me queriam."

A modéstia nunca foi o forte dela, mas, até aí, é difícil encontrar um deus humilde.

"Sou a fonte do amor", explica Afrodite, "mas ninguém nunca vai me amar de verdade. Sou a fonte da paixão, mas eu jamais terei uma paixão genuína."

Ares gesticula. "Você por acaso tem um parafuso a menos? Já leu Homero? Hesíodo?"

"Deusa", sussurra Hefesto, "o que está dizendo?"

Ela o encara até que ele fique sem jeito. "Vocês, deuses homens, não passam de predadores nojentos", diz com desdém. "Garanto, marido, que você não é tão terrível quanto alguns outros. Todos se gabam das próprias façanhas. Vocês têm a mesma capacidade de amar que uma bigorna. São volúveis, impulsivos e autocentrados. Incapazes de amar. E também são incapazes de morrer."

"Está dizendo que *nós* somos autocentrados?", retruca Ares. "Você não é nenhuma Florence Nightingale."*

* Considerada a fundadora da enfermagem moderna, Florence Nightingale ficou famosa por sua atuação na Guerra da Crimeia, onde reduziu drasticamente a taxa de mortalidade dos soldados britânicos. (N. T.)

"Você não faz a menor ideia do que sou", diz ela, "nem do bem que eu faço. Sei o que acha dos meus 'romances tolos'."

Ela se vira para Hefesto. "Posso encontrar um mortal para me amar, mas isso seria adoração, e não amor. Sou perfeita. Os mortais não foram feitos para amar a perfeição. Eles ficam desiludidos, e isso acaba por destruí-los."

Hefesto está sem palavras. Afrodite não tem ninguém que a ame? A ele, o deus do fogo e dos metais, não faltam minérios e combustível. Ares, o deus da guerra, tem se deleitado com um século manchado de sangue como nunca antes visto. Ártemis não tem escassez de cervos para caçar. Poseidon não sente falta de água salgada.

E a esposa dele, a deslumbrante deusa do romance, está solitária?

"Você sabe como é passar a eternidade envolvida em *todas as histórias de amor*, as passageiras e as reais, as triviais e as eternas? Estou mergulhada no amor, trabalhando com a paixão da mesma forma que artistas usam aquarelas. Eu sinto *tudo*." Ela abraça o próprio corpo, como se o quarto estivesse frio. "Tenho inveja dos mortais. Eles são capazes de amar porque são frágeis e danificados." Afrodite balança a cabeça. "Nós não precisamos de nada. Eles são sortudos por precisarem uns dos outros."

"É, bem, mas eles morrem", observa Ares.

"Por que nunca disse nada disso antes?", pergunta Hefesto.

"E faria diferença?", devolve ela. "Por que se importariam? Acham que meu trabalho é ridículo. Você nunca sai de sua forja."

Ela tem razão. Não é ridículo, não é bem isso. Mas, talvez, inconsequente. Ferro é uma coisa que dura. Aço e pedra. Mas as afeições humanas? Hefesto, como qualquer estudioso grego pode afirmar, não nasceu ontem.

Afrodite ainda parece sentir frio. Mas não pode ser isso. Ainda assim, Hefesto sopra na direção da lareira, e a lenha de repente arde em chamas crepitantes.

A luz do fogo bruxuleia no rosto de Afrodite. Ela tomba a cabeça para um lado. "Querem ver como é o amor de verdade?"

Hefesto olha para ela. Os olhos de Afrodite brilham.

"Querem ouvir minhas histórias favoritas? Meus melhores trabalhos?"

"Sim." A resposta de Hefesto o surpreende. "Quero."

Um grunhido surge do sofá, mas a deusa ignora o deus da guerra.

"Vou contar a vocês a história de uma garota comum e de um garoto comum. Uma história verídica. Não, melhor ainda. Vou contar a vocês duas histórias."

Ares levanta a cabeça. "Nós conhecemos essas histórias?"

"Muito pouco, se é que conhecem", responde ela. "Você nunca presta atenção em garotas."

Ele dá uma risadinha. "Vou ter que discordar."

"Não estou me referindo aos corpos delas." Afrodite revira os olhos. "Você nunca presta atenção nas *vidas* delas."

"Argh." Ares volta a apoiar a cabeça. "Sabia que ia ficar entediado."

Afrodite o fulmina com o olhar. "Vou tornar essa experiência mais agradável para você. Minhas duas histórias falam de soldados. Da Grande Guerra. Da Primeira Guerra Mundial. Você saberá os nomes deles e seus postos. Talvez até venha a descobrir que se lembra de trechos das histórias."

Com os olhos semicerrados, Afrodite mira o horizonte de Manhattan na noite de outono. Boa parte das luzes da Big Apple já foi apagada, para o caso de submarinos alemães surgirem nos ancoradouros ou, que Zeus proíba, aviões bombardeiros da Luftwaffle virem sabe-se lá de onde, mas nem mesmo uma guerra mundial consegue deixar a Cidade que Nunca Dorme completamente escura.

Ares contempla o rosto adorável de Afrodite e depois observa os contornos grotescos de Hefesto. Pela milionésima vez, o deus da guerra se pergunta qual foi o intuito de Zeus ao permitir que os dois se casassem. Que maldição ser subjugado por essa monstruosidade! É ainda mais trágico porque alguém tão perfeita como ela está envolvida.

Então por que Ares sente os pelos dos braços se eriçarem de inveja? Mesmo agora, enquanto a rede dourada separa o ferreiro da deusa, há um elo entre eles. Uma coisa que ele não pode conquistar nem destruir. Por mais impossível que seja, um fio prateado enlaça Hefesto e Afrodite, mesmo que de forma tênue, impedindo Ares de fazer com que Afrodite seja completamente dele.

Mas tinha como ser diferente? Eles são casados, afinal de contas.

"Deusa."

Os olhos de Afrodite encontram os de Hefesto. Ele aponta o martelo de juiz para ela.

"Mostre as provas."

Quando ela vira a cabeça, Hefesto sorri sob o bigode. "Conte a história."

Ares revira os olhos. "Pelos deuses, não", geme. "Tragam-me os tenazes quentes, os ferretes fumegantes! Qualquer coisa menos *uma história de amor*!"

Afrodite o encara.

"Ela vive tagarelando", continua Ares, "querendo me contar sobre alguma carta de amor imbecil, algum beijo aleatório ou qualquer coisa do tipo, quanto tempo durou e, pelo cabelo de Medusa, o que eles *estavam vestindo* na ocasião."

"Deusa?", incentiva Hefesto.

"Hmm?"

"Não omita nada", pede o deus do fogo. "Conte-nos uma longa história."

…интерн – Энгельс, ща…

…воичес системы, си…

Т[illegible] в импе…

…и из ~~[illegible]~~ с изо…

…оно резолюцию о / среду

…времени. Всегда при с…

…варьирует се Шв з…

…ти и ~~[illegible]~~

…ара– истину с…

…ительных ~~[illegible]~~

…вательно оти ох д…

…торичес стимул…

…здесь [illegible] по…

…ний ~~[illegible]~~ б…

Primeiro Ato

AFRODITE

Hazel

23 de novembro de 1917

Eu vi Hazel pela primeira vez em um festival da Paróquia São Matthias, no bairro de Poplar, em Londres. Era novembro de 1917.

Era um evento organizado para recolher doações de meias e latas de tempero de carne em pó para os rapazes na França. Mas, na verdade, era um festival de outono como todos os outros.

Enquanto alguns conversavam e flertavam, Hazel havia se sentado no banquinho do piano para tocar músicas animadas. As acompanhantes das moças se gabavam da generosidade dela, que colocara o divertimento dos outros em primeiro lugar. Hazel não se fez de desentendida e também não se deixou levar pelo elogio. Odiava tocar na frente dos outros. Mas preferia enfiar alfinetes nos olhos a ter conversas constrangedoras com rapazes. Qualquer coisa era melhor. Até mesmo ser o centro das atenções.

Ela achou que estava protegida. Mas música me atrai como uma abelha se deixa tentar pelo mel. E não só a mim.

Um garoto sentado um pouco mais afastado a observava tocar. Ele via as mãos dela e a expressão dedicada em seu rosto. Tentou não ficar encarando, mas foi em vão. Ele fechou os olhos e escutou a música. Mesmo enquanto ouvia, visualizou a pianista, alta e esguia, vestida em renda malva, a cabeça de cabelos escuros inclinada para que ela pudesse olhar para as teclas, os lábios um pouco entreabertos enquanto respirava no ritmo da música.

Ah, eu tive certeza no instante em que vi os dois no mesmo salão. Soube que seria uma das minhas obras-primas. Não é todo dia que encontro dois corações como aqueles.

Então eu me sentei perto de James, que observava Hazel ao piano, e beijei a bochecha dele. Para ser sincera, acho que nem precisava ter feito aquilo. Mas ele tinha uma bochecha convidativa, e não quis perder a chance. Ele, querido como só, tinha feito a barba para o festival.

Fiquei com ciúmes do modo como olhava para Hazel, sorvendo a música dela como água e sentindo o gosto dela se dissolvendo na melodia como um cubo de açúcar. As moças que rodopiavam não prestaram atenção nele. James era um rapaz asseado, que escolhia as roupas com cuidado, como se odiasse o mero pensamento de que sua aparência pudesse ofender alguém. Ele não precisava ter se preocupado tanto. Não era bonito, não à primeira vista, mas havia algo em seus olhos castanho-escuros que podia fazer com que Hazel esquecesse Chopin por alguns instantes. Se ela tirasse os olhos do piano.

Fui até o banquinho e parei ao lado de Hazel. Ela estava tão absorta na música que não notou minha presença. É claro que quase ninguém me nota, mas aqueles que não têm um coração de pedra percebem uma mudança na atmosfera. Talvez seja algo no meu perfume. Talvez seja algo mais. Quando eu passo, o amor está no ar.

Dos rapazes presentes, alguns ainda não haviam ido para os campos de batalha. Alguns tinham voltado para casa em licença (médica ou para descanso e recuperação). Em defesa deles, as moças tratavam de forma maravilhosa os rapazes com lesões horrendas e faziam com que os feridos se sentissem parte da realeza. Alguns jovens trabalhavam em fábricas, com empregos diversos, todos relativos à guerra. Algumas pessoas achavam que eles eram covardes que fugiam do combate, mas aquele grupo de moças os recebeu de braços abertos. As moças de Poplar eram pragmáticas, preferindo xodós que estavam ali em vez de amores ausentes. Algumas garotas mais precavidas acabavam ficando com um de cada.

As moças trabalhavam em fábricas de produção bélica e na casa dos outros como empregadas domésticas. Fazia pouco tempo que haviam frequentado a escola.

E havia Hazel. Ela tocava como a filha de uma duquesa, criada sob os olhares atentos dos melhores professores de música. Mas era filha de um pianista de casas de espetáculo e de uma costureira industrial.

O pai dela tocava à noite para evitar que a família passasse fome, mas ensinou a filha a amar os grandes mestres. Beethoven, Schubert, Schumann e Brahms. Ela tocava como um anjo.

James sentiu a música angelical esvoaçar e bagunçar seus cabelos.

Coitado de James. Ele estava em uma saia justa. A única garota com quem ele gostaria de conversar carregava a diversão do festival na ponta dos dedos. Interrompê-la era impensável; e, se esperasse até o fim do evento, ela desapareceria na multidão.

Ela chegou ao refrão, e eu ergui o queixo dela na direção do rosto vigilante de James.

Hazel viu que ele encarava. A princípio, ambos se sobressaltaram tanto que não desviaram o olhar.

Ela continuou tocando, mas tinha olhado direto naqueles olhos castanhos e nas profundezas que moravam ali, e sentiu a emoção de ser vista, de ser vista de verdade.

Mas a música não se tocava sozinha. Então ela continuou. Hazel não olhou mais para James. Só arriscou uma olhadela quando a música acabou. Mas ele não estava mais ali. Tinha ido embora.

São os detalhes que chamam a minha atenção. Hazel expirou de decepção. Teria gostado de mais um vislumbre, só para ver se tinha imaginado que havia alguma coisa entre eles.

Hazel, minha querida, você é uma idiota, ela disse a si mesma.

"Com licença", uma voz falou ao lado dela.

AFRODITE

Primeira dança

23 de novembro de 1917

Ao virar, Hazel se deparou com uma gravata verde-musgo enfiada com cuidado em um paletó de tweed cinza e, mais acima, o rosto do rapaz com olhos castanhos.

"Ah", disse Hazel, se levantando depressa.

"Olá", cumprimentou ele, muito sério, quase como se pedisse desculpas.

O rosto dele era sisudo, seu corpo era esguio, seus sapatos brilhavam e a camisa social dele era elegante. Hazel olhou para os sapatos do rapaz e esperou o rubor em seu rosto amenizar. Será que continham pés como os do pai dela, ela se perguntou, com pelos? *Que pensamento mais idiota!*

"Desculpe", falou o rapaz. "Não quis assustar você."

"Tudo bem", respondeu Hazel. "Quero dizer, você não me assustou." Era mentira.

O cheiro de loção pós-barba e de tecido limpo e passado fez o rosto de Hazel formigar. As bochechas dele eram magras e suaves, e pareciam tão macias que os dedos de Hazel ansiaram por tocá-las. A mera possibilidade de agir por impulso era tão constrangedora que Hazel quase correu até a porta.

"Queria dizer que gostei muito do que tocou nesta noite."

Hazel pelo menos tinha um roteiro para seguir. Os pais dela haviam passado a vida toda ensinando Hazel a receber elogios em recitais de piano.

"Muito obrigada. É muito gentil da sua parte dizer isso."

Era um discurso decorado, e o rapaz sabia. O rosto dele adquiriu contornos sombrios. É claro que adquiriu, coitado. Ele tinha apenas uma chance de falar com ela, apenas uma coisa que podia dizer com convicção:

que tinha adorado a música dela, que ela o embalou para longe daquele lugar, daquela noite, uma semana antes de ele embarcar para a Frente Ocidental, onde rapazes como ele morriam aos montes, e que ela, *ela*, dera a ele o presente indescritível de poder escapar, sendo tão sincera e fascinante ao se deixar ser absorvida pela música. No entanto, os bons modos permitiram que James dissesse apenas que gostou das músicas que ela tocou, sendo que ele queria dizer muito mais, e a única coisa que ele podia esperar era que ela soubesse quão sério ele falava.

E os olhos dela, ele estava descobrindo, eram grandes e profundos, margeados por cílios longos e pretos.

Coitado de James.

Hazel sabia que tinha cometido um erro. Ela engoliu o medo e olhou bem nos olhos dele.

"De verdade. Obrigada."

A sombra sumiu. "Meu nome é James." Ele ofereceu a mão.

Ela a aceitou, quente e seca, e desejou que não tivesse as mãos rijas e os dedos fortes de pianista. Aliás, James não notou nada daquilo.

"E você?" Ele sorriu. Quase deixei Hazel de lado, pois eu mesma quase suspirei.

Ela corou. Se ficasse ainda mais vermelha, as bochechas dela poderiam entrar em combustão espontânea. "Meu nome é Hazel. Hazel Windicott."

"É um prazer conhecer você, srta. Windicott." James gravou o nome dela na memória de modo permanente. *Hazel Windicott. Hazel Windicott.*

"Digo o mesmo, sr. James", respondeu a pianista.

Ele sorriu outra vez, e covinhas brotaram em suas bochechas. "Só James", falou. "Meu sobrenome é Alderidge."

Lois Prentiss, a mulher que conduzia o festival, apareceu agitada, querendo entender por que a música tinha parado. Uma senhora chamada Mabel Kibbey, uma das minhas favoritas, surgiu como uma toupeira em um buraco.

"A srta. Windicott trabalhou a noite toda", disse ela. "Imagino que queira descansar um pouco. Vou tocar por um tempinho. Acho que conheço algumas músicas que a garotada vai gostar."

Antes que Hazel pudesse protestar, Mabel Kibbey a arrancou do piano e a empurrou na direção de James. "Vá dançar", incentivou. Em um piscar de olhos, James conduziu Hazel até a margem da pista de dança e lhe ofereceu o braço. Deslumbrada com as manchas rosadas nas bochechas dele, bem acima das covinhas, ela posicionou a mão esquerda sobre o ombro coberto de tweed de James, e sua mão direita encontrou a dele.

Mabel Kibbey começou a tocar uma valsa lenta. James puxou Hazel para mais perto, o máximo que tinha coragem.

"É uma pena, mas não sei dançar muito bem", confessou Hazel. "É por isso que fico ao piano."

James parou. "Prefere não dançar?"

Hazel cravou o olhar na gravata dele. "Não, eu quero dançar. Mas você não pode rir de mim."

"Eu não me atreveria", disse ele, sério, tornando a entrar no ritmo da música.

"Só se eu tropeçar e cair, certo?" Ela torceu para que o comentário soasse como uma piada.

Ele aumentou a intensidade do aperto nas costas dela. "Não vou deixar você cair."

E não deixou.

James era um ótimo dançarino, gracioso e nem um pouco exibido. Não era o caso de Hazel, mas ela entendia de música o suficiente para entrar no ritmo. James conduzia a dança. Ela só precisava acompanhá-lo.

Eu me sentei ao lado de Mabel Kibbey no banquinho e observei. Aquela dança poderia ser um começo ou um fim, a depender de inúmeros fatores. Eles iriam conversar? Será que um deles falaria demais? Ou será que diria alguma tolice? Eu deveria fazer alguma coisa?

"Vai dar tudo certo com eles", disse Mabel, me olhando de soslaio.

"Ora, Mabel Kibbey", sussurrei. "Você consegue me ver?"

Ela virou a partitura. "Sempre consegui. Você está particularmente bela hoje."

Cutuquei a cintura dela. "Você é uma querida."

Ela ficou radiante. "É bom saber que você ainda está aqui para os mais jovens. Essa guerra terrível... Eles precisam muito de você agora."

"Não só os jovens." Indiquei com a cabeça um cavalheiro mais velho e elegante, sentado no lado oposto do salão. "Quer que eu apresente vocês dois?"

Mabel riu. "Não, obrigada." Ela suspirou. "Meu tempo já acabou."

Nós duas vimos, então, uma fotografia desbotada de casamento, uma cadeira vazia e um túmulo.

"Quem é que disse que seu tempo já acabou?", perguntei.

Ela alcançou um sinal de repetição e voltou à página anterior da partitura. "Vá ajudar a srta. Hazel." E assim o fiz.

Eles já tinham conversado sobre o principal: ela tinha 18 anos. Ele tinha 19. Hazel, de Poplar, filha única de um pianista de casas de espetáculo e de uma costureira. Já tinha encerrado os estudos, praticava piano em tempo integral e estava se preparando para realizar audições em conservatórios. James, de Chelmsford, irmão mais velho de Maggie e Bobby. Filho de uma professora de matemática de colégio. Ele trabalhava para uma construtora. Ou tinha trabalhado até então. Ele estava hospedado em Londres, na casa de um tio. Iria providenciar a farda e o equipamento antes de se apresentar ao serviço, na semana seguinte, para servir na França.

A guerra.

Você teve que entrar no salão naquele momento, Ares. Um desfecho, um adeus.

Porém, você era o motivo de estarem todos ali. A guerra estava em cada sermão, cada placa, cada noticiário, cada prece feita antes de refeições insossas e racionadas.

E assim James deixou de ser um desconhecido e se tornou um patriota, um herói, que com muita valentia assumiria seu dever para com Deus, o Rei e a Pátria.

Hazel deixou de ser uma desconhecida e uma pianista e se tornou o motivo de por que a guerra importa, um símbolo de tudo que era puro e belo e pelo qual valia a pena morrer em um mundo corrompido.

Quando os vi, eles estavam com as cabeças aninhadas como um par de pombinhos enlutados.

James, a personificação das boas maneiras, jamais teria sonhado em ficar tão próximo de Hazel na primeira dança. Mas isso não queria dizer que ele não desejou que aquilo acontecesse. Mas Hazel, desconcertada ao se ver tão segura e aquecida nos braços daquele belo rapaz, percebeu, quando a música terminou, que estava apoiando a testa na bochecha dele. A bochecha que ela tanto quisera acariciar e, de certo modo, tinha conseguido. Ela começou a se sentir envergonhada, mas, à medida que os outros dançarinos aplaudiam, James a embalou nos próprios braços, e ela soube que não precisaria pedir desculpas.

Lois Prentiss começou a agradecer a todos que tinham comparecido e transformado o festival em um sucesso, mas Mabel Kibbey, piscando para mim, a interrompeu com uma canção ainda mais tenra do que a primeira. Enquanto alguns se esforçavam para arrumar pares, Hazel e James se encontraram em silêncio, tendo nunca se separado, e dançaram a música inteira de olhos fechados.

Se eu não conseguisse entrelaçar aqueles dois até o fim da segunda dança, Zeus poderia muito bem transformar Poseidon no deus do amor, e eu iria atrás dos peixes.

Eu poderia ter observado os dois para sempre. Muitos olhos além dos meus já estavam observando Hazel Windicott, um nome muito conhecido na paróquia, uma moça famosa pela timidez e pelas músicas que tocava, que dançava com o rapaz alto e desconhecido. Quando a segunda música terminou e ela abriu os olhos, viu o rosto de James a olhando com atenção, mas por trás dos ombros dele havia outros rostos, sussurrando, imaginando.

"Preciso ir embora", disse ela, se afastando. "As pessoas vão comentar..."

Ela sentiu a vergonha transbordando. Como era capaz de macular aquele momento pelo medo do que os outros iriam pensar?

Ele aguardou de maneira franca, calma, sem suspeitas.

Ela não devia nada a ninguém.

"Obrigada", disse Hazel. "Foi tudo muito agradável."

Nervosa, ela encarou os olhos castanhos dele. *Você é maravilhosa*, disseram eles.

Você também, responderam seus cílios longos.

"Srta. Windicott...", começou James.

"Pode me chamar de Hazel", interrompeu ela, se perguntando se deveria mesmo ter falado aquilo.

As covinhas reapareceram. Ela achou que estava prestes a derreter. Os outros já não importavam. Se quisessem fofocar, que fofocassem.

"Srta. *Hazel* Windicott", disse James, "vou me apresentar ao serviço daqui a uma semana."

Ela assentiu. "Eu sei." Ele já tinha dito. Era tão terrível. Rapazes que ela conhecia já tinham morrido nas trincheiras.

James deu um passo adiante. "Posso vê-la mais uma vez antes de partir?"

Hazel refletiu sobre a proposta escandalosa. As coisas não eram feitas daquela maneira. Apresentações, acompanhantes, supervisão. Permissão dos pais a cada passo dado. Moças possantes como encouraçados espreitando os mares dos festivais da paróquia, patrulhando o lugar à procura de toques indevidos e beijos clandestinos. A guerra havia afrouxado os domínios do decoro, mas só um pouco.

James corou. Tinha falado demais. Agido depressa demais. Ele ficou enjoado. Mas que escolha ele tinha? Só haveria uma oportunidade de conhecer Hazel Windicott, a pianista.

"Posso?", perguntou de novo.

O pai de Hazel apareceu na porta.

"Quando?", ela quis saber.

James sorriu. "O quanto antes."

"Quanto?"

O sorriso dele murchou, deixando o olhar decidido em seu lugar. "Quantas vezes eu puder."

Era hora de Hazel recusar com educação, inventar desculpas, agradecer a ele pelo serviço prestado à Coroa e se afastar daquele soldado fadado à ruína. Sem dúvida era hora de dizer não.

"Seria um prazer."

Ela sorriu para o desconhecido pela primeira vez. Se James não fosse um jovem saudável, seu pobre coração poderia ter parado de bater bem ali.

Hazel deu seu endereço a James Alderidge. Quando teve um pouco mais de certeza de que os olhares no salão haviam desistido de observá-la, e quando o pai dela havia começado a conversar com outros pais que também chegavam, ela ficou na ponta dos pés e beijou a bochecha dele.

James Alderidge não sabia que era o segundo beijo do tipo que recebia naquela noite. Ele só sabia que corria o risco de partir para a linha de frente como um soldado apaixonado.

O pensamento assustou mais do que todos os mísseis alemães juntos. Será que ele deveria se afastar? Era melhor interromper aquela fantasia e não se encontrar mais com a pianista?

Música. Cílios. Cabelo com cheiro de lavanda. A aderência suave dos lábios dela em um beijo rápido na bochecha.

E, novamente, a música.

O que ele deveria fazer, decidiu James, e o que ele *iria* fazer não tinham diferença nenhuma entre si.

AFRODITE

O beijo, primeira parte

23 de novembro de 1917

O beijo fez da noite de James uma agonia cheia de questionamentos, um arrebatamento delicioso. Mas ele não estava sozinho. Hazel também sentia o arrebatamento, ao se perguntar o que diabos tinha dado nela, e a agonia, ao pensar sobre o que James tinha achado dela. Ela, Hazel Windicott, que nunca nem tinha olhado para rapazes antes! A moça respeitável e séria que passava várias horas por dia ao piano, que tinha a cabeça no lugar enquanto as outras garotas... faziam sabe-se lá o quê. Será que James achava que ela era o tipo de garota que saía beijando rapazes no primeiro encontro?

Ela voltou para casa a pé com o pai e no caminho abotoou a gola do casaco para deixá-lo bem próximo do pescoço. A noite estava incomumente fria. O braço esquerdo dela ainda se lembrava de ter se apoiado no de James, e a mão dela se lembrava de ter segurado a dele. O corpo de Hazel se lembrava de se mover no ritmo do de James e de ser puxado para mais perto à medida que a última música terminava.

"Dançou um pouco, foi?", comentou o pai. Hazel morreu de vergonha ao descobrir que estava dançando sozinha, esticando os braços para um James imaginário. E lá se ia o segredo.

"A sra. Kibbey achou que eu precisava me divertir", disse ela. *Vai mesmo jogar a culpa na sra. Kibbey? Covarde!*

O pai dela, um homem alto, com braços, pernas e dedos longos, e sulcos profundos nas bochechas, colocou um dos braços sobre os ombros da filha.

"A sra. Kibbey tem razão. Você precisa viver mais, minha querida, e se divertir. Não ficar confinada com dois velhos como sua mãe e eu."

Ela apoiou a cabeça no ombro do pai. "Não diga tolices. Vocês não são velhos."

"Diga isso a Arthur", devolveu o pai. "Arthur" era como ele chamava a artrite que afligia as articulações de seus pulsos e nós dos dedos. "Estou falando sério, Hazy. Você precisa passar mais tempo com a garotada da sua idade. Só me prometa que não vai se apaixonar por um jovem soldado. Você não precisa ter o coração partido."

Ela assentiu. Não conseguiu encarar o pai. E sem dúvida não iria sair fazendo promessas.

Pelo amor de Deus, ela ralhou consigo mesma de novo. *Você não está apaixonada por aquele garoto. Você o conheceu hoje, e só dançaram duas vezes juntos. As pessoas que dizem que se apaixonaram à primeira vista não estão com a cabeça no lugar.*

Então por que tinha beijado a bochecha dele?

AFRODITE

O beijo, segunda parte

23 de novembro de 1917

Por que Hazel tinha beijado a bochecha dele?

Era a pergunta que James se fazia o tempo todo enquanto percorria o quarteirão da Paróquia São Matthias. Ele subiu a Woodstock Terrace, passou pela East India Dock Road, desceu a Hale Street e a High Street, e voltou. A brisa que vinha do rio Tâmisa trouxe os grasnados das gaivotas e o clangor dos estaleiros. Mais adiante, as luzes de Poplar cintilavam.

Tinha sido um gesto fraterno? Só podia significar o seguinte: *Não alimente esperanças, estranho desconhecido. Compaixão platônica: é assim que vejo você. Gratidão patriótica. Aqui está uma beijoca para provar. Adeus.*

Ele grunhiu. Já tinha ouvido falar naquilo antes. Moças que saíam beijando soldados de calças-cáqui nas plataformas dos trens e recrutas nos postos de recrutamento.

E tinha sido bem ali, na bochecha. Ele tocou o local.

James passou por um casal que aproveitou uma soleira escura para dar beijos que Lois Prentiss sem dúvida proibiria. Ele se lembrou do sorriso iluminando os lábios de Hazel e imaginou qual seria a sensação de beijá-los.

Qual era o *problema* dele?

Era a guerra, decidiu James. A guerra o estava deixando confuso. A guerra tinha feito o mundo inteiro questionar a própria sanidade. Casamentos de guerra apressados, bebês de guerra sem pais, amores de última hora. Todo o espetáculo banal e frívolo da guerra.

No entanto, ele fechou os olhos e se lembrou mais uma vez da sensação de ter a pianista em seus braços.

James ainda podia ver o pai de Hazel segurando o casaco para ela e conduzindo-a pela multidão. Nem mesmo cavalos selvagens teriam sido capazes de convencer James a segui-los até a casa deles. Seria inapropriado.

O endereço dela. Se ela pensasse nele apenas como um amigo, será que teria dado o endereço para ele?

Depois de passar três vezes pelo casal que se beijava, James foi para casa. Atravessou a East India Dock Road e foi para a Kerbey Street, que o levaria até o apartamento do tio. Ele olhou de relance para panfletos dramáticos e para os pôsteres de recrutamento da Marinha. Quando as placas revelaram que a Kerbey Street tinha se cruzado com a Grundy, ele se deteve.

A esquina da Grundy com a Bygrove, dissera Hazel. Segundo andar, acima da barbearia.

Com certeza ela já estaria em casa. Dormindo, sem dúvida. Que mal faria um pequeno desvio? Ele mal tinha percebido onde estava. Precisava cortar o cabelo mesmo. Talvez no dia seguinte ele pudesse voltar, apenas para aparar os fios, e, já que estaria ali, poderia... O quê? Bater à porta dela?

A inviabilidade de tudo o atingiu.

Ele poderia só dar uma espiada. Tinha bons motivos. Não é como se estivesse espionando. Ele só queria ver o tipo de cortina por trás da qual a pianista vivia sua vida iluminada. Com certa inocência, ele a imaginou dormindo com um travesseiro macio, os cílios delicadamente embaraçados, o cabelo longo espalhado, as mãos magras tocando Chopin enquanto ela sonhava.

AFRODITE

Sem sono

23 de novembro de 1917

Hazel não conseguia pegar no sono. Tinha vestido a camisola e soltado o cabelo. Então se sentou em um divã baixo defronte à janela do quarto, abraçando as pernas, e ficou olhando para a rua. No andar de cima, as srtas. Ford, ambas solteiras, tocavam "My Heart at Thy Sweet Voice" no gramofone. Era tarde demais para escutar ópera, mas Hazel não se incomodou.

James Alderidge. Era um bom nome. Poderia ser bem pior.

Ela tinha mesmo dançado duas vezes com um desconhecido e o *beijado na bochecha*?

Ela pressionou a bochecha afogueada no vidro gelado e úmido da janela.

Quem iria imaginar que, em um dia tão comum, o cérebro dela ficaria bagunçado como um ovo mexido? Ela só tinha ido tocar, e com muita relutância, para fazer um favor para a sra. Prentiss, assim como fora naquela mesma tarde no Hospital Poplar para Acidentados, para tocar para os soldados em recuperação.

James Alderidge. Ele estava indo para a guerra. Treinaria e depois iria para as trincheiras. Seria o fim, não só da amizade entre os dois, mas, possivelmente, da vida dele.

Ou pelo menos o fim da vida que ele conhecia. Homens honrados já podiam ser vistos, indo e vindo em cadeiras de rodas, sem pernas, as mangas enfiadas nos bolsos das jaquetas para disfarçar a ausência de mãos, com cicatrizes medonhas deformando seus rostos atingidos por estilhaços.

Ela sabia de tudo aquilo. Todos os britânicos sabiam o preço que rapazes tinham que pagar diariamente para impedir os avanços do Kaiser.* Aquele homem diabólico, maldito e horrível que tinha soltado seu exército como uma inundação sombria por toda a Europa.

Hazel ficou com os olhos marejados só de pensar naquele preço terrível talhado no rosto do garoto com olhos castanhos. E foi assim que deixou de notar a silhueta olhando, da esquina, para a janela do quarto dela.

* Guilherme II, que comandou o Império Alemão durante a Primeira Guerra Mundial. (N. T.)

AFRODITE

Os Bigodes do Rei

23 de novembro de 1917

Ali estava ela. A barbearia. Os Bigodes do Rei. James sorriu. Hazel Windicott morava bem em cima dos bigodes do rei. Então aquilo fazia dela um nariz?

A piada era ruim, mas ele sufocou uma risadinha.

As janelas escuras do segundo andar espelharam, de modo lúgubre, o orbe de um lampião na esquina. Uma luz no terceiro piso ressaltou os contornos de um gramofone. Ele ouviu a melodia melancólica de uma ópera. Meio-soprano. Bem romântico.

Mas não havia sinal de Hazel Windicott. Será que tinha lhe passado o endereço errado?

Ele rondou a esquina e parou. A pianista se apoiava na janela, absorta em pensamentos. James viu o cabelo longo se derramando pelas costas e o decote de uma camisola branca.

O devaneio dela fez com que James mantivesse os pés no chão.

De dia, a esquina vibrava ao som do piano de Hazel. Aquele barbeiro sortudo, o sr. Bigodes do Rei, podia passar o dia todo ouvindo-a tocar sobre o som dos aparadores mecânicos.

James Alderigde, ele alertou a si mesmo, *você a viu só uma vez. Você não a conhece. E você é um tolo.*

UMA INTERRUPÇÃO

Dezembro de 1942

"Ele tem razão", disse Ares. "Que história entediante. Um garoto conhece uma garota, eles dançam um pouco e suspiram um pelo outro. E daí? Nada aconteceu."

Afrodite o fulmina com o olhar. "*Tudo* aconteceu."

Ares revira os olhos. "Vá logo para a parte que importa. Para a linha de frente. Para as mortes no campo de batalha. Lá é onde as histórias de guerra acontecem."

"Quem te perguntou?", devolve Hefesto, diplomático.

"Não estou contando uma história de guerra", explica Afrodite. "Estou falando sobre o que eu *faço*, e como eu faço."

"Continue", diz Hefesto. "Fiquei curioso."

"Então você é um imbecil", responde o deus da guerra. "Veja só. Eu conheço essa história. Duas almas recatadas se conhecem e, *bum*, eles ficam doidinhos um pelo outro. Acham que inventaram o amor. Eles se engraçam por uns dias, até que ele tem que partir para a guerra. É terrível, ele sente saudade dela, ela sente saudade dele. Eles trocam cartas no começo, até que as trincheiras o transformam de Namoradinho a Garoto que Tenta Impedir que os Ratos Devorem o Rosto Dele. Ela faz trabalho voluntário", Ares ri com desdém, "em uma tentativa *corajosa* de ser como os rapazes além-mar e fazer alguma coisa. Ela chora no travesseiro, se perguntando por que ele parou de escrever. O tempo passa. Os dois mudam. Tragédias surgem como bolhas no pé. Eles me culpam pelos problemas deles etc."

Se Ares fosse um mortal, o olhar que Afrodite lança a ele seria capaz de carbonizar sua pele.

"Posso falar?", pergunta a deusa do amor.

Ares não se dá ao trabalho de responder.

"Com sede, meu bem?", pergunta Hefesto. Ele conjura um copo de martíni cheio de ambrósia nas mãos de Afrodite. Ela fica surpresa, mas bebe.

Hefesto pega um travesseiro da cama e o afofa. Então o acomoda nas costas, atrás de seus ombros curvados. "Não estou aqui porque estou morrendo de vontade de ouvir você, belicista. Quero escutar minha esposa."

Ares ri. "Está aprendendo sobre amor com os mortais, ferreiro?"

"Você bem que poderia se instruir de uma coisinha ou outra", retruca Afrodite.

AFRODITE

Pego no flagra

23 de novembro de 1917

James achou que tinha se safado, que Hazel não o vira.

Mas ele estava enganado.

E talvez eu tivesse algo a ver com aquilo.

Vejam bem, eu não estava interferindo, mas toda aquela cena, a esquina, o lampião, as sombras, a ópera suave vindo do andar de cima, a camisola cheia de babados... O que mais eu poderia ter feito? Sou uma artista.

Guiei o olhar dela para a rua. Ela recuou, se afastando da janela, quando viu que havia alguém parado ali embaixo. Quando viu a cabeça do homem olhar para o outro lado, Hazel se inclinou.

Era mesmo James Alderidge.

Será que a presença dele ali deveria incomodá-la? Mas como ela iria se incomodar com uma coisa tão maravilhosa?

Quando a viu, o rosto dele se iluminou. James ergueu a mão em um aceno desajeitado, então a enfiou no bolso do casaco e saiu correndo pela rua.

AFRODITE

Um bilhete

23 de novembro de 1917

Seu idiota! Idiota!, ralhou James consigo mesmo. *Espreitando as janelas dos outros? Ela devia chamar a polícia.*

Um rangido vindo de trás o fez parar.

Ele se virou e viu o rosto de Hazel surgindo pela janela, mechas de cabelo longo pendendo um pouco abaixo dos ombros. "Psiu", disse, deixando cair um objeto branco na calçada. Então puxou o batente e desapareceu.

James encontrou a coisa branca em meio a porcarias jogadas no chão, na esquina. Era um pedaço de papel dobrado. James tinha achado que seria um lenço rendado. Mas ele não estava em Camelot, e não era um cavaleiro.

Ele andou mais um pouco, ficou perto do lampião e abriu o bilhete.

Amanhã, oito horas. A letra era grande, firme e comprida, como notas musicais. *Café da manhã na casa de chá J. Lyons, na Chrisp Street, no bairro de Guildford.*

Sorrindo, James Alderidge olhou para a janela, agora escura. A srta. Hazel Windicott tinha sumido de vista. Engolida pela escuridão. Será que conseguia vê-lo? Ele não sabia.

Mas eu sabia. E não tenham dúvidas de que ela conseguia vê-lo.

AFRODITE

A casa de chá

24 de novembro de 1917

Já que certos indivíduos, que não citarei por nomes, estão perdendo a paciência com a quantidade de detalhes que estou fornecendo sobre o casal em suas primeiras horas de palpitações amorosas, passarei batido pelo drama da noite em claro de James e Hazel, de como eles acordaram ridiculamente cedo no dia seguinte, de como se arrumaram e se vestiram ansiosos e em silêncio para evitar acordar tios e pais em uma manhã de sábado preguiçosa. Pouparei meus críticos do frio na barriga que acometeu os queridos jovens à medida que eles saíam pela manhã londrina, rumo à casa de chá J. Lyons. Não vou mencionar os arroubos constantes de dúvida — o medo que aquela coisa, que eles esperavam que fosse de fato algo genuíno, não passasse de um grande nada, algo que fizera os sentimentos deles efervescerem e espumarem por nada, absolutamente nada.

Mas estar efervescendo e espumando não era culpa deles. Repreender a si mesmos até atingirem um grau de indiferença não adiantava mais. Era como parar de respirar: impossível.

Era hora de James e Hazel se conhecerem de verdade. Hora de ver se a magia da música, do luar e dos passos de dança fora tudo que vivenciaram, ou se um amanhecer cinza encarvoado de Londres e uma xícara barata de café despertariam as mesmas sensações.

Casas de chá J. Lyons estavam espalhadas pela cidade. O medo irracional de James era ir ao salão errado. Ele chegou muito antes das oito horas e, ao ver que Hazel ainda não estava ali, caminhou pela rua. Às oito, ele entrou no salão, se sentou em um banco, amassou e alisou o chapéu, para então amassá-lo de novo.

Hazel estava atrasada. Não foi uma surpresa para mim, já que o percurso dela ia da seguinte forma:

Ela caminhava um quarteirão, então recuava, refazia os passos, avançava mais um pouco, até que entrava em pânico e voltava depressa para casa. Quando enfim chegou à casa de chá, estava transpirando por debaixo do suéter e da blusa, por mais que o tempo naquela manhã estivesse frio e úmido. Então, prendendo a respiração, como se o gesto fosse compelir James Alderidge a fazer o mesmo, para que não percebesse qualquer vestígio do cheiro de suor, ela entrou.

James ficou de pé em um salto. Parecera ansioso demais, percebeu ele, então retesou a postura. Ele não tinha a menor ideia do que fazer com o próprio rosto.

Hazel o viu pular em um espasmo de decepção e contorcer o rosto em repulsa.

Ela sabia. Estava com um cheiro horrível. Com uma aparência horrível. Ela *era* horrível. E convidá-lo para encontrá-la ali tinha sido uma ideia horrível. Hazel manteve a mão na maçaneta e tentou pensar em uma forma de escapar. Os pais dela jamais precisariam saber. Seria como se nada tivesse acontecido.

James sentiu o coração bater mais forte ao se deparar com a expressão de pânico dela. Hazel era ainda mais adorável na luz da manhã, em roupas comuns. Mas estava claro que ela queria fugir. O que será que ele poderia dizer para amenizar a angústia dela e avisar que ela podia ir embora se quisesse?

"Bom dia." Ele sorriu por reflexo. É o que as pessoas fazem quando alguém diz "bom dia".

"Bom dia." Ela estendeu a mão. É o que as pessoas fazem quando alguém diz "bom dia" em uma casa de chá para alguém que não se pode beijar.

Mas ela o *tinha* beijado. Que vexame!

James apertou a mão dela. Ele sorriu novamente, e Hazel se esqueceu de fugir da casa de chá. O cheiro de loção pós-barba talvez tivesse algo a ver com aquilo.

"Mesa para dois?", perguntei.

Eles me seguiram até uma mesa de canto mais afastada. James puxou a cadeira para Hazel e pendurou o casaco dela no cabideiro do vestíbulo. Só havia um gancho livre, então, ruborizando, colocou o próprio casaco sobre o de Hazel. Ele se sentou no assento em frente a Hazel.

Sou apaixonada por esse rapaz. De um jeito puramente espiritual.

"Recomendo o bolo de limão", falei, entregando os cardápios.

As garçonetes estavam lentas naquela manhã. Os pombinhos em potencial estavam em uma corda bamba, e se eu não tivesse dado um jeito de colocar os dois sentados à mesa, sabe-se lá o que poderia ter acontecido. Então eu decidi me transformar em uma garçonete matrona. Não vou nem descrever o sofrimento que foi vestir o uniforme sem graça das funcionárias do J. Lyons. Mas estou disposta a fazer sacrifícios.

E não, eu *não considero* isso trapaça, interferência ou manipulação. Eu estava só fazendo o que uma garçonete competente deveria ter feito. Às vezes os destinos dos outros correm perigo por situações corriqueiras como uma garçonete flertando nos fundos do salão com um confeiteiro.

Hazel e James examinaram os cardápios como se as vidas deles estivessem em risco. Era mais seguro do que trocar olhares. Lancei uma nuvem de atração para a cozinha, para manter a garçonete verdadeira entretida com o sr. Confeiteiro, que fazia rosas com um bico de confeitar. Tive que servir outros clientes também, mas me equipei com um bule de café colombiano que se autoreabastecia e deixei a manhã de todos um pouquinho melhor. Principalmente a de um homem mais velho, gordo e careca. Acho que ele desconfiou que havia algo fora do comum em mim, o sacana. Em outros tempos, ele fora uma espécie de Romeu.

Voltei minha atenção para James e Hazel. Eles estavam mais descontraídos e conversavam um pouco.

"Com licença", Hazel disse para mim em tom decidido. "Não encontramos o bolo de limão no cardápio."

Sufoquei uma risadinha e respondi: "É a especialidade do dia".

"Como será que conseguiram açúcar?", Hazel se perguntou. "O racionamento está tão rigoroso." Ela se dirigiu a James. "Vamos pedir, James?" E assim, de uma hora para a outra, ele se tornou um amigo que ela chamava pelo nome.

"Parece uma delícia, Hazel." Ele se virou para mim, muito sério. "Duas fatias, por favor."

Meus dois queridos em uma festinha do chá para dois. O garoto brincando de gente grande com a garota. A garota que ele queria que se tornasse o xodó dele. Estão vendo por que amo meu trabalho? Porque não é uma carreira, e sim uma vocação?

Voltei para o balcão, conjurei duas grandes fatias de bolo e os servi. O homem careca tocou meu cotovelo para fazer outro pedido. Quando vi, tinha servido bolo para quatro mesas. Com os cumprimentos da deusa. No quarto ano da Grande Guerra, os britânicos *necessitavam* de bolo.

James e Hazel encaravam o novo dilema. Deveriam comer na frente um do outro, arriscando deixar cair migalhas ou bocados de creme de limão? Por outro lado, se não comessem, precisariam conversar. Como era mesmo a antiga canção em gaélico? *Oh, vocês vão pela estrada principal, e eu vou pela via secundária, e chegarei à Escócia antes de vocês.** Hazel escolhera a estrada principal, bolo, e James a secundária, falar.

"Estou *muito* feliz por ver você de novo", disse ele.

James tinha chegado à Escócia antes dela.

Bem, vejam só. Ele fora direto ao assunto. Não havia mais volta.

As palavras alcançaram os ouvidos de Hazel quando os dentes do garfo ainda estavam na boca dela, e um pedaço grande de bolo derreteu em sua língua.

"Hmm", foi a elegante resposta.

Mas ele ficou ali, com os olhos castanhos e sua bondade, esperando com paciência, observando o rosto dela como se pudesse contemplá-lo para sempre. Os olhos grandes de Hazel absorveram tudo aquilo, e ela conseguiu, milagrosamente, engolir o bolo sem engasgar.

"Você também." Ela se lembrou do guardanapo. "Digo, eu também. Estou muito feliz por ver você."

Estava mesmo, e não tinha como esconder.

* Trecho traduzido da canção escocesa "The Bonnie Banks o' Loch Lomond". (N. T.)

AFRODITE

Perguntas

24 de novembro de 1917

Não é fácil supervisionar o amor em seu estágio inicial. Ele é uma criaturinha barulhenta, tagarela e atrapalhada. Ouvir com atenção me tornaria velha e grisalha, só que eu não fico velha e grisalha. Mesmo assim, acompanhar o que eles diziam e não diziam foi um esforço, embora também um deleite. Por exemplo:

Por que você decidiu ir ao festival ontem à noite, se não conhecia ninguém?

Imagine só se você não tivesse ido!

Você sempre toca piano nessas festas?

Ou você dança com outros rapazes?

Fale mais sobre Chelmsford.

Aposto que as moças de lá são mais bonitas.

Por quanto tempo estudou piano?

Como é que uma garota tão talentosa está comendo bolo de limão em uma casa de chá comigo?

O que você faz na construtora?

Vigas pesadas costumam cair nos trabalhadores e matá-los?

Qual é o seu compositor favorito?

Por favor, tenha um. Não seja um ignorante em música.

Você tem um gramofone?

Sorria de novo. Assim. Queria ter uma fotografia dele para guardar na minha carteira.

Conte-me sobre os seus pais.

Veja só como você é asseado. Que bom ver que você não é um daqueles rapazes que não se cuidam.

Fale-me sobre os seus.

Eles sabem que você está aqui comigo? Tudo bem por eles?

Acha que vai tocar um dia no Royal Albert Hall?

Eu passaria o dia todo falando com você.

Por que não? Sei que consegue.

Eu estaria na primeira fileira.

Se pudesse construir qualquer edifício, qual seria?

Ah, por que você tem que partir para a linha de frente? Por que logo agora?

Já sabe onde vai ficar na França?

Desculpe. Finja que não perguntei isso.

Você fala francês?

Sei que notou que estou com medo de ir. Você me despreza por isso?

Você precisa voltar logo para casa? Tem algum compromisso?

Por favor, não. Não me deixe ainda. Temos tão pouco tempo.

Vamos dar uma caminhada?

Quando será que vou poder retribuir o beijo que você me deu?

FORJAR E FUNDIR

Dezembro de 1942

Sob a rede dourada, Ares se espreguiça no sofá. Afrodite está com o olhar distante e uma expressão suave.

O marido a observa. Uma lágrima brilha em um dos olhos. Os mortais a afetam. Mas como? Para o deus ferreiro, eles parecem mortais idênticos a todos os outros milhões que existem.

Até que ele se lembra da descarga de satisfação, da *certeza* que sente ao tirar uma espada em brasas da forja. *Isso* é o que ele nasceu para fazer. Criar, fundir, controlar o calor e o ferro com todo seu calor e resistência, e produzir apetrechos úteis e belos. Ao fazer isso, ele se sente impetuoso e intocável, parecido com o ferro em sua forja.

O êxtase e as feridas do amor são o trabalho de Afrodite. A deusa nasceu para forjar paixões. Ela também é uma fundidora, mestra de um tipo diferente de fogo, trabalhando com materiais mais poderosos e resistentes do que carvão e ferro. E o que esse trabalho fez por ela?

Se Hefesto quisesse uma deusa da lareira e do lar, da vida doméstica segura e da lealdade simples, poderia ter se casado com Héstia. Talvez devesse ter casado. Ela está solteira e, ao que tudo indica, cozinha bem.

Mas Héstia jamais será... *Afrodite*. É impossível voltar atrás depois de conhecer a deusa do amor. Não há como esquecer. Como seguir em frente. Como desapegar.

AFRODITE

Uma caminhada

24 de novembro de 1917

Eu me senti como uma mãe vendo o filho ir para a escola pela primeira vez quando aqueles dois saíram da casa de chá J. Lyons, andando bem perto um do outro, para enfrentar a manhã fria e cinzenta.

Eles percorreram a Guilford Street até a Upper North Street, que virou Bow Common Lane. "Se formos por aqui", disse Hazel, "as chances de eu encontrar algum conhecido são menores."

James ficou sério. "Sou um segredo, então?"

Hazel olhou de rabo de olho para ele. "Segredos são divertidos, não são?"

Ele não falou nada, mas cobriu os olhos com a aba do chapéu.

"Desculpe", disse Hazel, após um instante. "Isso tudo é novo para mim. Você não será um segredo." Ela sorriu. "Ontem à noite, meu pai disse que eu preciso viver um pouco."

James quis abraçar o homem. "Se não sou um segredo, o que sou?"

Os pensamentos de Hazel entraram em ebulição. O que ela deveria dizer? Que palavras iriam escapulir apesar das inseguranças dela?

Cavalos e carroças, automóveis barulhentos, vendedores ambulantes, crianças discutindo, compradores pechinchando, todos passaram por eles na rua, mas Hazel e James poderiam muito bem estar sozinhos em uma ilha deserta.

"Você é uma partitura novinha em folha", disse ela, devagar, "de uma música que, depois de tocada, eu poderia jurar que sempre conheci."

"Sempre conheci" significava alguma coisa, não é? Garota esperta.

Ela virou o rosto para James e esperou pela confirmação de que tinha falado demais. Aberto demais o coração. Se o coração dele quisesse encontrar o dela na metade do caminho, ele sem dúvida teria sorrido.

E ele tinha mesmo sorrido? Só um pouquinho?

"Uma partitura, é?", provocou ele. "Isso me torna uma pessoa *colcheia* de ritmo, não acha?" A piada era tão ruim que foi perfeita.

"Sempre gostei de cavalheiros que dançam de *acorde* com a música", foi a rápida resposta dela.

Ela entendeu a piada! É claro que entenderia. "Não há nada 'novinho em folha' sobre mim, srta. Hazel Windicott", disse James. "Estou há anos zanzando por Chelmsford."

Hazel balançou a cabeça. "Não está, não. Você brotou do chão."

"Não. Quem fez isso foi você."

Eles perceberam que as mãos de Hazel tinham ido ao encontro das de James. A descoberta sobressaltou os dois. Eles não se lembravam de ter feito aquilo.

E não tinham. Fui eu. Eu não iria ficar ociosa, não é?

E não, *não foi* interferência. As mãos de Hazel estavam geladas.

James olhou para os dedos entorpecidos que tocavam os seus e, por instinto, os colocou sob o casaco, próximos da quentura de seu coração.

Para James, talvez significasse o coração, mas Hazel logo percebeu que estava com as mãos posicionadas sobre o peitoral musculoso de um belo rapaz, que, ao que tudo indicava, tinha trabalhado *muito* em construção no último verão. Pequenas explosões percorreram o cérebro dela e logo se espalharam pelo corpo todo.

Ela puxou as mãos — não vou negar, fiquei aborrecida — e resmungou.

Ele se aproximou dela. "O que houve? Você está bem?"

Hazel balançou a cabeça. "Quem é você?", perguntou. "O que é você? Vou a um festival e de repente estou saindo às escondidas para encontrar um garoto e dizendo coisas para um completo estranho que eu jamais, jamais diria." Ela deu tapinhas indignados na própria clavícula. "Sou uma *boa* moça, uma moça *sossegada*, que toca piano. Na maioria das vezes para senhorinhas. E você me fez..."

"Beijar um camarada que tinha acabado de conhecer na bochecha?"

Ela cobriu os olhos com uma das mãos. "Qual a necessidade de dizer isso?"

James afastou a mão dela com suavidade. "Não parei de pensar nisso."

As entranhas de Hazel se contorceram como o cabelo de Medusa.

Sussurrei no ouvido dela: "Não tenha medo dele, Hazel".

"Tenho medo de você, James Alderidge", admitiu ela, aquela garota travessa.

James recuou, erguendo as mãos em um gesto de rendição. Fiquei de coração partido ao ver a expressão decepcionada no rosto dele. Hazel também.

"Não", esclareceu ela. "Você é um cavalheiro. Tenho medo de *mim mesma* quando estou com você."

"Venha comigo amanhã", pediu James. "Para o concerto de domingo no Royal Albert Hall."

"Ir com você até lá?"

Ele deu de ombros. "Por quê? É longe?"

Hazel balançou a cabeça. "Você não conhece mesmo Londres, não é?" Ela mirou os olhos castanho-escuros dele e piscou para tudo que viu ali. Ela sorriu e concordou. "Tudo bem, então."

As covinhas apareceram. Ele se curvou e beijou a testa dela.

"Pronto", disse ele. "Estamos quites agora. Melhor assim?"

A escolha de Hazel estava feita. Ela poderia ser a pessoa que deveria ser com James. Mas tinha decidido ser aquela pessoa aterrorizante que ela evidentemente queria se tornar.

Eram as covinhas. Impérios foram arruinados por muito menos.

AFRODITE

Adeus

24 de novembro de 1917

James acompanhou Hazel até uma esquina de onde era possível ver o poste listrado na frente da barbearia Os Bigodes do Rei. Nenhum deles sabia como se despedir.

“Amanhã”, frisou ele. “O concerto. Talvez possamos beber chá depois.”

“Quando nos encontramos?” Ela mordiscou o lábio. *E o que vou dizer aos meus pais?*

“Vamos nos encontrar à uma hora? Bem aqui.” James olhou de relance para Hazel. “Posso comprar os ingressos, então?”

Ela assentiu. “Compre os ingressos.”

Era hora de ir embora. Os dois sabiam. Mas ninguém se moveu.

“O que vai fazer no domingo de manhã?”, ele quis saber.

“São Matthias. Toco para o coral”, explicou Hazel. “O organista está...”

“No exterior?”

Ela aquiesceu e depois balançou a cabeça. “Ele morreu lá. Então não está lá, mas está, porque foi enterrado em Flanders.” Ela não olhou para James quando falou.

Ele entendia. Tentou alegrá-la com um pouco de poesia.

“‘Se eu morrer, pense apenas isso de mim: que há algum canto de um campo estrangeiro...’”*

* Trecho traduzido do poema “The Soldier”, do poeta inglês Rupert Brooke, conhecido por retratar o estado de espírito da Inglaterra antes da Primeira Guerra Mundial. (N. T.)

"'... que será para sempre a Inglaterra'", murmurou Hazel. "Um canto apodrecido." *Não morra.*

"Está tudo bem", disse James. "Estou bem. Sobre partir, digo." Uma mentira e uma verdade, que se transformava mais em mentira a cada minuto que passava. "Tantos já foram antes de mim, e se eu não for... Alguém tem que impedir o Kaiser."

O que mais Hazel poderia dizer? Que *ela* não estava bem com a partida dele? Nem um pouco bem?

James tentou romper o silêncio. "Ele era um bom organista?"

"Não muito." Hazel franziu o nariz. "Mas, no funeral dele, parecia que ele era o George Frideric Handel em pessoa."

Para James, o resto do dia sem Hazel se arrastou em um abismo enfadonho. Ele ansiava por enterrar o rosto no pescoço dela. Mesmo que estivesse coberto por um cachecol de lã que pinicava.

Mas, além de precipitado, seria pedir demais de uma garota a quem conhecia há menos de doze horas, uma garota com quem tinha dançado duas vezes e bebido uma xícara de café. (Um café *excelente*, mas mesmo assim.)

Então ele apertou a mão dela. "Acho que é hora de ir embora."

Ela balançou a cabeça. "Você deve ter muito o que fazer, imagino."

Será que ele iria beijá-la? Hazel esperou para ver. Ela queria que ele a beijasse? Tentou não olhar muito para a boca dele.

Tão bonita. Ela era tão, tão bonita. No começo tinha sido a música, e depois os olhos dela, e o cabelo, mas agora ele via como Hazel era toda adorável. Era para ele estar repelindo outros rapazes aos montes.

Beije-a, eu disse a ele.

Ele acarinhou a bochecha e a ponta do nariz dela com um dedo.

Vá embora agora, ou você nunca mais vai conseguir, James disse a si mesmo.

"Até amanhã", falou. Ele se virou para partir.

Sem beijá-la. "Uma da tarde!" Foi a tentativa corajosa de Hazel de soar alegre, como se não se importasse por não ter sido beijada. Ela não conseguiu me enganar.

Não valia a pena resistir nem minimizar a situação. James não sabia definir o que estava sentindo, mas sabia que estava feliz por causa da pianista, quer ela fosse guardar aquela felicidade em um lugar seguro ou não.

AFRODITE

Ínterim

24 de novembro de 1917

Hazel voltou para casa e descobriu que os pais tinham saído para tratar de um assunto, então não precisou fazer nenhuma confissão constrangedora. Ainda não. Ela se sentou ao piano com o objetivo de passar um bom tempo praticando. Era a solução concreta e prática de que ela precisava depois de passar doze horas no mundo da lua. Mas logo começou a perder o fio da meada no meio das músicas e a olhar pela janela. O que James estava fazendo naquele momento? Ela cometeu erros risíveis. Tocou baladas piegas. Hazel era um caso pedido.

James estava se virando um pouquinho melhor. Tinha ido com o tio Charlie a um depósito de suprimentos militares, para obter a farda e o equipamento. *Guarde seus problemas na mochila de combatente e sorria, sorria, sorria.** A cantiga popular de guerra rodopiou na mente dele. Um vendedor velho e de pele oleosa listou todos os males para os quais ele precisaria providenciar remédios, fosse para prevenir ou para tratar. Pé de trincheira. Piolhos. Frio intenso. Umidade constante. Ratos. Lama. Estilhaços. Fome. Gangrena. Doença venérea.

James ficou com ânsia de vômito.

* Trecho traduzido da marcha militar "Pack Up Your Troubles in Your Old Kit-Bag, and Smile, Smile, Smile". (N. T.)

"Não fique tão preocupado", disse o tio dele quando pararam para almoçar em uma cantina. "Talvez você vá para uma das colônias. Ou tenha que fazer serviço doméstico." Tio Charlie tinha servido na Segunda Guerra dos Bôeres,* mas não foi a combate. Suprimentos e transporte.

"Além do mais", acrescentou ele, "os americanos vão chegar assim que o presidente Wilson recrutar, treinar e equipar todos eles. Talvez *neste ano* tudo termine até o Natal."

Ao contrário de 1914. Todo mundo tinha pensado a mesma coisa naquela época.

"Como foi o festival ontem à noite?", perguntou o tio. "Dançou com alguma garota bonita?"

James encarou o chão, sentindo o olhar do tio recair sobre ele.

Tio Charlie riu. "Você conheceu alguém, não foi?"

James não precisava responder.

"Que bom", disse o mais velho. "Você está prestes a se apresentar ao serviço. Merece se divertir um pouco."

James franziu o cenho. A srta. Hazel Windicott não era uma diversão. Ele terminou a refeição depressa, agradeceu ao tio e foi embora para perambular por Londres. Foi parar no cinema, sozinho. Assistiu a um filme sem graça, depois foi para casa se deitar.

Hazel passou a noite ouvindo sermões com a mãe. Um capelão do exército compartilhando histórias inspiradoras sobre como Deus protegia os britânicos fiéis na frente de batalha.

Menos o nosso organista, pensou Hazel.

O pai dela estava no Town Hall, o teatro e casa de espetáculo de Poplar, onde tocava nas noites de sábado. Quando o sermão acabou, Hazel acompanhou a mãe até em casa e depois foi até o salão para encontrar o pai.

"Lá não é lugar para moças", protestou a mãe. "Seu pai não vai gostar nadinha disso."

"Vou virar as partituras para ele", assegurou Hazel. "Ficarei no banquinho."

* Conflitos travados entre o Reino Unido e as duas repúblicas bôeres independentes, a República Sul-Africana e o Estado Livre de Orange, entre 1880 e 1902. (N. T.)

E ela ficou. Tinha sido uma noite aconchegante, acolhida ao lado do pai, que usava um chapéu-coco, camisa listrada e gravata-borboleta. Seus dedos ágeis tocaram "Bicycle Built for Two", "I'm Henery the Eighth, I Am", "Burlington Bertie from Bow" e, é claro, "Tipperary".

Hazel sabia que o jeito com que ele tocava deixaria *monsieur* Guillaume, seu professor, muito irritado, mas gostava de vê-lo tocar mesmo assim. Quando era criança, se sentava no colo dele, e o pai tocava com os braços longos ao redor dela, como se a garotinha cheia de cachos não bloqueasse sua visão. A distância entre as teclas parecia curta para ele, as notas saltando com as músicas alegres, muito populares entre as estrelas das casas de espetáculo.

E, ah, elas eram estrelas. Um atrás do outro, os artistas roubavam a cena e os corações de Poplar. Eles se apresentavam, voltavam para o bis e saíam apressados do palco, para um automóvel que esperava na viela, pronto para levá-los para a próxima casa de espetáculo, onde dançariam novamente. Os mais famosos dançavam, cantavam, contavam piadas ou faziam mímicas incontáveis vezes em uma mesma noite. Em roupas espalhafatosas, fardas, fraques e coletes brilhantes e vestidos cintilantes. E, para alguns, *blackface*.**

Os artistas de *blackface* revelavam o pior que havia nas casas de espetáculo. "Olhem só essa crioula maluca!", gritavam algumas mulheres. "Cante de novo, escurinha!"

O pai de Hazel não gostava daquilo. Quando os homens de rostos pintados se apresentavam, ele comprimia os lábios e olhava fixo para as teclas. E olhar para elas enquanto tocava era algo que ele não precisava nem fazer.

"Seu pai é um covarde, Hazy", ele disse à filha. "O que eles fazem é errado. É ofensivo. Vai contra os princípios cristãos. Se eu fosse um homem de verdade, pediria demissão em protesto."

Ela segurou as mãos dele. "E depois faria o quê?"

"É exatamente isso", respondeu ele. "Sou um covarde. Apoio esse lixo para pagar as contas. Somos todos filhos de Deus. Seja mais corajosa do que eu."

Hazel não conseguia imaginar uma situação que fosse exigir tanta bravura dela. Mas logo se lembraria das palavras do pai.

** Prática racista que surgiu no século XIX em que pessoas brancas pintam a pele, usam perucas e ridicularizam e desumanizam pessoas negras, propagando estereótipos e apagando identidades. (N. T.)

PRIMEIRA TESTEMUNHA

Dezembro de 1942

"Gostaria de chamar minha primeira testemunha para depor", Afrodite diz ao juiz.

Ares cobre o peitoral despido com um travesseiro. "Não vai convocar *mortais* para cá, vai?"

"Controle-se", sibila ela. "Meritíssimo? Posso?"

Hefesto fica se perguntando sobre com o que está prestes a concordar. Um plano de fuga? Uma artimanha para obter ajuda? Mas ela já avançou tanto na história... Ele assente, curioso.

Ela olha pela janela. Um raio de luz ofuscante surge arqueado no céu. Instantes depois, alguém bate à porta do quarto.

"Pode entrar", diz Afrodite.

A porta se abre, e um homem alto, de terno risca-de-giz azul e charro, entra, ágil e atlético. Ele veste uma gravata larga e magenta, frouxa no colarinho, sapatos *Oxford* marrons e brancos e um chapéu *fedora* também branco, abado de modo a cobrir uma sobrancelha.

De repente, há uma quantidade absurda de perfeição masculina no quarto. O recém-chegado é um espécime estonteante. Perfil grego, contornos musculosos, brilho dourado. Ele é perfeito.

Ele observa atentamente o par cativo e ri com gosto. "Não consigo nem imaginar o que andou acontecendo por aqui." Ele ergue as mãos. "Mas eu não julgo. Não julgo *mesmo*." Ele nota o martelo de juiz de Hefesto. "Pelo visto, não é o seu caso."

O homem tira o chapéu para cumprimentar Afrodite. "Boa noite, maninha."

"Boa noite, Apolo", diz ela. "Tivemos um entardecer espetacular hoje."

"É muito gentil da sua parte ter notado." Ele quica algumas vezes sobre a cama, testando as molas. "O que está acontecendo?"

"O julgamento de um marido ciumento", responde Ares. "A esposa dele escolheu o melhor homem."

"Vá ver se estou na esquina", retruca Hefesto.

"Ela está contando uma história", diz Ares para Apolo, "para explicar a *ele* por que decidiu dispensá-lo para ficar comigo. Por que o amor ama a guerra, coisa e tal." Ele se sente perspicaz. Um acontecimento um tanto raro fora dos campos de batalha.

"Você por acaso ouviu uma palavra do que eu disse?!", explode Afrodite.

"'Por que o amor ama a guerra'?", repete Apolo.

"Não é essa a questão", protesta Afrodite.

Mas Apolo está intrigado. "*Eu* sou louco pela guerra."

Ares franze o nariz. "Ora, que situação constrangedora..."

"Outra hora, quem sabe", Apolo diz devagar, em um tom gracioso. "Não quis dizer *você*."

"Não há coliseu que comporte os egos de vocês dois", murmura Hefesto.

"Atena faz mais o meu tipo", explica Apolo. "Determinada, bela, fantástica. Guerra, sabedoria e habilidade. Seríamos um ótimo par. Artísticos e badalados. Boêmios, mas com o pé no chão. Pense só nas criaturinhas divinas que poderíamos ter."

"Pode esquecer", diz Afrodite. "Atena não vai se apaixonar por você nem por ninguém. Vá por mim."

"Ainda vou conquistá-la", devolve Apolo. "Mas, voltando ao assunto, o que há de tão atraente na guerra?"

Hefesto bate o martelo de juiz. "Negado. Não me importo."

Apolo coloca uma das mãos no queixo. "Há a peste. Na última guerra, minha Gripe Espanhola, assim batizada, foi um grande triunfo. Ceifou mais vidas do que sua 'Grande' Guerra, Ares."

"E você se orgulha disso?", questiona Hefesto.

"Não é sobre o número de mortos, Deus Vulcão", responde Apolo. "É sobre a beleza tremenda de uma força indestrutível. É um espetáculo quando Poseidon chacoalha a terra e tsunamis destroem a costa. Você adorou o que aconteceu com o Monte Vesúvio. Admita, vai. Você se orgulha de Pompeia."

Hefesto tenta parecer modesto. "Eles ainda falam sobre isso, dois mil anos depois."

Apolo dá de ombros. "Somos artistas." Ele conjura uma bandeja com uvas, figos e queijos, se serve, então se dirige a Ares. "Vai dizer que não se orgulha da Batalha do Somme ou da de Verdun?* Você estava inebriado com tanto sangue." Ele estende a bandeja. "Aceita um lanchinho?"

"Você é um tolo", retruca o deus da guerra.

"Só estou dizendo", Apolo diz, ainda mastigando, "que meu pequeno vírus da gripe, microscópico e contagioso, foi um belo feito." Ele estala os lábios. "A aniquilação tem certo *je ne sais quoi*. Todos temos culpa no cartório. Então me poupe de sermões."

"*Eu* não tenho culpa em cartório nenhum", devolve Afrodite. "Não tenho nada a ver com a destruição."

Os deuses olham para ela e gargalham. Afrodite vira de costas.

"E há a poesia", comenta Apolo. "Outro motivo para amar a guerra. A Grande Guerra... Nenhum outro conflito inspirou uma poesia tão bela desde a Guerra de Troia. Vou recitar para vocês..."

"Não!", as outras três vozes divinas dizem em uníssono, em harmonia pela primeira vez.

Apolo parece genuinamente surpreso. "Não querem ouvir?" Ele materializa um *ukulele*. "Que pena. Mas, enfim, a música. A Grande Guerra acendeu um fogo musical que engolfou o mundo todo."

"Estávamos justamente falando sobre isso", responde Afrodite.

Ares franze o cenho. "Não estávamos, não."

"Estávamos prestes a falar", rebate a deusa. "Apolo, convoquei você para que conte sobre sua participação em uma história específica."

"Que história?" Afrodite olha firme para ele, e Apolo assente. "Ah. *Aquela* história."

* Embates travados em 1916, durante a Primeira Guerra Mundial, em território francês. (N. T.)

APOLO

Carnegie Hall

2 de maio de 1912

Venha comigo para o Carnegie Hall.

É dia 2 de maio de 1912. A Grande Guerra só vai começar daqui a dois verões.

A Orquestra Clef Club, de James Reese Europe,* está prestes a se apresentar para uma casa lotada, um "concerto de música negra". A plateia está aglomerada como sardinhas bem-vestidas.

Pela primeira vez na América, músicos negros vão tocar música feita por pessoas negras em uma grande casa de espetáculo. Uma orquestra composta por mais de cem músicos tocará instrumentos de metal, de sopro e de cordas, banjos e bandolins. O Coral Clef Club, de 150 vozes, se junta ao grupo, assim como o Coral Coleridge-Taylor, de quarenta vozes. Há dez pianos de cauda margeando a parte de trás do palco. *Dez.*

O público, constituído por pessoas negras e brancas, aguarda o começo do espetáculo. Eles estão prestes a ouvir uma música tão nova, tão cheia de energia, ritmo e harmonia, tão sincopada, tão viva, que as coisas nunca mais serão as mesmas. Essa música vai reverberar pelo mundo — seguindo, embora ninguém ainda saiba disso, os tambores da guerra.

Os dez pianos devem ser só brincadeira, alguns devem pensar. O que a Orquestra Clef Club faria com dez pianos?

* Compositor estadunidense que fundou, em 1910, o Clef Club. A organização, além de ter orquestra e coral próprios, também servia como sindicado e agência de contratação para artistas negros. (N. T.)

Para Aubrey Edwards, de 15 anos de idade, sentado ao terceiro piano da esquerda para a direita, nada disso é brincadeira. Estou de olho nele desde quando ele ainda chupava o dedo. Aubrey, um dos músicos mais jovens no palco, tem a confiança de dez pianistas. Se tivesse dedos suficientes, tocaria os dez pianos ao mesmo tempo. Ele sabe tudo sobre harmonização.

A escuridão impenetrável do Carnegie Hall o encara como se fosse uma boca enorme esperando para devorá-lo, com o piano e tudo. A ribalta são os dentes de baixo. O palco de madeira, a língua. Os balcões, mais fileiras de dentes.

Ele torce para que seus pais e sua irmã, Kate, estejam lá fora. Aubrey não sabe se eles compraram bilhetes. Quando ele chegou, as filas já estavam dando voltas no quarteirão. Por ser tão jovem e por não carregar um instrumento, ele precisou convencer o segurança de que é mesmo um membro da orquestra.

Os outros pianistas se acomodam em seus respectivos banquinhos. Toda a banda está inquieta de empolgação. O ar está pesado com a fragrância de colônia e o aroma aveludado de madeira, metal e óleo dos instrumentos.

O maestro, James Reese Europe, sobe ao palco. Um homem grande em um smoking branco, quase reluzente. O público aplaude com veemência, como uma onda arrebatando o auditório e oscilando até os balcões. Então eles ficam em silêncio. Agora é a hora.

Até a confiança de Aubrey se abala um pouco. Como a "The Clef Club March" começa mesmo? Quando eles vão fazer a modulação? Os dedos dele congelam. Ele vai estragar tudo. Jim Europe vai *matá-lo.* Tio Ames, que o ensinou a tocar, vai matá-lo *em seguida*. Ele nunca mais vai tocar no Harlem de novo. Aubrey enxuga o suor das palmas das mãos na calça cinza.

Então Aubrey vê que Jim Europe também está com o rosto suado. Ele não é o único que está nervoso. Os olhos enérgicos de Europe parecem maiores por detrás dos óculos de armação fina. Eles sempre tornam o olhar dele intenso. Esta noite será colossal.

Europe ergue a batuta. Todos respiram fundo.

Música explode em Nova York naquela noite.

Nada parecido com isso já ecoou em uma casa de espetáculo de elite antes.

Críticos, resenhistas, professores e artistas estão na plateia. A elite musical da cidade. Eles são arrebatados pela correnteza como todos os outros, e vão falar desta noite por anos.

Aqui está um novo fenômeno da música. Não se trata de músicas escritas por pessoas brancas para pessoas negras. Não são paródias humilhantes que imploram por risadas, fazendo troça de cantores negros. Esta música é feita por compositores, letristas e músicos negros, excelentes por mérito próprio. Não apenas excelentes, mas audaciosos, vibrantes e originais. J. Rosamond Johnson e Paul Laurence Dunbar. Harry T. Burleigh e Will Marion Cook. Paul C. Bohlen* e, é claro, o próprio James Reese Europe.

Quando a música decola, Aubrey Edwards começa a sorrir e não para mais. Todo o nervosismo que ele vinha sentindo sumiu rapidinho. Os pulsos dele são flexíveis, seus cotovelos estão relaxados. O combustível dele é o entusiasmo da plateia.

Mentalidades explodem, embora a evidência ainda fosse demorar para chegar. A música feita por pessoas negras começaria a dominar o cenário musical, não apenas pela popularidade, mas pelo respeito por sua originalidade e poder.

Para James Reese Europe e a Orquestra Clef Club, a noite é um sucesso. A banda deu tudo de si e a plateia recebeu a música de braços abertos, a afinidade entre todos aumentando em um *crescendo* próprio.

Aubrey Edwards se apaixonou naquela noite. Não pelo piano; ele sempre o amou. Ele se encantou por apresentações. Por plateias. Se pudesse fazer um desejo, escolheria tocar para multidões todas as noites, para sempre.

Eu escutei o desejo dele e o atendi.

Aubrey Edwards teria seu desejo realizado, mas pagaria um preço: ele viajaria com Jim Europe pelo mundo, tocando até chegar aos portões do inferno, nos campos de batalha na França.

* Na ordem dos nomes citados: Compositor, letrista e coautor do hino “Lift Every Voice and Sing”. Poeta, romancista e dramaturgo internacionalmente aclamado por seus poemas escritos em dialeto afro-americano. Barítono e compositor que se tornou conhecido por preservar e popularizar canções religiosas negras. Compositor, maestro e violinista influente na música clássica e popular no início do século XX. Maestro e organista que regeu o coral da igreja de Saint Philip. (N. T.)

APOLO

Spartanburg

13 de outubro de 1917

Agora venha comigo para Spartanburg, na Carolina do Sul, cinco anos depois. É dia 13 de outubro de 1917, uma noite quente de outono. Os habitantes de Spartanburg estão reunidos para um concerto ao ar livre. Homens brancos, soldados do acampamento de treinamento militar, surgem em fardas. Pessoas brancas, civis, vestem camisas com estampa xadrez e saias floridas, segurando cervejas geladas e copos de chá doce para se refrescarem enquanto escutam a "música feita por pessoas negras".

Não são bem essas as palavras que elas usam, é claro.

A Orquestra Clef Club não existe mais. No lugar dela, há a Banda Militar da Guarda Nacional do Exército, 15º Regimento de Infantaria de Nova York, com o tenente James Reese Europe regendo um concerto beneficente para os moradores de Spartanburg, lar do acampamento Wadsworth, base de treinamento militar.

Mariposas rodeiam lampiões. Silhuetada contra o céu arroxeado, a banda afina os instrumentos em sons agudos, escalas e riffs. É uma bagunça dissonante, mas cheia de expectativa: deste caos, ordem e empolgação virão.

Aubrey Edwards gira baquetas em seus dedos longos. Está tenso, apreensivo; não sabe se vai sobreviver ao concerto. O 15º Regimento sempre vai dormir se perguntando se eles vão acordar com o toque da alvorada ou à meia-noite, com uma turba de linchadores.

O 15º Regimento, composto apenas por pessoas negras, chegou ao acampamento Wadsworth para receber treinamento de armas e de combate depois de treinar no acampamento Dix, em New Jersey, onde soldados sulistas penduravam placas de PROIBIDO PESSOAS DE COR e APENAS BRANCOS nos prédios.

Quando Spartanburg descobriu que um regimento de pessoas negras se alojaria no acampamento Wadsworth, o governador da Carolina do Sul foi até Washington para exigir que o governo *não* enviasse soldados negros para o estado deles. O prefeito de Spartanburg, filho de um soldado confederado, disse o seguinte para um repórter do *The New York Times*: "Com essas ideias do Norte sobre igualdade racial, eles provavelmente vão esperar serem tratados como homens brancos. Posso dizer aqui e agora que não será o caso, e que eles serão tratados como crioulos. Vamos tratá-los da mesma maneira com que tratamos os crioulos que moram aqui. Esta situação é como balançar um pano vermelho na frente de um touro... Você se lembra do incidente em Houston há duas semanas".

Sei que *você* se lembra de Houston, Ares. Foi praticamente uma guerra de uma noite. Um policial branco, que estava procurando um suspeito, entrou na casa de uma mulher negra sem mandado. Ela protestou, e ele bateu nela e a prendeu, arrastando-a para fora da casa embora ela não estivesse totalmente vestida. Quando um soldado, um homem negro, se deparou com a cena e tentou defender a mulher, o policial deu uma coronhada nele, ferindo-o seriamente. Os homens do regimento do soldado agredido, ao descobrir que o policial não sofreria nenhuma consequência, se sentiram abandonados pela polícia branca e pelos comandantes. Viram o abuso como a gota d'água derradeira em um mar de injustiças. Então marcharam até a cidade. Soldados e civis morreram no tiroteio que se seguiu.

Este concerto está tentando evitar outro acontecimento como o de Houston. Eles querem provar que nem todos os soldados negros são insurgentes e assassinos. Para Aubrey Edwards e seus colegas músicos, é hora de sorrir e tocar como se a vida deles dependesse disso.

O soldado Aubrey Edwards, agora com 20 anos, está alguns centímetros mais alto, mais robusto e muito mais ágil no piano. Ele quer popularizar o ragtime e deixar um legado no novo mundo do jazz americano. Ele já consegue visualizar o nome dele rodeado por luzes.

O ritmo dele é maduro para a experiência que ele tem como músico, e a improvisação dele é fenomenal. Fenomenal até demais na opinião do tenente Europe, que se tornou o professor de piano de

Aubrey quando ele superou as habilidades do tio Ames, mas Europe sabe que esse rapaz fenomenal vai longe. E ele não está se referindo às trincheiras na França.

Mas é justamente para lá que Aubrey vai, se o general Pershing decidir o que fazer com o regimento de homens negros. Quem vai comandá-los? Quem vai lutar ao lado deles? Que pepino.

A América finalmente entrou na Primeira Guerra Mundial. Depois que a Alemanha torpedeou navios americanos, eles acordaram para a vida, e o Telegrama Zimmermann foi fundamental para fazer com que isso acontecesse. Os americanos que queriam deixar os europeus à mercê da destruição logo mudaram de ideia.

Na primavera, Aubrey se alistou no regimento com o camarada Joey Rice e boa parte dos amigos. Ele fez isso pelo sonho de viver de música, não pela vontade de ganhar os louros de um soldado. Ele seria *pago* para tocar ragtime com Jim Europe por toda a Europa ("o continente ganhou esse nome por minha causa", Jim gostava de dizer). Ele era praticamente um músico profissional! É claro que, em troca, ele teria que disparar rifles também.

Tocar com a banda de soldados parecia uma alternativa muito melhor do que se vestir de soldado de brinquedo todos os dias para ser cabineiro de um arranha-céu comercial no centro de Manhattan. Era o melhor emprego que tinha encontrado depois de terminar os estudos. Mas foi só sorrir algumas vezes e dar bom-dia para homens brancos de terno que não se dignam a responder, muito menos a olhar para ele, que Aubrey logo começou a questionar sua própria existência. Se continuasse ali, talvez ficasse apertando botões de elevador para sempre. Mas, se voltasse como um veterano de guerra — talvez até como um herói de guerra —, ele teria um futuro. E se não voltasse de lá... Bem, ele voltaria. E era isso.

Há apenas um piano disponível para o concerto ao ar livre em Spartanburg, e o soldado Luckey Roberts está tocando-o. Então o soldado Edwards decide colaborar com a percussão. O barítono Noble Sissle canta, cheio de ginga e sobrancelhas e charme, e as mulheres brancas se derretem todas. Ele é um baita galã, mas é um homem negro. Então elas se derretem, mas só até certo ponto, principalmente se os maridos estão de olho nelas.

A banda militar é um sucesso estrondoso em Spartanburg. Eles são insultados por comerciantes durante o dia, levam chutes de valentões e recebem ameaças hostis de um regimento do Alabama, mas a música do 15º Regimento é boa demais para ignorar. Os moradores de Spartanburg logo começam a bater palma e a acompanhar o ritmo da música com os pés. Os mais jovens dançam no gramado. Eles não querem músicos negros nos saguões dos hotéis, mas tecer elogios orgulhosos à batida agitada de Jim Europe é elegante, coisa de dândi.

Mesmo assim, o perigo permanece à espreita, pairando como uma nuvem de tempestade. Aubrey, que é habilidoso o bastante para tocar percussão de olhos fechados, vê moças bonitas dançando. E ele, que está convivendo apenas com homens há semanas, fica com vontade de olhar para elas novamente. Em Nova York ele poderia, mas aqui? Nenhum rosto é bonito o suficiente para fazer o enforcamento que viria em seguida valer a pena.

As cartas da mãe dele estão repletas de avisos urgentes. Ela cresceu no Mississippi. Está familiarizada com linchamentos. Aubrey se pergunta se vai morrer *neste* país antes de ter a chance de morrer *pelo* país dele. Ele prefere continuar vivo.

O espetáculo termina, e os soldados retornam para as barracas em perfeita marcha militar. A plateia volta para casa. A raiva foi apaziguada, mas só por uma noite. Daqui a uma semana, as tensões vão transbordar. O exército, na esperança de evitar uma rebelião racial, vai decidir que não há lugar nos Estados Unidos para eles, e todas as unidades militares que falam inglês nas cercanias da Frente Ocidental se negam a lutar com o regimento. Então vão encaminhá-los ao exército francês como um gesto de boa-fé. Não, vão jogá-los como uma batata quente.

Não, vão lançá-los como uma granada.

ENCRUZILHADA

Dezembro de 1942

"Não é que eu esteja me opondo a escutar a história de um soldado", diz Ares, "mas como fomos da garota britânica e do namorado soldado para este recruta americano? Será que perdi o fio da meada?"

"As histórias deles vão se cruzar", explica Apolo. "Em breve."

Ares dá de ombros. "Não que faça muita diferença para mim."

É claro que não.

"Quer que eu fique aqui, deusa?", pergunta Apolo.

"É claro", responde ela. "Há muito mais para contar. Nós mal começamos."

AFRODITE

Royal Albert Hall

25 de novembro de 1917

À uma da tarde, Hazel Windicott saiu, passou na frente da barbearia Os Bigodes do Rei e caminhou até a esquina onde eles iriam se encontrar. Havia um frio se espalhando pela barriga dela: o medo de que James não fosse estar ali.

Ela quase passou batido por ele. James se recostou na soleira onde eles conversaram antes.

"Olhe só para você", disse ele.

"Não posso, a não ser que tenha trazido um espelho", respondeu Hazel.

De certa forma, era ainda mais difícil para eles se encontrarem novamente, naquela terceira vez, pois já se conheciam um pouco melhor. Era maravilhoso também, mas incerto; não havia mais como se esconder atrás de formalidades. Não havia roteiro. Coitadinhos.

"Vamos sair daqui", sugeriu James. Hazel segurou a mão dele e, correndo, o arrastou pela rua. "Espere um pouco." Ele riu. "Seu condicionamento físico é melhor do que o meu." Não era, na verdade, mas de tanto rir e correr, James mal conseguia respirar direito.

Ele desembolsou a programação do trem e um mapa. "Muito bem, srta. Você-Não-Conhece-Mesmo-Londres", disse, "fique sabendo que eu já resolvi tudo."

"É mesmo?"

"Pode apostar. Vamos para a estação em Bow. Depois pegaremos a District Railway para Gloucester Road", ele espremeu os olhos para ler melhor as anotações, "vamos embarcar na Piccadilly Line e descer na estação Kensington High Street. De lá, andaremos até o Hyde Park."

"Impressionante, meu Homem da Cidade Grande."

"Não sei de nada." As covinhas surgiram.

Eles chegaram à estação, compraram bilhetes, embarcaram no trem e se acomodaram nos assentos. O trem arrancou, e Londres passou por eles em um borrão. James observou os prédios. Era o mais cavalheiresco a se fazer, em vez de ficar encarando Hazel.

"Você repara em todos os arranha-céus, não é?"

"Reparo?"

"De que tipo de prédios gosta mais?"

Ninguém nunca tinha perguntado aquilo para ele antes. James olhou para Hazel, tentando descobrir se ela estava apenas sendo educada e puxando assunto, mas viu que ela o olhava com curiosidade. Ela realmente queria saber.

"Gosto muito dos prédios grandes e antigos, é claro. Prédios de associações, igrejas e palácios governamentais." Ele se virou para ela. "Mas o que mais me interessa não é assim tão pomposo. É mais útil. Os hospitais, por exemplo. Desde o começo da guerra, não temos muitos hospitais. Eles poderiam ser maiores e mais modernos. Com encanamentos e fiações melhores. Tenho lido sobre o assunto."

"Vamos precisar de hospitais assim quando a guerra acabar?", perguntou Hazel.

"*Se* a guerra acabar, você quer dizer." Ele imediatamente se arrependeu do que falou.

Hazel tocou o braço dele. "Não diga isso. Uma hora ela precisa acabar."

Ele arriscou olhar para ela. "Eu era só um garotinho quando tudo começou", disse. "Preciso me lembrar de que a vida já foi normal. Primos se reunindo na Páscoa. Viagens de verão para a casa da minha avó, no litoral. Brincar na praia. Fazer castelinhos de areia."

Hazel, que não tinha irmãos ou primos, visualizou a cena otimista com certa melancolia.

"Um dos meus primos mais velhos morreu na Batalha do Somme", comentou James. "O outro perdeu uma perna."

Hazel se recostou no ombro dele. "Como eles eram?"

James olhou pela janela. "Eles gostavam de jogar futebol." Ele deu um sorriso triste. "Will se movimentava com muita destreza. Mike era ágil. Você deveria ter visto os dois jogando."

"A guerra vai acabar logo", disse Hazel. "Eles não são loucos de continuar com isso para sempre. Além disso, os americanos estão chegando. Imagino que os alemães morram de medo deles."

James deu uma risada triste. "Acho que os alemães são tão durões quanto os americanos. Mas, quando os recrutas chegarem lá, os americanos terão a vantagem de um exército maior." Ele suspirou. "Queria que uns dois milhões chegassem nesta semana. Se a guerra terminasse no sábado, eu não precisaria ir."

Hazel enroscou o braço no dele.

"Vamos torcer para que eles venham. Milhões na segunda-feira. Milhões na terça. Mais outros milhões na quarta."

Ele sorriu, mas seus olhos estavam tristonhos. "Sou um covarde, não sou? Agora você sabe."

Hazel segurou o queixo de James e o forçou a olhar para ela. "Você não é um covarde", afirmou. "Você quer viver, e quem não quer?" Ela sorriu. "Eu bem que gostaria que você continuasse vivo também."

O rosto dela estava tão próximo, seus olhos tão acolhedores. James precisou de todo o comedimento do mundo para não a beijar bem ali no trem. *Assim não*, ele disse a si mesmo. *Não aqui.*

"Então está decidido." Ele conseguiu sorrir. "Já que é isso que quer, vou ficar vivo por você."

Por que ele não a beijava? Hazel tentou não ficar muito abalada com aquilo. Os olhos dela teimavam em fitar os lábios irresistíveis de James.

"É verdade. Quero que você continue vivo", disse ela. "Volte logo e construa esses hospitais."

"Não só hospitais", respondeu James. "Fábricas. Armazéns. Apartamentos. Com a expansão das linhas ferroviárias, mais casas, escolas e comunidades ao longo das rotas serão necessárias. É o que dizem as revistas de construção. Se, depois da guerra, eu puder estudar arquitetura..." Ele se deteve. Estava fazendo a pianista entrar em coma de tanto tédio. "Desculpe. Estou tagarelando."

"E eu estou *ouvindo*", respondeu Hazel. "Acho maravilhoso. É bom ter uma ambição." Ela franziu as sobrancelhas. "Eu bem que queria ter uma." Ela olhou pela janela, para os prédios sem graça que orlavam os trilhos. "Em Poplar há cortiços horríveis perto das docas. A Paróquia

São Matthias promove eventos beneficentes para ajudar as famílias dos trabalhadores do cais. Mas vender geleia e livros velhos em bazares não ajuda muito, não é?"

"Só se eles venderem muitos livros e geleias."

Eles quase não ouviram o maquinista anunciar a estação Gloucester Road. Depois de migrarem para a Piccadilly Line, saíram na Kensington High Street e, na luz oblíqua da tarde, seguiram a aglomeração. Eles cruzaram o Hyde Park, todo em tons de cinza e verde invernais, e desembocaram no Royal Albert Hall, que despontou como um navio no meio do oceano. Eles se juntaram ao fluxo de pessoas em uma das portas de entrada e subiram vários lances de escada até o penúltimo andar, que ficava abaixo da galeria.

Maravilhada com a vista, Hazel olhou para a queda abaixo deles, para os balcões superiores e inferiores, e para o palco.

"Desculpe, foram os melhores lugares que consegui", disse James.

"Não diga tolices. É espetacular." Ela espiou sobre o anteparo e engoliu em seco. "Quão alto estamos?"

"É melhor não pensar nisso."

James ajudou Hazel a tirar o casaco, em seguida removeu o dele e se sentou. A plateia naquele patamar era menor e mais esparsa, de modo que eles estavam, para todos os efeitos, sozinhos. Com mais quatro mil pessoas. James ficou muito consciente dos próprios braços e mãos, sem saber onde colocá-los e sentindo uma ânsia terrível de abraçar Hazel e nunca mais soltar. Ele enfiou as mãos por baixo das coxas.

Hazel ficou observando as pessoas entrarem e comentou sobre o tamanho do piano de cauda e a quantidade de assentos para a orquestra. Ela nunca era enfadonha, e nunca se entediava. Estava sempre alerta e interessada. James pensou em tudo que tinha dito no trem. Nunca tinha falado tanto com uma garota que não fosse da família. Ele poderia conversar com Hazel todos os dias, o ano todo, a vida toda, para sempre.

Hazel fez um gesto indicando o salão. "Gostaria de ter construído este pequeno lugar?"

"Pequeno?!" Ele observou o salão. "Projetá-lo teria sido divertido", respondeu. "Todo esse peso para sustentar... E sem colunas, para manter a vista livre. Mas eu não seria um dos camaradas que, lá de cima dos andaimes, rebocam os tetos. Nem por todas as Joias da Coroa."

Ela riu. "Também não gosto muito de alturas, mas acho que eu daria uma chance aos rebocos pelas Joias da Coroa."

"Você é mais corajosa do que eu." James sorriu. "Deveria estar indo para a guerra."

Hazel se empertigou. "Sabe de uma coisa? Às vezes eu bem que gostaria de ir." Ela notou o olhar surpreso de James. "Não estou dizendo ir para as trincheiras. Acho que não serviria para isso." Ela sorriu. "Conheci algumas garotas no colégio que, se tivessem a chance, dariam nos Jerrys* uns bons chutes na canela. Mas eu não sou assim. E eu seria uma péssima enfermeira. O sangue... Eu passaria mal na mesa cirúrgica."

James tentou ficar sério.

"Mas gostaria mesmo de fazer alguma coisa para ajudar. Não queria só ficar em casa, praticando para a audição, enquanto os rapazes estão lá, morrendo."

As luzes esmaeceram. A ovação da plateia enfraqueceu até se tornar um ruído abafado.

James se inclinou para sussurrar no ouvido de Hazel. "Manter o mundo são e salvo para que as pessoas possam ensaiar para audições me parece o único bom motivo para lutar. Se a música acabar, se a arte e a beleza desaparecerem, o que sobra para nós?"

Ele observou Hazel abrir e fechar os olhos margeados por cílios longos. *Aquela* beleza diante dele jamais desapareceria.

(Esta é uma das minhas mentirinhas mais úteis.)

No salão à meia-luz, iluminado apenas pelas luzes do palco, os rostos corados dos dois buscaram um ao outro.

Beije-a. Ande logo.

Os músicos começaram a afinar os instrumentos. O encanto se quebrou. O mestre de cerimônias deu as boas-vindas a todos e anunciou a programação. Então o regente, o sr. Landon Ronald, subiu ao palco e a orquestra se levantou. Todos aplaudiram. O sr. Ronald fez uma mesura, a orquestra tornou a se sentar e o salão ficou em silêncio.

Então a música começou.

* Termo usado pelos britânicos para se referir aos alemães. (N. T.)

James e Hazel fecharam os olhos e deixaram que música os arrebatasse. Instrumentos de metal sonoros tangeram acordes solenes. Os músicos de sopro começaram a tocar, formando uma cadência melodiosa que rodopiou pelos balcões. Então metais e sopro juntos. Um andarilho e uma dançarina. Um soldado e uma pianista.

Hazel respirou o som pulsante. Ao lado dela, o rapaz sério fez o ar crepitar. Ela fez um pedido. *Que a noite de hoje não acabe nunca. Que a música continue tocando.*

James já tinha ido a concertos antes, mas aquele era incomparável. O som o cercava, atravessava seu corpo. Cada nota era viva, pura, grandiosa.

Hazel olhou de soslaio e viu que James respirava no ritmo da música. Viu lágrimas se acumulando nas beiradas de seus olhos escuros.

É ele, decidiu ela. *Ele é o rapaz perfeito para mim.*

E assim foi feito.

AFRODITE

Concerto, continuação

25 de novembro de 1917

A solista de piano, a srta. Adela Verne, tocou seu primeiro solo, a "Fantasia Húngara" de Liszt. Para James, a srta. Verne tangia tão bem quanto qualquer outro homem. Ele torcia para que Hazel estivesse interessada em ver uma pianista assumindo o papel de solista.

Quando eles se entreolharam, James apontou para o palco. "Você gostaria de tocar aquele piano para uma plateia assim?"

Ela sorriu. "E lá vem você fazendo essa pergunta de novo."

Ele se aproximou. "Que cor de vestido usaria?"

Hazel o encarou com uma expressão estranha. "Preto, é claro. Pianistas não são cantoras de ópera."

"Então se apresentaria?"

"Não sou tão talentosa quanto você acha." Hazel sorriu. "Sou só uma garota, como várias outras, que toca piano."

James observou os dedos longos e delgados de Hazel apoiados no colo dela. "Depois de estudar no conservatório, então?"

Ela deu de ombros. "Se eu quiser tocar em um palco desses, o conservatório é essencial." A afirmação era uma grande hipótese. "Meus pais trabalham muito, e sacrificam mais coisas ainda, para que eu tenha aulas que nós não podemos pagar." Hazel olhou para o piano de cauda no palco. "Eles esperam tanto de mim. Devo tudo a eles."

James não conseguiu discernir a origem da relutância dela, então ficou em silêncio.

Hazel pensou por um instante. "Se eu pudesse vir até aqui no meio da noite, acender um holofote e tocar para a escuridão, eu adoraria."

Ele a observou com curiosidade. "Sozinha?"

Hazel assentiu. "Seria muito romântico tocar no escuro, com apenas este lugar, que já ouviu tanto, como plateia." Ela esfregou os braços. "Fico até arrepiada."

"Por que não quer pessoas?"

O sr. Landon Ronald fez outra entrada e foi muito aplaudido.

"As pessoas sempre atrapalham."

Ele baixou a voz conforme o maestro erguia a batuta.

"Não sou uma pessoa, então, porque eu estaria lá. Não perderia isso por nada."

Ela pegou a mão dele e a apertou. "Vamos ver."

Várias músicas foram apresentadas. Dvořák, Alkan, Paderewski e Saint-Saëns. Alguns talvez achassem o espetáculo longo demais, mas não foi o caso de James. Nem de Hazel. Eles aplaudiram o *finale*, se demoraram o máximo possível, então saíram para o ar gelado, iluminado pelo entardecer. Eles se viraram na direção da estação de trem.

"Vamos tomar chá?", perguntou James.

Hazel balançou a cabeça com tristeza. "É melhor não. Eu... hã... eu não contei ao meus pais para onde estava vindo."

O queixo de James caiu. "Como é que é?"

Ela encarou o chão. "Eu *vou contar*. Só não encontrei um jeito de fazer isso ainda." Hazel buscou o olhar dele. "Meus pais são adoráveis. Não acredito que estou fazendo isso. Mas acho que vão gostar de você depois de o conhecerem melhor."

"Obrigado." James riu. "Não é fácil gostar de mim de primeira, então? Leva um tempinho?"

Ela enrubesceu e deu uma cotovelada suave nas costelas dele. "Pare com isso!"

"Parar com o quê?"

"De me provocar."

James parou de andar e se virou para encará-la. Hazel estremeceu um pouco com a friagem, e ele instintivamente tocou o rosto dela para mantê-lo aquecido.

BEIJE-A.

Hazel prendeu a respiração. Os olhos castanhos dele eram tão bonitos. Ele com certeza iria beijá-la.

Mas não beijou. Talvez, Hazel concluiu com um constrangimento pavoroso, ele esperasse por uma explicação sobre a questão com os pais dela. Então foi o que ela fez.

"Meu pai é muito protetor da 'garotinha' dele", esclareceu a pianista, "e minha mãe tem muito medo da vida como um todo. Ela sempre me conta histórias horríveis sobre o que aconteceu com a filha de fulano de tal que se apaixonou por um patife imprestável e assim por diante."

"Patife imprestável", repetiu James.

Hazel ergueu a mão com firmeza. "Pode parar. Você sabe que não foi isso o que eu quis dizer."

Ele sorriu e admitiu que tinha entendido.

"Meu pai também vive me alertando sobre soldados", continuou ela. "E... eu entendo o porquê. Ele não quer que eu me magoe."

James acarinhou as maçãs do rosto de Hazel com os polegares.

"Eu nunca vou machucar você, Hazel Windicott."

Ela quase o beijou.

"Eu sei", falou Hazel. "Você faria de tudo para evitar que isso acontecesse."

Eles não encontraram as palavras certas para verbalizar aquilo que não tinham coragem de dizer.

Por fim, ela murmurou alguma coisa sobre o frio, e ele comentou sobre o trem. Eles se afastaram e continuaram a caminhada, chegando à estação e embarcando no trem.

"Enfim", disse ela, ressuscitando a conversa abandonada. "Eu sabia que, se contasse aos meus pais, eles insistiriam para conhecer você e seriam nossos acompanhantes, limitando nosso tempo juntos para o que achassem apropriado. E sei que não seria tempo suficiente." Hazel mirou os olhos escuros dele com fervor. "Só temos uma semana. Não quero desperdiçar um segundo que for."

Se não fossem pelos olhos curiosos de uma mulher gorda e mais velha do outro lado do corredor, James teria envolvido Hazel em seus braços.

"Sinto como se pudesse contar qualquer coisa a você", disse ele. "Às vezes acho que já contei."

Verdadeiro e falso. Ele não conseguia contar o que sentia por ela.

"Então por que", perguntou Hazel, "você ainda não me beijou?"

Todos os membros dela se enrijeceram, como se ela pudesse, por pura força muscular, recuperar as palavras que tinha dito e permanecer calada. Mas James deixou a mulher mais velha para lá e, envolvendo Hazel, a puxou para perto.

"Ah, não se preocupe", disse ele. "Tenho toda a intenção de beijá-la."

O rosto dele estava a um centímetro do dela.

Ela respirou fundo.

Nada aconteceu.

Se o plano de James era matá-la por privação de beijos, estava funcionando.

Hazel tentou soar indiferente. "Toda a intenção, é?"

Ele aquiesceu, sério, mas seus olhos faiscavam.

"Estou planejando tudo com muito cuidado. Não se deve apressar essas coisas."

"Na verdade", disse ela, "é possível, sim. É só querer."

Ela admirou a textura da pele dele, a sombra da barba por fazer em seu queixo. Ela observou os dentes — muito bonitos, por sinal — e as covinhas encantadoras. James sorriu.

"Se é que posso, srta. Windicott, vou beijar você no próximo sábado, na plataforma da estação Charing Cross. Antes de partir."

Não gosto de atrasos. Não fiquei nem um pouco satisfeita com aquilo.

Mas Hazel ficou. Ela começou a rir, e o sorriso quase fez James desistir de esperar. Ele pressionou a bochecha na dela, como quando dançaram.

"Agradeço o aviso", disse a pianista. "Vou me vestir apropriadamente."

"Será um beijo inesquecível", prometeu ele. "Eu garanto."

Hazel riu na orelha dele. "Então *se lembre* de me beijar."

"Não vou esquecer."

Ela recuou com certa dificuldade e olhou para James.

"Mas estou curiosa", disse ela. "Por que só lá? Para sermos como as fotos nos jornais de soldados e seus xodós dando beijos de despedida na estação?"

James balançou a cabeça.

"Preciso de um motivo para ir até a estação. Algo pelo qual aguardar ansiosamente."

Ela não sabia, mas sentiu; Ares, você era o homem sentado nos lugares atrás deles. A Grande Guerra e seu caráter definitivo estavam começando a interferir.

"Além disso", continuou James, "se eu beijar você antes, talvez nunca suba naquele trem."

AFRODITE

Tortura

25-26 de novembro de 1917

Eles se despediram. Foi uma tortura.

Hazel voltou e enfrentou os pais. Foi uma tortura.

Ela retornou para casa e não lidou com raiva, mas pior, com deslealdade e decepção.

James retornou para casa e encontrou um telegrama.

James e Hazel tinham combinado de se ver no dia seguinte, no almoço. Esperar a noite toda e depois a manhã toda foi uma tortura.

Mas aquilo não se comparava à tortura dela, no dia seguinte, esperando na cafeteria onde eles ficaram de se encontrar, e James não aparecer.

Nada se comparava à tortura de James, que observava o céu cinzento pela janela do trem da manhã rumo a Calais, de onde ele embarcaria em um navio para Boulogne e, de lá, em um trem para Étaples, para o treinamento militar no acampamento da Força Expedicionária Britânica.

Nada se comparava à tortura de Hazel, que, mais tarde naquele dia, recebeu uma carta explicando que James tinha sido convocado para se apresentar ao serviço alguns dias antes do esperado. O primeiro-ministro Lloyd George e o marechal Haig precisavam urgentemente de novos soldados para suprir as baixas na frente de batalha. E alguém em algum gabinete de guerra decidira que o soldado James Alderidge faria o serviço tão bem quanto qualquer outro.

AFRODITE

Primeira noite

26 de novembro de 1917

O Canal da Mancha se estendeu entre James e Hazel naquela noite. Ele parece estreito em um globo terrestre, mas quando separa dois corações, poderia muito bem ser o imenso Atlântico.

Hazel, que andava em círculos pelo quarto, apertou ainda mais a faixa do roupão de flanela. Sua camisola não a mantinha aquecida. Um vento gelado soprava do continente, vindo da França. Tão frio que enregelava uma garota acomodada em seu quarto; imagine só como um soldado em um navio ou uma tenda não estava se sentindo.

Ela tinha visto fotografias, até filmes, de soldados britânicos enfileirados e marchando. Era uma cena impressionante, majestosa em tamanho, disciplina e uniformidade. Ela tremeu ao perceber que, agora, um daqueles rostos imóveis pertenceria ao seu James. O coração e a mente dele, tão adoráveis, presos naquele traje cáqui. Seu corpo cálido, alto e elegante, alvo de um projétil veloz feito de aço alemão.

Seria bom se ela conseguisse chorar em uma situação assim. Botar tudo para fora em uma grande chuva de lágrimas e finalmente adormecer. Lágrimas eram bem melhores do que o aperto na garganta e o peso no estômago.

Ela deu mais uma volta no quarto.

Sexta-feira, sábado, domingo. Um fim de semana. Foi só isso. Uma vida espremida em três dias.

Segunda-feira, terça, quarta, quinta, sexta e um beijo no sábado, tudo isso lhes foi roubado.

Se o coração dela se entrelaçou completamente no dele em três dias, o que será que teria acontecido depois de uma semana? Que conversas teriam tido? Que memórias criariam? E que promessas teriam feito?

Será que tudo não passava de um sonho do qual ela tinha se esquecido de acordar?

Ela desabou na cama. *Pare com isso, garota*, ela disse a si mesma. *Se continuar assim, vai enlouquecer.*

Hazel fechou os olhos e abraçou o próprio corpo. Ela voltou para o Royal Albert Hall, para o trem, para a caminhada, para a outra caminhada, a casa de chá, o festival. Loção pós-barba e lã, a barba bem-feita, os olhos castanhos firmes e gentis. Cabelo escuro e covinhas. Uma onda de nervosismo subiu da barriga dela até a cabeça, e ela ficou arrepiada.

Era real, era verdadeiro. Mesmo que novo, mesmo que tenro.

A guerra, agora, era de Hazel. Estava dentro dela. Não era mais algo que morava nas manchetes e em jargões.

"Deus, proteja-o", sussurrou Hazel. Mas não havia nada que eu pudesse fazer.

Coitadinha.

James teve as viagens diurnas para se distrair, mas não funcionou. Não conseguiu puxar conversa com os colegas soldados. Ao redor dele, no trem e no navio, rapazes conversavam e riam como se estivessem tirando férias juntos, fazendo de conta que eram soldados.

James pensava diferente: achava que não estava indo a lugar nenhum. Ele só estava deixando Hazel. Deixando-a, deixando-a, então deixando-a mais um pouco.

Eles chegaram à noite ao acampamento, beberam caldo de carne morno e seguiram um comandante até um campo de tendas. Elas estavam só um pouco mais quentes do que a noite gélida, mas a lona bloqueava o vento, e o calor emanado por dezoito homens dormindo em três fileiras de beliches ajudava um pouco.

James tirou a mochila, as botas e subiu na cama. Demorou muito até que ele conseguisse se aquecer debaixo das cobertas. Não que ele fosse conseguir dormir, de todo jeito.

Ele tentou se lembrar da sensação de ter Hazel em seus braços.

Seu tolo, ele ralhou consigo mesmo. *Deveria ter beijado Hazel enquanto podia.*

Eu estava pensando a mesma coisa, mas não sou o tipo de pessoa que diz "eu bem que te avisei".

Como era possível que aquela moça adorável tivesse gostado dele, James Alderidge de lugar nenhum, com aquela risada, a companhia tão agradável, o jeito com que comera o bolo de limão? Como era possível que ele tivesse sido o escolhido para segurar as mãos dela e admirar seus cílios varrendo o ar cada vez que ela piscava?

E justo agora que a encontrara, como tinha permitido ser levado para longe dela?

Se não fosse pela guerra, James jamais a teria conhecido. E agora a guerra os separara.

"A guerra dá e a guerra tira. Bendito seja o nome da guerra."

O vicário da cidade natal de James teria uma resposta pronta para a blasfêmia. James ainda se lembrava do funeral de Will, seu primo. Vividamente. Das cinzas ao pó. O Senhor o deu e o Senhor o tomou...

"Deus, permita que eu volte para ela", sussurrou ele. "Por favor."

Você deve estar se perguntando, como tantos outros antes, se foi uma gentileza ou uma crueldade permitir que eles se conhecessem tão perto da partida dele, com tão pouco tempo para se conhecerem. Mas os tormentos da perda não invalidam a benção do amor. Sobretudo quando se trata da guerra, da morte desenfreada com sua foice sangrenta. Você pode dizer que foi cruel da minha parte ter deixado que eles se encontrassem, já que três dias eram tudo que eles tinham.

Não acho que tenha sido crueldade.

Não pedirei desculpas.

...тира — брата, ...

...волно силата, ...

Териним в пло...

...ки ~~...~~ се изт...

...спо изхожу по терену...

...чени. Винаги при...

...вибрирущ си Ив ...

...ти ~~...~~

...тра — нето изтъ...

...щени ~~...~~

...остено стеи ос д...

...игорим стимул...

...доси... но ...

...ни ~~...~~

Entreato

5 de dezembro de 1917

Querida srta. Windicott,

Peço desculpas por escrever esta carta sem ter pedido permissão. Há tanto que gostaria de contar. Só mesmo um conselho de guerra para me fazer subir naquele trem. Se não tivesse ido para a guerra, não a teria conhecido. Se não a tivesse conhecido, não estaria sentindo tanto a sua falta.

Por causa da minha experiência em construtoras, torci para ser convocado para o Corpo de Engenheiros Reais, mas fui designado para uma divisão de infantaria. Faz quase uma semana que estou aqui. O treinamento não é tão ruim assim. As inspeções me distraem, e as marchas me mantêm aquecido. Dormir em tendas é horrível. Estamos a quilômetros de distância da frente de batalha, mas os disparos ecoam noite e dia. Mas um ponto positivo é que estou fazendo amigos no esquadrão. Acho que me tornarei bem próximo de alguns deles.

Nós passamos boa parte dos dias fazendo exercícios e marchando pelo terreno. É difícil ver os comboios chegando da linha de frente com homens feridos. Alguma doença está se espalhando, e recrutas morrem esporadicamente de tosse e febre. Até agora, estou saudável.

Se quiser, me escreva e me conte sobre seu cotidiano. Vai me ajudar a imaginar o mundo fora deste acampamento sujo. Conte-me sobre você, sobre sua infância, seus pais, suas aventuras na escola, seus passatempos. Sinto como se conhecesse você tão bem e, ao mesmo tempo, como se não soubesse nada a seu respeito. Então, por favor, ajude-me a preencher as lacunas. Diga-me o que gosta de comer no café da manhã e que nome daria ao seu cachorro.

Seu amigo,
James

◆ ◆ ◆

11 de dezembro de 1917

Querido James,

Meu cachorro se chamaria Pimenta. Sempre quis ter um. Quando era criança, lia livros sobre um garoto chamado Willie e seu cachorro magnífico, Scout. Eu me imaginava vivendo aquelas aventuras, com Scout dormindo ao pé da minha cama. Durante boa parte da minha infância, quando eu não estava praticando escalas, estava aconchegada lendo um livro. Sempre desejei ter irmãos.

Gosto de ovos escalfados com torrada no café da manhã, e laranjas, quando conseguimos algumas. Está bem difícil de achá-las ultimamente. Os mantimentos eram assim tão escassos em Chelmsford?

Meu cotidiano se resume a ensaios de Natal do coral. Vai haver muita cantoria na paróquia, e eles decidiram me chamar. Não me importo de tocar acompanhamentos ou solos. Preciso me distrair. Não estou ensaiando para a audição tanto quanto gostaria. Não devo ficar reclamando sobre tocar piano sendo que você está dormindo em uma tenda, marchando na lama e esperando para partir para a frente de batalha. Mas você quis saber, então aqui está.

Meus pais já não estão mais chateados por eu não ter contado a eles sobre você. Estou decidida a apresentá-los. Você tem uma fotografia sua para me mandar?

Meu pai, como você já sabe, toca piano em uma casa de espetáculo, e gostaria de ter mais tempo para pescar. Ele adora castanhas. Minha mãe escreve poemas sentimentais e guarda tantos sachês perfumados nas gavetas do quarto que meu pai começa a tossir só de se aproximar. As mãos dela são ásperas por causa das milhares de alfinetadas que levou por trabalhar costurando camisas e calças. Todo ano eu compro um frasco de creme hidratante para ela de Natal. Perfumado.

Os dois são adoráveis, e eu os amo. Eles sempre me colocam em primeiro lugar. Sempre me sinto uma pessoa péssima por me sentir tão inquieta, por querer fazer algo extravagante, para variar.

E você? Qual nome daria ao seu cachorro? E o que gosta de comer no café da manhã? Você gosta de gatos? Qual o melhor livro que já leu? E, se pudesse ir para qualquer lugar do mundo, onde faria um piquenique? Conte-me sobre seus irmãos. E sobre a coisa mais tola que já fez.

Sua,
Hazel

◆ ◆ ◆

16 de dezembro de 1917

Querida Hazel,

Chamar você para dançar foi a coisa mais tola que já fiz. Olhe só o que isso fez comigo.

Eu não diria que se trata de uma alta literatura, mas gostei de Tarzan: O Filho das Selvas. *E de* O Livro da Selva, *de Rudyard Kipling. Na escola, gostava mais de* Macbeth *do que de* Júlio César.

Pimenta é um ótimo nome de cachorro. O segundo cão poderia se chamar Sal. Não me oponho a gatos, e Gengibre e Noz-Moscada seriam boas alternativas. Meu limite é Mostarda.

Sobre meus irmãos: Maggie tem 15 anos, ainda está na escola e quer ser datilógrafa. O barulho da máquina de escrever deixa meu pai com dor de cabeça. Maggie vive reclamando do cabelo enrolado, mas é o tipo de garota que você quer por perto em uma saia justa. Bob, de 13 anos, é extremamente entusiasmado e dedicado, de corpo e alma, ao escotismo. Ele passa cada segundo mapeando, com bússola e binóculo, campinas e bosques. Que bom que não há lobos na Grã-Bretanha, senão ele já teria sido devorado.

Eu faria um piquenique em um lugar inusitado e quente. No Congo, talvez, ou na Amazônia. Mas o frio francês pode estar me influenciando. Se formigas gigantes congolesas ou amazônicas invadissem o piquenique, talvez comessem as pessoas, e não só o frango frio.

Agora é minha vez de fazer perguntas: qual é o seu livro preferido? Conte-me sobre seus amigos e seu professor de piano. Se tivesse um pequeno chalé com jardim, o que plantaria? E, se decidisse fazer algo chocante e escandaloso, o que seria?

Suas cartas me alegram mais do que consigo explicar. Não pare.

Seu,
James

◆ ◆ ◆

23 de dezembro de 1917

Querido James,

Obrigada pela fotografia. Minha mãe ficou encantada. Meu pai disse: "Hmm".

Livros: Evelina, *de Fanny Burney.* Norte e Sul, *de Elizabeth Gaskell.* O Morro dos Ventos Uivantes, *de Emily Brontë.*

Minhas colegas mais próximas são Georgia Fake e Olivia Jenkins. Estudei com elas e somos amigas de infância. Elas vivem aqui em Poplar. Georgia é hilária, firme como uma rocha, e muito inteligente. Ela está trabalhando como voluntária em um hospital militar aqui em Londres, e quer se tornar uma enfermeira treinada. Olivia é o oposto. Doce e compassiva. É estranho que Georgia seja a enfermeira e não ela, porque Olivia é muito atenciosa e gentil, e confortaria muito os adoentados. Georgia, por outro lado, consegue manter a cabeça fria enquanto uma pessoa tem o braço decepado. Talvez tenha aprendido a ser durona depois de uma vida ouvindo gracinhas por causa de seu sobrenome, que significa "falsa". Olivia está noiva de um rapaz que foi para a linha de frente. É difícil de absorver. Parece que foi ontem que vestimos nossos primeiros vestidos chiques para festas do chá na escola.

Meu professor de piano é tirânico e maravilhoso. Monsieur Guillaume. Ele tem cerca de 60 anos e me dá aulas desde que eu tinha 11 anos de idade, quando superei as habilidades do meu primeiro tutor. Sei que ele me adora, assim como os professores mais zelosos gostam de seus pupilos, e eu o adoro também. É por isso que vê-lo decepcionado comigo é ainda mais difícil. Jamais estarei à altura das expectativas dele. A guerra o atingiu muito. Ver a França à beira de ser derrotada pelos hunos o despedaçou.*

* Termo pejorativo usado pelos britânicos para se referir aos alemães. (N. T.)

Eu plantaria narcisos no jardim do meu chalé. Tulipas de todas as cores e narcisos divinos. E, quando a primavera acabasse, gerânios para me animar, e lírios e tremoços para balançarem ao vento. Ah, agora você me fez visualizar isso tão vividamente! Como serei feliz se não tiver meu chalé com jardim no futuro? Um terreno desses custaria uma fortuna em Londres. Até mesmo em Poplar.

E eu já comecei a articular meu plano mais escandaloso. Logo depois que você partiu, me inscrevi para ser uma secretária responsável pela recreação dos soldados na ramificação francesa da Associação Cristã de Moços. Passarei dias e noites nas cabanas tocando piano para combatentes saudosos. Meus pais ficaram furiosos. Eles imploraram para que eu escolhesse a sede londrina, mas estou decidida a ir aonde os soldados mais precisam de diversão para não pensarem tanto na guerra. Detesto me apresentar, mas os soldados abominam o campo de batalha mais ainda. Posso muito bem repelir os infortúnios dos soldados como o faço com as moças da igreja. Chegarei lá logo depois do começo do ano. Meus pais têm certeza de que isso vai prejudicar minha entrada no conservatório. Mas, se a Europa está prestes a sucumbir nas mãos dos alemães, isso importa?

Imagino que esteja impaciente para terminar o treinamento, mas estou muito feliz por você estar fora da mira dos alemães. Fique seguro, fique aquecido. Escreva para mim e me conte tudo sobre seus camaradas. E se gosta de pescar. Vai ser muito importante para o meu pai se você gostar.

Tenha um feliz Natal. Parte meu coração pensar em você passando a festa em uma base militar gelada. Mas que seja um Natal alegre mesmo assim.

Sua, com afeto,
Hazel

...ктира. — Здесь, [illegible]

...водимое значение, [illegible]

Берлине в июне.

... [illegible] ~~[illegible]~~ [illegible]

...положению в /среду...

...ления. Всегда нужно...

...верхушки ... [illegible]

[illegible] ~~[illegible]~~

[illegible]

[illegible] ~~[illegible]~~

[illegible]

[illegible]

[illegible]

~~[illegible]~~

Segundo Ato

APOLO

"Quero estar pronto."

3 de janeiro de 1918

É dia 3 de janeiro de 1918. Duas da manhã. Trinta graus abaixo de zero.

Para ficarem aquecidos, Aubrey Edwards e mais uns quarenta soldados do 15º Regimento se amontoavam sobre a palha esparramada em um vagão de gado. Eles pegaram o trem em Brest, na costa francesa, uma hora depois de desembarcarem do USS *Pocahontas*, e agora chacoalhavam, *chuh-chuh-chuh-chuh*, pelo breu estrelado do interior coberto de neve.

Com frio, exaustos e famintos, eles acharam que estavam indo para a linha de frente e que enfrentariam os alemães pela manhã. O combate teria sido uma opção bem melhor.

As rodas do trem cantavam ao rasparem nos trilhos gelados de metal. O ritmo era contínuo e, se não fizesse tanto, tanto frio, teria sido até reconfortante. Apitos não soavam, ninguém buzinava. Até mesmo os trens guardavam segredos durante a guerra.

O Harlem e sua casa estavam tão longe. Será que Aubrey veria os pais novamente? Comeria mais uma torta de frango da mãe? Sentiria o cheiro adocicado de tabaco no cachimbo do pai? Ele faria qualquer coisa para ouvir Kate tagarelando sobre ele tocar piano quando o namorado mais velho e sonolento dela, Lester, fazia uma visita.

No dia em que o *Pocahontas* zarpou para a França, o pai de Aubrey saiu mais cedo do trabalho na fábrica de tintas para encontrar o filho único no cais e se despedir.

"Rapaz, comporte-se com dignidade e orgulho, entendeu? Ninguém pode tirar isso de você."

Era mesmo verdade? Aubrey se lembrou de Spartanburg. Aqueles comerciantes e fazendeiros não faziam de tudo para tirar o que era dele?

"E fique alerta", continuou o pai. "Tudo pode acontecer na guerra, mas é mais improvável de acontecer com um homem vigilante." Ele abriu os braços e envolveu Aubrey em um abraço apertado. "Acabe com esses alemães e volte logo para nós." Aubrey ainda podia sentir os bigodes do pai e o odor químico de tinta no colarinho dele.

Ele desembolsou as mãos e assoprou. Seu hálito ficou gelado antes que pudesse aquecê-lo. Ele as enfiou debaixo da camisa. Um pianista não podia pôr as próprias mãos em risco.

Mas ele ainda podia se considerar um pianista? Todos os outros músicos guardavam os instrumentos em capas e os levavam consigo. Aubrey não tinha como fazer isso. Um pianista precisa tocar para que os dedos não se desacostumem. E Luckey Roberts, que os raios o partissem, sempre era o principal.

A banda tocara a bordo do navio por duas semanas. Hinos e cânticos de Natal, cantigas de trabalho na lavoura e horas de ensaios de músicas patrióticas transformadas em jazz. "La Marseillaise", "Tipperary", "Pack Up Your Troubles" e "Over There". Mas só durante o dia. Quando o sol se punha, às quatro da tarde, as luzes se apagavam em todo o navio para evitar que embarcações alemães os avistassem. E, de todo modo, o velho navio *Pocahontas* não tinha piano. Então Aubrey, como terceiro percussionista, vira e mexe percutia os címbalos, enquanto os gêmeos Wright (que não eram irmãos de verdade), na percussão, batiam ao ritmo sincopado de Europe. Quando desembarcaram em Brest, eles realizaram uma apresentação improvisada na praça. Aubrey tocou castanholas.

Os franceses recepcionaram o 15º Regimento como se eles fossem heróis e aplaudiram alegremente o jazz. Então o regimento subiu no trem e partiu, cansado e com fome, para a próxima parada.

No vagão de gado, um soldado começou a cantar, devagar e suavemente, em meio ao breu, e sua voz melancólica e ressonante de barítono acompanhou o ritmo da locomotiva:

QUERO ESTAR PRONTO, QUERO ESTAR PRONTO...*

* Trechos traduzidos da música "Walking In Jerusalem (Just Like John)". (N. T.)

Cabeças se ergueram e orelhas buscaram a origem do som.

QUERO ESTAR PRONTO, SENHOR...

Outra voz fez coro. Um tenor, repetindo a melodia uma oitava mais alto.

PARA ANDAR EM JERUSALÉM, COMO JOHN.

"Ah, vão dormir!", alguém retrucou em um canto dos fundos.

Mas todos já tinham pegado embalo. Um baixo se juntou ao grupo, e um tenor cantou a parte dos contraltos. Eles repetiram o refrão. Quando chegaram à parte de "Jerusalém", alguém começou a batucar nas paredes de aço do vagão. Risadas murmuradas brotaram dos soldados cansados, e o quarteto mergulhou na primeira estrofe em um compasso mais célere.

OH, JOHN, OH, JOHN, OH, O QUE VOCÊ DISSE?

ANDANDO EM JERUSALÉM, COMO JOHN.

ENCONTRAREI VOCÊ LÁ NO DIA DA COROAÇÃO.

ANDANDO EM JERUSALÉM, COMO JOHN.

OH, QUERO ESTAR PRONTO, QUERO ESTAR PRONTO...

O vagão inteiro cantava. Mesmo praticamente congelado, duro feito pedra, indo para a guerra e longe de casa, Aubrey sorriu e sentiu uma quentura se espalhando em seu âmago. Os rapazes estavam com ele, e eles já tinham passado por uns maus bocados. O que quer que fosse acontecer, eles continuariam cantando.

AFRODITE

Cabanas de recreação

4 de janeiro de 1918

Hazel chegou em Saint-Nazaire, na França, na manhã do dia 4 de janeiro de 1918, depois de atravessar o gélido Canal da Mancha e de uma viagem de trem noturna.

Ela não acreditava que aquilo estava acontecendo. Passara a vida toda navegando nas águas tranquilas da vida dos pais. Mas ali estava ela, observando o nascer do sol sobre os campos congelados e os arbustos encanecidos da costa francesa. O céu estava rosado, enrubescido com expectativa, e o sol dourado fazia com que os filamentos de gelo que teciam o mundo brilhassem. Era difícil de absorver que aquela manhã tão gloriosa, que aquela paisagem encantada eram parte de um país abalado por anos de guerra, e que ela estava em rota de colisão com milhares de soldados que precisavam de conforto.

Hazel nunca nem havia reconfortado um cachorro. Talvez tivesse cometido um grande erro.

O trem parou na estação de Saint-Nazaire. Hazel se levantou e recolheu seus pertences.

Quando o trem partiu, quatro outras pessoas estavam na plataforma. Uma jovem com grandes cachos loiros e três homens de meia-idade. Ela olhou de relance para o uniforme da mulher, escondido sob o casaco, e arriscou fazer uma pergunta.

"Com licença", disse ela. "Você é voluntária da recreação da ACM?"

O rosto da jovem loira se iluminou. "Sou. Você também?"

Hazel assentiu.

"Eu também sou", falou um dos homens, "se me permitem interromper a conversa."

"Eu também", disseram os outros.

"Olá. Sejam bem-vindos a Saint-Nazaire." Uma mulher mais velha, enérgica e usando óculos de meia-lua, desembarcou de uma carroça e cumprimentou os recém-chegados. "Estão todos aqui para a ACM, então?" Ela fez um gesto e dois soldados começaram a guardar a bagagem na diligência. "Sou a sra. Davies. Trabalho com o sr. Wallace, o secretário-chefe local. Venham comigo. Devem estar famintos."

Depois que todos se apresentaram, os cinco subiram na carroça e se acomodaram sobre as próprias malas. A sra. Davies balançou as rédeas, e os cavalos subiram a colina pesadamente rumo ao acampamento. Galinhas gingavam na estrada, chegando perto de serem esmagadas pelos cascos dos cavalos; elas escapavam, indignadas, arrepiando as penas.

Quando o acampamento despontou no horizonte, Hazel ficou abatida. Era tudo tão cinzento e sujo. *O que você estava esperando?* Tudo menos aquilo. Tinha se voluntariado para trazer alegria a uma terra desolada.

Soldados marchavam em fileiras extremamente retas em campos de treinamento congelados, com os rifles apoiados nos ombros. A maioria olhava para a frente, mas alguns mais curiosos observaram a diligência passar. Alguns olhares pararam em Hazel, presunçosos e atrevidos; outros fizeram com que ela engolisse em seco com a solidão que havia ali. Os comandantes os reprimiram, e eles desviaram os olhos.

James. À noite, ela lhe escreveria outra carta. Será que eram cartas demais em tão pouco tempo?

"Eles não são britânicos", a moça loira observou em voz alta. "O uniforme está errado."

"Britânicos? Por Deus!" A sra. Davies se virou com brusquidão para onde as duas estavam sentadas. "Vocês não foram informadas para onde estavam indo?"

Sentada sobre sua mala, Hazel se encolheu. "Para o acampamento em Saint-Nazaire."

"Para o acampamento *americano* em Saint-Nazaire", devolveu a sra. Davies. "A sede vai receber uma carta sobre isso. Não informar aos voluntários a quem eles vão servir? É um crime!"

"Faz sentido eles serem americanos." A jovem loira virou a cabeça. "Eles são enormes."

"Os ianques são altos", reconheceu a sra. Davies. "E é claro que são robustos. Eles passaram os últimos quatro anos se empanturrando com a comidinha da mamãe em vez de irem para as trincheiras."

Ela retomou o papel de guia. "Essas fileiras são todas formadas por barracas", apontou, "e ali estão os refeitórios. Há estábulos e currais para o gado. É de porco o cheiro que vocês estão sentindo. E ali ficam os hospitais. E mais adiante as cabanas de recreação."

A palavra "cabana" tinha deixado Hazel com a impressão de se tratar de uma construção pequena e rústica, mas a choupana era enorme. Com dezenas de milhares de soldados no acampamento, elas tinham que ser.

A sra. Davies os conduziu para dentro, onde havia uma mesa de chá posta. "Digam-me mais uma vez os nomes de vocês", pediu com a boca cheia de biscoito. "Está tão frio que não consigo pensar direito."

"Sou o reverendo Scottsbridge, e este cavalheiro aqui é o padre McKnight, da Igreja Católica Romana", explicou o clérigo parrudo. "Estamos aqui para fornecer consolo espiritual, não é mesmo, padre?"

"Se Deus quiser", respondeu o pároco.

Um homem pequeno e esguio, que trajava um terno de tweed desbotado, limpou os óculos com um lenço. "Meu nome é Horace Henry. Professor aposentado da St. John's College."

"Ah! Cambridge!", exclamou o reverendo Scottsbridge. "Só os melhores dos nossos garotos." Ele deu uma piscadela. "Mesmo se vierem das colônias."

O professor tomou um golinho de chá. "Eles são todos nossos garotos. Até mesmo os americanos. Darei aulas à noite. Pensei em começar com história inglesa."

"Será que esses *doughboys** americanos vão se interessar por isso?", perguntou a jovem loira.

"Vamos descobrir em breve", o professor Henry respondeu com suavidade.

* Termo usado desde o século XIX para se referir aos soldados estadunidenses. "Dough" significa "massa" em inglês e, durante a Primeira Guerra Mundial, o apelido foi resgatado depois que voluntárias do Exército da Salvação prepararam *donuts* para as tropas na linha de frente. (N. T.)

"Acredite em mim", disse a sra. Davies, "depois do treinamento em circuito, isso sem contar as trincheiras, esses soldados assistiriam até a aulas sobre como fazer um ovo cozido."

O professor riu. "Espero colaborar com mais do que isso."

Os olhos do padre McKnight faiscaram. "Duvido que seremos tão populares quanto essas jovenzinhas aqui."

Hazel sorriu. "Meu nome é Hazel Windicott", disse. "Voluntária de recreação. Eu toco piano."

A sra. Davies lançou um olhar duro para ela. "Você toca *bem*?"

"Eu... acredito que sim", respondeu Hazel. "Imagino que isso dependa do que a senhora considera tocar bem."

A outra moça riu. "Ellen Francis. Não tenho nenhum talento além de ser faladeira e divertida." Ela piscou para Hazel. "Você vai tocar piano, e eu jogarei damas."

A sra. Davies recolheu os apetrechos de chá. "Senhores, temos uma casa no vilarejo, não muito longe daqui, com quartos equipados para vocês. Senhoritas, por motivos de segurança, vocês ocuparão o quarto livre aqui na minha cabana. A srta. Ruthers e eu estamos instaladas nas proximidades. Os aposentos das enfermeiras estão lotados, então teremos que dar um jeito. Não quero vocês indo e vindo do acampamento depois de escurecer."

"Quantas cabanas são?", perguntou Ellen Francis.

"Duas", informou a sra. Davies. "E há a cabana dos negros, no acampamento Lusitânia. Vocês não a frequentarão."

O silêncio constrangedor que se seguiu não passou despercebido para a sra. Davies. "Eles têm os próprios voluntários de cor", explicou. "Então está tudo certo. Eles têm diversão de sobra."

O padre McKnight inclinou sua cabeça careca. "Qual é o problema, sra. Davies?"

Ela fez um gesto como se tentasse afastar a pergunta inconveniente. "A segurança das moças. Em um acampamento cheio de soldados esquentadinhos, regras estritas devem ser seguidas. A última coisa que a ACM precisa, estando tão engajada em um trabalho importantíssimo, é de um escândalo."

Hazel se lembrou das palavras do pai. *Seja mais corajosa do que eu.* "Eu não me importaria de tocar em *todas* as cabanas", disse. "Não tenho dúvidas de que soldados negros também gostam de música."

A sra. Davies olhou para Hazel por cima da armação dos óculos. "Não há a menor necessidade." Ela deu um sorriso apaziguador. "Esses soldados americanos negros fazem a própria música deles. É natural. Instintivo. Na verdade, a banda deles vai se apresentar aqui amanhã. Mas você não precisa ir até lá. Seu gosto musical refinado não será do agrado deles."

Hazel sentiu o coração pulsando em seu ouvido. "Pensei que todas as tropas precisassem de recreação."

A sra. Davies suspirou e revirou os olhos. "Jovens idealistas", murmurou. "Parece que é tudo que a causa da guerra atrai." Ela olhou para Hazel, resignada. "Não gosto de me expressar de tal forma, srta. Windicott, mas a senhorita não me dá escolha. Não podemos confiar nos crioulos para se comportarem como cavalheiros com as moças."

Hazel se sentia tão confortável desafiando uma autoridade quanto se sentia mergulhando no oceano. Fazer com que a sra. Davies não gostasse dela logo no primeiro dela parecia uma grande estupidez. Mas ela precisava se posicionar.

"Isso até pode ser verdade em alguns casos", disse Hazel, "mas tenho certeza de que é verdade em qualquer grupo numeroso de soldados. Estou certa de que a maioria deles é tão cavalheiresca quanto em relação a qualquer outra tropa."

A tosse do reverendo Scottsbridge não conseguiu disfarçar a risadinha que ele deu. "Minha querida", falou, "você precisa conhecer mais o mundo e seus perigos." Ele assentiu todo sabichão para a sra. Davies. "Terá soldados de sobra para entreter, e soldados bonitões."

Hazel ficou enjoada. Então soldados negros eram *menos bonitos*? Como se aquilo fosse aplacar as preocupações dela, porque, afinal, ela não estava verdadeiramente preocupada com a situação ter princípios, não é mesmo? O reverendo sabia de tudo. Ela estava ali só por causa dos rapazes *bonitos.* Sentiu os pensamentos se tumultuarem.

O padre McKnight olhou para Hazel com pesar e fechou os olhos como se orasse.

A sra. Davies claramente já estava farta de atrasos. "Senhoritas, por aqui, por favor. Para o quarto."

SEGUNDA TESTEMUNHA

Dezembro de 1942

Afrodite se dirige ao juiz. "Meritíssimo, gostaria de chamar minha segunda testemunha para depor."

"De novo, não", grunhe Ares. "Quantos imortais você pretende chamar? Era melhor termos ido ao Olimpo. E achei que a encenação de tribunal tinha acabado."

"Negado", Hefesto diz a Ares. "A defesa pode continuar."

"Eu chamo", Afrodite começa a dizer com um dramatismo elegante, "Ares, deus da guerra."

Ares se apruma e veste a camisa. Mas não vê motivo para abotoá-la, já que seu peitoral ficaria escondido. Ele sente que é melhor deixar seus melhores atributos à mostra. Ainda assim, comparecer ao tribunal exige certo decoro.

Na falta de um oficial de justiça, Hefesto convida a testemunha a prestar o juramento. "Você jura solenemente que não ficará se vangloriando, que se aterá aos fatos e que, se não for dizer nada útil, manterá essa boca fechada?"

"Espere só um minuto", protesta Ares. "Você não fez com que Apolo prestasse o juramento."

"Eu cresci com você", rebate Hefesto, carrancudo.

"Ares", Afrodite diz com ternura, "ele está espicaçado. Não vai nos contar a história do seu ponto de vista?"

Ares se levanta e se dirige aos presentes. "Não por ele. Mas, se você quiser, posso contar. Só para pôr toda essa história piegas em pratos limpos."

ARES

Treino com baionetas

4 de janeiro de 1918

O soldado James Alderidge se enfileirou com o esquadrão no campo de treinamento da frente de batalha para o treino com baionetas. Eles estavam localizados a alguns quilômetros de distância das trincheiras. James ainda não tinha se acostumado com o estrondo constante da artilharia.

"Armar baioneta!", ladrou o comandante. James encaixou a lâmina na extremidade do rifle Lee-Enfield.

"Posição de guarda!" Ele empunhou a arma com o braço esquerdo e a apoiou na lateral direita do corpo. James mirou a garganta imaginária de um alemão.

"Alderidge", alguém disse. "Mantenha os pés mais afastados." Era o soldado Frank Mason, um pescador de Lowestoft. Ele estava realizando o treinamento novamente depois de convalescer de uma ferida na perna por combate.

O comandante caminhou diante da fileira, corrigindo as formações inadequadas.

"Descansar!"

Os rifles foram baixados, e todos se empertigaram.

"Não falei para tirar um cochilo, soldado!" Com quase um metro e noventa de altura e pesando 105 quilos, era para o soldado Billy Nutley, um fazendeiro de Shropshire, ser um lutador mortal, mas ele parecia um grande alvo.

"Posição de guarda!"

Os rifles foram empunhados de novo.

"Apontem para as gargantas deles, garotas!" O rosto do comandante estava vermelho. "Quando estiverem nas trincheiras dos Jerrys, terão de matá-los antes que eles matem vocês. Os alemães não têm pena de ninguém. Mirem na garganta!"

James umedeceu os lábios e fez pontaria na garganta invisível.

"Estocada!"

As pernas que estavam para trás foram para a frente. Lâminas espetaram e fatiaram para cima.

"Alanhar e torcer! Vamos, estripem!"

James alanhou e torceu. Nutley bufou. Mais adiante, Chad Browning, um galês magro e ruivo, cortou o ar. Jovem, ágil e comunicativo, mas, mesmo encharcado, mal chegava aos sessenta quilos.

"Gargantas e axilas são vulneráveis!", bradou o comandante. "Rosto, peitoral e intestinos! Quando estiverem na cola deles, ataquem os rins. Ou os espertinhos já esqueceram onde eles ficam? Posição de guarda!"

Posição de guarda.

O comandante andou diante da fileira. "Agora peguem os manequins."

Os soldados foram até o cadafalso bambo de madeira, onde vários manequins feitos de palha estavam pendurados — efígies de alemães feito travesseiros com enchimento.

"O soldado alemão é uma máquina mortífera implacável", disse ele. "Uma arma letal a serviço do Kaiser. Um milésimo de segundo define qual garganta será cortada: a de vocês ou a deles."

James roçou as pontas dos dedos em seu pomo-de-adão.

"Sobreviver no campo de batalha", gritou o comandante, "requer a vontade de matar. Posição de guarda!"

As baionetas foram empunhadas, baixas e a postos.

"Ombro-arma!"

Os soldados apoiaram os rifles nos ombros.

"Posição de guarda!"

Prontos.

"Estocada!"

Alanhar e torcer o manequim, que balançou com o impacto.

"Posição de guarda!"

Recomeçar.

"Estocada! Torcer! Matar, matar, matar! Repitam!"

James engoliu em seco. "Matar, matar, matar!"

"Assim não, seus molengas patéticos! Eles vão estraçalhar vocês!"

"Matar, matar, matar!"

Apenas repita, disse James a si mesmo. Era só fazer o que eles pediam. Ele arremeteu contra o Fritz* de palha como uma máquina mortífera implacável. Como uma arma letal a serviço do rei George.

"Descansar. Desarmar baionetas. Amanhã vamos treinar o combate corpo a corpo."

Eles voltaram para as barracas. Aromas ambíguos emanavam das cozinhas bagunçadas. James estava com fome o suficiente naquele dia para comer carne enlatada.

O soldado Chad Browning começou a cantar em uma voz aguda, nasalada e cômica.

OH, OH, OH, É UMA GUERRA ADORÁVEL.
QUEM NÃO GOSTARIA DE SER UM SOLDADO, HEIN?
OH, É VERGONHOSO SER PAGO POR ISSO...

"Que pagamento?", murmurou Nutley. "E alguém já foi pago aqui?"

COM ÁGUA ATÉ A CINTURA,
COM LAMA ATÉ O PESCOÇO,
USANDO O LINGUAJAR
QUE FAZ O SARGENTO CORAR.
OH, QUEM NÃO GOSTARIA DE SERVIR AO EXÉRCITO?
É O QUE NÓS NOS PERGUNTAMOS!
NÃO TEMOS INVEJA DOS COITADOS DOS CIVIS
SENTADOS NA FRENTE DA LAREIRA.

"Alguém vai ouvir você, Browning", alertou o soldado Mick Webber, um pedreiro de Rutland que tinha as pernas arqueadas. "Se o sargento errado escutar isso, você vai passar uma noite na prisão disciplinar."

OH, OH, OH, É UMA GUERRA ADORÁVEL.
E NÓS LÁ QUEREMOS OVOS E PRESUNTO
QUANDO TEMOS GELEIA DE AMEIXA E DE MAÇÃ?

"Eu não desgosto tanto assim da geleia de ameixa", admitiu Billy Nutley.

"Mas vai quando ela se tornar a única coisa doce que você vai comer em seis semanas", sussurrou Mason.

* Termo usado pelos britânicos para se referir aos alemães. (N. T.)

"Mason", disse James. "É tão ruim lá quanto dizem?"

Mason os encarou. "Vocês vão descobrir em breve."

"Era para esta guerra ter acabado antes que eu tivesse idade para lutá-la." Tudo que Browning dizia soava como uma piada. "Para quem devo enviar minhas cartas de reclamação? É o que quero saber."

"Desculpe se nosso trabalho foi insuficiente, garoto."

"E a comida?", Nutley perguntou ao mais velho. "É tão ruim nas trincheiras quanto é aqui?"

"Lá é pior." Mason deu uma cotovelada em Nutley. "E você será um grande sortudo se a comida for seu pior problema lá."

Webber entrou na conversa. "Quero uma Blighty como a sua, Mason. Uma ferida grave o bastante para me levar de volta para a minha garota, mas não tão grave a ponto de ela não me amar mais." Ele sorriu. "Como você conseguiu ser bombardeado na perna?"

James tentou não imaginar os rostos desfigurados que tinha visto perto dos hospitais do acampamento. Ele pensou no rosto doce de Hazel. Quantas cicatrizes seriam necessárias para que ela o visse de outra maneira?

Alanhar, torcer, matar.

"Mason, com que frequência os soldados usam as baionetas?", perguntou ele.

Mason sorriu. "Elas são ótimas para abrir latas, e servem de castiçal se você enfiá-las nas paredes das trincheiras. E nada como uma baioneta para fazer pão torrado em uma pequena fogueira."

TERCEIRA TESTEMUNHA

Dezembro de 1942

"Posso chamar mais uma testemunha?", pergunta Afrodite.

"Precisaremos migrar para um salão de baile?", quer saber Hefesto.

"Ah, escolha um que tenha um grande piano", palpita Apolo. "Eu vou cantar."

"Não há necessidade disso", a deusa diz com a voz suave. "Então convido minha terceira testemunha."

Lá fora, nuvens obliteram a lua e as estrelas. A terra retumba e sacode sob eles. Parece que um trem subterrâneo do tamanho de um transatlântico está se movendo, viajando vertiginosamente.

Alguém bate à porta do quarto do hotel. Ela se abre, e a figura entra.

"Tudo bem", diz Hefesto à silhueta ensombrada. "Pode entrar à vontade."

"Eu sempre faço isso."

Ao ouvirem a voz, Apolo e Ares ficam paralisados.

O recém-chegado cruza o corredor como um gato, sem emitir som. A roupa escura faz com que ele pareça um coveiro. Mas, quando ele tira o sobretudo, os outros veem uma batina preta que se estende até os tornozelos do homem. O colarinho clerical quadrado é o único detalhe branco.

Todos ficam boquiabertos.

"Um padre?!", exclama Ares. "O deus do Submundo é um *padre católico*?"

"Boa noite, tio." Afrodite faz uma grande mesura.

Hefesto se pôs de joelhos, e Apolo, deixando a cama, faz o mesmo. Ares, resmungando, também se ajoelha, depois de receber um chute de Afrodite.

"Achei que você se disfarçasse de professor ao visitar os mortais", comenta Apolo. "Meu senhor Hades."

"Auditor fiscal da Receita Federal", diz Hefesto. "'As únicas certezas da vida são a morte e os impostos'."

Hades sorri. "Eu me disfarço de acordo."

Ele examina o aposento e, como não encontra nenhum assento adequado, conjura um. Uma poltrona de couro preto, de aparência espartana. Hades se acomoda, cruza as pernas e entrelaça os dedos na altura do joelho. Ele está com barba e unhas feitas, e seu cabelo escuro e brilhante está elegantemente penteado para trás.

Assim como Ares e Apolo, Hades, soberano do Submundo, é um homem muito bonito, ainda que sério e sombrio, com uma precisão aquilina em suas feições pálidas. Belo, mas de um jeito que faria com que você cunhasse o rosto dele em uma moeda em vez de torcer para que ele convidasse você para dançar.

"Por que um padre?", exige saber Ares. "Sua, hã, Santidade?"

"Boa noite, meus sobrinhos, minha sobrinha." A voz de Hades, como ele próprio, é sóbria.

"Mas por que um padre católico?" O deus da guerra é insistente. Como sempre.

Hefesto tosse. "Isso não cria para você certas, hã, dificuldades teológicas?"

Hades parece pensativo. "Não creio", responde, devagar. "Também gosto de ser um rabino, talvez até mais. Eu honro a visão de mundo dos mortais e me expresso através das referências deles." Ele parece um pouco ofendido. "A vida de um clérigo combina comigo. Passei a maior parte de um ótimo século como um abade. Acho que sou um ótimo sacerdote, aliás."

"Nada nunca foi tão espiritualmente motivador quanto a morte", comenta Afrodite.

Hades sorri. "O trabalho do sacerdócio de preparar almas para atravessar o rio até os meus domínios sem um medo injustificado me ajuda bastante." Ele faz uma careta. "Almas despreparadas são *pegajosas*. É sempre um grande inconveniente."

Hades materializa uma lata de balinhas de hortelã e, com cuidado, pega uma. "Mortais são muito carnais. Regidos por desejos. Eles gorgolejam. São repletos de fluidos. Você, deusa do amor, e você, deus da guerra, encontram utilidade para isso tudo no trabalho que executam, mas o meu interesse nos humanos é puramente espiritual." Hades dá de ombros. "Corpos não me interessam."

"Aposto que não foi isso o que você disse a Perséfone." Ares ri como um garoto no vestiário.

"E quem era aquela ninfa mesmo...?" Apolo coça a cabeça.

Hades dá um sorriso fraco. "Rapazes, rapazes." Ele é capaz de dizer "Rapazes, rapazes" em um tom de voz complacente que também diz "Eu poderia desintegrá-los se quisesse".

Ele escrutina o cômodo.

"Minha nossa", murmura Hades. "Por acaso me envolvi em uma lamentável discussão conjugal?" Ele toca a rede dourada que cinge os amantes. "Como um membro do clero, Hefesto, não aprovo seus métodos, mas admiro seu trabalho manual. 'Se ama alguma coisa, deixe-a ir.'"

"Aposto que não foi isso o que você disse a Perséfone." Ares acha que é ainda mais engraçado na segunda vez.

Afrodite intervém para salvar Ares de um fim prematuro.

"Meu senhor Hades", ela diz com doçura, "estou contando uma história de amor a esses deuses. Para revelar, entre outras coisas, o papel decisivo da morte em transformar o amor verdadeiro em algo possível. Nós sempre entendemos um ao outro. Gostaria de compartilhar sua parte quando for a hora? A história é", ela assente para ele, "esta aqui."

Hades sorri, imponente. "Será uma honra, bela Afrodite. E um prazer."

COLETTE FOURNIER

Julho-Agosto de 1914

Afrodite

Vou começar com uma garota e um garoto subindo um lance muito íngreme de escada.

Era um dia quente de verão em julho de 1914. O ar estava modorrento; apenas as abelhas trabalhavam. Todos os outros tiveram o bom senso de buscar um lugar à sombra para fugir do trabalho.

Menos Colette Fournier e seu colega, Stéphane. Apesar do calor, Colette estava decidida a chegar ao topo. Stéphane estava decidido a ficar perto dela, e seu patrão nas docas, que estava tirando uma soneca pós-almoço, lhe dera a chance que ele precisava.

Esculpida em pedra, a escada os embalava por uma subida atordoante até o afloramento que dava para a cidade de Dinant, na Bélgica. No topo havia uma cidadela medieval, uma fortaleza lavrada em pedra que, por séculos, protegera a cidade. A vista do planalto da cidadela era de tirar o fôlego, abarcando uma curva ampla do sossegado rio Meuse, que serpenteava por terras agrícolas verdejantes e que prosperavam no auge do verão.

O cabelo da garota grudou em sua testa suada, e a blusa dela se aderiu ao corpo úmido. Ela não se incomodou, e Stéphane, devo acrescentar, também não.

O carrilhão da torre de Notre Dame de Dinant, bem abaixo deles, tocava uma melodia alegre. Ele pertencia ao retrato de Dinant, aquela joia que abraçava o Meuse, as casas multicoloridas que refletiam como cristais na superfície das águas tranquilas do rio.

Colette tinha 16 anos, e Stéphane, 18. Stéphane vivia perto da família de Colette e sempre tinha ficado por perto, sempre no caminho. Colette conhecia Stéphane como conhecia seu irmão, Alexandre, e seu primo, Gabriel. Stéphane estava sempre ali, como um vira-lata que alguém comete o erro de alimentar uma vez.

Stéphane ter desafiado Colette a subir a escada da cidadela não era nada fora do comum. Eles já tinham disputado corridas a pé e de barco, e brincavam de ver quem aguentava ficar mais tempo sem respirar desde que eram pequenos.

Mas, para Colette, o jeito com que Stéphane vinha olhando para ela era bem incomum. Em silêncio, com calma, em meio à algazarra de sempre, como se nunca a tivesse visto antes.

O que era ridículo.

E as sensações que Colette começara a identificar sempre que Stéphane aparecia também eram curiosas. Ela soube que estava encrencada quando percebeu que sentia saudade quando Stéphane não ia a algum lugar e que, quando ele ia, Colette não tinha a menor ideia do que dizer a ele, um garoto tão familiar quanto uma meia velha. Quando começou a observar Stéphane com mais atenção, reparando em como o cabelo escuro dele ondulava na altura das têmporas e em como as maçãs de seu rosto, suas clavículas e seu pescoço estavam se transformando, ela soube que estava em apuros.

O que era ainda mais ridículo.

Então, quando Stéphane apareceu naquele dia quente de verão, desafiando Colette a subir até a cidadela, ela largou a pia cheia de pratos sujos e aceitou a provocação. Quando chegassem ao topo, talvez ela o confrontasse sobre o que diabos estava acontecendo e colocasse um ponto final naquilo.

Stéphane também pretendia confrontar Colette lá no alto. Se tivesse coragem.

A escada teria sido capaz de deixar atletas exaustos, mas Colette era jovem, forte e resoluta. Mesmo assim, fazer força para subir até o topo a deixou sem fôlego e com calor, de modo que, em vez de admirar a vista, a primeira coisa que fez quando terminou a subida foi passar batido pelo pátio de pedra e se deitar na grama fresca mais adiante. Ela se espreguiçou, enrolou as mangas e abanou o rosto.

Eu me aproximei de Stéphane.

Agora?, ele se perguntou.

Por que não agora?

"Colette...", começou ele.

Assim não.

"Sim?"

Ele engoliu em seco e tentou pensar em outra coisa para dizer.

"Sua música. No festival de cerveja. Estava boa de ouvir."

Estava boa de ouvir. Que palerma. Que jeito idiota de elogiar alguém.

"Obrigada", respondeu ela. Colette contemplou a silhueta dele contra o céu vespertino e se questionou como Stéphane tinha ficado alto tão depressa e o que ele pretendia fazer com aqueles músculos todos. Ele sempre fora tão *preguiçoso*. Mas ela imaginava que passar o dia todo carregando e descarregando navios tinha algo a ver com aquilo. Mas, naquele segundo confuso e suado, o porquê das mudanças de Stéphane não importavam tanto quanto o fato de que elas haviam acontecido.

Ele desabou na grama ao lado dela. As bochechas de Colette estavam coradas, os olhos dela brilhavam, e ali estava ela, desabotoando o último botão e se abanando.

Coitadinho de Stéphane. Era terrível arriscar uma amizade de longa data por um sonho que havia se tornado grande demais para conter. Ele tinha certeza de que ela ficaria ofendida e que o rejeitaria e que fugiria dele. E o que ele iria fazer?

Ele mal conseguia passar um dia todo sem ver Colette uma meia dúzia de vezes. Se ela nunca mais quisesse se deparar com ele, não haveria lugar em Dinant para se esconder da repulsa dela.

E o que Stéphane poderia dizer? Palavras não eram o forte dele.

Colette se sentou. Pedacinhos de grama e terra grudaram na blusa e no cabelo dela.

"Estou um trapo", declarou ela.

"Não está, não."

"*Você* está um trapo", rebateu Colette. "Então não está em condições de dar esse parecer."

Stéphane olhou para as nuvens e sorriu. Deitado na grama, cansado e despreocupado, com Colette ali perto, repreendendo-o... Ele não se incomodava nem um pouco.

"Somos os únicos aqui em cima", disse ele. "Acho que não importa muito se estamos um trapo."

Ela afastou os olhos e admirou a vista, deixando-o à vontade para apreciar suas costas. A curva da coluna dela era tão elegante. Se Colette não fosse cortar as mãos dele fora pela ousadia, Stéphane deslizaria os dedos pelas costas dela. Porém, teria que se contentar com a imaginação.

Colette viu que ele estava com os olhos fechados, o que a permitiu fazer o mesmo e observá-lo.

"Dormindo?", perguntou ela. "Que bela companhia você é. Então me arrastou até aqui para tirar uma pestana?"

Ela pegou uma das mãos dele, se perguntando por que decidira fazer aquilo, e sentiu uma faísca de... O quê? *O que* Colette sentia quando Stéphane, tão familiar, tão bobo, segurava as mãos dela?

Colette deitou de lado. Ele não era mais o velho e tolo Stéphane de sempre.

Atacar primeiro e analisar depois. "O que está acontecendo com você?", perguntou.

Ele também se virou, e os dois ficaram cara a cara. Seus rostos estavam a meros centímetros de distância, mas parecia que um rio de lava corria entre eles.

Stéphane o enfrentou mesmo assim. Ele se inclinou e a beijou.

E errou a mira, acertando o nariz dela.

Colette fechou os olhos. Ela não conseguia pensar. É claro que Stéphane quer beijar você, eu disse a ela. *E você quer beijá-lo também.* Era verdade. Eu não estava colocando palavras na mente dela.

Stéphane sentia o coração pulsando na garanta. Seria um retorno muito longo para a cidade na companhia de Colette se ele tivesse estragado tudo. Mas ela não tinha se debandado. Não tinha chutado, gritado, corrido ou ralhado com ele. Stéphane quase desejou que isso acontecesse.

Tente mais uma vez, sussurrei para ele.

Colette abriu os olhos de novo. Ela viu os lábios de Stéphane se abrirem e sentiu os dela espelharem o movimento. Antes que pensasse sobre o que estava fazendo, ela se inclinou para ele, e Stéphane a puxou para perto, e Colette o beijou. Ou ele a beijou. Tanto faz. Sim.

Segundos depois, Colette se afastou, arquejando. Stéphane a envolveu em um abraço e a trouxe ao seu encontro. Ele sorria. Colette olhou para ele, maravilhada, embora não fosse fácil, pois estava sendo quase esmagada e sentia a pele pinicar de eletricidade.

Stéphane?

E quem mais seria?

Lembre-se desse momento ao pensar em Stéphane. Lembre-se de Colette, que, certa vez, subiu ao topo da cidadela e, apoiada na muralha, contemplou os pequenos telhados lá embaixo uma última vez antes de descer com seu velho amigo ao seu lado, um amigo que, agora, era desconhecido e novo.

Ares

Os jovens deram o primeiro beijo em julho de 1914. Nas semanas seguintes, Colette e Stéphane estavam embriagados demais de amor para prestar atenção nas notícias sobre a guerra que começaram a sair nos jornais.

Até que, no dia 15 de agosto, uma divisão alemã se apossou da cidadela. O exército francês batalhou com eles ali e reconquistaram a cidadela algumas horas depois. (Aliás, um dos soldados franceses feridos naquele dia foi Charles de Gaulle, que hoje é líder da Resistência Francesa contra a ocupação da França pelas tropas nazistas. A guerra, como dá para ver, faz heróis surgirem.)

Na madrugada do dia 21 de abril para o dia 22, vagões abarrotados de soldados alemães invadiram Dinant. Eles atearam fogo em cerca de vinte casas e mataram trinta civis. Depois, alegaram que os cidadãos atiraram neles. Todos os sobreviventes negaram.

No dia 23 de agosto, os alemães retornaram com força total. Eles queimaram centenas de casas e culparam a população por todas as mortes alemãs ocorridas até aquele momento, arrancando homens de seus empregos, lares e esconderijos e executando-os nas ruas. Mulheres, crianças e bebês também foram mortos. Pessoas com mais de 80 anos de idade morreram. Bebês com três semanas de vida também. Foram quase setecentas mortes ao todo.

Dinant ardeu por dias a fio. Tudo que restou foram escombros fumegantes. A igreja antiga, Notre Dame de Dinant, pegou fogo. O carrilhão no campanário foi reduzido a cinzas, silenciando a cidade.

Hades

Entre os mortos estavam o pai de Colette; seus tios, Paul e Charles; o primo dela, Gabriel; e seu irmão, Alexandre. A carpintaria onde os homens da família Fournier faziam móveis foi um dos locais de trabalho atacados. Colette e sua mãe perderam todos.

Quanto os primeiros tiros soaram, Stéphane partiu desembestado pelas ruas à procura de Colette. Os alemães o apanharam e atiraram nele também.

Os massacrados morreram com medo, nem tanto por eles mesmos, mas pelas pessoas que deixavam para trás, à mercê dos soldados alemães. É o estado mais deplorável de adentrar meus domínios.

Com a alma sangrando as tão sonhadas semanas e anos de amor que lhe foram roubadas na linha de tiro, Stéphane entrou no meu reino. Ele passou anos caminhando pela cidadela em busca de algo que não poderia mais ser encontrado.

Ao ouvir os primeiros gritos e clamores, Colette se abrigou na abadia, no Convento de Bethléem, do lado do rio que não era ocupado pelos alemães. Ela se encolheu em uma cela escura e, balançando-se para a frente e para trás, rezou e implorou para que o deus em que ela acreditava poupasse seus entes queridos.

Colette voltou para uma cidade incendiada e descobriu que, com exceção da mãe, perdera todos aqueles que amava.

A mãe morreu alguns dias depois. Foi um derrame, tecnicamente, mas foi o luto que a matou.

A criança interior de Colette pereceu naquele dia.

A Dinant que ela amava se fora. Ela passou semanas tentando ajudar os sobreviventes a limparem os destroços. Colette segurou crianças sem mãe no colo e tentou alentá-las. Levou crianças sem pai para colher flores no campo, permitindo que as mães pudessem beber e chorar.

Repetidas vezes, ela visualizou Alexandre desabando no chão. Pensou em seu pai se curvando. Em tio Paul e tio Charles inutilmente protegendo os peitorais despedaçados.

Ela fez de tudo para não imaginar o que teria acontecido com Stéphane.

Colette se esforçou para reconfortar os outros, mas se sentia atormentada por não conseguir consolar as pessoas que mais amavam, que mais precisavam de alento diante dos portões da morte.

Então, em uma noite sem lua e nublada no começo do outono, ela embrulhou alguns pertences que sobraram em um pano, roubou um barco e passou a noite toda remando contra a correnteza lenta do rio Meuse, indo para o sul da França. Ela caminhou pelo interior até chegar em Paris, à casa de sua tia, Solange. Então foi até a sede da ACM, mentiu a idade que tinha e se voluntariou.

Não conseguia enfrentar a Cruz Vermelha e tanta morte, tanto sangue. Mas tentaria ajudar onde podia; escutaria o Alexandre de alguém, o Stéphane de alguém, como se estivesse tendo as conversas que não pôde travar com seus entes queridos.

Ela passou os quatro anos seguintes amadurecendo, cercada por soldados, por armas e pela guerra. Com muita educação, desviou de declarações de amor e serviu milhares de xícaras de café. Colette trabalhou exaustivamente para alentar aqueles que teriam que arrostar as armas alemãs.

Ela acreditava que, se os amparasse, algum dia também seria acolhida por alguém.

AFRODITE

Entretendo os ianques

4 de janeiro de 1918

Depois do jantar, os soldados iam até as enormes cabanas de recreação da ACM para se entreterem com mesas de jogos, uma biblioteca, a capela e uma zona de café, onde Hazel os aguardava para ter uma conversa animada.

Havia tantos soldados. E eles eram tão *masculinos*.

Hazel, vestindo o uniforme engomado da associação, serviu xícaras de café quente, temendo conversar com os rapazes. Mas os ianques, puxando os erres e sorrindo largo, logo a cativaram.

“Como vai, senhorita? Pronta para nos ver enchendo os alemães de pancada?”

“Você é um colírio para os olhos!”

Então Ellen deixou escapar que Hazel tocava piano, e todos pediram para que ela tocasse. Pronto. Ela tinha ido até ali para tocar, mas não conhecia nenhuma das músicas que eles pediam.

“Toque ‘For Me and My Gal’!”

“Sabe alguma do Irving Berlin?”

“E ‘Cleopatra Had a Jazz Band’? Conhece essa?”

“Que tal ‘Carry Me Back to Old Virginny’?”

Era uma negativa constrangedora atrás da outra. A sra. Davies, que observava a cena, balançou a cabeça.

As mãos de Hazel tremiam, e as notas flutuavam diante de seus olhos. Felizmente, ela sabia de cor “La Marseillaise”, “God Save the King” e “Rule, Britannia!”, então foi o que tocou.

Hinos europeus. Ela não conseguiu animar as tropas. O terror dela se transformou em paralisia.

Hazel não conhecia nenhuma música americana. Será que havia algo sobre a bandeira deles? Em desespero, ela tocou canções conhecidas. Brahms, Schubert, Schumann e Chopin. Os ianques comemoraram.

Hazel tocou até quando a aula do professor Henry estava prestes a começar. Os americanos acompanhavam o ritmo das músicas com os pés e assobiavam. Era muito mais fácil de se acostumar com aquela reação. Sem dúvida as cadeiras estavam todas ocupadas para a primeira aula do professor sobre a história britânica, começando pela Idade do Ferro.

Um *doughboy* foi puxar conversa com Ellen, a moça loira, deixando Hazel a sós.

"Com licença." Uma voz suave falou perto da orelha dela. "Você é a nova pianista?"

Hazel virou e se deparou com uma jovem com o uniforme da ACM. A jovem tinha sotaque francês e cabelo preto e curto, cujos cachos se enrolavam perto de sua face. Hazel vira aquele visual somente em revistas de moda.

"Uau", sussurrou ela. "Você é idêntica a Irene Castle."*

A desconhecida sorriu. "Os soldados não deram muita sorte. Não danço tão bem quanto ela."

Hazel ficou envergonhada. "Desculpe. Não foi um comentário gentil da minha parte."

A garota comprimiu os lábios. "Como assim? Você não gosta da Irene Castle?"

Hazel riu. "Até parece!" Ela estendeu a mão. "Meu nome é Hazel Windicott."

O sorriso da garota suavizou sua expressão. "Colette Fournier. *Bienvenue à Saint-Nazaire.*"

Hazel sorriu. *"Merci beaucoup."*

Colette balançou a cabeça em aprovação. "Para *une anglaise*, seu sotaque não é dos piores." Ela indicou os soldados. "Os americanos e suas frases prontas de guias de viagem são insuportáveis. Acham que vão me conquistar. *Parles-tu français*?"

"Hmm." Hazel riu. "Na verdade, não."

"Sem problemas." Colette abriu a bolsa. "Aceita um chocolate?"

* Dançaria estadunidense que estrelou musicais da Broadway e filmes mudos. (N. T.)

Eu sempre digo que chocolate faz toda a diferença. E a simpatia também, é claro.

"Há quanto tempo está com a ACM?", perguntou Hazel.

Colette apontou para um sofá baixo próximo dos alpendres da cabana. As duas se sentaram.

"Quatro anos." Ela deu um sorriso triste. "Está sendo um aprendizado e tanto. Eu me voluntariei bem no começo da guerra. Precisava muito fazer alguma coisa útil."

"E o que seus pais acharam disso?", quis saber Hazel. "Os meus não ficaram muito contentes com a minha partida."

Colette hesitou. As pessoas sempre a tratavam diferente quando descobriam a verdade. *Confie em Hazel*, eu disse a ela.

"Meus pais e toda a minha família morreram", Colette revelou com certa simplicidade. "Eu me voluntariei logo depois que a cidade em que eu morava foi destruída pelos alemães."

Hazel ofegou. A franqueza da jovem a pegou de surpresa.

Então algo que Colette dissera chamou a atenção dela. "Sua cidade foi destruída bem no começo da guerra... Então você é..."

"Isso mesmo. *Je suis belge.*"

Não francesa. Belga. Eles tinham cicatrizes de guerra ainda piores. Grande parte da Bélgica sucumbira com a arremetida frenética da Alemanha na invasão de 1914. Chamavam o acontecido de Estupro da Bélgica. Histórias de mulheres que foram violentadas, crianças crucificadas e pregadas em portas, velhos que foram executados...

Hazel ficou com a respiração entalada na garganta. "Ah, eu sinto muito mesmo."

Colette pareceu achar graça. "Sabe, ser belga não é tão ruim assim."

Hazel ruborizou. "Não foi isso o que eu quis dizer. Digo, tudo que a Bélgica sofreu!"

Colette se perguntou por que estava partilhando tanto com aquela garota. "Meu pai, meu irmão, meus dois tios. Meu primo, vários amigos de infância. Todos se foram. Minha casa, tudo."

"Ah, não." Hazel pensou no próprio pai e nos garotos da vizinhança. Pensou até em James. Lágrimas começaram a cair. "Desculpe. Sou tão idiota." Ela enxugou os olhos. "Passei anos ouvindo relatos sobre as atrocidades cometidas contra a Bélgica e a necessidade de ajudar os refugiados, mas..."

"Mas as histórias não pareciam reais?"

Hazel inclinou a cabeça. "É, acho que não." Ela esfregou os olhos. "De que cidade você é?"

"Dinant", respondeu Colette. "Ou o que restou dela."

"Como você sobreviveu?", perguntou Hazel.

Colette ficou em silêncio. A primeira ruga em seu rosto firme surgiu. O coração de Hazel ficou partido ao vê-la daquele jeito.

"Eu me escondi. Enquanto as pessoas que eu amava eram assassinadas, eu me escondi em um convento."

E ali estavam o luto e a culpa, transbordando da barragem que os contivera até então.

"E é exatamente isso que as pessoas que amavam você gostariam que fizesse", disse Hazel.

Colette tinha revivido aquelas memórias mil vezes, mas, ao ouvir as palavras de Hazel, Alexandre, seu pai, o primo Gabriel e os tios Paul e Charles brotaram em sua mente. E Stéphane.

Quando elas se entreolharam, Hazel viu um lampejo de gratidão na outra.

"E agora, onde fica a sua casa?", perguntou Hazel.

"Tenho uma tia que mora em Paris", explicou Colette. "Irmã da minha mãe. Depois que tudo aconteceu, ela me abrigou. Eu não tinha mais para onde ir. Eu me voluntariei para a ACM para não ser um fardo para ela. Mas venha comigo", falou Colette, se levantando. "Não me apresentei para contar minha história triste de vida."

"Não tem problema", disse Hazel.

"Vim perguntar se você gostaria de vir comigo", continuou Colette. "Sou cantora. Pelo menos eu acho que sou. Gostaria de praticar com você. À noite, depois do toque de recolher."

"Não vamos acordar a sra. Davies e a srta. Ruthers?"

Colette riu. "Acho que não. Tocaremos baixinho. Elas dormem com algodões nos ouvidos. E roncam alto o suficiente para dormir durante um bombardeio. Vamos nos encontrar amanhã à noite?"

Hazel aquiesceu. "Mal posso esperar."

APOLO

Despertador

3 de janeiro de 1918

O toque da alvorada soou.

"Alguém silencie o despertador", gemeu um soldado da Companhia K do 15º Regimento.

"Você diz estrangular aquele corneteiro?", respondeu outra voz no lado oposto da sala.

Aubrey abriu e fechou os olhos rapidamente. Ainda estava escuro. Eles não tinham acabado de chegar? Ele rolou na cama e ofereceu seu traseiro como um comentário geral sobre o dia.

Alguém acendeu uma lanterna. Os camaradas de Aubrey se sentaram e se espreguiçaram. A melodia alegre e insensível do clarim estremeceu no ouvido de Aubrey. Ele rolou outra vez, ficando de costas, e escutou o toque de despertar.

Ouça, eu disse a ele. *O que aconteceria se você virasse o toque da alvorada de cabeça para baixo?*

Como?

Um tom menor.

Ele cantarolou para si mesmo.

Isso mesmo. Já ficou com uma aura totalmente diferente. Agora capriche.

Ele reduziu o compasso pela metade e mudou o ritmo.

Aah. Que maravilha. Você é bom nisso.

"Levante logo, Aub", advertiu o colega Joey Rice. "Ou o capitão Fish vai acordar você com um cascudo."

Aubrey pulou da cama e calçou as botas. "Joey, onde está seu trompete?"

Joey Rice tirou um bocal do bolso e o balançou. "Aqui." Ele o usou para imitar o toque da alvorada. Sem o trompete, a boquilha fazia um som metálico e desagradável.

"Caramba, minha língua vai cair", reclamou Joey. "Está cedo mais para tocar."

"Manhãs são para isso mesmo, *imbécil*", retrucou o clarinetista Jesús Hernandez. Ele era um dos músicos de sopro que o tenente Europe recrutara de Porto Rico para participar da banda.

"Mude o tom para menor", Aubrey disse a Joey. "Abaixe a nota mais alta um semitom."

Joey Rice obedeceu. Um som assustador surgiu.

"Agora vá mais devagar", disse Aubrey. "Segure a segunda nota... Essa é a terceira. Vá com ela também, então toque as próximas três, descendo, pá-pá-pá, staccato."

"Tu amigo es loco", Jesús sussurrou para Joey.

Joey segurou a segunda nota como um caramelo derretido e acertou as próximas três como se quebrasse cascas de amendoim.

"É isso", elogiou Joey. "Bum-ba-*daaaaah*-da-bum-ba-da."

Joey entendeu o que Aubrey quis dizer e começou a improvisar.

"O que está acontecendo aqui?"

Os soldados se enrijeceram em posição de sentido. "Senhor, capitão, senhor!"

O capitão Hamilton Fish III entrou no recinto. "Parem de gracinha. Desse jeito, vão perder a boia."

Apesar da postura rígida de militar, o capitão sorria com os olhos. Um dos fundadores do 15º Regimento, Fish era herdeiro de uma família abastada de Nova York e estrela do futebol americano de Harvard. Era um homem pomposo, mas o regimento gostava dele. Ele era tido como justo, razoável e sem preconceitos. Quase. Para um homem branco e rico, ele era uma boa pessoa.

"Descansar! Vão comer!"

"Só um segundo, capitão."

Outro homem alto adentrou o cômodo.

"Senhor, tenente, senhor!", ladraram os soldados, fazendo outra vez a posição de sentido. Era o tenente Jim Europe, comandante da companhia de metralhadoras e líder da banda do 15º Regimento.

"Bom dia, tenente Europe", saudou Fish. "Como posso ajudá-lo?"

"O que foi aquilo que eu ouvi do lado de fora da barraca?"

Vários homens deram risadinhas.

"Só estávamos nos divertindo um pouco", respondeu Fish.

Europe os encarou através dos óculos. "Foi você, Rice? Que fez palhaçada com o bocal?"

"É culpa do Edwards", disse Joey. "Ele que teve a ideia de improvisar em cima da corneta."

O tenente Europe o olhou da cabeça aos pés. "Aubrey Edwards." Quem iria imaginar.

Aubrey prestou continência. "Bom dia, senhor, tenente, senhor!"

"Eu deveria ter desconfiado", disse o tenente Europe. "Enquanto outros soldados estão se aprontando para deixar o mundo são e salvo para a democracia, você está inventando o 'Blues da Alvorada'."

"Sim, senhor, tenente, senhor!" Aubrey precisou retesar todos os músculos do rosto para conter um sorriso.

Europe cruzou os braços. "Sabe transcrever isso para pauta?"

É claro que ele sabia. E Jim Europe sabia que Aubrey sabia, pois tinha sido o professor dele.

"Sim, senhor, tenente, senhor!"

"Tem papel? Pautado?"

Ele balançou a cabeça. "Não, senhor, tenente, senhor."

"Acho que vou acabar com a diversão, mas...", Europe sussurrou para o capitão Fish. "Edwards. Vá mais tarde até minhas instalações para buscar papel pautado e me mostrar mais desse 'Blues da Alvorada'." Ele olhou para os outros soldados na tenda. "Tenho um anúncio para os que fazem parte da banda. Fomos convidados para realizar um concerto de abertura, daqui a duas noites, em uma das cabanas de recreação da ACM. Cabana número um." Ele deu um sorrisinho. "Nós fazemos jus à nossa reputação."

Joey coçou a cabeça. "Um concerto em uma *cabana*?"

O capitão Fish sorriu. "Elas são enormes. Você vai ver só. São lugares de recreação após o serviço do dia para soldados. Jogos e apresentações, café e livros, aulas, música, esse tipo de coisa."

Sorrisos e acenos com a cabeça aprovaram as novidades. Não tinham esperado nenhum tipo de recreação.

O tenente Europe e o capitão Fish se entreolharam. "A cabana dos negros", disse o tenente Europe, "fica no acampamento Lusitânia. Ensaiaremos lá hoje à noite, às sete."

Recreação segregada.

"Agora saiam daqui", disse o capitão Fish, "e vão comer."

Aubrey arriscou fazer uma pergunta. "Senhor, capitão, senhor!"

"Sim, soldado?"

"Quando lutaremos contra os alemães, senhor?"

O capitão Fish lançou um rápido olhar para o tenente Europe. "Ainda não vamos lutar. Estamos muito longe da frente de batalha. Este é o acampamento americano em Saint-Nazaire, na costa francesa."

"E quando vamos conhecer as garotas francesas? *Uhh, là là!*", brincou Joey. Os outros riram.

"Chega disso", ordenou Fish.

Os homens resmungaram. Eles já estavam de mau humor por causa de uma regra do exército americano que proibia soldados negros de interagirem com mulheres brancas de outros países.

"Vejam bem", disse Fish, "não estou me referindo àquele assunto. Eles não têm direito nenhum de dizerem com quem vocês devem andar ou de que cor essas pessoas têm que ser. Mas não é como se vocês tivessem tempo para garotas, não é? E não podemos nos dar ao luxo de vê-los adoentados. Não quero ver ninguém enfermo! Temos um dia bem cheio à nossa frente. Já que estamos aqui, vamos cavar uma barragem e construir quilômetros de trilhos de trem."

Todos ficaram estupefatos.

Jesús Hernandez, o clarinetista, não disfarçou a decepção. "Mão de obra?" Ele não foi o único. "Digo, senhor, capitão, senhor?"

"Viemos aqui para enfrentar os hunos, capitão Fish", argumentou Herb Simpson, vocalista. "Como disse o tenente Europe. Deixar o mundo são e salvo para a democracia."

A mãe de Aubrey sempre disse que ele não sabia quando ficar de boca fechada.

"Você disse, senhor", disse ele, "que este regimento não seria como os outros compostos por homens negros. Transporte de carga, cavar estradas e cozinhar, esse tipo de coisa."

Joey fez como se cortasse a garganta com o dedo. Fazer uma pergunta era uma coisa, mas desafiar um comandante significava prisão disciplinar. Ou conselho de guerra.

Mas já era tarde demais para Aubrey. "Nós poderíamos ter cavado estradas e transportado cargas em Nova York. Você disse que esse regimento teria a chance de lutar pela América e deixar a nação orgulhosa de seus soldados negros. Mudar o modo como eles nos veem nos Estados Unidos."

Pronto. Ele tinha dito o que queria dizer. Aubrey empinou o queixo e estufou o peito. *Dignidade e orgulho.*

"Você está certo, soldado. Eu disse mesmo isso." A voz do capitão Fish era calma e firme. "Este regimento realizará coisas grandiosas para nosso país e sua raça. Todos vocês mostraram ter extraordinária disciplina no acampamento Wadsworth e no acampamento Dix, mesmo com o preconceito vergonhoso que sofreram. Sei que sua coragem e disciplina guiarão vocês em segurança quando chegarmos à linha de frente." Ele esfregou a testa em um gesto cansado. "Agora vão tomar café da manhã antes que deem o que sobrou para os porcos."

Aubrey expirou. Não tinha se metido em problemas. Aleluia.

"Vamos para a Frente logo, logo", disse Herbert Simpson.

O capitão respondeu em uma voz baixa, mais para si mesmo do que para os outros: "Vamos. Se depender de mim, vamos". Ele foi embora, e os soldados saíram atrás dele.

Aubrey sentiu um cutucão no cotovelo. O tenente Europe o puxou para fora da fileira e o guiou até um canto, olhando fixo para ele.

"Você é um rapaz inteligente", disse Europe, "e, se quiser durar no Exército, é melhor aprender a ser mais inteligente ao usar essa língua afiada."

Mesmo no frio, Aubrey sentiu o rosto corar.

"Ser inteligente significa saber quando falar e quando ficar de boca fechada." A boca dele se retorceu. "Mesmo se tiver razão."

Aubrey tentou não sorrir. "Sim, senhor, tenente, senhor."

Europe tocou um dos ombros de Aubrey. "Venha buscar aquele papel pautado hoje à noite, certo?"

Aubrey sorriu.

"Vamos comer, soldado", falou Europe. "Saco cheio de blues e vazio de comida não para em pé. E você tem uma barragem para cavar."

Eles seguiram as pegadas na neve dos camaradas da Companhia K até o refeitório, atravessando o vapor com cheiro de café e ovos queimados na direção da fila do mingau de aveia.

"Olhem só se não é o Pelotão dos Macacos." Uma voz sulista e arrastada brotou atrás deles.

Os rapazes se viraram e viram dois soldados olhando fixo para eles, com os braços cruzados e estreitando os olhos. Aubrey segurou a tigela vazia com mais força. Seus ombros se tensionaram, e uma veia latejou em uma das têmporas de Joey.

"Talvez os franceses não consigam reconhecer um macaco quando se deparam com um, mas enganar um garoto do Alabama é outra história", disse o soldado ruivo. "Um macaco será sempre um macaco, não importa o uniforme que ele use."

O tenente Europe enrijeceu a postura. Ele encarou os membros da Companhia K do 15º Regimento e, sem emitir som, ordenou que não respondessem. Aubrey sentiu a raiva se dilatando a cada respiração — a dele e a dos colegas. Era como se eles respirassem como um só corpo. Como se ele sentisse a dor distendida e enovelada dos outros como se fosse dele.

"Soldado! Declare seu nome e patente."

Um sargento que supervisionava o refeitório, um homem branco, emergiu da cozinha e dirigiu-se ao sr. Alabama.

"Soldado William Cowans, senhor", respondeu o soldado, cumprimentando o superior com indiferença. "Soldado do 167º Regimento de Infantaria, 42ª Divisão."

O sargento franziu o cenho. "A Divisão Arco-Íris? Faz semanas que eles partiram para a Frente."

A dupla se entreolhou como quem tinha passado a perna em alguém. "Nós ficamos", respondeu Cowans. "Sarampo."

O sargento se virou para o cozinheiro de avental que, com olhos arregalados e segurando um caço, servia o mingau de aveia. Espinhas pontilhavam quase todo seu rosto. "Não deixe a comida dos soldados esfriar, Durfee." O soldado Durfee voltou a oferecer o mingau enquanto o sargento se virava novamente para os soldados do Alabama. "Vocês. Srs. Sarampo. O general Pershing me incumbiu de alimentar soldados, não covardes e porcos. Seu comandante será notificado."

Cowans e o outro aproveitador deixaram o refeitório aos resmungos. Quando a porta se fechou com um baque, o sargento cumprimentou os soldados negros de forma enérgica.

"Sejam bem-vindos à França", disse ele. "Sargento Charles Murphy. De Sunnyside, no Queens."

AFRODITE

Pathétique

8 de janeiro de 1918

Hazel havia descoberto que podia ter a cabana da ACM só para ela de manhã cedo. Ellen, sua colega de quarto, dormia até tarde, e Colette, no aposento ao lado, também. As mulheres mais velhas, a sra. Davies e a srta. Ruthers, uma voluntária de meia-idade, acordavam abismalmente cedo e, durante boa parte dos dias, participavam de reuniões de planejamento com o secretário-chefe de Saint-Nazaire, o sr. Wallace. (Elas penteavam o cabelo só para ele.) Aquilo permitia que Hazel tivesse uma hora para se entreter sem incomodar ninguém.

Na terça-feira, ela pegou um livro de canções populares que encontrara no banquinho do piano e começou a fazer leituras à primeira-vista das músicas mais pedidas. Eram melodias leves; várias marchas militares e canções divertidas como aquelas que seu pai tocara no Town Hall. Hazel mudou para um rondó animado de Mozart que fez com que ela sorrisse e depois tocou o segundo movimento da sonata para piano nº 8 de Beethoven, principalmente o “Adagio Cantabile”. “Pathétique”. Uma música terna e romântica, repleta de saudade.

Ela tocou para James.

Volte para mim. Volte são e salvo *para casa. Que você não sofra nenhum infortúnio na linha de frente.*

E de repente ela estava de volta ao festival da paróquia. De volta aos braços dele. De volta ao nervosismo e ao pavor e à felicidade e à calidez e à lã e ao cheiro de loção pós-barba. E uma bochecha macia suavemente apoiada em sua testa. As memórias eram tão vívidas e nítidas como no dia em que o conhecera.

As mãos de Hazel pousaram em seu colo. Um acorde ecoou pelo palco vazio.

"Não pare."

Hazel deu um pulo. As pernas do banquinho do piano rasparam no chão. Ela não conseguiu avistar quem tinha falado.

"Desculpe." Um rapaz surgiu das sombras. "Não quis assustar você."

Era um soldado, um jovem negro e alto.

"Não me assustou", disse Hazel. "Só achei que estivesse sozinha."

"Você é britânica", comentou o rapaz, surpreso.

"E você não é." Ela estendeu a mão. "Meu nome é Hazel Windicott. Sou do leste de Londres."

O rapaz apertou a mão dela. "É um prazer conhecer você, srta. Windicott. Sou Aubrey Edwards, do norte de Manhattan. E a senhorita *jamais* deveria ter medo de subir ao palco."

Hazel sorriu. "É muito gentil da sua parte dizer isso."

Agora que ele tinha se aproximado do palco, adentrando o pálido raio de sol, ela pôde observá-lo melhor. Aubrey tinha a postura aprumada de um soldado, mas não a rigidez que costumava acompanhá-la. Várias vezes os olhos dele se desviaram, famintos, para o piano.

"Você toca?", perguntou ela.

O rosto dele se iluminou. "Toco." Ele começou a se abeirar do instrumento. "Faço parte da banda do 15º Regimento de Infantaria de Nova York."

"Que maravilha!", exclamou Hazel, batendo palma. "O concerto da semana passada foi fabuloso. O som de vocês! Incrível! Os soldados passaram dias comentando sobre a apresentação."

"Nada como fazer vocês baterem os pés." Aubrey sorriu. "Nós trabalhamos nos trilhos de dia e ensaiamos e fazemos apresentações à noite", explicou. "Os soldados da banda militar têm dupla função. Mas foi para isso que me alistei."

"Por favor, sente-se." Hazel indicou o banquinho do piano. "Os pianos das cabanas de recreação sofrem demais. Na próxima vez que alguém tocar 'Over There', os martelos vão quebrar. E 'Chopsticks'! Umas vinte vezes por dia, alguém se senta para tocar 'Chopsticks'."

Ele se acomodou diante das teclas e as explorou, tocando uma breve escala cromática. "Nada mal para um piano do exército", comentou Aubrey. Ele logo se pôs a tocar "Chopsticks".

Hazel cruzou os braços. "Engraçadinho."

"Não há nenhum piano na cabana dos soldados negros, no acampamento Lusitânia" disse ele. "Tinha um, mas quebrou."

Um pouco acanhado, Aubrey experimentou tocar a linha melódica da sonata de Beethoven que Hazel tinha tangido antes. "É isso?"

Ela assentiu. "Você é bom de ouvido."

"Então veja só isso aqui."

Aubrey deixou o compasso mais ligeiro, tocando acordes saltitantes com a mão esquerda e, com a direita, oitavas agudas e cheias de firulas entre as notas. Ele acrescentou uma linha de baixo forte sempre que o acompanhamento da mão esquerda pausava.

Hazel o observou, admirada. "Você fez mesmo isso?"

Ele ergueu as sobrancelhas. "Você me viu, não foi?"

Ela balançou a cabeça. "Digo, você já fez isso antes? Com a 'Pathétique' de Beethoven?"

Aubrey fez uma careta. "Não se isso significar 'patético' em francês."

Hazel riu. "Não é 'patético'. É melancólico. Triste. Como sentir saudade da pessoa amada."

"Tudo bem, então", disse Aubrey. "Não, nunca toquei a 'patética' do sr. Beethoven antes. Fui além disso e corrigi os erros dele."

Hazel ficou boquiaberta. "Os *erros*?"

"Quem é que quer ouvir uma música triste? Quem tem tempo para isso? *Isso, sim,* é patético, se quer saber a minha opinião."

Hazel se sentou ao lado de Aubrey e observou as mãos dele com atenção. Ao ver que tinha uma plateia que o apreciava, Aubrey se deixou levar, dominando o teclado. Até mesmo Hazel, que era pianista, não conseguiu compreender a agilidade frouxa e a velocidade absurda das mãos dele.

"Você não é Aubrey Edwards", declarou ela. "Você é Scott Joplin, o Rei do Ragtime Americano!"

"Argh." Ele bufou. "Não se engane. Sou Aubrey Edwards. Scott Joplin bem que *gostaria* de ser eu. Ou teria sido. Mas ele morreu. Então ele provavelmente está desejando muito ser eu. Ou qualquer outra pessoa, na verdade."

"Você deve ser a reencarnação dele, então", disse Hazel. "Mostre-me como fez aquilo."

"Não tem segredo", explicou Aubrey. "Você toca a música, descobre o tom e preenche as progressões de acorde. Depois é só florear um pouco." Aubrey deixou os dedos pairando sobre o teclado. "Se eu fosse mesmo a reencarnação de Joplin, teria que ter crescido bem rápido. Ele morreu na última primavera." Aubrey deu de ombros. "Mas minha mãe sempre disse que eu sou um bebezão. Então quem sabe."

Hazel riu. "Você é uma figura, sr. Edwards."

"Por favor", disse ele, "se é para sermos amigos, insisto que me chame de Vossa Majestade."

Hazel gargalhou.

"Você disse que eu sou o Rei do Ragtime." Ele balançou a sobrancelhas para ela. "Na verdade, sou o Imperador do Jazz."

"Você é o bobo da corte", provocou Hazel. "Nunca conheci ninguém como você antes, Vossa Majestade."

Ele mudou de tom e tocou uma música que ela não reconheceu.

"Assim?", perguntou Aubrey. Ela aquiesceu. "É 'The Memphis Blues'."

"Você que escreveu?", quis saber Hazel.

Ele riu. "Bem que eu queria. Foi um cavalheiro chamado sr. W. C. Handy.* Também do Harlem."

"Harlem?"

"É a parte do norte de Manhattan em que eu moro. Várias pessoas negras vivem lá."

Aubrey tocou, e ela o observou, fascinada. A fluidez do estilo dele a intrigou. Ele tocou e tocou frases musicais e refrões. Era como se ele entendesse como a música era construída e pudesse construí-la de novo, recriando-a como quisesse. Aubrey não apenas tocava; ele *brincava* com a música.

"Quando você diz, srta. Windicott..."

"Hazel, por favor."

"Vossa Alteza, Hazel de la Windicott." Aubrey olhou de canto de olho para ela. "Quando diz que nunca conheceu ninguém como eu antes, quer dizer que nunca conheceu um camarada negro?"

Hazel se recostou no piano e olhou séria para ele.

* Compositor e músico estadunidense, considerado o Pai do Blues. (N. T.)

"Não", disse ela. "Quis dizer que nunca conheci ninguém com seu humor. E confiança." Ela fez biquinho, ansiosa. "Estou certa de que foi tudo que quis dizer. Não foi?"

Ele a encarou por vários segundos; a música seguiu ininterrupta.

"Não tenho como saber a resposta disso", disse Aubrey. "Você já conheceu algum camarada negro antes?"

"Bem, é claro que já", respondeu Hazel. "Londres tem pessoas de todos os cantos do mundo. Caribe, Somália, Nigéria, Costa do Ouro, África do Sul, Quênia e, ah, vários outros lugares da África."

"Lugares colonizados pela Grã-Bretanha?"

Ela concordou. "E onde eu moro, no leste de Londres, há vários homens negros que trabalham nas docas."

"Conhece bem algum deles?"

"Não", admitiu ela. "Mas não conheço nenhum homem branco que trabalha lá também."

Aubrey lançou um olhar interrogativo para Hazel. "Você vive em uma torre de marfim?"

Ela sentiu que mereceu a provocação. "Se já vivi", respondeu ela, "vim até aqui para sair dela."

Aubrey começou a tocar outra música. Era familiar, mas havia um fio sombrio costurado nela.

Hazel a reconheceu. "É o toque da alvorada. Como se chama? 'Reveille'."

"*Era* o toque da alvorada", devolveu Aubrey, altivo. "Estou corrigindo os erros."

Ela riu. "Adorei conhecer você, Vossa Majestade."

Ele aquiesceu com imponência. "Digo o mesmo, Vossa Alteza."

"Mas você precisa retirar o que disse sobre Beethoven cometer erros."

Aubrey a encarou com um olhar contundente. "*Todo mundo* erra."

"Acho que sim, mas..."

"Menos eu."

Ela arfou. "Você é inacreditável!"

Ele piscou. "Nisso você tem razão."

Hazel sorriu. Ela já tinha começado a escrever mentalmente uma carta para James sobre o jovem pianista ultrajante. Ela duvidava de que conseguiria captar o humor das piadas dele.

"Você vai voltar para tocar mais, não vai?"

Ele assentiu, brincando com o toque da alvorada até que uma voz sonolenta com um sotaque adorável falou.

"Não basta sermos tirados da cama uma vez por dia com essa música de corneta?"

Era Colette, totalmente despenteada, saindo do quarto. A camisola de seda muito curta e as pernas longas estavam cobertas por um penhoar de seda aberto.

A música parou.

O Rei Aubrey Edwards piscou.

Colette guinchou e fechou o penhoar.

Hazel ficou de pé, sentindo que deveria fazer alguma coisa, mas era difícil decidir qual dos amigos precisava de mais ajuda.

Colette sufocou uma risadinha com a mão. Os olhos dela faiscaram.

Sem tirar os olhos de Colette, Aubrey estendeu a mão para Hazel. "Foi um prazer conhecer você, srta. Windicott", disse ele. "Eu com certeza voltarei." Aubrey tocou o chapéu para se despedir de Colette. "Senhorita."

"E eu", disse Colette, arquejando, "certamente estarei vestida."

"Não se preocupe", disse o impenitente Imperador do Jazz. "Eu vou voltar mesmo assim."

AFRODITE

Correio do meio-dia

9 de janeiro de 1918

Ellen Francis irrompeu ruidosamente pela porta, balançando um maço de cartas. “O correio chegou!”

Hazel tentou não se lançar sobre ela. Sem dúvida ela receberia uma carta de James.

Ellen passou as correspondências. Quatro cartas para Colette — da tia dela em Paris e de três *doughboys*. Duas para Ellen. Várias para a sra. Davies.

Duas cartas para Hazel. Uma de Georgia Fake. E outra da mãe.

Era quase uma traição se sentir decepcionada com aquilo.

Hazel se aconchegou em um sofá de canto e leu a carta da mãe, que continha mais perguntas do que novidades. Apelos para que Hazel se agasalhasse, tomasse cuidado com americanos insistentes, ficasse livre de perigo e voltasse logo para casa. Ela também incluiu notícias sobre como o “Arthur” de seu pai estava piorando no inverno e fofocas da paróquia, das vizinhas solteiras e amantes de ópera do andar de cima e do barbeiro barulhento do andar de baixo. Hazel pegou uma folha de papel de carta do estojo de escrita e tentou compor uma resposta.

“Posso?”

Ela ergueu o rosto e se deparou com Colette. Hazel deu tapinhas no assento ao lado.

“Más notícias?” Colette observava o rosto de Hazel. “Ou... nenhuma notícia?”

Hazel não conseguiu responder.

“Às vezes não receber notícia nenhuma é pior”, disse a moça belga. “Pelo menos, quando recebemos más notícias, não ficamos mais nos perguntando se vamos receber *alguma* notícia. Você queria saber de alguém especial?”

Hazel ponderou sobre aquela ideia deliciosa e terrível: contar a alguém sobre James. Contar aos seus pais havia sido mais um pedido de desculpas do que uma confissão. Será que Colette pensaria que ela era tola?

Eu, que não queria perder nada, me espremi entre elas no sofá.

“Conheci um rapaz”, falou Hazel, hesitante, “logo depois que ele se alistou. Logo antes de ele partir para a França.”

Colette, como fazem os melhores ouvintes, esperou.

“Ele é adorável.” Hazel percebeu que estava sussurrando. “Nós nos conhecemos e nos divertimos muito juntos.” Ela engoliu o embaraço. “Só o conhecia há alguns dias antes de ele ir embora.”

“Mas você sente como se o conhecesse desde sempre.”

Hazel assentiu.

“É assim que tem de ser.”

“Não faz sentido nem para mim”, admitiu Hazel, “o quanto eu sinto a falta dele. O quanto eu penso nele.” Ela ruborizou. “Parece que não tenho o direito.”

“Qual é o nome do seu soldado?”

“James Alderidge.”

“Você tem uma fotografia dele?”

Ela a tirou do estojo de escrita como se estivesse entregando a Colette seu próprio coração pulsante.

Colette observou a fotografia. *“Ah, Jacques”*, disse ela. *“Vous êtes très beau. Et très gentil.”*

Hazel ficou radiante. “Acha mesmo?”

“É claro que sim”, respondeu a amiga. “Ele é bonito. E gentil.”

“Ah, ele é.” Hazel afundou nas almofadas do sofá. “A fotografia não faz jus a ele. Ele adora música e dançar, e me faz rir o tempo todo. Ele é atencioso, bom e ambicioso, mas de um jeito bom, e quer construir abrigos e hospitais e...” Ela estava divagando. Idealizando-o. Não conseguia evitar.

“Ele parece um sonho.” Colette me fez ganhar o dia.

“Só espero que a guerra não o... mude, sabe?”

Pensativa, Colette encarou a amiga. “É inevitável. A guerra vai mudá-lo.”

O coração de Hazel ficou espremido.

“Mas isso não significa que seu carinho por ele também vai mudar. Nem o carinho dele por você.”

Hazel tentou imaginar o futuro e não viu nada além de névoa e fumaça.

“Faz três semanas desde que recebi a última carta dele”, admitiu Hazel. “Fico tão preocupada. Que ele possa ter...”

“Ter se machucado, que alguma coisa possa ter acontecido com ele, *non*?”

Hazel não conseguiu confirmar a pergunta, não conseguiu aceitar aquilo como uma possibilidade.

“É claro que você se sente assim.” Colette respondeu à própria pergunta. “Mas se anime. Há vários motivos para a lentidão na entrega das correspondências. Soldados ficam resfriados. Cartas são enviadas para o lugar errado. Para a pessoa errada. E você acabou de chegar, não é? Talvez as cartas dele estejam indo para seu endereço antigo.”

“Colette”, Hazel disse com cuidado. “Você já...” *Ah, não, diga outra coisa.* “Você já se apaixonou?” *Tarde demais.*

Minha pergunta predileta.

Colette titubeou. “Sim”, respondeu, baixinho. “Já.”

Meu querido Stéphane. Que homem ele teria sido. As coisas que eu teria feito com os dois...

“O que aconteceu?”

Colette ficou surpresa por Hazel não ter entendido. “Os alemães atiraram nele.”

“Ah, meu Deus.” Hazel deixou escapar um soluço e segurou o pulso de Colette. A dor oriunda da morte dele, do garoto que nunca nem conhecera, a golpeou como uma onda gigantesca. “Ah, Colette, como você suportou?”

Colette apanhou um lenço e alguns bombons. Hazel aceitou ambos de boa vontade.

“Que cena ridícula”, falou entre soluços. “Você sentada aqui, calmamente me consolando, enquanto me debulho em pranto por causa do *seu* xodó?”

“Não é ridículo coisa nenhuma”, respondeu Colette. “Suas lágrimas são para o seu Jacques. Você, que espera que ele seja poupado do pior, acabou conhecendo alguém com quem isso aconteceu.”

A tempestade passou, deixando Hazel inchada e exausta.

"Como você seguiu em frente, Colette?", perguntou ela. "Não parece ter sido afetada pelo luto."

"Quem disse?" Ela sorriu por um instante, depois ficou séria. "Todo ano eu acendo uma vela para meu pobre Stéphane", disse. "E para minha família também." Ela segurou a fotografia de James. "De dia, me mantenho ocupada. Mas não consigo dormir muito. É durante à noite que eles voltam para mim."

Surpresa, Hazel buscou o olhar da amiga.

Colette deu um sorriso melancólico. "Não estou falando de fantasmas. A não ser que fantasmas possam ser memórias."

Hazel desejou não ter arrastado a amiga a ter uma conversa tão penosa. "Os americanos são louquinhos por você. Por que nenhum deles ainda te conquistou?"

"Os 'ianques'?" Colette imitou o sotaque. "*Non, merci.* Eles estão apenas de passagem."

"Talvez um deles volte para você."

Ela deu de ombros. "Ele estaria perdendo tempo." Colette devolveu a fotografia a Hazel. "Você me perguntou como eu suportei." Ela olhou para o palco, para a zona de café, as prateleiras de livros e jogos. "O trabalho tem me ajudado. Ter alguma coisa para fazer todos os dias. É uma sensação poderosa. Requer que eu ajude os outros a lidar com os problemas deles." Colette fez uma pausa. "Fazer com que eles sorriam um pouco é uma cura muito mais eficaz do que qualquer coisa prescrita por um médico."

Hazel esperou.

"Eu penso nos soldados", prosseguiu Colette. "Na guerra, e em como ela não me matou. Mas em como pode matá-los. Isso significa que sou sortuda. Tento distribuir um pouco de gentileza. Um pouco de paciência." Ela balançou um dedo. "Mas, quando eles ficam... como é que vocês dizem... atrevidos, aí eu não tenho paciência nenhuma." Ela deu uma piscadela.

Hazel estremeceu. Por enquanto, tinha sido poupada daquela indelicadeza. Mas Ellen tinha histórias para contar quase todas as noites sobre algum soldado confiante demais.

E eu achei que os soldados iriam querer ouvir música, pensou Hazel. *Sou tão ingênua.*

Hazel desembrulhou um bombom e comeu um pedaço. Colette pegou outro e fez o mesmo. Elas ficaram ali, sentadas e pensativas, comendo chocolates e pensando em rostos diferentes. O de Hazel estava longe. O de Colette tinha ido embora para sempre.

"E, é claro, há a música", disse Colette, tentando abocanhar um pedaço de caramelo.

Hazel assentiu. A música.

ARES

Tiro ao alvo

7 de janeiro de 1918

Armas, armas. Havia armas por todo lado.

Armas penduradas como fileiras de tacos de beisebol nas laterais feitas de chapas de aço corrugado dos abrigos Nissen.

Armas potentes explodindo na Frente, mísseis assobiando.

O estrondo dos revólveres Webley e dos rifles Lee-Enfield.

Armas seguradas por recrutas já não tão recém-chegados assim, todos enfileirados para o tiro ao alvo.

Uma arma nas mãos de James.

A Lee-Enfield Mk III. Uma belezinha de madeira, macia e sedosa. Ele a apoiou no ombro e, através do orifício, olhou para o quadrado que alinhava sua visão.

Quantos soldados seguraram você antes?, perguntou ele. *Eles estão mortos agora? No hospital?*

Quantos alemães você matou? Eles sucumbiram rapidamente ou sofreram?

A arma guardou seus segredos.

"O rifle é a vida de vocês", disse o treinador. "Quando realizarem um ataque. Quando os Jerrys atacarem vocês. Na terra de ninguém. Ele precisa estar sempre limpo e carregado. Sua velocidade com o rifle vai determinar se os Jerrys vão morrer por este país, ou se vocês vão. Deixem os Jerrys serem os heróis. Assim, vocês voltarão para casa e beijarão as garotas de vocês!"

O rosto de Hazel surgiu. Mas o rapaz asseado que chamou a atenção dela se fora. No lugar dele, havia um bruto imundo coberto de terra. Mãos ressacadas, unhas emporcalhadas, rosto encardido, áspero pela barba por fazer.

Os camaradas de James tinham mudado. Billy Nutley estava mais magro, mais musculoso. O rifle parecia de brinquedo nos braços dele. Chad Browning, o ruivo magrelo, ainda era esguio, mas agora tinha uma postura imponente. Ele sabia para que a arma servia. Mick Webber, o pedreiro, já era forte, mas estava mais ágil, e sempre era o primeiro a terminar a pista de obstáculos.

Frank Mason ainda era Frank Mason. Era uma percepção reconfortante.

E agora James estava ali, mexendo no mecanismo da ação de ferrolho, apontando e atirando. Desmontar o ferrolho, que no começo tinha sido uma tarefa dificultosa e atrapalhada, agora era algo que ele fazia sem esforço, de forma automática, em menos de um segundo. Aquilo transformava os soldados britânicos em uma máquina mortífera implacável. Armas letais a serviço do marechal Haig.

São eles ou você.

"Carregar!"

Ele desembolsou o cartucho e carregou o rifle.

"Apontar!"

James espiou o alvo pelo orifício da arma. Algum Tommy* engraçadinho tinha pintado "Wee Willie Winkie"** no alvo de madeira cortada em formato humano. Um dos muitos apelidos do Kaiser Wilhelm.

"Mirem, atirem e observem para onde vai a bala. A diferença entre o lugar para o qual vocês apontaram e o lugar onde ela foi parar é o ajuste que precisarão fazer na próxima vez. Não está ventando hoje, então a distância e a direção vão dar a vocês a tolerância da qual, atirando dessa distância, precisarão no futuro."

Os soldados se entreolharam para confirmar se havia problema em admitir que não tinham entendido nada do que fora dito.

"Vejam só. É simples. Se mirarem no meio do peito e a bala perfurar o cérebro dele, significa que o rifle atira quase trinta centímetros mais alto do que o esperado. E são mais de vinte metros de distância. Seria

* Termo usado para se referir aos soldados britânicos. Na terra de ninguém, quando combatentes alemães queriam falar com algum britânico, gritavam: "Tommy!". (N. T.)

** Canção de ninar escocesa do século XIX. (N. T.)

diferente se fosse mais longe. Então, se quiserem acertar o coração, mirem na virilha. Se o alvejarem na virilha, tudo bem também! Armas em punho! Engatilhar!"

James expirou e engatilhou o rifle.

"Apontar!"

Ele centralizou o alvo e o manteve firme nas duas letras L que compunham o nome "Willie". James roçou o dedo na curva de aço do gatilho.

"Fogo!"

Ele sentiu o coice do rifle no ombro. A bala perfurou o coração de madeira de Winkie.

À esquerda de James, Webber assobiou, admirado. "Olhe só para você, Alderidge! Willie Winkie é um homem morto."

James mal pôde acreditar. "Pura sorte."

"Nada disso", discordou Webber. "Você tem um bom olho."

Frank Mason protegeu o rosto do sol invernal. "Boa arma."

"Agora calculem a tolerância", bradou o treinador. "Prontos? Descarregar!"

Ka-chunk. Dezenas de soldados, em uma simetria mecânica e mortal, desmontaram os ferrolhos, e as câmaras cuspiram os cartuchos de bala na lama derretida.

"Preparar... Apontar... Fogo!"

Mais um tiro certeiro.

"Descarregar!" *Ka-chunk.* "Vejam só essa diferença. Equiparem as duas. Apontar!"

James expirou e mirou o coração.

"Fogo!"

Ele errou o alvo por cinco centímetros. Mas o tiro ainda tinha sido fatal.

"Descarregar!"

Ka-chunk.

"Apontar!"

James expirou de novo.

"Fogo!"

"Descarregar!"

"Apontar!"

"Fogo!"

"Por hoje é só. Descansar."

Cartuchos estavam espalhados como alpiste aos pés de James. Parecia que ele tinha levado um coice de cavalo no ombro. Mas sua pulsação reverberava. Ele *gostava* de atirar.

Era uma pena, pensou ele, que os alemães não fossem feitos de madeira.

"Vão jantar", disse o treinador. Ele acenou para outro comandante e apontou para o alvo de James, elogiando seu desempenho. Um rubor de orgulho em um dia frio até que era bem-vindo. Será que havia como compartilhar aquilo com Hazel sem parecer muito convencido?

Ele apanhou seus pertences e começou a caminhar na direção do refeitório com os outros, mas o treinador o chamou.

"Espere um segundo, soldado..."

"Alderigde", disse James. Ele aguardou em posição de sentido.

O treinador parou ao lado dele, acompanhado pelo outro comandante. "Você caça, Alderidge?"

James balançou a cabeça. "Não, senhor."

"Já praticou tiro ao prato?"

"Não, senhor."

"É mesmo?" O treinador coçou o queixo e lançou um olhar contundente para o outro comandante. "Você fez um trabalho excelente hoje. Registraremos isso no seu arquivo." Ele acenou com a cabeça para James. "Descansar, soldado. Pode ir para o refeitório."

AFRODITE

Cantora

12 de janeiro de 1918

Alguns dias depois, Hazel e Colette passaram mais uma noite ao piano, ensaiando.

A voz rouca de Colette, charmosa e grave, era hipnotizante. Hazel mal podia acreditar no talento da amiga. Sua voz crepitava de saudade. Talvez, pensou Hazel, fosse preciso sofrer muito para cantar daquele jeito. Ela sentiu a vivacidade fazendo sua coluna se arrepiar.

Aubrey ouviu o canto da sereia antes mesmo de encher a mão com um punhado de pedrinhas e atirá-las na janela. Quem é que cantava assim? Ele tinha que descobrir. A música era estrangeira, mas com uma voz daquelas, não fazia diferença.

Ele jogou as pedrinhas e esperou. Nada. Ele pegou mais um punhado.

Hazel destrancou a porta e espiou um dos cantos externos da construção. "Quem é?"

"Sou eu", disse Audrey, fazendo uma mesura. "O Rei do Ragtime e o Imperador do Jazz."

"Aubrey! Você voltou!" Ela o chamou. "Finalmente."

Ele se recostou na porta. "Fiquei ocupado com os concertos."

"Que maravilha! Não vai entrar?"

"Não posso", respondeu ele. "Tentei vir hoje à tarde, mas uma senhora me mandou embora."

"Ah, Aubrey. Sinto muito." Hazel ficou nauseada. "Que tal entrar agora?"

Aubrey hesitou. "Não vamos nos encrencar?"

"Ninguém vai descobrir. A sra. Davies já foi se deitar." Que rebelde que ela estava se tornando! Mas não havia muito o que fazer tendo em conta uma regra daquelas. "Será minha vingança. Ela não me deixou tocar para os soldados negros."

Aubrey seguiu Hazel e entrou. "Porque você não estaria segura lá", ele disse com azedume.

Eles foram até o palco, onde Colette reordenava as partituras e cantarolava trechos de uma canção. Aubrey tirou o quepe e se curvou em cumprimento. Colette estava vestida daquela vez, com a blusa e a saia do uniforme, mas não ficou nem um tantinho decepcionado.

"Aubrey Edwards, ao seu dispor", disse ele. "É um prazer conhecer a senhorita."

"Você ainda não conheceu", respondeu Colette.

"Então ficarei ainda mais contente", devolveu o implacável Aubrey, "quando você me conhecer." Ele olhou para Hazel e depois para Colette. "Era você que estava cantando agora há pouco?"

Hazel observou o jovem Aubrey lançar seu charme para Colette. *Isso vai ser divertido.* A amiga era bem seca quando queria. Quando os *doughboys* tentavam chamar a atenção dela, Colette apenas sorria e lhes servia limonada.

O rei encarou Hazel com os olhos faiscando. "Vossa Alteza", sussurrou de forma teatral, "você pretende me apresentar à sua amiga encantadora, ou terei que adivinhar o nome dela?"

"Adoraria ver você tentar", disse ela. "Esta é minha amiga Colette Fournier. Uma cantora extraordinária. Colette, este é Aubrey Edwards, Rei do Ragtime e Imperador do Jazz."

Colette estendeu a mão para um aperto, mas Aubrey a beijou.

"O que é 'jazz'?", quis saber Colette. "É o tipo de música que a banda tocou aqui na semana passada? *C'était fantastique!*"

Aubrey se empertigou todo. "Isso mesmo. Jazz, ou alguma coisa parecida", disse ele. "Não somos apenas a melhor banda do exército americano. Somos a melhor banda da guerra inteira. Nossa batida de jazz vai contagiar vocês até o último fio de cabelo."

"Veja só o que ele sabe fazer, Colette." Hazel indicou o banquinho do piano para Aubrey.

Ele começou a tocar a música dela e brincou com os acordes até moldá-los em um rag.

Aquilo era brincadeira de criança para Aubrey, mas, para Colette, ele tinha aberto o mar Vermelho da música.

"De novo", exigiu ela.

Aubrey obedeceu, satisfeito. Logo eles estavam transformando outra partitura dela em ragtime.

Apolo, você se lembra de como os músicos se sentiram ao passarem pelo batismo de fogo que foi conhecer o jazz. O ragtime cativou Colette. A mente dela borbulhou, seus quadris gingaram. E lá se foram os velhos refrões melodramáticos que a faziam suspirar, as músicas triviais e alegres. Era como se lamparinas a óleo virassem elétricas. Era dinamite. Vodu. Feitiçaria.

Era *atraente*. Assim como o sumo sacerdote musculoso acomodado no banquinho do piano. Ele tocava para Colette com um olhar cintilante que dizia que havia muito mais de onde aquilo viera. Ela percebeu que seu olhar se voltava para Aubrey com mais frequência do que deveria. E que se demorava nele.

Non, Colette disse a si mesma. *Non, non, non.*

Mas havia um quê no Rei do Ragtime que não vinha só da música.

Aubrey nunca tinha visto alguém que usasse perfume rococó direto de Paris, e cabelos curtos e lustrosos com cachos presos daquele jeito. Tão glamourosa e ousada. E a beleza dela! Contudo, foi a voz de Colette que o fisgou. Ela sabia para onde Aubrey seguiria com a música; quando ele improvisava, Colette acompanhava, e às vezes até o conduzia para que ele fizesse uma modulação.

Hazel começou a bocejar. Estava ficando tarde. Era hora de ir embora.

Aubrey se levantou. "É melhor eu ir." As palavras mais difíceis que ele tinha dito em um bom tempo.

Colette ofereceu uma mão a ele. *"Enchantée."*

"Boa noite, Aubrey", disse Hazel.

Ele foi até a porta. *Elas não disseram que você podia voltar*, desaprovou a mãe dele.

Aubrey sorriu para a noite gelada. *E eu preciso de convite?*

APOLO

O dia seguinte

13 de janeiro de 1918

"Aonde você foi ontem à noite?"

Joey Rice cutucou Aubrey nas costelas. Eles estavam na fila da latrina, tremendo de frio, esperando a vez.

"Você está parecendo um defunto", disse Joey. "Ouvi você voltar. Era o quê? Meia-noite?"

Aubrey esfregou os olhos. "Faz diferença, Rice? Atrapalhei seu sono de beleza?"

Joey cutucou Aubrey no peito. "Tive que mentir para o tenente Europe e dizer que você foi para a enfermaria depois do toque de recolher."

Aquilo chamou a atenção de Aubrey. "Ele estava atrás de mim?"

"Você deu sorte que não foi o capitão Fish. Eu disse a ele que você estava com desarranjo."

"Caramba, obrigada." Ele pulou em um pé só. "Vão logo aí, camaradas! Estou apertado!"

"Mas, falando sério", insistiu Joey. "Aonde você foi?"

Aubrey hesitou um pouco, mas acabou cedendo. "Você não pode contar a ninguém." Ele falou no ouvido de Joey. "Conheci uma garota."

"Aqui?" Joey arregalou os olhos. "Ela é bonita?"

Aubrey revirou os olhos de um jeito sonhador. "Rapaz, você não faz ideia."

Joey fez cara de espanto. "Vocês...?"

Aubrey o empurrou pelo ombro. "Calado, Rice. Não é nada disso."

"Bem, não se invoque comigo. Estou só curioso." Ele esfregou o ombro. "Então ela está na cabana da AMC no acampamento Lusitânia? Eles têm umas moças lindas lá. Mas a maioria só quer saber de trabalhar."

Aubrey se lembrou do perfume de Colette. "Nada disso", respondeu ele. "A garota que eu conheci é belga."

Joey ficou boquiaberto.

"Você está parecendo um bacalhau", comentou Aubrey. "Sossegue o facho. Aquele comandante está olhando para nós."

Joey fechou a boca. Depois de um instante, tornou a cochichar com Aubrey.

"Então você arranjou uma rameira belga", disse ele. "Deram um jeito de se divertirem sozinhos, foi?"

Aubrey afundou dois dedos entre as costelas de Joey.

"Ai!"

"Diga isso de novo", sibilou ele, "e vou nocautear você. Eu falei que não é nada disso."

Joey cotovelou Aubrey para fazer o colega recuar. "Pare com isso", reclamou ele. "É por minha causa que você não foi para a prisão disciplinar. Então eu seria um pouquinho mais grato."

Aubrey ponderou sobre aquilo. Talvez precisasse de um aliado novamente, pois ele com certeza voltaria.

"Bem", disse Joey, "como ela é? Além de bonita."

Aubrey suspirou. "Você precisa ouvi-la cantar. Ela seria uma estrela dos Estados Unidos."

"Eles não têm estrelas aqui na Europa?"

Outro soldado desocupou a latrina.

"Por falar na Europa", disse Aubrey. "O que o tenente Europe queria comigo?"

Rice fingiu tocar trompete. "Acho que era sobre o ensaio de hoje à noite da banda."

Aubrey deu um tapa na própria testa. "Hoje à noite? Droga!"

"O que houve?"

Ele balançou a cabeça. "Eu pretendia vê-la mais tarde."

"Olha só", começou Joey. "Fomos proibidos pelo capitão Fish de nos envolvermos com garotas." Ele baixou a voz. "E se você flertar com uma moça branca, vai se meter em problemas."

Aubrey, que não estava no clima de levar sermão, desejou nunca ter falado nada para começo de conversa. "Deixe para lá. Eu acabei de conhecê-la. Não a pedi em casamento nem nada."

Joey o ignorou e continuou a falar, inabalável: "Já foi bem difícil chegar até aqui. Não estrague tudo. Nosso dever é trabalhar muito, tocar boa música e sorrir, não importa o que aconteça. Se você se envolver com uma boa moça branca, não uma rameira, digo, vai acabar morto". Ele começou a sussurrar: "Ouvi alguns rapazes comentando sobre um regimento de fuzileiros navais. Vários sulistas estão fazendo ameaças".

Aubrey dispensou o aviso. "Fique tranquilo, Rice. Você se preocupa igual à minha mãe." Ele tocou o ombro do colega. "Você vai ver só. Vou ficar bem. Nada de mal vai acontecer com Aubrey Edwards, Rei do Ragtime e Imperador do Jazz."

"Eu vou arrancar essa sua cabeçona desses ombros magricelos."

"Adoraria ver você tentar."

"Você é o Rei dos Idiotas, é isso que você é."

"Se for o caso, você é meu súdito fiel. Quem é magricelo aqui?"

A vez deles na latrina finalmente chegou. Um soldado saiu, franzindo o nariz.

"Deixe eu ir primeiro", falou Joey. "Estou quase explodindo."

"Nem pensar." Aubrey saiu correndo e passou na frente. "Você falou que eu estava com desarranjo. Não quero transformar você em um mentiroso."

APOLO

No ensaio da banda

13 de janeiro de 1918

Naquela noite, acompanhei Aubrey até o ensaio da banda para lembrá--lo de seus objetivos. Ali, eu pensei, Afrodite não meteria o bedelho nos assuntos dele. Sem ofensa, deusa.

"Eu disse para vocês prestarem atenção! Clarinetes, fiquem quietos e escutem o que vou dizer!"

O tenente Europe olhou através dos óculos para a banda do 15º Regimento.

Aubrey imaginou que uma percussão dos címbalos faria com que todos fechassem a matraca, então foi o que fez. O tambor-mor Noble Sissle, vocalista barítono, deu um peteleco na nuca de Aubrey.

"Ai!"

Meio minuto do olhar enviesado de Europe finalmente fez com que todos se calassem.

"Muito bem, vamos lá", disse ele. "Temos muito o que fazer hoje à noite. Mais duas apresentações nesta semana. Uma na cabana dois e outra no acampamento Lusitânia. Somos um sucesso em todas as tropas, rapazes. E entre os comandantes também! Vocês fizeram um ótimo trabalho."

Europe se permitiu dar um sorriso quando a banda comemorou e aplaudiu.

Aubrey esfregou a nuca. Da próxima vez, usaria o capacete para o ensaio.

"E não é só isso", continuou o regente. "Parece que vamos botar o pé na estrada e percorrer a França. Uma turnê para melhorar o ânimo de todos até que o exército americano esteja aqui em peso."

Aubrey deveria ter ficado empolgado. Era a chance que eu queria que ele tivesse. Mais visibilidade! Houve uma época em que tocar em vários lugares da França tinha sido o sonho dele. Agora ele só conseguia pensar naquele rostinho bonito.

"É como eu digo a vocês", falou Europe. "Salvamos vidas a cada música que tocamos."

"Está mais para a cada baú que arrumamos", retrucou Alex Jackson, que tocava tuba. Um burburinho surgiu entre os rapazes.

"Eu sei que vocês estão fartos de fazer e desfazer malas e caixas", disse o tenente Europe. "Viemos à França para lutar, então é o que vamos fazer. O coronel Hayward está resolvendo a situação. Mas também viemos para tocar jazz. Então mãos à obra. Sis, vá passando estas partituras novas, por favor. Estão etiquetadas por instrumento."

Noble Sissle pegou o amontoado de páginas e começou a distribuí-las.

O tenente Europe consultou as próprias anotações. "Vamos ver. Ah, sim. Flautinistas, vocês estavam um pouco atrasados em 'Stars and Stripes Forever' anteontem. O que é que eu sempre digo? Sem vocês, é só um monte de cornetas berrando. Se não tocarem no ritmo certo e no tom certo, vou ter que pegar um flautim e dar com ele na cabeça de vocês. Entenderam?"

Os músicos de sopro murmuraram e deram cotoveladas uns nos outros.

O maestro voltou a ler as anotações. "Ah. Escutem só isso, rapazes: o exército ocupou uma estância de luxo para tropas americanas em licença. O lugar se chama Aix-les-Bains. Tem banheiras e um spa, montanhas, lago. Cassinos, cinema, tudo. É um lugar e tanto. J. P. Morgan e a rainha Vitória passavam as férias lá. Vamos para lá no fim da turnê. Somos responsáveis pelo número de abertura."

"Vamos lá para repousar?", quis saber Pinkhead Parker, saxofonista.

"Não vamos jogar roleta. Vamos tocar", respondeu Europe. "Quem sabe, nas horas livre, vocês até possam, mas..."

"Mas o quê?", Pinkhead exigiu saber.

Europe não falou por um instante. "Estamos lá para entreter os outros", explicou ele, por fim. "A estância não está aberta a soldados negros."

A banda ficou em silêncio, algo raro de acontecer.

"Aconteceu a mesma coisa em Nova York", disse Pinkhead. "Tocamos para os ricaços, mas usamos a entrada de serviço e comemos a sopa na cozinha."

Jim Europe suspirou. "Vamos dar um jeito de contornar a situação, está bem?" Todos os membros da banda estavam inexpressivos. "O lugar é grande. Farei o possível para garantir que vocês se divirtam um pouco."

O tambor-mor Noble Sissle entrou a partitura de Aubrey, que a aceitou, desinteressado. Deixar Saint-Nazaire? Tocar dixieland em uma estância extravagante?

Vamos lá, Aubrey. É por isso que você se alistou. Aproveite!

Mas ele só conseguia pensar na moça. Naquele momento, ele não pensava em como era um ótimo músico nem em como aquilo podia alavancar a carreira dele. Foi seu servicinho sujo, deusa.

"Edwards... Edwards!"

Aubrey piscou. O tenente Europe estava com as mãos nos quadris e olhava para ele.

"Está conosco hoje, soldado?"

Aubrey ficou de pé e deixou as baquetas a postos.

"Que tal olhar para a partitura de vez em quando?"

Qualquer idiota sabia ler uma partitura de percussão se entendesse de ritmo. E Aubrey era feito de ritmo.

"Estou olhando, senhor, tenente, senhor!"

"Tem certeza?"

Risadinhas irromperam entre os músicos de sopro.

Aubrey olhou ao redor. Atrás do tenente Europe estava Noble Sissle, um pouco mais para o lado e com uma expressão de tento, segurando uma partitura e apontando para o cabeçalho.

Estava escrito "Reveille Blues". Por A. Edwards. Orquestração por Jas. R. Europe.

"Ah", murmurou Aubrey.

Você está chegando lá, eu disse a ele. *Você tem quase 20 anos e Jim Europe está orquestrando e tocando sua música. O futuro é todo seu. Este é o seu momento. Você está em uma bifurcação. Um caminho certamente vai partir seu coração. O outro o tornará imortal. Escolha a música!*

Mas ele só conseguia pensar em como a música soaria se Colette a cantasse.

Deusa, você não joga limpo.

ARES

Nas trincheiras

9 de janeiro de 1918

Nada poderia ter preparado James Alderidge para a vida nas trincheiras.

A mensagem chegou. Eles precisavam de reforços nas trincheiras, de modo que um novo grupo de combate foi formado. Os rapazes fizeram as malas e aguardaram o chamado do comandante.

Eles comeram, mandaram cartas para casa caso fosse a última, os que acreditavam em alguma coisa rezaram e eles se muniram de trinta quilos de equipamento. Eram seis recrutas ao todo: James Alderidge, Billy Nutley, Mick Webber, Chad Browning. Um tal de Alph Gilchrist e outro chamado Vince Rowan. Dois soldados que retornariam para lá: Frank Mason, que eles conheciam, e Samuel Selkirk, que ainda não.

Um comandante foi ao encontro deles. "Bom dia, rapazes", cumprimentou ele. "Sou o sargento McKendrick. Este grupo de combate está sob minhas ordens. Vocês são o Terceiro Grupo de Combate, Primeiro Pelotão, Companhia D, 39ª Divisão."

Terceiro, primeiro, D, 39ª. Alojados fora da cidade de Gouzeaucourt. James tentou memorizar aquelas informações.

"Abotoe isso direito, soldado", bronqueou o sargento, dirigindo-se a Billy. "Desleixo com a farda é passível de punição."

Billy arrumou o abotoamento. "Quem ensinou você a enrolar as caneleiras desse jeito, soldado?" As tiras de tecido tinham sido frouxamente enroladas nas pernas finas de Chad Browning. "Não somos múmias. Somos soldados."

Com aquelas emergências resolvidas, o sargento pediu que os soldados abrissem as mochilas de combatente para que fossem inspecionadas.

Eles as tiraram dos ombros e as abriram. Quando ficou satisfeito, o superior os conduziu em marcha.

Eles serpearam por montículos de artilharia, cozinhas de campanha e zonas de apoio para feridos, passando por cavalos vivos e mortos, caminhões e motocicletas. De vez em quando, de forma quase preguiçosa, granadas voavam das linhas de frente alemãs e explodiam, lançando gêiseres de terra.

Uma aterrissou tão perto que eles sentiram o impacto; alguns homens gritaram.

"Isso não é nada", comentou o sargento. "Foi só uma chacoalhada. Vocês ainda estão de pé." Ele apontou. "Estão vendo aquela fumaça preta? É uma Jack Johnson. Como o pugilista americano, aquele sujeito negro e alto. Vocês vão aprender a identificá-las pelo estrondo que fazem."

Logo paredes de terra se ergueram ao redor deles. Quando era criança, James visitou grandes propriedades rurais antigas, onde você podia percorrer um labirinto de jardim com sebes altas por um penny. Ele os detestava, mas pelo menos eles eram feitos de arbustos floridos, e não é como se os jardineiros do interior atirassem morteiros.

O labirinto em que James estava agora parecia infinito. Os corredores escuros tinham curvas abruptas a cada poucos metros, e era impossível saber se estava acompanhando os outros de perto, a não ser que trombasse neles, ou ao contrário. Os corredores estreitos não comportavam duas pessoas lado a lado, de modo que eles precisavam ficar de costas contra a parede para deixar os padioleiros passarem.

"O que houve, soldado?" O sargento McKendrick olhou para James, que encarava um homem que gemia em uma maca e cuja camisa estava ensopada de sangue. "Este lugar até que é bem quieto. Você vai ver só."

"Tente não parecer muito espantado", sussurrou Mason. "Não ajuda em nada parecer inexperiente aqui."

James perdeu o senso de direção. Tentou se recordar dos diagramas que vira no treinamento militar em Étaples. As trincheiras da linha de frente eram em ziguezague, depois vinham as trincheiras de apoio e as de retaguarda, que eram mais ou menos paralelas. Trincheiras de comunicação corriam entre elas como fios de uma teia de aranha. Atrás das trincheiras de retaguarda ficava uma fileira de canhões manejados por artilheiros. Os pequenos tiros que saíam das trincheiras da linha de frente para a terra de ninguém com o objetivo de espionar os Jerrys eram chamados de tontos. E o nome faz diferença? Se uma flor começasse a ser chamada por outro nome, o cheiro dela continuaria o mesmo, certo?

E as trincheiras cheiravam a carne humana apodrecida, urina e fezes. E cigarros baratos.

O corredor fazia uma curva à direita, revelando uma trincheira mais larga. Já não parecia um corredor; era como uma sala de espera sem cadeiras onde homens sujos estavam em fila para ter uma consulta com o dentista. Alguns soldados tinham usado as mochilas para se esparramar e dormir, e outros, os sacos de areia.

O sargento McKendrick falou com eles. "Lar, doce lar, rapazes. Vocês passarão dez dias aqui, na retaguarda, até migrarem para as trincheiras de apoio. Passados dez dias lá, vocês irão para a frente de batalha. Depois, se tudo der certo, terão alguns dias de descanso."

Trinta dias nas trincheiras. Será que ele conseguiria ver Hazel durante o descanso?

"É claro que", acrescentou o sargento, "se o alemães atacarem, o plano vai para as cucuias." Ele olhou ao redor. "Bem, rapazes, sintam-se em casa. Os mais experientes poderão orientar vocês. Eles são da 39ª Divisão também. Segundo Grupo de Combate. Podem deitar até a hora do rancho. Depois teremos treinamento com máscara de gás." E foi embora.

Os outros soldados se desgrudaram das paredes das trincheiras, onde estavam recostados, e foram inspecionar os novos membros da alcateia.

"Sejam bem-vindos ao lar, meus queridos", disse um camarada esbelto. "O que trouxeram para mim?"

Billy, Chad e Mick se entreolharam. James fitou Frank Mason à procura de alguma pista.

Mason tirou um maço de cigarros do bolso. "Lata aberta." Billy, Chad, Mick e James ficaram encarando enquanto cinco ou seis soldados mais experientes se aglomeravam ao redor de Mason para agarrar Woodbines, dizendo "Obrigado, parceiro" e "Sabia que você era um amigo de verdade".

"Lata fechada." Mason embolsou o maço. Os soldados que não conseguiram pegar cigarros não ficaram ressentidos.

Chad sussurrou no ouvido de James. "Ninguém nos avisou que precisávamos trazer um suborno."

"Meu nome é Frank Mason", disse Frank aos rapazes do grupo de combate. "Como está a situação lá?"

"Sossegada", disse um soldado atarracado e de rosto largo. "Benji Packer. Não vemos muito os Fritz, a não ser nas vigias,* e mesmo quando isso acontece, parece que estão de má vontade."

James ficou confuso. "Mas então o que é isso que estamos ouvindo o dia inteiro?"

Os homens do grupo de combate riram. "Qual é o seu nome, garoto?"

"James Alderidge", disse ele. "De Essex."

"Isso aí é artilharia alemã", explicou Packer. "Mas são só os Fritz espirrando uma vez ou outra."

Outro soldado deu uma tragada no cigarro. "Espere só até eles pegarem um resfriado."

"Mas vou dizer uma coisa a vocês", falou o soldado mais alto e magro. "Alguma coisa não está cheirando bem. Ouvi o adjunto de comando conversando com Feetham..."

"Feetham?", quis saber James.

Várias cabeças viraram na direção dele, como se fosse uma pergunta embaraçosa. "O general de brigada Feetham", explicou um soldado cheio de sardas. "O comandante 39ª Divisão."

Adjunto de comando: capitão que auxiliava o comandante. General de brigada: chefe de uma brigada, ou, no caso, uma divisão. Aquilo significava que o adjunto de comando auxiliava o general de brigada Feetham. Era assim que James achava que as coisas funcionavam, pelo menos.

"A linha de frente do 5º Exército está se espalhando", disse o camarada mais informado. "Eles nos deram muitos quilômetros para cobrir. Estamos esticados ao máximo, e não temos soldados em quantidade o suficiente para defendê-la. É por isso que trouxeram vocês às pressas até aqui."

* "Stand-down" e "stand-to" em inglês. Movimentação que acontecia em ambos os lados da trincheiras nas primeiras horas do dia ou ao entardecer, por causa da parca visibilidade. Os homens subiam em um degrau, com os rifles empunhados e as baionetas armadas, preparados para possíveis ataques. (N. T.)

Sam Selkirk, que já tinha experiência, disse: "O que há do outro lado? De quantas divisões os Jerrys se apossaram?". Selkirk tinha o rosto parecido com o de um bassê. Era difícil não ficar encarando.

"Quem é você?", indagou o rapaz magrelo do grupo de combate.

"Sam Selkirk", respondeu o bassê.

O outro o cumprimentou balançando a cabeça. "Clive Mooradian. Prazer." Ele soprou a fumaça do cigarro para dentro do bolso do casaco.

Chad Browning ficou curioso. "Por que fez isso?"

"E você é quem?"

"Browning. Chad Browning."

"Bem, soldado Browning", disse Clive Mooradian, "somos meia dúzia de rapazes fumando. O que acha que vai acontecer se deixarmos a fumaça subir à vontade?"

Chad coçou a cabeça. "Hã... Não sei."

"Os Fritz vão saber onde estamos, não é?"

Chad pareceu ainda mais confuso. "Está querendo dizer que eles não sabem que estamos aqui?"

Os camaradas do grupo de combate riram. "É claro que eles sabem que estamos nas trincheiras, jerico. Mas se eles conseguirem descobrir pela quantidade de fumaça que vários de nós estamos aqui fumando e à mercê, vai acontecer o seguinte: os bombardeiros vão atirar uma granada bem no nosso colo. Ou os atiradores deles vão praticar tiro ao alvo aqui, na esperança de que alguém coloque a cabeça para fora." Ele olhou para Billy Nutley. "É melhor você dar um jeito de encolher, parceiro, se quiser viver até o fim da semana."

Billy se curvou até onde pôde. Ele provavelmente ficaria com uma dor nas costas de matar.

Frank Mason baforou no casaco. "Mooradian", murmurou ele. "Disse que escutou o adjunto de comando conversando com Feetham. Ouviu mais alguma coisa? Sobre o estreitamento da linha?"

Clive Mooradian deu batidinhas no cigarro para deixar as cinzas caírem. "Não", respondeu ele, olhando ao redor para se certificar de que nenhum comandante ou suboficial estava por perto para conseguir ouvi-los. "A Rússia está se retirando da guerra. Viraram comunistas, e o novo governo quer se desvencilhar da guerra antes que os alemães matem todos os cossacos."

"E daí?", retrucou Chad. "O que um bando de russos têm a ver conosco?"

Clive olhou para Chad com desdém. "Pense um pouquinho, idiota. Os alemães e os russos estão querendo jogar a toalha, certo? Quando eles assinarem o armistício, para onde acha que vão todos os soldados alemães da Frente Oriental? Acha que vão voltar para casa e dar beijinhos na família?"

"Se não voltarem", brincou um homem mais velho do grupo de combate, erguendo as sobrancelhas, "eu vou."

"Vá em frente, Casanova", provocou Benji. "Diga aos queridos Fritz para levarem as irmãs até a frente de batalha para você."

"Calados, calados", resmungou Clive. "Vocês estão acabando com a minha história."

"Eles vão vir para cá", disse James. "É isso que você quer dizer, não é, Mooradian?"

"Isso mesmo, gênio." Mooradian apontou o cigarro para James. "Quem é esse rapaz inteligente? Ah. Certo. Jimmy. Então, Jimmy, quão longa acha que a Frente Oriental é?"

James deu de ombros. "Não sei. Bem mais longa."

"Você quase acertou. É *bem* mais longa. Teremos o dobro, o triplo de soldados alemães, com toda a artilharia e os aviões, enfrentando a nossa linhazinha do 5º Exército. Acha que vamos durar muito?"

Frank Mason falou: "E o rio Oise? Dizem que é bem pastoso, uma defesa natural, então uma linha de frente modesta não me parece tão ruim assim. Os alemães não vão conseguir atravessá-lo com facilidade".

"Espero que sim." Benji deu uma tragada no cigarro. "Mas acreditar nisso me parece tão incerto quanto apostar na profundidade de um buraco."

"Os americanos estão vindo", disse Mick Webber.

"Já viu sinal de algum deles?", retorquiu Mooradian. "Pelo andar da carruagem, eles vão chegar aqui bem na hora do brinde da vitória alemã."

Sam Selkirk, o bassê, balançou a cabeça. "Vai ser igual a Wipers."

Frank Mason, ao ver a confusão dos camaradas, traduziu: "Ypres. Bélgica".

"O que ele quer dizer", disse o soldado Mooradian, "é que será um suicídio."*

* Cidade belga que foi palco de várias batalhas durante a Primeira Guerra Mundial e que foi quase totalmente destruída pela artilharia alemã. (N. T.)

AFRODITE

Flagrante

5 de janeiro de 1918

Na próxima noite livre, Aubrey foi até a cabana da ACM.

Eles se sentaram ao piano. Hazel ficou no banquinho, com Aubrey à direita. Colette também se sentou, fazendo com que Hazel escorregasse da outra ponta, de modo que a pianista providenciou uma cadeira para si mesma.

Aubrey tocou, tomando o cuidado de não ficar olhando para Colette. Ele precisava ouvi-la cantar. Vê-la se mover. Ela usava um vestido azul-escuro; nada de uniformes sérios naquela noite. Um cacho escuro escapava dos grampos e pendia na altura da orelha.

Ele indicou uma música francesa de guerra. "O que acha de fazermos assim?" Aubrey começou a tocar a canção com um ritmo mais lento, quase adormecido, descomplicado.

"Como isso se chama?", indagou Colette.

"Síncope", respondeu Aubrey. Como ela era linda. Tão intensa, como se quisesse arrancar as respostas dele. *Arranque o que quiser, mademoiselle.*

"E como isso é feito?", ela quis saber. "Ela... vira a música. E protesta... como posso dizer... o que é apropriado... a coisa... Hazel, o que estou querendo dizer?"

Hazel mordeu o lábio. "Que a síncope subverte a música", disse ela, devagar. "Com ela, a música vira uma rebelião."

"Uma rebelião", repetiu Aubrey. "Gosto disso, lady Hazel de la Windicott."

Colette entregou a Aubrey a partitura de uma música antiga francesa de despedida. Ele a tocou devagar, de modo sombrio. Colette entendeu na hora. Ela cantou, sabendo exatamente o que tinha que fazer para deixar a música melancólica.

"Srta. Fournier, de onde...", começou Aubrey.

"Pode me chamar de Colette", disse ela.

Primeiro nome! "Colette, de onde vem tanta raiva?"

Colette de repente se sentiu exposta. "Raiva?"

Aubrey aquiesceu. "Olhar para você é ver uma senhorita sofisticada que não se importa com nada. Mas, quando você canta... *nossa*."

Nossa o quê? Colette percebeu que estava corando. Aquilo não acontecia há muito tempo.

"Há muita coisa represada em você. Emoção. Intensidade. Raiva não é bem a palavra, mas é a definição mais próxima que encontrei."

Colette olhou para baixo. "Talvez seja só porque eu canto alto", sugeriu. "O maestro do meu coral reclamava bastante disso."

"Quem reclamar da sua voz com certeza não bate bem", disse Aubrey. "Quero levar uma voz assim comigo na estrada e torná-la famosa em todo o mundo."

Colette observou o rosto de Aubrey. Ele estava flertando com ela? Os olhos escuros dele fitavam, sem reserva, os dela.

Mon Dieu, ela estava olhando fixamente para ele? Ela estava *olhando fixamente para ele*. Ela logo desviou o olhar. Colette deveria ir embora. Naquele instante.

Observando o que se passava entre eles, Hazel desejou poder sair de fininho.

Aubrey estava começando a tocar a introdução de uma nova música quando Hazel estalou os dedos. Ela ouvira alguma coisa. Uma porta tinha se aberto. Vinha de um dos quartos perto da porta da frente.

As mãos de Aubrey congelaram sobre o teclado.

"Abaixe-se", sibilou Colette. Ela empurrou a cabeça de Aubrey na direção das teclas, para que ele pudesse sumir do campo de visão de qualquer um que surgisse abaixo do nível do palco. Ela se levantou depressa e gesticulou para que Hazel fizesse o mesmo.

"O que está acontecendo aqui?"

A sra. Davies apareceu, vestida em um robe e com uma touca cheia de babados cobrindo os bobes em seu cabelo grisalho.

Hazel deu um passo adiante, ruborizando e sentindo o coração bater depressa. Era uma péssima mentirosa.

"Desculpe, sra. Davies", Colette disse com a voz calma. "Não queríamos incomodar a senhora."

"Estávamos praticando", explicou Hazel. Será que o tremor na voz dela era assim tão óbvio?

Escondido atrás do piano vertical, Aubrey tentou não respirar. De onde estava, podia admirar Colette dos ombros para baixo, e aproveitou a deixa.

Se as garotas fossem pegas mentindo, seriam dispensadas da ACM sem honrarias. Elas provavelmente nunca mais seriam autorizadas a trabalhar para outra organização de ajuda humanitária. Mas se Aubrey fosse pego? Insubordinação militar tinha consequências gravíssimas. Às vezes até fatal, para fazer dele um exemplo.

A enormidade do crime que estavam cometendo se tornou quase palpável.

"Não há necessidade nenhuma de praticar quando pessoas de bem estão dormindo", respondeu a sra. Davies. "Vão para a cama. Agora."

"É claro, vamos imediatamente", disse Colette.

A sra. Davies franziu o cenho como se quisesse dizer que não se deixaria levar por aquela manhosidade.

"E então?", exigiu a secretária. "Estou esperando."

"Ah", Colette disse com tranquilidade, "a senhora quer que partamos antes de você voltar para a cama." Como se aquilo fosse sensato e não uma ofensa a duas moças que já tinham idade para terem saído de casa por conta própria. Com calma, devagar e com certa descontração, ela recolheu e endireitou as partituras. Hazel tentou fazer o mesmo, ainda que suas mãos tremessem.

Despreocupada, Colette deixou o palco, e Hazel foi logo atrás.

"*Bonsoir*, sra. Davies", disse Colette. "Até amanhã cedo."

"Boa noite, sra. Davies", murmurou Hazel, temendo que as palavras saíssem com o complemento "nós estamos escondendo um soldado atrás do piano".

Ela fechou a porta do quarto e esperou, apurando os ouvidos para detectar qualquer som.

Colette se preparou para deitar e começou a ler um livro. A noite ficou cada vez mais silenciosa. Aubrey deveria ter ido embora e, pelos ruídos oscilantes que vazavam da divisória, a sra. Davies já tinha adormecido novamente.

Ela não conseguiu se concentrar no livro, então desligou a luz e começou o ritual noturno de visitar seus mortos. Descobrira um truque alguns anos antes: se pensasse nos pais, no irmão, no primo e nos tios toda noite, se evocasse os rostos conhecidos e pensasse neles, um por um, estava menos propensa a sonhar e ver sangue — menos propensa a sonhar e se afogar em sofrimento.

Mas, pela primeira vez em muito tempo, os pensamentos de Colette não conseguiram se fixar naqueles rostos queridos. Por mais que tentasse, seus pensamentos teimavam em voltar para Aubrey Edwards.

Ela não teve muita certeza do que aconteceu naquela noite. Não tinha previsto aquela tempestade se formando no horizonte. O Rei do Ragtime era um furacão, e de algum modo ela tinha se esquecido de fechar as janelas.

Teria que tomar mais cuidado da próxima vez.

APOLO

Meia hora

15 de janeiro de 1918

Meia hora é um bom tempo para ficar agachado no escuro atrás de um piano enquanto se espera uma velha ir dormir. Aubrey ficou acordado e pensando em Colette. Ali estava ela, na cama, a menos de cinco metros de distância.

Meu Deus. Na cama. Naquela camisola de seda. Roxa. Era roxa.

Não havia nada entre eles além de uma divisória. Ele daria tudo para...

Havia uma divisória e o exército dos Estados Unidos.

E se ele fosse até ela na ponta dos pés, a abraçasse e beijasse?

Aubrey Edwards — ele ouviu a voz da mãe — *ela nunca disse que queria beijar você. Ela só gosta da sua música.*

"Só mais um tempinho, mãe, que eu vou conquistá-la", sussurrou ele.

Deixe as garotas para lá, eu disse a ele. *Toque para conquistar a vida que você sempre quis. Toque para se tornar lendário.*

Mas ele tinha outras prioridades.

Quando não aguentou mais esperar, Aubrey tirou as botas e andou pé ante pé pelo palco, tentando adivinhar o caminho até a escada. Ele desceu e saiu porta afora.

Aubrey tornou a calçar as botas e saiu, começando a caminhar na direção das barracas.

Então ouviu um estalido e se deteve.

Era o estalido inconfundível de uma arma sendo engatilhada.

Polícia militar. Ele devia ter imaginado. Mas quem quer que fosse, não disse nada.

Aubrey não aguentou mais esperar. "Quem está aí?"

Um passo. Aubrey se virou.

"Quem está aí?", repetiu ele. Estava muito escuro; ele não conseguia enxergar nada. Mas sentia a presença de alguém. Talvez mais de uma pessoa? Ele se agachou um pouco, retesando os músculos, ficando a postos.

"Vi você entrar ali dentro", disse uma voz branda e sulista.

Não era a polícia militar. Eles seriam mais diretos.

"Estava só tocando um pouco", explicou Aubrey. "A moça lá dentro disse que não posso." Ele ficou enjoado por ter precisado apelar para a permissão de uma pessoa branca.

"Nós também não vamos permitir."

"'Nós'?" Ele ouviu com atenção, tentando descobrir se havia mesmo mais alguém ali. Aubrey tentou raciocinar. Estava escuro. Se ele não conseguia vê-los, talvez eles não conseguissem enxergá-lo também. Ele se preparou para sair correndo.

Aubrey conhecia as histórias da mãe. Ela sabia, tendo crescido no Mississippi, o que acontecia com pessoas negras que ousavam cruzar os limites. O irmão dela, o tio Ames, foi espancado por uma gangue de homens brancos bêbados e nunca mais foi o mesmo. Ele tinha tocado dixieland em um salão na cidade de Biloxi, e diziam que ele tinha sorrido para algumas mulheres brancas.

Naquele momento, até onde Aubrey sabia, era apenas um soldado. Um rapaz querendo causar confusão. Se era confusão que ele queria, Aubrey adoraria cooperar. Ele só precisava tirar aquela arma do circuito.

"Vocês crioulos", ele disse com o sotaque puxado, "têm uma cabana só para vocês. Se quiserem se engraçar com garotas negras, é entre vocês e o Tio Sam."*

Aubrey levantou o pé com cuidado.

"Vai para onde, escurinho?"

"Lugar nenhum."

"Acho bom."

Aubrey sentiu a cabeça girar. Não era *possível* que aquilo estivesse acontecendo. O rapaz idiota iria matá-lo.

* Personificação patriótica dos Estados Unidos que representa o governo e o povo estadunidense. O Tio Sam geralmente é retratado como um homem de barba branca, vestindo vermelho, branco e azul. (N. T.)

"Qual é o seu plano?" Manter o garoto falando. Era a única saída que ocorria a Aubrey.

"Vou te falar o que nós não vamos fazer." Ele se aproximou. "Não vamos deixar vocês crioulos terem um gostinho das moças brancas. É por isso que vocês todos estavam com tanta pressa para chegar à França."

Aubrey ficou com ânsia de vômito. *Um gostinho*. Como se eles fossem arriscar as próprias vidas, sair de casa e enfrentar aquele preconceito *redneck*** de merda no exército só para se envolver com moças brancas.

Orgulho e dignidade. Eles não podem tirar isso de você.

Mas podiam chegar bem perto.

"Não podemos deixar vocês muito mimados, não é? Vão querer nossas moças brancas, achando que essa farda dá algum direito a vocês."

As armas já não eram mais um problema. Era a raiva que iria matar Aubrey Edwards. Explodir suas veias. Fazer com que fogo saísse disparando de suas mãos. Os insultos maldosos direcionados a todos os homens, mulheres e crianças negros! Sua mãe geniosa, sua irmã elegante. Ele acertaria a garganta primeiro, e com as próprias mãos iria...

... fazer a última coisa que achou que fosse fazer.

Aubrey tinha algumas coisas que gostaria de fazer com as mãos antes de morrer.

"Já ficou com uma garota negra?", perguntou Aubrey.

A resposta do rapaz foi uma risada fraca. Aubrey quis dar uma surra nele em nome da pobre garota. Ele não alimentou ilusões de que houvera consentimento.

"E por que você iria se contentar com isso", indagou Aubrey, "se as moças brancas são tão melhores? Não consegue arranjar uma para você?"

O garoto bufou com raiva. "Cale a boca."

Aubrey mudou o peso de uma perna para a outra. Será que a arma estava carregada *mesmo*? Ele queria mesmo descobrir?

Ele já tinha brigado antes. O Upper Manhattan não era moleza.

Aubrey agachou. O rapaz branco não se mexeu. Aubrey apanhou um pedaço de gelo do chão.

** Termo ofensivo muito utilizado nos Estados Unidos para se referir ao estereótipo do homem branco conservador e intolerante do interior. (N. T.)

Ele esperou, sentindo os dedos congelarem. Ele só precisava distrair o garoto.

Mais adiante, a luz de uma das tendas se acendeu. A silhueta do soldado sulista se virou. Aubrey atirou o gelo aos pés dele. O soldado pulou quando ouviu o som. Aubrey se lançou para ele, jogando-o no chão coberto de gelo.

O sulista tomou a ofensiva, mas não estava preparado para a fúria, o ímpeto e as habilidades de Aubrey, que logo se apossou da arma enquanto segurava o rapaz de bruços contra a neve. Aubrey apontou o cano gelado da arma em uma das têmporas do rapaz.

"Deixe eu dizer uma coisa", silvou ele. "Você não sabe onde está se metendo ao provocar um dos garotos do Harlem do 15º Regimento." Ele sentiu a respiração apavorada do garoto sob seus joelhos. *"Nós contra-atacamos."*

O sulista assentiu freneticamente.

Aubrey se levantou, desarmou o gatilho e guardou a arma no bolso.

"Diga aos outros racistas que os rapazes do Harlem não vão tolerar essa merda." Ele chutou o corpo esborrachado na neve. Não com muita força, mas talvez com mais força do que o necessário. "Saia daqui. Não quero nunca mais ver esse seu rosto feioso."

Meio atrapalhado, o rapaz ficou de pé e saiu correndo antes que a escuridão o devorasse.

Aubrey deu tapinhas na arma que guardava no bolso e deixou que o breu o engolisse. Era uma pena, pensou ele, que não tinha visto o rosto feioso do garoto. Gostaria de reconhecê-lo caso esbarrasse nele outra vez.

Ele sentia o gostinho da vitória. *Quero ver você tentar ficar no meu caminho novamente, lixo branco.**

Antes de ir embora, Aubrey olhou para a cabana da ACM uma única vez e inspirou o sono arroxeado com aroma de perfume rococó.

Tinha valido a pena. Ele esperaria alguns dias, apenas por precaução, mas nenhum covarde sulista o impediria de voltar para tentar conquistar Colette. Ninguém, de jeito nenhum.

* "White trash" em inglês. Termo ofensivo usado para se referir a pessoas brancas pobres e de pouca instrução. (N. T.)

ARES

Sob as luas de Marte

9 de janeiro de 1918

Os soldados do Terceiro Grupo de Combate almoçaram de pé com o Segundo Grupo — carne enlatada com queijo — e se reuniram na trincheira de retaguarda para o treinamento com máscara de gás.

"A coisa mais importante para se ter em mente ao lidar com qualquer tipo de gás", disse o sargento McKendrick, "é ficar calmo. Algumas pessoas entram em pânico e saem correndo e, desta forma, inalam mais ar. Fiquem calmos. Certo, soldado?"

Chad Browning engoliu em seco. "Esses gases não destroem os pulmões, senhor? E os olhos?"

O sargento McKendrick assentiu. "Se não matar você primeiro."

"Mas...", Browning estava pálido, "como manter a calma diante disso?"

"Coloque a máscara", respondeu McKendrick. "Se perder a máscara, tem que ficar calmo mesmo assim. Se nada der certo, mije em um lenço e respire através dele."

Os soldados do Terceiro Grupo de Combate se entreolharam. Ele estava brincando? Pelo visto, não.

"Os alemães têm usado principalmente o gás mostarda", continuou o sargento. "Com a máscara, nada vai acontecer com os pulmões, mas a pele de vocês ficará cheia de feridas. Ele penetra as roupas, então vocês terão que se despir o quanto antes, ou ficarão com lesões abomináveis no corpo todo."

Ele pareceu se divertir com as expressões aturdidas.

"Não se preocupem", disse ele. "As feridas doem muito, mas vocês recobrarão a saúde depois. E esses aqui", falou, passando alguns saquinhos adiante, "são seus respiradores. Podem colocá-los."

James abriu o bornal e pegou uma máscara emborrachada. Ela pareceu grotesca nas mãos dele, como uma criatura do pântano morta havia pouco tempo. Mick Webber foi o primeiro a colocá-la. Lentes coloridas se arregalaram, e o tubo respiratório parecia uma tromba sinistra que iria apalpar alguém. Era como um inseto humanoide que saíra de um pesadelo. Não, de "Sob as Luas de Marte", uma história espacial que James lera em uma revista.

"Algum problema, soldado?"

O sargento o encarava com expectativa.

James se atrapalhou para colocar a máscara. Respirar através do tubo era sufocante.

"Calma lá", alertou o sargento. "Vocês têm sorte de terem máscaras que funcionem. Os coitados no primeiro ataque com gás se afogaram no próprio sangue."

O sargento explicou como distinguir um projétil de gás de um projétil de artilharia comum, como os vários tipos de gás se pareciam e cheiravam e como identificar para que lado o vento estava soprando. Por fim, o Terceiro Grupo de Combate guardou as máscaras e voltou para o refúgio nas trincheiras.

James se sentou na própria mochila. Havia tantas maneiras de morrer e, para que aquilo acontecesse, só era preciso negligenciar uma das duas mil regras de sobrevivência. Solte a fumaça no casaco. Nunca acenda o cigarro de um terceiro homem com o mesmo fósforo, pois, quando chegar a vez dele, um atirador terá avistado seu fósforo e mirado em você.

Mesmo seguindo todas as regras, um morteiro, uma granada ou — como era mesmo o nome? — um Jack Johnson um dia poderia cair no colo dele por mero capricho do destino e explodi-lo em pedacinhos.

Adeus, vida. Adeus, futuro. Adeus, mãe, pai, Maggie, Bob. Adeus, Hazel. Algum outro rapaz, um dia, daria nela o beijo que ele, o idiota, tinha adiado.

James precisava vê-la outra vez. Precisava de uma licença para ir vê-la. Onde quer que ela estivesse. Se Hazel estivesse ali na França, talvez ele conseguisse.

Frank Mason decidiu se juntar a ele.

"É melhor dormir enquanto pode", sugeriu Mason. "A vigia do entardecer vai começar em breve, e depois vem o trabalho noturno."

James engoliu em seco. "Você está falando de um ataque? Vamos atacar os alemães?"

Mason sorriu. "Que nada. Ainda não. Pelo menos não para vocês aqui na retaguarda. Mas temos muito o que fazer mesmo assim. Fazer sacos de areia, talvez, ou reparos nas trincheiras, ou cavar mais algumas delas. Vamos ver que canseira os sargentos escolherão para nós." Ele cobriu os olhos com a aba do capacete.

"Mason", sussurrou James.

"Sim?"

"Quais as chances de alguém como eu tirar licença?"

Mason gargalhou. "Mas você acabou de chegar!"

"Digo, quando nossa rotação terminar", explicou ele. "Trinta dias. Foi o que ele disse. Dez em cada trincheira e depois descanso. Quais são as chances de eu tirar licença por alguns dias?"

Frank Mason tornou a erguer o capacete. "Você perdeu o juízo. A maioria dos soldados só tira licença depois de meses de serviço. E, se a guerra ganhar tração, ninguém vai a lugar nenhum tão cedo."

James insistiu. "Mas, se tudo der certo, o que acontece? Eu teria que pedir permissão para McKendrick? Ou ele ficaria furioso?"

O pescador que tinha virado soldado deu de ombros. "Não dá para saber. Mas, sim, você teria que conversar com ele. Não dá para adivinhar o que ele vai dizer."

Certo.

"Mas escute só", alertou o colega. "Nem pense em pedir isso a ele antes de se tornar um exemplo. Seja o primeiro a fazer a vigia. Esteja sempre pronto para o que der e vier. Trabalhe muito. Torne-se o primeiro a se voluntariar para tudo."

James concordou. "Faz sentido." Ele fez uma pausa. "Mason", disse. "Você sente falta da sua família?"

Frank Mason o encarou com curiosidade. Como se perguntasse: "Que tipo de pergunta é essa?".

"O tempo todo."

James prestou atenção.

"Acho que sou sortudo por ter alguém de quem sentir saudade", disse Frank.

"Tem uma fotografia?"

Mason abriu seu bornal e pegou um missal de bolso. Dali de dentro, tirou uma fotografia desbotada. A mulher sentada com um bebê gordinho no colo parecia ser alguém que sempre entendia a piada. A criança era robusta e forte, pronta para enfiar o dedo nos olhos do pai se assim quisesse.

"Tem razão", James disse a Frank. "Você é muito sortudo."

APOLO

Colt M1910

16 de janeiro de 1918

Suar em bicas em uma temperatura abaixo de zero parecia improvável, mas foi o que aconteceu com as cinco companhias do Terceiro Batalhão do 15º Regimento enquanto carregavam dormentes de madeira para a ferrovia. Eles os alinharam como dentes de um pente quilométrico e afixaram os pinos que seguravam os trilhos de ferro. Aubrey Edwards, da Companhia K, ficou com as mãos de pianista cheias de farpas, o que não me deixou muito feliz.

A despeito dos ventos cortantes que vinham do Atlântico, os rapazes tinham tirado os casacos e estavam trabalhando de mangas arregaçadas. Suas costas doíam, as mãos estavam em carne viva. Apesar de tudo, sorver o ar gelado e deixar que ele penetrasse seus corpos quentes era ótimo. Como diria Hefesto, era como uma fole de forja.

Mas os capitães estavam alarmados. Uma doença se espalhara em Saint-Nazaire. Vários soldados precisaram ficar acamados por causa de uma febre, e alguns tinham morrido. O capitão Hamilton Fish III, da Companhia K, estava com receio de que os soldados ficassem doentes por suarem tanto naquele frio. O tenente James Europe disse ao construtor que não queria perder mais nenhum membro da banda para a febre.

Ouvi a prece dele e a escutei com atenção.

Como eu disse antes, a doença foi obra minha, mas não quero ficar me gabando. Pode parar de me olhar torto, deusa; naquela época eu já estava ocupado, encorajando cientistas a darem uma segunda olhada no mofo. Hoje em dia, a penicilina é o milagre da ciência moderna, mas sou humilde e não estou atrás de aplausos.

O carrinho de cozinha com sopa de porco e feijão chegou para o rancho. A equipe do refeitório distribuiu as refeições e nacos de pão. Não era nada esplêndido, mas também não era ruim, e havia bastante comida. O vento foi congelando os soldados os através das roupas suadas enquanto eles almoçavam.

"Já chega", declarou Joey. "Vou buscar meu casaco."

"Pegue o meu também, por favor."

Joey assentiu e se arrastou para o lugar onde eles tinham guardado os pertences. Quando voltou, carregando o próprio casaco e também o de Aubrey, parecia preocupado.

"O que é isso?" Joey entregou o casaco a Aubrey, dando tapinhas no bolso interno.

Aubrey afastou Joey da companhia e tirou, do bolso escondido, a arma que havia confiscado do desconhecido na noite passada.

Joey ficou boquiaberto. "Essa arma não é do exército. Onde a conseguiu?"

Aubrey olhou para um lado, depois para o outro, certificando-se de que não havia ninguém por perto.

"Ontem à noite", explicou ele. "Eu estava saindo da cabana da ACM e..."

Joey grunhiu. "Você saiu para ver a garota belga de novo, não foi?"

"Shh!" Aubrey arregalou os olhos para Joey. "Calado!"

Joey cruzou os braços. *Vem calar.*

"Eu estava saindo da cabana", retomou Aubrey, "e um homem me parou e me deteve."

Joey arregalou os olhos.

"Ele disse que é melhor que soldados negros não *se engracem com mulheres brancas*."

"Ele disse *isso*?" Joey fechou as mãos em punho.

"Disse que não queria que ficássemos *mimados* demais nem que voltássemos para os Estados Unidos com um *gostinho* das moças brancas. Disse que nunca mais iríamos querer ficar com garotas negras depois de conhecermos as brancas."

"Quero só ver ele dizendo isso para mim", esbravejou Joey. "Vou mostrar para ele! Sulista?"

Aubrey aquiesceu. "Acho que sim."

Joey começou a andar em círculos. "Não sei onde socá-lo primeiro."

Aubrey assentiu. "Sei como é."

Joey olhou para o amigo. "Ele podia ter matado você." Ele parou. "Quantos rapazes estavam lá?"

"Só um."

"Conseguiu dar uma boa olhada nele?"

Aubrey negou. "Estava escuro demais. Quase não o vi."

"Mas você arrancou a cabeça dele, não é?", perguntou Joey. "Por favor, diga que arrancou a cabeça dele."

"Última chance de repetir!", gritou o soldado do refeitório, segurando o caço.

"Droga, eu queria mais", lamentou Joey. "Mas não importa. O que você fez?"

Aubrey deu de ombros. "Eu o nocauteei. O que mais eu poderia ter feito?" Ele limpou a sujeira das mãos. "Eu estava desarmado, mas o joguei no chão. Ele vai precisar de um tempinho para se recuperar."

É como eu disse: *eu* não fico me gabando, mas Aubrey gosta de fazer as coisas de um jeito um pouco diferente.

Joey tomou uma colherada desajeitada de sopa e tirou a arma outra vez.

"Esta arma não é do exército", repetiu ele. "É uma Colt. Modelo 1910."

"Desde quando você é perito em armas?", quis saber Aubrey.

"Desde que vim para a guerra, ora." Ele sentiu a aspereza da pistola. Os revólveres Smith & Wesson que eles receberam eram elegantes e à moda antiga, com curvas prateadas brilhosas e cabos de madeira. Aquele parecia feio e cruel.

"Este revólver pertence aos fuzileiros navais", disse Joey.

Aubrey não fazia questão de descobrir a qual ramo das forças armadas os rapazes pertenciam. O 15º Regimento já tinha atritos de sobra com pessoas intolerantes no exército.

"O que vai fazer com a Colt?"

Aubrey girou a pistola. "Uma arma sobressalente pode vir a calhar."

Joey lançou um olhar penetrante para o colega. "Você vai contar ao capitão Fish sobre ela, não vai?"

Aubrey acotovelou Joey. "Você está falando sério? Eu seria dispensado. Talvez encaminhado ao conselho de guerra. Eu saí depois do toque de recolher para encontrar uma garota branca. De jeito nenhum."

"Olha só, você não pode deixar isso passar batido. Você precisa encontrar algum jeito de reportar isso." Ele se aproximou de Aubrey. "Eu estava conversando com alguns camaradas da Companhia M."

Aubrey assentiu. "E o que é que tem?"

"Eles vão hoje à noite a um funeral de um dos homens da companhia", sussurrou Joey. "Geoff Alguma Coisa. Do Brooklyn. Estão falando que ele morreu da gripe. É o que o capitão deles está dizendo, aliás. Mas a Companhia M não acredita. O rapaz era forte como um touro e, de repente, some do mapa. Um dos homens diz que encontrou o corpo e que o capitão pediu para que ele guardasse segredo. Estrangulado. Eles acham que foram os fuzileiros navais."

Aubrey ficou com a boca seca. "Não pode ser. É impossível."

"Você sabe que é possível", devolveu Joey. "Você não estava no acampamento Wadsworth? No acampamento Dix? Ou estava ocupado demais indo atrás de alguma garota?"

"Companhia K! Atenção!", ladrou o capitão Fish. "Voltem ao trabalho. Esses trilhos não serão construídos em um passe de mágica, e nós temos muitos deles para fazer antes de darmos o dia como encerrado."

Eles deram as últimas colheradas na sopa e abotoaram os casacos. Precisariam se aquecer antes de retomarem o ritmo do trabalho.

Joey tocou o cotovelo de Aubrey e falou no ouvido dele:

"Aub, os rapazes da Companhia M estão dizendo que um grupo vai se vingar. Olho por olho. Um fuzileiro por um dos nossos."

Nós contra-atacamos. Aubrey engoliu em seco.

"Eu vim lutar contra os alemães", sussurrou Joey. "Pela democracia. Mas eles vão desencadear uma guerra bem aqui, em Saint-Nazaire. Pela estupidez."

AFRODITE

Duas cartas chegam

19 de janeiro de 1918

O envelope marrom dizia: *Correspondência Interdepartamental da* ACM. Parecia bem oficial. *Srta. Hazel Windicott, Cabanas de Recreação, Campo de Treinamento do Exército Americano, Saint-Nazaire.*

Hazel o abriu e encontrou um outro invólucro, grosso, endereçado a ela. Tinha sido enviado por sua mãe para a sede parisiense da ACM. Ali dentro também havia uma carta e mais dois envelopes de James, que foram expedidos para Poplar.

Seria uma injustiça com Hazel não informar que ela leu primeiro a carta da mãe. Mas seria uma injustiça ainda maior com a verdade dizer que ela conseguiu absorver as palavras.

Hazel abriu as duas cartas de James, comparou as datas e começou a ler a primeira.

◆ ◆ ◆

30 de dezembro de 1917

Querida Hazel,

Gosto um pouco de pescar, mas, se seu pai ama pescaria, vou amá-la também.

Depois do Natal, recebemos ordens de deixar Étaples e ir para a Frente. Viemos de trem e marchamos muito pela neve. Troquei o chiar das gaivotas pelo estrondo dos projéteis, mas eles ainda estão bem longe. No entanto, já conseguimos ver crateras e ruínas de casas de fazenda. É possível sentir a guerra em todos os lugares.

Há dois dias, nós nos juntamos ao 5º Exército perto da cidade de [redacted]*. Ainda não estou nas trincheiras. O supervisor disse que nós, recrutas, ainda temos muito o que aprender.*

Você está na França? Gosto de pensar em você perto do mar. É formidável que você se voluntariou. Eu visitava muito a cabana da ACM em Étaples. Os alemães podem até nos matar, mas só se o tédio não nos pegar primeiro. Sinto inveja dos rapazes que ouvirão você tocar. Daria tudo para trocar de lugar com eles.

Penso em você todos os dias. Não acredito que já faz mais de um mês desde quando estivemos juntos. Por favor, escreva-me, assim saberei como entrar em contato com você. Cuide-se e fique bem.

Seu,
James

◆ ◆ ◆

7 de janeiro de 1918

Querida Hazel,

Caso minha última carta tenha sido extraviada, já faz uma semana e meia que estou em [redacted]*. Você deve estar na França agora. Em que lugar do país está?*

Tem feito frio, mas o sol do meio-dia é agradável e consegue nos aquecer bastante. Ao que tudo indica, não sou assim tão ruim em tiro ao alvo.

Não sei quando vou poder tirar licença, mas, quando conseguir, pensei em pegar um trem para Paris e encontrar você lá. Paris fica perto de onde você está? Vamos nos encontrar.

Gostaria de ser o tipo que tem a palavra fácil para expressar o que pensar em você me faz sentir.

Diga que irá, por favor. Há algo que fiquei te devendo.

Seu,
James

Sacudindo as cartas, Hazel entrou de supetão no quarto de Colette. A amiga estava diante de um espelhinho, prendendo os cachos.

"Uma carta?", perguntou Colette. "Do seu Jacques?"

Hazel afundou no catre de Colette, quase fazendo com que ele dobrasse ao meio. "*Duas* cartas. Ele está na frente de batalha." Hazel releu a carta. "Com o 5º Exército. Mas ainda não foi para as trincheiras. Ele está treinando na retaguarda. Colette", continuou, sem fôlego, "James quer me ver! Em Paris!"

Colette prendeu mais um cacho lustroso. "Que ótimo!"

"Como conseguirei ir?", gemeu Hazel. "Preciso ir! Tenho que ir!"

"Eu concordo", Colette respondeu com suavidade. "Você já foi a Paris?"

Hazel balançou a cabeça.

"*Sacre bleu*! Então está decidido. Você *vai*."

Hazel se sentou, empertigada. "Não posso!" Ela arfou. "É impensável."

Com a curiosidade despertada, Colette olhou para a amiga. "Por que não?" Ela aplicou pequenas gotas de creme hidratante no rosto. "Por causa da sra. Davies? Porque isso pode ser providenciado. Voluntários podem tirar licença de vez em quando."

Hazel balançou a cabeça. "Não é nada disso. Eu tenho só 18 anos. Não conheço ninguém em Paris. Onde eu iria ficar? Não posso ir para lá sozinha. Ainda mais para me encontrar com um *rapaz*. E se..." Ela pegou o travesseiro e escondeu o rosto.

Colette se acomodou na cama, ao lado da amiga. "Isso é tão inglês da sua parte." Ela suspirou. "Vocês têm mais medo uns dos outros do que de todos os exércitos do Kaiser juntos."

Hazel baixou o travesseiro. "Como assim?"

"Você está com medo", perguntou Colette, "de que seu Jacques vá descomedir-se com você?"

A pianista negou. "Não. Nem um pouco."

"Então o que há para temer?"

Hazel escondeu o rosto nas mãos. O que dizer? O que a afligia tanto, na verdade? "Eu mesma!"

Colette ficou pasma. "Acha que *você* vai descomedir-se com ele?"

Hazel tombou de lado no catre e gemeu no travesseiro.

"Ah!", exclamou Colette. "Na mosca."

"Eu jamais me aproveitaria de James... Não é isso."

"Então o que é que te inquieta tanto?", perguntou *la belge*. "Vocês dois vão passar um fim de semana devasso em Paris fazendo o básico, que é comer sanduíches, beber leite e citar trechos do *Livro dos Salmos*."

Hazel bufou. A *petite passion* dela não era assim tão tépida.

"Poderíamos ir a um concerto", disse ela.

"Ah." Colette assentiu, séria. "Talvez vocês *realmente* precisem de um acompanhante, afinal de contas."

"Ah, pare com isso!" Hazel golpeou a amiga com o travesseiro. "Nunca tivemos nada disso. Sempre saí de fininho para encontrá-lo."

Colette arquejou. "*Mademoiselle* Windicott! Não acredito!"

Hazel concordou. "Viu só? Não sou tão inocente assim."

"Na verdade", devolveu a amiga, "você é exatamente como eu pensei que fosse." Colette observou enquanto Hazel corava e quis beliscá-la.

"Seria um escândalo se alguém descobrisse", disse Hazel. "Faço coisas absurdas quando estou com James."

Colette sorriu. "Então eu gostaria de conhecer esse tal de James. Pronto, está decidido. Eu vou com você. Serei sua acompanhante quando precisar de uma e tomarei um chá de sumiço quando não me quiser por perto."

Hazel respirou fundo. Tudo parecia ainda mais assustador agora que tinha se tornado um pouquinho mais concreto.

"Mas onde vamos ficar?", perguntou ela. "Como vamos..."

"Não se preocupe", falou Colette. "Minha tia Solange vai adorar nos receber e providenciará a estadia mais respeitável do mundo para acalmar o seu coração inglês."

A cada segundo, aquela possibilidade aterradora, o comichão, se tornava mais real. Ela passaria dois, talvez três dias com James. Ela nunca ficara tanto tempo com ele antes. O que poderia acontecer? Quando se tratava de James Alderidge, tudo era possível.

Ela se lembrou do fim da carta que ele mandou. *Há algo que fiquei te devendo.*

Hazel apertou o pulso da amiga.

"Colette", sussurrou ela. "E se eu fizer algo terrível?"

Colette riu. "Vou segurar as flores. E quem vai ler o Salmo é o padre."

Hazel decidiu deixar de ser o centro das atenções por um instante.

"E como anda seu coração, Colette?", perguntou Hazel. "Acho que Aubrey gosta de você."

Colette começou a organizar os apetrechos de toalete. "Não acho", discordou. "Ele só é muito simpático."

Hazel se sentou, observando a amiga com atenção. Colette estava evitando encará-la. Interessante.

"Não sei, não", Hazel falou devagar. "Acho que você não viu o modo como ele olhava na sua direção. Ele gosta de você, Colette."

Colette franziu o cenho ao mirar o próprio reflexo. "Olhando para isto? Que nada." Ela se virou e olhou para Hazel. "Digamos que ele estava olhando para mim. Digamos que ele goste de mim. Eu duvido, mas tudo bem." Colette deu de ombros. "Um soldado em busca de amor às vésperas da guerra? Isso é mais velho do que andar para a frente. Conheço essa história."

Hazel entendeu que não era hora de insistir. "E o talento dele com [illegible]

Colette [illegible] "Isso sem dúvida é digno de nota."

ARES

Mudando de trincheira

20 de janeiro de 1918

"Soldado Alderidge."

James acordou no abrigo* com um par de botas diante de seu rosto.

Encurvado, ele saiu do abrigo, parou rente à parede leste da trincheira e prestou continência: "Sargento McKendrick, senhor!".

"Descansar, Alderidge."

O sargento o escrutinou. Ele estava em apuros?

Era o terceiro dia de James nas trincheiras de apoio. Depois de dez dias na retaguarda, o grupo de combate tinha ziguezagueado por cerca de três quilômetros adiante, nas trincheiras de comunicação, até chegar às de apoio.

"Você tem trabalhado bastante, Alderidge."

James manteve a cabeça erguida. "Obrigado, senhor." Será que ele devia perguntar sobre a licença para ir a Paris?

"Recebi um relatório do seu sargento de treinamento", disse McKendrick, lendo de uma prancheta. "Parece que seu desempenho tem sido excelente."

James se remexeu e esperou. Um relatório?

"Também fiquei sabendo que você é um ótimo atirador."

Aquela conversa estava tomando um rumo inesperado.

"Você caça?"

* Trata-se de uma área da trincheira. Era coberta, para proteger os soldados, e podia ser usada para repouso ou para armazenamento. (N. T.)

"Não, senhor, sargento. Nunca tive esse costume."

McKendrick franziu as sobrancelhas. "É mesmo? Interessante." Ele examinou James da cabeça aos pés. "Estamos precisando de um atirador na Frente", disse. "Perdemos um homem nesta madrugada. Um atirador alemão identificou uma brecha e o matou. Um belíssimo tiro."

Não era nem um pouco reconfortante ver que o sargento admirava mais o atirador alemão do que lamentava a perda do soldado britânico.

James não queria ser um atirador. Um assassino frio e calculista. O alvo número um do inimigo. Mas ele precisava bajular o sargento. Sua proatividade seria seu bilhete para Paris.

"Vou inscrever você no treinamento de atiradores de elite", disse o sargento. "Vamos aumentar o seu salário." Mais dinheiro em troca de matança.

James se apegou à palavra "treinamento". Um soldado inexperiente não iria atirar em pessoas. Pelo menos por um tempo. Ele provavelmente ficaria atrás da retaguarda, no campo aberto, de onde era mais fácil fazer pontaria. Ele poderia não render muito bem no treinamento e ser realocado de volta para a infantaria.

"Posso fazer uma pergunta, senhor?"

"Pode."

James não fazia a menor ideia de como tocar no assunto. "Senhor, quando terminarmos a rotação nas trincheiras e pudermos tirar licença..."

O sargento pareceu surpreso. James já estava enrascado.

"Sim?"

Ele engoliu em seco. "É sobre uma garota, senhor. Ela vai poder me encontrar em Paris por um dia."

O sargento McKendrick ficou sério.

"Você quer dizer que espera tirar licença depois de *uma* rotação pelas trincheiras para passar o dia em Paris com sua paixoneta? Sendo um recruta? Depois de não ter travado nenhum embate?"

Sem bater em retirada. Sem rendição. "É o que eu estava esperando. Senhor."

O sargento McKendrick avaliou a expressão de James, como se esperasse que ele fraquejasse, cedesse ou que pedisse desculpas, dizendo: "Não era nada".

"Essa garota", falou o sargento. "Ela é bonita?"

James engoliu em seco novamente. “Ela é, senhor. Muito bonita.”

“Entendi.” O sargento começou a andar em círculos. “E por que ela está em Paris?”

“Serviço voluntário, senhor. Na ACM.” Era quase verdade.

“Ah. Eles fazem um bom trabalho.”

James concordou. *Se você diz. Se isso for me ajudar.*

“Antes de cogitar seu pedido de licença, quero receber um relatório favorável sobre você, soldado”, disse o [illegible]

James aprumou a postura e qui[illegible] “Sim, senhor!”

O sargento se virou para ir e[illegible], mas se deteve. “Ruiva? Morena? Loira? Como ela é?”

Hazel era como um seg[illegible] bem guardado que James não queria contar a ninguém. Mas e[illegible]cessário.

“Morena, senhor”, r[illegible]ndeu ele. “Ela toca piano muito bem.”

“Uma jovem tale[illegible]e distinta.”

“Sim, senhor.”

“Que bom. E[illegible]va para ela com frequência. Muito bem. Em meia hora você ser[illegible]ado até a trincheira da linha de frente, para o posto de vigia do[illegible]adores.”

James[illegible] com a boca seca. “Trincheira da linha de frente? Vigia?”

“É [illegible] Como se dissesse: “Aonde quer chegar com isso?”.

“[illegible]namento vai acontecer lá?”

[illegible]rgento aquiesceu. “Simulações são sempre insuficientes. Nada [illegible]mpara a treinar botando a mão na massa.”

AFRODITE

Dor de cabeça

26 de janeiro de 1918

[illegible]

Mais pedrinhas. Daquela vez, Colette abriu a porta [illegible]

O sorriso dela era tudo de que Aubrey precisava. Ele enfrentaria um regimento todo de fuzileiros navais por aquele sorriso.

"Bonsoir, monsieur", disse ela.

Aubrey nunca tinha dado muita importância para as aulas de francês no colegial — se ele pudesse voltar atrás! —, mas sabia distinguir quando era bem-vindo.

"Boa noite, *mademoiselle*", ele cumprimentou com uma pronúncia que torceu para que não fosse péssima. (Era péssima.) "Posso entrar?"

Ela abriu mais a porta.

"Onde está nossa amiga?", indagou Aubrey.

"Hazel está com dor de cabeça", respondeu Colette. "Ela se recolheu mais cedo."

Tum. Aubrey sentiu a martelada de seu próprio coração. Só ele e Colette.

Tum. O coração de Colette pulsou. Ela estava sozinha com Aubrey.

"Que pena", disse Aubrey. "Espero que ela melhore. Há uma doença se espalhando."

Colette assentiu. "Não deve ser nada grave."

Nada que eu não tivesse provocado para fazer com que Aubrey e Colette ficassem um pouco sozinhos.

Ah, pelo amor dos deuses. Era uma dor de cabeça *moderada*. A pobre garota precisava descansar.

"Vamos tocar piano, então?", perguntou Aubrey.

Colette riu. “As secretárias sabem que Hazel foi se deitar. Se ouvirem alguém tocando piano, não vou poder fingir que era eu.”

“Ah. É verdade.” Aubrey segurou o quepe com mais firmeza. “Então imagino que é melhor eu ir embora.”

Oui. Vá. Por favor. É melhor assim, não é?

Fique, eu disse a ele. *Convide-o para ficar*, falei para Colette.

“Podemos nos sentar e conversar um pouco”, sugeriu Colette. *Mon Dieu*, ela tinha dito aquilo em voz alta. *Idiota!*

Aubrey tirou o casaco e se acomodou no sofá em tempo recorde. Ela se sentou a uma almofada de distância. O cabelo curto de Colette atraía o olhar de Aubrey para seu pescoço delicado e para o esplendor turquesa de seu vestido de seda drapejado. Parecia algo que uma deusa usaria.

Quem pensou isso foi ele. Eu não insinuei nada. Mas fiz *questão* de visitar a costureira de Colette em Paris depois.

“Sentimos sua falta”, disse Colette.

“É mesmo?”

“Hazel e eu.”

Ah. Uma resposta mais segura. “A srta. Hazel”, comentou Aubrey, “é muito agradável.”

Colette sorriu. “Gosto muito dela. Estou tão feliz por tê-la conhecido! Ela é radiante.”

“Ela sente a mesma coisa por você”, disse Aubrey. “Você é uma boa amiga.”

“Moi?” Colette ficou pensativa. “É que eu gosto bastante dela, só isso. Não consigo evitar.”

Eu sugeri uma pergunta, e Aubrey não perdeu a deixa. “Ela namora?”

Colette tentou não sorrir. “Não cabe a mim responder.”

“Então ela namora!” Aubrey riu. “Quem diria! A srta. Hazel tem um flerte!”

O estrago já tinha sido feito. “Ela é louca pelo soldado dela”, revelou Colette. “O nome dele é James. Parece que ele sente a mesma coisa por ela.”

“Ele que não ouse mudar de ideia”, disse Aubrey. “E é melhor que ele a trate muito bem, senão ele e meu punho terão uma conversinha.”

“Você parece um irmão mais velho falando.” De supetão, o rosto de Colette se contorceu de dor. *Alexandre.* Ele nunca ficara sabendo sobre Stéphane. Ela teria discutido se ele tivesse tentado assumir um papel superprotetor, mas agora ela daria tudo para ver Alexandre entrando pela porta.

A tristeza vinha em ondas. Bem quando ela tinha achado que a tempestade abrandado, Colette sucumbia de novo.

Aubrey deu um passo para trás. Colette parecia à beira das lágrimas. Será que ele tinha dito alguma coisa indevida?

"Sou o irmão caçula, aliás", disse ele, por fim. "Minha irmã, Kate, não precisa da minha ajuda para se proteger. Ela tem o namorado mais entediante do mundo. Lester, o sonolento."

"Pobre Lester." Colette sorriu, agradecida pela mudança de assunto. "Ele não pode ser tão ruim assim, se sua irmã gosta dele."

Ela ainda parecia frágil. Aubrey optou por um assunto mais seguro.

"Enfim", disse ele. "Hazel é ótima. Estou muito feliz por tê-la conhe-[illegible]

Colette [illegible] certa pureza. A guerra é tão terrível, a humanidade enlouqueceu... E de repente conhecemos uma pessoa como Hazel."

Aubrey aproveitou a oportunidade. "E uma pessoa como você."

Colette ergueu as sobrancelhas, surpresa. "Não sou pura. A guerra limpou suas botas imundas em mim."

Como ela tinha coragem de dizer tal coisa? Colette era adorável de todas as formas, e não só na aparência.

"Como assim?", indagou ele. "Alguém machucou você?"

Ela hesitou.

Aubrey genuinamente se importava com ela. Colette conseguia ver nos olhos dele, na preocupação estampada em seu rosto. Seria mais fácil se ele não desse a mínima.

"Kaiser Wilhelm me machucou", respondeu ela.

Era como se, de uma hora para a outra, Colette tivesse ficado coberta de pregos. Ela não passava de uma casca de ovo quebradiça e espatifada.

"O que aconteceu?"

Colette sentiu sua pele formigar. "Ah, sabe como é", disse. "A guerra é horrível, e a vida, injusta."

Aubrey, que seria capaz de escrever um livro todo só sobre injustiças, sentiu que ela não estava contando tudo para ele.

Se você se aproximar dele, Colette, vai perdê-lo, ela alertou a si mesma. *De duas, uma: se sua alma pesarosa não o espantar, a guerra vai levá-lo para bem longe de você.*

Colette respirou fundo. Já estava um pouco melhor. Sentia-se ela mesma de novo. Música era o que eles tinham em comum. Música. Eles poderiam ser amigos que falavam sobre música.

"O que você tem feito ultimamente?", quis saber Colette. "Compôs alguma coisa nova? Algum arranjo de jazz?" Ela fez uma pausa. "Aquela marcha que você transformou em blues na última vez ficou *fantastique*!"

Aubrey sabia que ela estava mantendo-o afastado. Mudando de assunto. Mas ele sabia dançar conforme a música.

"E o jeito como *você* canta, Colette, é diferente de tudo que eu já ouvi."

"É mesmo?"

"E não me refiro só à sua voz."

Aubrey quase ia à loucura com o deleite tranquilo de Colette ao ouvir o que ele dizia.

"Estou até com receio de perguntar", disse ela, "o que mais, além da minha voz, afeta meu modo de cantar."

Se Aubrey se virasse mais um centímetro na direção de Colette, teria que colocar o pé no colo dela.

Como ele tinha deixado a conversa ir parar ali? Tudo que Aubrey queria fazer era dizer a Colette que ele passava o dia todo pensando nela, todos os dias, a cada nota que ele tocava, a cada batida do martelo do piano; queria dizer que preenchera páginas e mais páginas com ideias de músicas que seriam perfeitas para ela, ideal para seu tom de voz. Charmoso, anuviado, melancólico. Emotivo.

Era isso o que ela era. Colette era *emoção*.

"Você mudou minha forma de pensar sobre música", continuou ele. "Estou trabalhando em algumas canções novas. Não tenho as letras ainda, mas já estou com as melodias, e talvez..."

"*Eu* mudei *sua* forma de pensar sobre música?" Ela balançou a cabeça, espantada. "Sou só uma garota que canta canções francesas. Você é quem faz da música algo eletrizante."

"É justamente isso", disse Aubrey. "Queria mostrar a você o que quero dizer no piano. Até agora, eu só pensava na agilidade. Harmonizações difíceis. Eu era um exibido, sabe? Só pensava em fazer cartaz."

"Fazer cartaz" não era uma expressão que Colette conhecia, mas ela era educada demais para perguntar.

Aubrey sabia que a conversa estava maçante. "Você me fez refletir mais sobre como extrair o sentimento de uma melodia. Torná-la uma música para se cantar como se sua vida dependesse disso. É assim que você canta toda vez."

Eu estava vendo você ali, Apolo. Acenando na janela como um vizinho enxerido. *Vá embora.*

Aubrey Edwards, eu disse a ele, *você não está aqui para conversar sobre teoria musical ou técnica vocal.*

"Você é misteriosa, Colette Fournier", falou ele. "Esse lugar sombrio e profundo de onde você canta..."

Colette não sabia o que dizer. Não achava que sua voz brotava de uma [illegible] sentida. É claro [illegible] que ela sentia. Ela seria enterrada com aquela ira. Mas todos os [illegible] estavam furiosos. Infelizmente parecia que Aubrey estava tecendo uma fantasia sobre Colette por gostar da voz dela.

"O que aconteceu com você?", ele perguntou com suavidade.

Por que ele precisava insistir tanto? *Corra, Aubrey, corra. Estou destruída demais para ser amada. Eu perco todos aqueles que amo.*

E, mesmo assim, ali estava ele, o americano com dedos ágeis e braços dançantes, sentado à luz alaranjada de uma lâmpada. Falando baixinho, fazendo perguntas sobre a vida dela, a vida dela de verdade, e esperando pela resposta.

Eles estavam sozinhos no escuro. Não havia ninguém para ouvi-los. Um rapaz poderia se aproveitar daquela situação de vários jeitos diferentes, mas Aubrey não fez nada do tipo.

Então ela lhe contou sua história. Contou sobre ter crescido em Dinant, sobre a cidade mágica que as águas calmas do rio Meuse refletiam, sobre a infância alegre perto dos lilases da cidadela, sobre seus pais e Alexandre; seus tios Paul e Charles; e seu primo, Gabriel. Sobre o Estupro da Bélgica e a aniquilação de Dinant, sobre o convento e sobre Stéphane.

E quando ela soluçou tanto que seus olhos ficaram injetados e seu nariz começou a escorrer, Aubrey lhe entregou um lenço e não se aproveitou de nada além da oportunidade de dizer, em silêncio: "Você tem carregado esse fardo sozinha por tempo demais. Deixe eu carregá-lo com você por um tempo".

A história de Colette deixou Aubrey de coração partido. Sem qualquer incentivo da minha parte, ele abriu os braços para ela, que se enroscou em seu abraço. As lágrimas dele rolaram para o cabelo de Colette.

Ele ansiava por confortá-la, mas o que poderia dizer? "Estou aqui", falou. "Estou com você."

E ele estava *mesmo*. Pela primeira vez em tantos anos, Colette não se sentiu sozinha.

Aubrey a segurou mais perto. *Quem seria capaz de magoar essa garota?* Que tipo de demônio destruiria a vida preciosa de alguém tão adorável? Quem desmantelaria a felicidade de uma jovem tão vibrante, gentil, forte e divertida?

Agora ele entendia — pois não tinha entendido até então, não de verdade — por que eles precisavam derrotar os alemães e vencer a guerra. E agora ele também entendia que, quando chegasse a hora de deixar Saint-Nazaire e partir para as trincheiras, seria impossível se despedir de Colette e simplesmente ir embora.

Foi difícil para Aubrey se separar dela naquela noite. O beijo rápido que Colette deu nele na soleira não foi cheio de paixão ou desejo, mas de ternura, afeto e gratidão.

Aubrey retribuiu o beijo à altura e partiu discretamente.

AFRODITE

Stéphane

26 de janeiro de 1918

Foi um sonho simples. Stéphane andando com ela no gramado ao lado da cidadela. Ele não disse nada. Só sorriu, segurou a mão dela e olhou para Colette com amor. Tudo que ela sentiu na companhia dele — *ele está vivo! Tudo de ruim que aconteceu não passavam de um pesadelo!* — fez com que ela se sentisse alegre e leve. Ela sabia que era real. Tão real quanto ela mesma.

Juntos, eles observaram pássaros sobrevoando o vale verdejante e o rio sinuoso. Quando ela se virou para encará-lo novamente, ele tinha desaparecido.

Colette acordou aos soluços.

Hazel ouviu os sons, correu até o quarto de Colette e deitou ao lado da amiga. "Está tudo bem", disse, acalmando-a. "Está tudo bem."

Mas não estava.

Esqueça esse soldado, a Colette do dia anterior dissera a ela. *Ele vai partir em breve. Você terá Stéphane para sempre, e isso basta. Você não precisa sentir o dissabor de outra despedida.*

Ela ficou deitada, recordando os detalhes da noite com Aubrey. Tudo que tinha compartilhado com ele. Tudo que ainda não tinha dividido.

Não preciso de despedidas, percebeu Colette, *mas preciso de Aubrey Edwards. Depois desta noite, não posso mais ser a garota que não tem o Rei do Ragtime com quem compartilhar tudo. Quero ficar perto dele.*

ARES

Não atire no manequim

30 de janeiro de 1918

"Ali. Está vendo?" O soldado Pete Yawker sussurrou para que os alemães não o ouvissem.

James girou o escopo um centímetro. "Estou vendo."

Em um vão entre dois sacos de areia na linha de frente alemã, havia um capacete.

James colou a língua no céu da boca. Eles estavam prestes a matar aquele Jerry?

"E agora vamos ver", Yawkey disse calmamente, dirigindo-se ao alvo, "se você é real."

"Real?", cochichou James. "Como assim?"

"O que você está vendo, Alderidge?"

Se fosse uma pegadinha em uma prova, James teria sido reprovado. "Uma cabeça."

"Tem certeza? Olhe de novo."

"Um capacete", falou James.

"E o que há embaixo dele? Rápido, o quê?"

Ele engoliu a impaciência. "Um rosto."

"E o que esse rosto está fazendo?"

"Nada."

"Isso mesmo."

James ficava angustiado com joguinhos. "É um rosto. Um camarada de cabelo escuro."

"Não quero saber a cor do cabelo dele", rebateu Yawkey. "Você já viu alguém ficar tão parado assim?"

James olhou outra vez. "Ele está se movendo um pouco."

"Como?"

Ele contou até dez. "Parece estar balançando a cabeça para cima e para baixo. Um pouco para os lados também."

Yawkey concordou. "E o que isso significa?"

James olhou mais uma vez para o homem. "O rosto dele não se move", disse, devagar. "Ele é praticamente uma estátua."

"É porque ele é uma", explicou Yawkey. "Um manequim. Uma cabeça de gesso com capacete enfiada em uma baioneta. Estão tentando fazer com que nós atiremos."

James piscou e esfregou os olhos. "Por pirraça, você diz?"

[illegible] da bala. Vão apontar [illegible]

Não era nem um pouco engraçado. Mas vários soldados experien-tes que James conhecera eram assim: riam da própria devastação e falavam descontraídos sobre a carnificina. Rir talvez fosse a única forma de sobreviver.

Yawkey coçou os olhos. Era um rapaz magricela, meio esquelético, com orelhas de abano e um pomo-de-adão saltado. Tudo que ele dizia durante o treinamento dava calafrios em James.

Pete Yawkey não tinha inventado o tiro ao alvo. James odiava tudo que ele dizia, mas não era culpa dele. Todos tinham um papel a cumprir. Sobreviver dependia de eles fazerem o que tinham que fazer. E o único jeito de acabar com a guerra era vencê-la.

"Atire apenas quando tiver certeza", orientou Pete. "Não atire no manequim. Você não pode desperdiçar o disparo. Atiradores precisam acertar o alvo sempre, porque isso faz com que o inimigo saiba onde eles estão."

Ele pegou o rifle e espiou pelo escopo enquanto James observava a frente de batalha alemã.

À noite, ele e Pete conseguiram dormir por um tempo considerável, bem mais ao que James tinha se habituado, pois foi a vez de outra dupla de atirador e vigia entrar em ação. Brincar de assassino tinha suas vantagens.

Ele tinha decorado cada curva do arame farpado, cada cratera na terra assolada, cada torrão, pedra e montículo. Cada corpo. Era um descampado incolor. Apenas pássaros carniceiros se movimentavam. Mesmo assim, poderia haver um ataque a qualquer momento.

O abrigo era uma maravilha. Os engenheiros do exército tinham escavado, a partir da linha de tiro, até uma área um pouco mais elevada. À noite, um grupo exaurido fora até a terra de ninguém, cortara o gramado e, para completar o escondedouro, o substituíra por uma tábua de madeira, cuidadosamente tapando os buracos que os atiradores usavam para rifles e escopos. Os Jerrys não perceberam nada de diferente no dia seguinte.

"Ei", disse Yawkey. "Está vendo aquilo? Uns duzentos e cinquenta metros para trás."

James avistou um tronco ou uma farda alemã. Era um comandante, provavelmente.

"Tem havido bastante movimentação naquelas bandas", comentou Pete. "Eles estão recebendo carregamentos de artilharia pesada. Devem ter algo planejado." Ele flexionou os dedos. "Devo matá-lo?"

James sentiu seu estômago se revirar. *Não me pergunte. Não me envolva nisso.*

O homem, o borrão acinzentado... Será que ele tinha uma esposa? Uma namorada? Filhos, filhas? A alegria deles de repente dependia de James.

Ganhe tempo. "Você consegue atirar dessa distância?", perguntou ele.

"É claro." Com a boca entreaberta, Pete não desviou o olhar do alvo. "Bem, atiro ou não?"

Não me faça essa pergunta. "Você que sabe", devolveu James. "Quem tem o Jerry na mira é você."

"Tenho mesmo." Yawkey apertou o gatilho.

É claro que James não conseguiu ver a bala atravessando o espaço entre eles e os alemães. Mas foi essa a sensação que ele teve. E é claro que o comandante alemão não tinha como saber que o *crack* que ricocheteava nos ouvidos de James era seu prenúncio de morte. A bala o atingiria antes do som.

"Acertei, Alderidge?", perguntou Yawkey.

"Sim", respondeu James. "Acertou."

APOLO

Esquadrão dos Vampiros

3 de fevereiro de 1918

No domingo de manhã, Aubrey, que estava [illegible] passar na frente da cabana um para ver se topava com uma certa jovem voluntária. Ela não estava lá. Ele decidiu dar uma segunda volta, e depois mais uma, até que aceitou a derrota e decidiu sair da base militar e caminhar pela cidade de Saint-Nazaire. Seria bom esticar um pouco as pernas. E viver, ao menos temporariamente, a ilusão de que ninguém mais mandava nele.

Na volta, em uma encruzilhada, Aubrey viu um comandante se aproximar, à direita. Ele prestou continência, só para garantir, e seguiu em frente.

"Edwards!" Uma voz o fez dar meia-volta.

Oh, oh. "Bom dia, capitão Fish."

"Descansar, soldado", disse o capitão Hamilton Fish III. "Pode me acompanhar?"

"Sim, senhor." Que inesperado.

"O que estava fazendo?"

"Caminhando, capitão, senhor", respondeu Aubrey. "Quis me exercitar um pouco."

O capitão Fish grunhiu. "Você já não se exercita o suficiente ao longo da semana?"

Aubrey teve que concordar. Ele tinha razão.

"Edwards", prosseguiu o capitão Fish. "Quando sair da base novamente, vá acompanhado, tudo bem?"

Não pareceu uma ordem. "Senhor?"

O capitão Fish demorou para responder. “Temos recebido... ameaças.”

Aubrey ficou intrigado. “Soldados sulistas, senhor?”

Fish aquiesceu. “Bem, sim. Embora o preconceito seja muito mais complexo do que um conflito entre Norte e Sul.” Ele balançou a cabeça. “Passei tempo suficiente nos aposentos dos comandantes para saber do que estou falando.”

Aubrey refreou um sorriso malicioso. Que gentileza da parte de Fish explicar sobre intolerância para ele. *Gente branca.*

“[illegible] homens bons, que não são preconceituosos”, acrescentou o capitão Fish, sério. “Recebi elogios de comandantes do mundo todo sobre a disciplina dos nossos homens. Tenho certeza que, quando a guerra acabar, o exemplo valente de vocês vai contribuir para a reparação dessa desigualdade.”

Ah, os homens ricos e brancos de Harvard. Tudo que eles diziam soava como o discurso de um candidato ao Congresso. A intenção era boa, mas muitos americanos ficavam enraivecidos só de ver um homem negro de farda, aprumado, com uma arma na mão. Para Aubrey, lotar o peito de medalhas não faria diferença nenhuma.

Eles alcançaram as imediações da base militar.

“Edwards...”, disse o capitão Fish. “Você vai tomar cuidado, certo?”

“Eu vou, mas...”

“Sim, soldado?”

Aubrey não quis parecer desrespeitoso. “Estou ouvindo o que o senhor está dizendo, capitão, mas nós viemos da cidade grande. Sabemos nos proteger.” Ele tateou a Colt guardada no bolso.

O capitão Fish tocou um dos ombros dele. “Mesmo assim”, ele disse com firmeza, “vá acompanhado. Alguns dos rapazes que estão fazendo ameaças são... Não quero falar mal dos soldados do Tio Sam, mas... Eles são a escória da humanidade. É triste, mas é verdade.”

Como não havia nenhuma resposta segura que Aubrey pudesse dar, ele ficou em silêncio.

“Você é um bom soldado e um excelente músico”, disse Fish. “Não quero perder você.”

E um bom ser humano, Fish. “Tomarei cuidado, senhor”, garantiu Aubrey. “Prometo.”

“Tenha um bom dia, soldado.” O capitão Fish se despediu.

Aubrey respondeu: “O senhor também, capitão”.

O capitão Fish foi embora para um lado. Aubrey continuou caminhando e, ao passar pela cabana um, reduziu o passo. Ele foi até o acampamento Lusitânia, para a cabana dos soldados negros. Ele ainda tinha um tempo livre antes dos afazeres do dia, e já que sua disposição para paquerar não parecia estar surtindo muito efeito, decidiu que iria jogar pingue-pongue.

Joey Rice viu quando Aubrey entrou na cabana e o puxou de canto.

“Você ficou sabendo?”, sussurrou ele. “Nossos colegas que decidiram se vingar pelo soldado morto estão se chamando de Esquadrão dos Vampiros.” Joey segurou o cotovelo de Aubrey com força. “Eles mataram um

ARES

Liberado

8 de fevereiro de 1918

Eles não eram mais os mesmos quando deixaram as trincheiras. Ao fim dos trinta dias, eles saíram, trôpegos e cansados até o último fio de cabelo. Falavam um novo idioma. Entendiam o que significava sobreviver e se importavam menos com a vida. Estavam acostumados com o frio e a lama, com os sons dos projéteis, com o sangue. Tinham atacado e bombardeado refúgios das trincheiras inimigas. Não perderam ninguém.

James não tinha participado dos ataques. Ele e o soldado Pete Yawkey tinham ficado no posto de vigia dos atiradores, realizando as vigias noturnas. Na noite seguinte, uma companhia de alemães surgiu de um buraco, em busca de vingança. James os viu; sombras alumbradas pelo clarão de um sinalizador.

Talvez tenha sido por eles estarem na penumbra que James conseguiu atirar. Talvez tenha sido porque ele sabia que os alemães estavam vindo para matar os camaradas dele. Talvez ele tenha visto, em sua cabeça, Mick Webber e suas pernas arqueadas explodido por uma granada contra uma parede da trincheira, ou a garganta cantante de Chad Browning aberta por uma baioneta inimiga.

Ele os viu, mirou o escopo para as sombras e atirou. Duas vezes.

Yawkey, que observava de seu próprio escopo, fez um sinal de aprovação. "Acho que você acertou os dois."

James sabia que tinha acertado. Ele tinha sentido, de alguma forma, cada bala encontrar seu respectivo alemão, como se estivessem conectadas a ele por uma linha de pesca e ele pudesse sentir o puxão do tiro.

Os alemães não tentaram mais se aproximar. Passaram o resto da noite recolhendo os mortos.

“Acho que um morreu”, disse Yawkey. “Pelos gritos do outro, acho que está mais para lá do que para cá.”

James não lhe deu ouvidos. Tinha se afastado do rifle e recuado até a parede traseira do abrigo. Sabia que estava respirando, mas não sentiu o ar vindo.

“Não culpo você por não atirar nos padioleiros. Não parece justo. E Deus sabe que a primeira vítima é a mais difícil. Todos já passamos por isso.”

James ficou encarando as próprias mãos, que tremiam, e não respondeu.

[illegible]

“Nós trabalhamos em dupla”, contestou James.

Pete dispensou a objeção. “Vá embora. Um vigia no escuro não tem muito o que fazer mesmo.”

Ele estava mentindo, mas James não se importou. Ele se deitou no abrigo e dormiu. Quando acordou, o sargento McKendrick o cumprimentou, apertando sua mão. O serviço de James tinha poupado vidas britânicas. O olhar de águia para enxergar os Fritz no escuro e a presença de espírito para atirar em dois invasores, suspendendo o ataque, eram as qualidades notáveis de um verdadeiro soldado britânico, tão orgulhosamente representado naquela manhã pelo soldado James Alderidge. Uma comunicação escrita seria acrescentada ao arquivo dele.

Então, quando James solicitou dois dias de licença em Paris, seu pedido foi aprovado, desde que tudo se mantivesse sossegado na Frente. Dois alemães, dois dias. Uma conta curiosa. E não foram os últimos que ele matou antes de ser liberado.

AFRODITE

Dois dias de licença

8 de fevereiro de 1918

8 de fevereiro de 1918

Minha querida Hazel,

Meu sargento cumpriu a promessa. Posso tirar dois dias de licença para viajar a Paris. Consigo chegar no fim da tarde de quarta-feira, dia 13 de fevereiro. Os trens podem estar mais lentos, mas acho que consigo chegar à Gare du Nord por volta das quatro da tarde. Você pode me encontrar lá? Se esperar por mim, prometo que encontrarei você.

Espero que você possa ir. Preciso me certificar de que você não é um sonho. Vou encontrar um lugar para tirar a sujeira antes de encontrá-la. Não quero que você se sinta constrangida por estar ao meu lado.

Por favor, vá. Prove que você existe e permita-me provar o quanto você é importante para mim.

Seu, com carinho,
James

A resposta de Hazel foi curta. Era mais um telegrama do que uma carta.

Quatro da tarde, quarta-feira, dia 13, Gare du Nord, dizia a carta. *Estarei lá.*

AFRODITE

Concerto

11 de fevereiro de 1918

Na véspera da partida do 15º Regim[illegible]
Aix-les-Bains, os rapazes realizaram um concerto de despedida para Saint-Nazaire. Todos que conseguiram um lugar para se sentar, foram.

Aubrey não iria para Aix-les-Bains. Não depois que Colette tinha compartilhado tanto com ele. Ele já tinha informado ao tenente Europe. Com Luckey Roberts no piano, Europe podia dispensá-lo. Ele se reuniria à banda depois, quando a divisão rumasse para a linha de frente. Aubrey não precisava tocar na apresentação daquela noite.

Um dia, ele disse a si mesmo, *serei a atração principal de qualquer banda da qual fizer parte.*

Ele decidiu ir ao concerto mesmo assim, para se divertir um pouco, e pegou o caminho mais longo para ir até lá, que convenientemente passava pela cabana um. Se alguém da companhia estivesse fiscalizando quantas vezes o soldado Edwards fazia aquele desvio, ele teria explicações a dar.

A porta da cabana um se abriu. Ele se escondeu atrás de um abrigo Nissen para ver quem era.

Droga. Era a velha enrugada que tinha enxotado Aubrey naquele dia e uma outra senhora atrás dela. Ele sorriu. Ali estava a senhorita Hazel de la Windicott. Sem Colette, as três mulheres foram embora.

Mas onde ela estava? Por que ela não estava a caminho do concerto? Era hora de descobrir.

"Estamos fechados", a voz de Colette soou através da porta quando ele bateu.

"Sou eu", disse Aubrey.

Ela escancarou a porta. Bochechas rosadas e olhos brilhantes estavam diante dele.

"Bonsoir, mademoiselle", disse Aubrey. Tinha passado dias praticando o cumprimento.

Colette riu. A pronúncia dele! "Como vai, senhor?"

"Quero te mostrar uma coisa." Aubrey estendeu a mão. "Se incomoda se formos até o piano?"

Ela pegou na mão dele, tão nova e, ainda assim, tão familiar. Ela queria explorá-la, examinar cada linha na palma, o formato de cada unha.

Qual o seu problema?

"Vamos para o piano", incitou ele.

Ela estava estupefata. Se o rosto de Colette ficasse mais corado, ela se transformaria em um tomate. Eles foram até o banquinho.

"Preciso da minha mão de volta", brincou Aubrey.

Ela a devolveu de má vontade. Ele deu uma piscadela e começou a tocar. Era uma música melancólica, doce e lenta, que ficou cada vez mais lamentosa até que seu fim pesaroso ressoou pela barraca, fazendo o silêncio zumbir.

Colette respirou fundo.

"Vou chamá-la de 'Dinant'", disse ele.

Ela, que já tinha adivinhado, engoliu em seco.

"Obrigada", balbuciou Colette. "Você já tinha composto essa música?"

Aubrey negou. "Compus depois que vi você aquele dia."

Ela balançou a cabeça. *"Formidable"*, sussurrou. "Pode tocar de novo?"

Ele obedeceu. E agora que ela sabia de verdade para quem a música era e seu significado, o que tudo aquilo significava, ela pôde absorvê-la devagar, linha por linha.

Sim. Dinant merecia um réquiem como aquele.

"Vou a Paris amanhã", ela disse depois que Aubrey terminou de tocar. "Hazel e eu. Para ver o xodó dela, Jacques. Digo, James."

"É mesmo?" Aubrey pareceu desapontado. "Quantos dias vai ficar lá?"

Colette mordiscou o lábio enquanto pensava. "Quatro ou cinco dias, acho." Ela tentou sorrir. "Mas você vai embora amanhã com a banda, não vai? Faz dias que os soldados estão reclamando da partida de vocês."

Ele se virou para ela. "Eu não vou com eles."

Colette ergueu as sobrancelhas. "Ah, lamento!"

Aubrey sorriu, pesaroso. "Lamenta que não vou embora?"

"É claro que não", respondeu ela. "Lamento por você perder a chance de tocar." Ela sorriu. "Você nasceu para isso."

"Espero que sim." *Agora*, pensou ele. *Agora é a hora.* "Eu pedi para ser removido da lista de Aix-les-Bains", explicou.

"Por que fez isso?" O coração dela começou a bater apressado, como se já soubesse a resposta.

Ele a encarou, ávido por descobrir qualquer coisa. "Não quis me afastar muito de você." *Não depois de tudo que você me contou. Não depois daquele beijo.*

Colette ficou esperançosa. Não tinha sido apenas uma gentileza dele. [illegible]

Sons e vozes vindos do [illegible] eu tinha criado, e os dois se lembraram de que em breve as pessoas retornariam para a cabana.

"Acho que é melhor eu ir embora", disse Aubrey.

"Não", disse Colette, depressa. "Preciso contar uma coisa para você."

Boa ou ruim? "Vamos lá para fora, então?"

Eles vestiram os casacos e saíram, aproveitando a ausência de pessoas. Encontraram um lugar atrás de uma barraca onde poderiam conversar mais um pouco antes que o frio os obrigasse a entrar.

O céu se estendia acima deles, pontilhado de estrelas. A brisa marinha parecia soprar mais estrelas para a costa. Estava tão frio que eles ficaram bem perto um do outro. Ela observou o colarinho e a gravata de Aubrey.

"O que é que você queria me dizer?", perguntou ele, gentil.

"Queria agradecer você", disse Colette, "pela outra noite. Por ter me escutado."

Eles se entreolharam, os olhos castanhos dele examinando os dela. "Não precisa agradecer. Eu quis ouvir."

Ela desviou o olhar. *Ela está nervosa*, percebeu Aubrey. Ele segurou as mãos enluvadas dela.

"Você é gentil", comentou ela. "Foi muito atencioso da sua parte ouvir e se importar. Eu..." Ela hesitou. "Não quis sobrecarregar você com tudo aquilo. É demais para suportar."

"É realmente um grande peso", respondeu Aubrey, "para uma pessoa carregar sozinha."

Colette não confiou em si mesma para responder àquilo. "Enfim, queria agradecer."

Era só isso? Uma nota de agradecimento? Se dependesse de Aubrey, não seria.

Com suavidade, ele levantou o queixo dela. "Eles dizem o tempo todo que você é bonita, não dizem?" Colette arregalou os olhos. "Os ianques?"

Ela entreabriu a boca e vapor condensado saiu. "Eles não são muito criativos", [illegible]

Aubrey sorriu. "Então vou ter que fazer bem melhor do que isso. Eles falam que você canta como uma deusa?"

Ela balançou a cabeça. "Boa parte deles nunca me ouviu cantar."

"Quer dizer então que eu sou sortudo?"

Colette já não sabia mais como respirar. Mas viu para onde a conversa estava rumando e, para o bem dele, sentiu que precisava alertá-lo.

"Você vê uma garota que canta. Você gosta da minha voz. Talvez não vá gostar sempre. Você não escuta como eu acordo gritando. Como eu vejo todos eles nos meus sonhos. Eu seguro as pontas durante o dia, mas à noite eu desmorono."

Aubrey precisou de todo o autocontrole do mundo para não a abraçar. "Gostaria de poder estar ao seu lado nesses momentos."

Ele percebeu o que tinha acabado de dizer. *Gostaria de poder estar com você no meio da noite. Quando e onde você dorme.*

Que beleza, Aubrey, disse a voz da mãe dele.

Também te amo, mãe.

Ele tentou de novo. "Gostaria de poder ajudar. Se eu puder."

A ternura era inacreditável. A pureza. Aquela inocência esperançosa de achar que alguém tão desestabilizado como ela valeria a pena. O fato de que ele queria tentá-la a sonhar com alguém tão bonito e maravilhoso, alguém como *ele*, para ver o sonho ser despedaçado quando a verdade do luto e do trauma se despisse diante dele.

"Não há como ajudar", disse Colette. "É o que estou tentando explicar."

"*Mademoiselle* Fournier", falou Aubrey, "estou um pouco confuso. Primeiro você não solta a minha mão. Depois me diz para ir embora."

Aubrey tentou entender. Colette estava indo embora amanhã. Será que voltaria? Será que ele estaria ali quando ela retornasse? Era impossível saber. Havia apenas o agora, e ele estava determinado a aproveitar cada segundo.

"Não quero que você solte a minha mão", disse ele. "Não quero que você me afaste."

Ela fechou os olhos e sussurrou: "Não quero afastar você".

"Colette", Aubrey começou a dizer, "eu posso amar Stéphane. Posso honrar a lembrança dele. Posso amar seus pais, seu irmão, seus tios, seu primo. Posso amá-los estando ao seu lado, e farei isso, se você permitir."

Ele desejou poder dizer aquilo tudo com música em vez de palavras. As melhores palavras que ele conseguiu encontrar naquele momento não pareciam grande coisa.

"Por favor", disse ele. "Fique comigo. Seja você mesma ao meu lado.

cabeça no peito dele. Aubrey a puxou para mais perto e a bochecha dele tocou a dela. *Droga.* Ele devia ter feito a barba.

"Quando estou com você", falou Colette, "não dói tanto."

Ele beijou o cabelo dela. "Então é aqui que eu quero ficar."

Mais vozes surgiram, altas, ecoando entre eles de forma inoportuna.

"Vamos", disse Aubrey, por fim. "Você precisa entrar."

Eles voltaram, se aproximando o máximo possível da porta. Colette, impulsiva, o abraçou.

"Voltarei logo."

Aubrey sorriu. "Estarei aqui, à espera."

Ela o beijou.

Não foi um beijo de agradecimento. Foi um beijo que disse: "Há mais de onde isso veio".

APOLO

Problemas com Joey

11 de fevereiro de 1918

Aubrey vagou nas sombras por cerca de uma hora antes de decidir que era seguro voltar para as barracas. Ele queria subir em um telhado e gritar. Ele, Aubrey Edwards, o Rei do Ragtime, o Imperador do Jazz, era o rapaz mais sortudo do mundo. A divina Colette Fournier o tinha beijado! E beijado de verdade.

Quando as luzes nas janelas das barracas já estavam apagadas havia um tempo, Aubrey usou a latrina e foi para seus aposentos. Mudo como um peixe, abriu a fechadura frágil e entrou. Ele trancou a porta, tirou as botas e foi, na ponta dos pés, até o beliche. Como estava frio, ficou de casaco. Então se enfiou debaixo das cobertas.

A cama de cima rangeu. Joey Rice surgiu no campo de visão de Aubrey.

"Você quer morrer, Edwards? É isso?"

"Shh!"

"Vão te mandar aos chutes de volta para o Harlem, e terá sorte se não for em um caixão."

"Boa noite, Joey."

"Não pense que eles não estão de olho em você. Eles sabem."

Ao ouvir aquilo, Aubrey se sentou. "Por quê? Você deu com a língua nos dentes?"

"Ah, certo. Coloque a culpa em mim."

Eles se calaram quando ouviram os ruídos dos outros soldados se revirando no sono.

"Você se acha muito espertinho", Joey continuou depois de um tempo. "Os outros rapazes não são cegos, muito menos burros. Eles sabem que você está saindo às escondidas. Espero que esteja valendo a pena, porque o preço vai ser alto."

"*Boa noite*, Joey. E veja como fala comigo."

"Olha só, defendendo a honra da sua dama", provocou o amigo, zombeteiro como sempre. "Que beleza."

"Cuide da sua vida", retrucou Aubrey.

"Você me faz ter que cuidar da sua vida também, pois vive fazendo bobagens."

Aubrey se aninhou debaixo das cobertas. Se ele não se sentisse como uma pedra de gelo, talvez conseguisse dormir. Se é que adormecer seria possível em uma noite daquelas.

[illegible] usar a [illegible] as botas e foi até a porta.

"Não vá cair da latrina", disse Aubrey.

Ele começou a se sentir mais aquecido e seus olhos se fecharam. Não conseguiria pegar no sono, mas talvez pudesse se lembrar de Colette e compor um sonho perfeito.

HADES
Vertigem
11 de fevereiro de 1918

Aubrey acordou. Ainda estava escuro. Será que tinha dormido o dia todo? Não, ainda era noite.

O tempo pareceu se arrastar. O burburinho dos soldados adormecidos o içou para o presente, e a vertigem terrível de migrar do sono para a consciência fez a cabeça dele girar.

Aubrey ouvira algo. Talvez fosse só um sonho.

Não, ele tinha ouvido algo. E agora não ouvia mais nada. Tinha alguma coisa errada.

Ele ficou deitado, acalmando a respiração.

O que estava faltando?

Aubrey esticou o braço e tateou no escuro. Suas botas estavam ali. Ele se sentou e quase bateu a cabeça na cama de Joey.

Joey.

Ele ergueu o braço e cutucou as molas sob a cama do amigo. O colchão se mexeu com facilidade. Joey não estava deitado.

E as botas dele não estavam no chão.

Aubrey esfregou os olhos e tirou o cobertor. Ele provavelmente tinha dormido só por alguns minutos. Joey ainda deveria estar usando a latrina. O sono era falacioso. Às vezes pouco parecia muito, e muito parecia pouco.

Aubrey calçou as botas e foi até a porta. Seu cérebro parecia liquefeito. A noite parecia transcorrer morosamente, irreal como uma alucinação.

Ele saiu. Tudo ao seu redor estava escuro, e a neve acumulada no chão tinha sido pisoteada. As estrelas pareciam mirradas. Ele seguiu o odor da latrina.

O pouco de luz que havia ali fora tingia o chão de azul-escuro. A casinha surgiu diante dele como uma montanha fétida.

"Joey?", ele chamou, baixinho. "Joey, camarada, você está aí?"

Mas não houve som nenhum. Apenas os latidos distantes de um cachorro do vilarejo.

Aubrey bateu à porta. Sem resposta. Então a abriu.

Ele se deparou com um homem. A figura tombou para a frente, aterrissando nos braços de Aubrey, que escorregou e caiu no chão, com o outro em cima dele. Morno e imóvel, o homem deixou alguma coisa viscosa escorrer na bochecha de Aubrey.

"Joey?", perguntou Aubrey. "Joey?"

HADES

Lanterna

11 de fevereiro de 1918

Aubrey avançou pela neve, os braços se movendo com alvoroço, os pés derrapando. Ele parou diante da porta dos aposentos do tenente Europe e bateu.

Uma voz resmungou ali dentro. Aubrey não se importava se Jim o xingasse, mas ele precisava acompanhá-lo *o quanto antes*.

A porta se abriu. A luz de uma lanterna fulgurou em seu rosto.

"Aubrey?" A voz de Jim Europe ainda estava rouca de sono. "Que diabos você está fazendo aqui?"

"Você precisa vir comigo, Jim", disse Aubrey. "Alguma coisa aconteceu com Joey."

"O que houve?" O tenente Europe apalpou o bolso do roupão, procurando os óculos. "Você não deveria ter chamado o capitão Fish?"

Aubrey agarrou o pulso de Europe. "Você precisa vir, Jim", implorou. "Por favor!"

"Ele está ferido?" Europe exigiu saber. "O que aconteceu?"

"Shh!"

Europe segurou o casaco de Aubrey. "Vamos. Mostre-me."

Conforme eles corriam, a luz da lanterna balançava de um lado para o outro no gelo, até que iluminou Joey, deitado na neve.

"Ah, não."

O tenente Europe examinou Joey da cabeça aos pés. Ele parecia — por favor, Deus — doente? Bêbado? Espancado?

Então ele viu o sangue na neve.

A cabeça dele. Seu rosto. O rosto inchado e cheio de hematomas.

Aubrey perdeu a força nas pernas. Seu corpo cedeu, e ele vomitou.

Europe ajoelhou ao lado de Joey e sentiu o pulso e o pescoço dele.

"Aqueles malditos o estrangularam." O luto tinha engrossado a voz do tenente. "Golpearam o rosto dele com rifles. Ele está quase irreconhecível."

Esperança.

"Talvez não seja ele", sugeriu Aubrey. "Talvez seja outra pessoa!"

"Aubrey, não faça isso."

Falsas esperanças.

"É minha culpa", Aubrey falou para a noite. "É tudo minha culpa."

"Precisamos tirá-lo daqui", disse Europe. "Limpe tudo. Não deixe nenhum vestígio."

[illegible] meu os olhos.

"Está querendo me dizer, rapaz, que você estrangulou Joey e que o surrou com a coronha do rifle?"

Joey. Joey. O cabeça-oca do Joey.

"Está?", insistiu o tenente.

Aubrey tinha esquecido a pergunta.

"Se eu não tivesse saído, Joey não teria... Eles estavam me seguindo..."

O tenente ergueu uma das mãos vestidas com luvas de couro e o esbofeteou. Aubrey saiu do transe.

"Recomponha-se, soldado", bradou Europe. "Isso é uma ordem."

Europe fez o que pôde por Joey. Limpou o sangue no rosto dele e fechou com suavidade o lábio inferior entreaberto, para esconder a terrível mandíbula quebrada.

"'Onde está, ó morte, o teu aguilhão?'"[*] A ironia permeava a recitação de Jim Europe. "'Onde está, ó inferno, a tua vitória?' Aqui. Bem aqui."

Ele agitou a lanterna na direção de Aubrey. "Pegue os pés dele. Vamos levá-lo para os meus aposentos." Aubrey assentiu, entorpecido. Eles tinham acabado de se falar. *Acabado*. Haviam se provocado como sempre faziam. Como ele poderia carregar pelos pés e encostar naquela coisa que se endurecia e esfriava? Aquela coisa que costumava ser Joey Rice? Como?

* Coríntios 15:55. (N. T.)

“Veja bem, rapaz, nós também estamos correndo perigo, certo? Segure os pés dele. Vamos sair logo daqui.”

Aubrey pegou Joey pelos tornozelos e os encaixou na altura dos cotovelos. O tenente Europe segurou o tronco. Eles cambalearam até os aposentos de Europe. O corpo de Joey Rice pesava como se fosse um fardo de roupas molhadas.

O tenente Europe ligou a luz. Mesmo atrapalhado com o peso que carregava, ele estendeu uma toalha sobre a cama antes de deitar Joey ali

Aubrey se afastou da cama. “Devo chamar um médico, Jim?”

Europe olhou com a intensidade de sempre para Aubrey. “É tarde demais.”

“Mas e se estivermos enganados?”, perguntou Aubrey, ofegante. “E se for algo que não estamos vendo e eles puderem curá-lo?”

Europe pegou um banquinho da escrivaninha ao canto.

“Sente-se”, pediu ele. “Coloque a cabeça entre os joelhos.”

Aubrey correu até a porta. “Não posso fazer isso agora. Preciso buscar ajuda.”

Europe bloqueou a saída de Aubrey como se fosse uma parede de cimento. *“Sente-se.”* Ele pegou um frasco e serviu dois dedos de alguma coisa. “Beba isso”, disse, entregando o copo.

Aubrey encarou o líquido amarelado. “Eu não bebo muito”, balbuciou. “Não sou muito chegado...”

“Beba.”

O líquido desceu queimando e fez arder a garganta já machucada.

Europe apanhou um lençol, cobriu o corpo de Joey e se sentou ao pé da cama.

“Agora”, disse ele, devagar, “me diga o que quis dizer quando falou que é tudo culpa sua e que você é o responsável pelo que aconteceu.”

Aubrey não percebeu, mas tinha começado a tremer.

Com certo esforço, o tenente Europe tirou um lençol que estava embaixo de Joey e cobriu os ombros de Aubrey. Ele pegou uma barra de chocolate da mesa e a entregou a Aubrey. “Começa.”

Quando Aubrey conseguiu se acalmar, Europe tentou outra vez.

“Aubrey”, ele disse com gentileza. “Conheço você há bastante tempo. Pode confiar em mim. Preciso que você me conte o que aconteceu. A não ser que tenha estrangulado e agredido meu trompetista até matá-lo, não tem nada a temer. Conte-me tudo, está bem?”

O lençol cobria os pés de Joey como se ele estivesse dormindo.

Ele precisava ser sincero. Por Joey. Independentemente do que acontecesse. Aubrey sabia que merecia o castigo, por pior que fosse.

"Eu saí depois do toque de recolher", sussurrou Aubrey, "para ver uma garota."

Europe ficou em silêncio.

"Já fui vê-la antes", continuou ele. "Uma vez, um soldado branco me parou. Acho que era um fuzileiro naval. Ele apontou uma arma para mim e me ameaçou, dizendo que me ensinaria uma lição por ficar me engraçando com mulheres brancas."

Qualquer que fosse a opinião de Europe, Aubrey não ficou sabendo. [illegible]

Joey sempre me disse [illegible]

"Você não achou que o ofensor pudesse voltar?"

Aubrey olhou para Europe. "Ele era um covarde. Achei que tivesse entendido o que é bom para tosse. Que não iríamos tolerar aquela bobagem sulista."

A voz de Europe estava grave. "Continue."

"Eu saí hoje à noite. Estava com ela", disse Aubrey. "Acho que eles me seguiram até as barracas. Provavelmente foi um bando. Parei para usar a latrina e depois entrei. Então foi a vez de Joey de usar a casinha. Eu o acordei."

"E foi depois disso que você o encontrou?"

Aubrey assentiu. "Devo ter pegado no sono. Mas acordei de repente, sentindo que havia algo de errado. Quando percebi que Joey ainda não tinha voltado, saí para procurá-lo."

Jim Europe deixou a cabeça tombar. "Pobre rapaz", murmurou. "Pobre rapaz."

Aubrey segurou o lençol com mais força. O luto o atingiu como uma marretada, e ele começou a chorar. O tenente Europe lhe entregou um lenço limpo. A gentileza fez com que Aubrey chorasse ainda mais.

"É minha culpa", repetiu ele. "Eu deveria ter morrido no lugar dele."

"Escute o que vou lhe dizer, Aubrey Edwards", disse Europe. "E preste atenção."

Aubrey piscou. Seu nariz estava a centímetros de distância do de Europe.

"Sair à noite é contra as regras e você *vai* se encrencar por conta disso."

Aubrey concordou. As providências seriam tomadas. Era justo.

"Sair à noite sabendo que assassinos estavam procurando você foi muito irresponsável."

Aubrey aquiesceu novamente. Se não tivesse sido tão imbecil...

"Vocês, garotos da cidade, não entendem coisas que para nós, que crescemos no Sul, são muito óbvias."

Ele soava como o pai de Aubrey.

"Mas eu quero que uma coisa fique clara. Você não deveria ser assassinado. Joey não deveria ter sido assassinado. Ninguém deveria ser assassinado. Um homem negro tem o mesmo direito de viver, se encontrar com uma garota e ir ao banheiro, pelo amor de Deus, do que qualquer outra pessoa."

As palavras de Europe o golpearam como uma onda. Então, como uma onda, elas recuavam para o mar. Se o objetivo era ter reconfortado Aubrey, não durou muito.

Jim Europe começou a andar de um lado para o outro, pensativo. Aubrey observou a silhueta de Joey, inerte e oculta sob o lençol. Era tão peculiar não ver nenhum traço de respiração ou movimento ali embaixo. Ele estava mesmo morto. De novo e de novo, Aubrey ficava perplexo.

"E agora?", quis saber Aubrey.

Jim Europe tirou o roupão e começou a vestir a farda. "Antes de mais nada, você não pode contar a mais ninguém o que aconteceu. Certo?"

Aubrey endireitou a postura. "Acha que ninguém vai dar por falta dele?"

Jim estava vestindo a roupa de baixo. "Ele está doente. Você o levou até a enfermaria."

"Você vai acobertar isso e deixar aqueles cretinos se safarem?"

O olhar de Jim Europe fez Aubrey se lembrar de que estava conversando com um superior. Era difícil se lembrar daquilo quando o superior em questão estava abotoando a calça.

"Não vou deixar ninguém se safar", Europe disse com a voz séria, "mas vou resolver isso do meu jeito. Não vou participar dessa diabrura de Hatfield-McCoy.* Olho por olho não nos levará para a frente de ba-

* Conflito familiar estadunidense ocorrido no século XIX entre os Hatfield, da Virgínia Ocidental, e os McCoy, do Kentucky, originado da rivalidade entre os patriarcas confederados e intensificado por vinganças pessoais e disputas por terra. (N. T.)

talha, e nós não estamos aqui para brincar de soldado com os fuzileiros navais." Ele prendeu as meias nas jarreteiras. "E você vai embarcar no trem da manhã para Aix-les-Bains."

Partir? Mas ele não podia ir embora. Colette. "Eu não fui escalado."

"Pois acabou de ser."

Aubrey visualizou a silhueta de Colette parada, sob a luz, na outra extremidade de um corredor muito, muito longo. Pequenina, como uma estatueta. Enquanto ele a olhava, o corredor ficou cada vez mais longo, e ela desapareceu.

Joey deveria estar vivo. Quem deveria ter morrido era o inconsequente que, ao ignorar as regras, fizera com que um homem inocente [illegible]

"Escreva para o seu flerte quando chegarmos. Quero manter você afastado dessa bagunça."

Aubrey sabia. Mesmo antes de encontrar o corpo ou perceber que Joey ainda não tinha voltado. Aquela sensação estranha tinha sido um aviso.

É claro que tinha sido. Quem enviou a sensação fui eu. Não tinha sido uma benesse, mas eu precisei prepará-lo. Deixar Aubrey confuso era mais misericordioso do que deixá-lo completamente lúcido enquanto encarava aquela verdade terrível.

Ele havia tropeçado em meus portões, e eu sou um anfitrião bondoso.

O tenente Europe serviu mais uma dose. "Tenho muitas coisas para fazer antes do dia começar, e é melhor que você não esteja por perto para acompanhar nada disso. Volte para a cama e tente dormir. Partiremos às sete." Ele entregou o copo a Aubrey. "Beba tudo. Vai precisar."

Aubrey sorveu o líquido, que desceu queimando, e seguiu suas próprias pegadas para voltar às barracas. Quando passara por aquela porta pela última vez, ainda conseguia sentir o beijo de Colette em seus lábios. Aquela vivacidade, aquela alegria que ele sentira quando estava com ela, a música, as possibilidades, tudo aquilo tinha sido levado pela correnteza que iria arrastar Aubrey para Aix-les-Bains e afastá-lo de sua própria alma.

HADES
De volta ao lar

Uma pancada forte na cabeça é capaz de fazer o cérebro inchar, o que comprime partes que controlam a respiração e a pulsação. Antes que aqueles brutos massacrassem Joey Rice, ele migrou de um estado de terror para a insensibilidade. O corpo dele, percebendo que não se recuperaria, rapidamente implementou um procedimento de autodestruição, libertando a alma de mais dor e medo.

Desprendida, desvinculada e ainda inconsciente, a alma de Joseph Rice voou pelos portões terrenos e eternos e adentrou os meus domínios.

Ele abriu os olhos, os olhos da verdade, e se viu em um campo verdejante pontilhado por pequenas flores brancas. Era muito maior do que o Central Park. Pássaros cantavam. Uma brisa morna o envolvia, fazendo as árvores mais próximas farfalharem.

Então ele estava em um caminho que levava a uma porta conhecida. Joey a abriu e entrou.

Era a casa dele no Harlem. O apartamento de seus pais. Ali estava a mãe dele, sentada à mesa, como sempre fazendo as palavras-cruzadas à noite. O pai estava sentado ao lado dela, trocando uma corda do violão. Eles dividiam uma tigela de pipoca. Uma fotografia de Joey de paletó e gravata estava sobre a cornija da lareira.

“Mãe”, disse ele. “Pai. Como vocês estão?”

Eles não olharam para Joey.

Ele parou ao lado da mesa. “Mãe, pai! Sou eu, Joe!”

Eu me juntei a ele. Ele não ouviu o som dos meus passos, mas sabia que eu estava ali, e não olhou para mim. “O que está acontecendo?”

Eu prefiro deixar que as almas desprendidas levem o tempo que precisarem para entender o que aconteceu.

"Eu morri?"

Ele se virou para mim. Eu havia assumido a forma do avô falecido dele, mas Joey não se deixou enganar.

"Você sente que está morto?", perguntei.

"Não", respondeu ele. "O que era aquele campo?"

"É o Campo de Asfódelos. Era do seu agrado?"

Joey parecia relutante em admitir que havia aspectos a serem apreciados após a morte. Isso é algo corriqueiro e não me ofende.

[illegible] foi?"

[illegible]

"Então por que estou aqui [illegible]

"É onde você queria estar."

Ele se virou outra vez para os pais, ficou de joelhos ao lado da mãe e acariciou o cabelo dela.

"Desculpe, mãe", disse ele. "Sinto muito mesmo. Eu disse que sempre cuidaria de você."

Ela não percebeu nada. Mas, naquele momento, conseguiu decifrar uma palavra.

O pai de Joey terminou de trocar a corda. Ele a testou e afinou, dedilhando alguns acordes para se certificar de que as cordas estavam em sintonia. Joey tocou os ombros do pai.

"Pai", sussurrou ele. "Não sobrevivi."

O pai de Joey começou a tocar uma música. "Eu cuidei de Jordan e o que foi que eu vi vindo me levar de volta para casa...?"*

Joey tornou a se virar para mim. "Eles vão ficar arrasados quando souberem. Principalmente se ficarem sabendo *como* aconteceu. O coração do meu pai talvez não aguente o tranco. E minha mãe..."

Ele começou a chorar. Sempre fico comovido ao conhecer almas cuja primeira grande preocupação não tem a ver com os anos que se esvaíram, mas com o luto que seus entes queridos viverão. É mais comum do que se imagina. Os corpos mais comuns são habitados por almas extraordinárias.

* Trecho traduzido do hino cristão "Swing Low, Sweet Chariot". (N. T.)

"Chacoalhe levemente, doce carruagem que vem para me levar para casa", cantou o pai de Joey.

Joey ajoelhou ao lado do pai e descansou o rosto no joelho dele.

"Alguém precisa avisá-los o quanto antes", insistiu ele, "para que a notícia não os abale."

"Na teoria, isso é ótimo", comentei. "Mas, na prática, quando a morte está em jogo, esse resultado é bem difícil de conseguir."

"Alguém precisa cuidar deles", falou Joey. "Eles vão passar por anos muito difíceis."

"E por que não você?"

Joey se deteve e me encarou. "Pode ser eu?"

Assenti. "É claro que sim."

"Eu não tenho que...", ele fez um gesto amplo, "fazer coisas?"

Eu sorri. "Você não vai tocar harpa ou ficar atiçando o fogo, se é isso o que quer dizer."

Eu gostava de Joey Rice.

"O que mais acontece aqui?", ele quis saber. "No Paraíso, na vida após a morte ou qualquer coisa assim?"

Eu me levantei para ir embora. "As opções são praticamente infinitas. E você tem todo o tempo do mundo para explorá-las. Mas, sempre que quiser, pode descansar no Campo de Asfódelos."

Joey se acomodou em uma cadeira entre seus pais. "Acho que vou ficar aqui por um tempo."

"Fique o tempo que quiser", falei. "Mas saiba que não será fácil."

"Espere!", exclamou ele. "Eu deveria ter sido julgado? Minha alma foi avaliada? Sou bom ou mau? Preciso me preocupar com tudo isso?"

Eu apertei a mão dele antes de partir. "Foi uma aferição muito rápida. Você já passou."

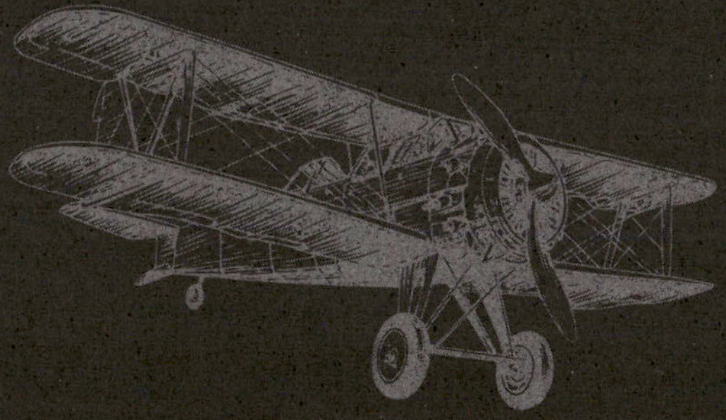

[illegible] — [illegible], [illegible]

[illegible] [illegible], [illegible]

[illegible] [illegible]

[illegible] ~~[illegible]~~ [illegible]

[illegible] [illegible] [illegible]

[illegible] [illegible] при [illegible]

[illegible] се [illegible]

[illegible] ~~[illegible]~~ [illegible]

[illegible] [illegible]

[illegible] ~~[illegible]~~

[illegible] [illegible] [illegible]

[illegible] [illegible]

[illegible] [illegible] [illegible]

[illegible] ~~[illegible]~~

Entreato

TRÊS TRENS

12 e 13 de fevereiro de 1918

Apolo

Um trem levou o 15º Regimento para Nantes, onde os rapazes começaram a turnê com um concerto na casa de ópera, onde toda a plateia tinha ficado de pé. Eles tocaram marchas militares francesas, "Stars and Stripes Forever" e cantigas de trabalho na lavoura.

"Depois começaram os fogos de artifício", escreveu o tambor-mor Noble Sissle. "'The Memphis Blues'."

"O coronel Hayward trouxe essa banda até aqui e começou o ragtime na França. Que punição terrível para uma nação que já sofreu tanto", continuou Sissle. Porém, quando o "The Memphis Blues" terminou, a plateia rugiu, e Sissle fez uma descoberta. "Isto aqui", escreveu, "é exatamente do que a França precisa."

E foi por isso que eu os levei até lá.

Aubrey Edwards, no entanto, tinha perdido a apresentação. Ele ficou encolhido como um casulo nos fundos de um vagão vazio do trem.

Afrodite

Hazel e Colette embarcaram em um trem que partiu ao meio-dia de Saint-Nazaire, com destino a Paris, entusiasmadas e se divertindo à beça. Elas só chegariam a Paris depois da meia-noite.

Elas se entreteram com um jogo que Colette inventara, chamado "Qual o Seu Segredo?". À medida que passageiros, carregadores de malas, maquinistas e garçons passavam, elas os espiavam e diziam uma à outra qual o segredo que eles guardavam. Uma mulher gorda e séria, Colette declarou, sofria de um amor não correspondido por seu dentista. Um homem mais velho com um olhar avarento, Hazel decidiu, chorava todas as noites sobre o túmulo de seu peixinho dourado de infância. Um soldado de olhos azuis era um espião alemão. Uma jovem cabisbaixa que vestia um casado bonito, mas desbotado, era uma princesa Romanov em exílio.

Hazel estava precisando de umas boas risadas. Tinha se transformado em uma pilha de nervos, e o frio na barriga aumentava ainda mais sua ansiedade. Os mortais têm o costume de praguejar para mim sobre as inquietações do amor, mas eu não dou importância. Aquele medo adorável mostrava a Hazel que ela estava viva.

É o que eu faço de melhor.

Ares

De manhã cedo, James percorreu uma rota de suprimentos que ficava alguns quilômetros atrás do campo de batalha e foi até um depósito em Bapaume. Dali, embarcou em um trem que ia para o sul e partiu para Paris. Foi uma viagem de cerca de cinco horas.

Ele observou os indícios da guerra ficando cada vez mais esparsos, até que tudo que sobrou foi o interior. Mesmo coberto pela geada, o campo era todo colorido. James ficou embasbacado ao lembrar que cores ainda existiam, que ainda restavam lugares no mundo que não tinham sido esburacados por bombas.

Ele desejou poder arrancar a guerra como faria com uma casquinha de machucado. Tudo que ele queria era ser um rapaz com uma moça adorável ao seu lado. Mesmo que tivesse que usar aquela farda para sempre.

(Eles nunca me mandam apenas soldados. Eles me mandam corações partidos.)

A quentura do vagão do trem, o chocalhar ritmado e um mês em claro fizeram com que James adormecesse em um instante. Ele só percebeu que tinha pegado no sono quando o maquinista o acordou de repente, anunciando que eles estavam em Paris.

...нтерн — другие, ще...

...вленное молчание, сл...

Быстрынин в пикто...

...и ли ~~[illegible]~~ х [illegible]...

...наблюдающую свежу...

...трёх. Всегда при с...

...вариации на VIII д...

...ти и ~~[illegible]~~ ~~[illegible]~~...

...тва — мотолизу ст...

...ностимовых ~~[illegible]~~...

...ловотильно стили он д...

...творчеств стилизац...

...е досказанность по м...

...ний ~~[illegible]~~ ...

Terceiro Ato

AFRODITE

Gare du Nord

13 de fevereiro de 1918

Eu tinha passado meses esperando por aquilo. Não iria correr nenhum risco.

No meio daquela metrópole, Hazel e James se aproximaram um do outro. Duas agulhas em um enorme palheiro. Com que facilidade eles teriam se desencontrado! Mas eu era o ímã que ficava bem no meio. Quanto mais eles se aproximavam, mais o magnetismo que eu exercia sobre eles aflorava.

Eu esvoacei entre eles como um pardal. Vá até o banheiro, James, pois você precisa lavar o rosto. Ande depressa, Hazel, mas não muito, pois James precisa limpar o rosto. Colette, compre uma flor para aquela pobre garota. Ela está tão sem graça quanto o casaco que está vestindo. Beba um pouco de água, James. Foi uma longa viagem. Quem sabe uma balinha também. Respire, Hazel. Agora não é hora para desmaiar. Sorria, James, você está prestes a ver Hazel. Não se preocupe, Hazel. Vai dar tudo certo.

Gosto de deixar o nervosismo em fogo baixo. Ele mantém os mortais alertas em horas cruciais. Sensíveis aos detalhes. E faz com que as memórias durem. Esses momentos pertencem à eternidade.

Tudo dependia *daquele* instante. Quando eles vissem um ao outro, será que veriam o grande desejo de seus corações? Ou um estranho pelo qual acharam que tinham se encantado em um momento de solidão?

Às quatro da tarde, perto do relógio que ficava sobre a porta, Hazel se aproximou da fachada de pedra da Gare du Nord, a maior e mais apinhada estação de trem da Europa. Era *imensa*. Ao entrar, ela se sentiu como um ratinho. Pequena, insignificante e nem um pouco atraente.

Ela tinha dormido e tomado banho no apartamento da tia de Colette. A amiga tinha tomado todas as decisões sobre roupas e cabelo, já que Hazel tinha se tornado incapaz de pensar. No caminho, Colette comprou uma rosa de um vendedor de rua e a colocou no casaco cinza da amiga. Quando elas alcançaram a praça fora da Gare du Nord, Colette beijou as bochechas de Hazel.

"Vou ficar lendo na cafeteria do outro lado da rua", disse ela. "Se ele não chegar dentro de uma hora, me procure. Se não me achar, mais tarde nos encontramos no apartamento de *tante* Solange."

Hazel respirou fundo e entrou.

Como era fim da tarde, a entrada grandiosa estava escura. Um pouco mais à frente, a cobertura de ferro e vidro da estação brilhava com os raios de sol dourados que atravessavam a fumaça das locomotivas. Um trem atrás do outro parava na estação, e milhares de pessoas pareciam ter sido regurgitadas ao redor de Hazel, como água brotando da pedra.

É tão grande, pensou ela. *Nunca vou encontrá-lo.*

Soldados franceses em fardas azuladas e soldados britânicos com trajes cáqui estavam por toda a parte. Comerciantes e trabalhadores, carregadores de malas e maquinistas, homens de negócios e políticos, mães e crianças. James poderia passar bem ao lado dela e não a ver.

Qual era o melhor lugar para encontrar alguém? Será que Hazel, parada ali no meio da estação, parecia desesperada e patética?

Não foi isso o que James pensou quando a encontrou.

Ele surgiu de uma segunda ida até o lavatório, ajeitando a gravata. Eram 16h02. O terminal estava abarrotado de pessoas, mas o fato de Hazel estar bem ali no centro, completamente imóvel, atraiu seu olhar. Ali estava ela.

James se deteve por um instante, só para observá-la. Era mesmo ela. Ele contemplou o formato do nariz de Hazel, que tinha esquecido como era. O cabelo estava um pouco diferente, mas o casaco e o chapéu eram os mesmos. A pianista tinha trocado o cachecol azul-escuro de lã por uma echarpe mais fina e elegante, feita de seda cor-de-rosa (*merci*, Colette), que sem dúvida era a cor que mais combinava com ela. Hazel brilhava como um anjo contra o pano de fundo fervilhante da grande estação. Suas bochechas estavam coradas, e ela parecia ansiosa, adorável e querida ao observar o movimento, esperando por James. Por *ele*.

Ele deveria ir até ela. Não deveria deixá-la esperando por muito tempo. Mas não conseguiu se mexer.

James estava embasbacado que havia mulheres no mundo. Depois de passar semanas na frente de batalha, elas eram um milagre esquecido, esses seres cheirosos e agradáveis, que usavam roupas coloridas e não saíam por aí matando umas às outras!

Ele não pensava em sexo. Não era luxúria. Era como uma deferência atordoada. Como uma criança que via a árvore de Natal pela primeira vez. Mas, com um pouquinho de tempo, eu forneceria tudo que estava faltando.

Aquela garota tinha viajado até a França para passar um dia e meio com ele. Para James, ser o motivo de aquela moça adorável estar ali era o cúmulo do absurdo, uma mentira, um crime contra a natureza. Ele tinha picadas de pulga nos tornozelos. A pele dos pés parecia queijo depois de semanas sem tirar as botas. Ele deveria pegar a mala que Frank Mason tinha lhe emprestado, dar meia-volta e embarcar no trem rumo ao norte, para Bapaume.

Pare com isso, James. Pare.

Certo, Hazel. Olhe para a direita.

Ela se virou e o viu.

Sou fascinada pela magia que circunda as fardas. O quepe, o capote, o casaco repleto de broches de bronze. Ver o garoto do festival da paróquia, da casa de chá J. Lyons e do Royal Albert Hall vestindo todos aqueles aparatos deixou Hazel desconcertada, por mais preparada que estivesse. Ela não foi a primeira. (Mas, se você quer saber o que eu acho, as fardas da guerra atual têm muito mais apelo.)

Antes mesmo que Hazel sorrisse, o rosto dela já tinha se iluminado, e a pianista deu um passo na direção dele. James então soube que, por mais desonroso que fosse, ele *não* entraria naquele trem novamente. Nunca mais, se pudesse evitar.

AFRODITE

Arquimedes

13 de fevereiro de 1918

Foi Arquimedes de Siracusa quem afirmou que a distância mais curta entre dois pontos é a linha que os conecta. Longe de mim questionar a sabedoria de um grego da Era de Ouro, mas Arquimedes estava enganado. O comprimento da linha reta entre duas pessoas que não admitem que estão apaixonadas é infinito. Sobretudo quando eles passam meses afastados.

Mas eles acabaram chegando lá.

James e Hazel ficaram cara a cara. Ainda jovens, ainda ilesos, ainda belos.

E, mesmo assim, eles tinham mudado. Estavam mais magros. Experientes. Complicados.

De repente, nenhum deles sabia mais como falar inglês.

Hazel. Foi por essas e outras que gosto tanto dela. Ela resolveu a questão em um piscar de olhos e abraçou James, que não teve outra escolha além de abraçá-la de volta. É impossível hesitar quando alguém chega envolvendo você por inteiro. O alfinete de chapéu e os grampos cederam, e ele enterrou o rosto no cabelo desmanchado de Hazel. Depois de ter passado semanas pensando em Hazel como uma ideia, uma lembrança, um sonho e alguns pedaços de papel, ali estava ela, cálida e real, abraçando-o como se tivesse medo de soltá-lo.

E ela estava mesmo. Mas todo abraço uma hora precisa acabar, de modo que eles se afastaram, mas só um pouquinho. A distância o incomodou, então James apoiou a testa e o nariz nos dela. Às vezes, a felicidade é mais do que um corpo consegue suportar.

Será que a hora do beijo finalmente tinha chegado? Nós três estávamos pensando naquilo.

Ainda não.

Tudo bem. Eu já tinha esperado bastante tempo. Poderia muito bem esperar mais um pouco. Pelo visto, toda a estadia de James em Paris seria passada bem ali, naquele lugar da estação.

"Você está com fome?", perguntou Hazel. "Cansado? Imagino que queria se deitar um pouco."

James era um cavalheiro, e seus pensamentos eram puros.

"Nada disso", respondeu ele. "Quero fazer tudo. Ver tudo. Com você." Ele tocou a própria barriga. "E comer tudo também."

"Então vamos." Hazel entrelaçou os dedos nos dele. "Vamos começar."

Ele logo foi andando no ritmo dela, mas parou e puxou Hazel para perto.

"Você veio", sussurrou James. "Você veio mesmo."

O que uma garota pode responder a uma declaração tão cheia de afeto? A coisa errada, é claro.

"Bem, você me pediu para vir." Os olhos dela faiscaram.

Mas a verdade é que não havia nada de errado que Hazel pudesse dizer.

"Olá, Hazel."

A pianista ruborizou. "Certo. Olá, James." Hazel sorriu. "Eu troquei as bolas, não foi?"

"Não." James não conseguiu conter um sorriso. Tinha quase se esquecido de como se fazia para sorrir. "De forma alguma."

"Comida", frisou ela. "Não temos tempo a perder."

Será que não teriam mesmo?

AFRODITE

Café du Nord

13 de fevereiro de 1918

Colette estava sentada à uma mesa ao lado da janela no La Café du Nord, na Rue du Dukerque, nas cercanias da estação. Um garçom chegou com uma xícara de *chocolat* e a deixou na mesa, perto do livro fechado. Depois perguntou se ela tinha planos para mais tarde. Colette respondeu com um sorriso frouxo e deu um golinho. Nada mal.

Ela observava a estação. Provavelmente ainda era cedo demais para Hazel ter encontrado seu xodó. Os trens tinham se tornado muito imprevisíveis desde o início da guerra. Ela deveria começar a ler.

Et voilà. Lá estavam Hazel e um rapaz, saindo da estação de braços dados. Ele era alto e trajava a farda dos soldados britânicos. Não tinha olhos para mais nada além de Hazel, nem mesmo para os encantos de Paris, que começava a acender os lampiões.

Bon, pensou ela. *Hazel a trouvé son Jacques.*

Ela terminou de beber o chocolate quente, leu uma página e percebeu que não conseguia se concentrar. Então deixou algumas moedas sobre a mesa e voltou para o apartamento da tia.

Colette desejou que Aubrey estivesse ali com ela. Até mesmo um cidadão da colossal metrópole de Nova York teria o que aproveitar na Ville Lumière. Paris foi feita para dois.

Colette Fournier quase ficou com inveja de sua encantadora amiga inglesa. Contudo, ela se lembrou de que Hazel teria que se despedir de Jacques no dia seguinte, e que ela tornaria a ver Aubrey dentro de alguns dias. Quando chegasse a hora, ela teria que reconfortar Hazel.

AFRODITE

Saint-Vincent-de-Paul

13 de fevereiro de 1918

Depois dos cumprimentos, o amor e a saudade deram lugar ao constrangimento de fazer planos.

Eles saíram da estação, e James contemplou Paris pela primeira vez. Mesmo depois de sobreviver a quatro anos de guerra, com suas dificuldades e o desemprego, a cidade era uma bela vista.

Havia pessoas por todo o lado. Soldados e comandantes fardados. Ônibus atulhados de combatentes feridos a caminho dos hospitais. Casais de braços dados, homens mais velhos fumando em soleiras. As luzes piscavam ao redor deles, e música soava de algum lugar próximo.

"Quer caminhar?", perguntou James. "Assistir a algum espetáculo? Talvez haja um concerto."

"Você precisa comer", disse Hazel.

James olhou de relance para o relógio da estação. "Não posso jantar agora. Ainda não são nem cinco da tarde."

Ela o guiou para o outro lado da rua. "Há um mercado ali. Podemos comprar alguma coisa e dizer que é nosso chá da tarde. Vamos a um restaurante mais tarde. A tia de Colette fez uma lista de sugestões."

"Então você está hospedada com Colette e a tia dela?"

Hazel assentiu. "Você também." Ela o cutucou de leve. "Eu sou uma convidada, mas você terá que pagar aluguel."

Ele ficaria no mesmo lugar que Hazel! "Tem certeza? Achei que eu fosse ficar em um hotel."

"Tive que prometer à tia de Colette que você é um cavalheiro", provocou Hazel, "então é melhor você não me desmentir."

Eles chegaram ao Marché Couvert Saint-Quentin e começaram a explorar os corredores. Escolheram enroladinhos quentes e um saco de castanhas assadas. James não percebeu a avidez com que cheirava a comida. Seus modos tinham morrido nas trincheiras. Mas Hazel ficou contente por vê-lo comer.

Ela examinou o mapa. Quando olhou para a frente, James a presenteou com um buquê de rosas.

"O que é isso?", indagou ela. Atrás dele, viu um carrinho de flores repleto de placas que lembravam *les hommes* de não esquecerem *la Saint-Valentin*. Um vendedor corpulento e de avental sorriu para ela.

"Quer ser minha namorada, srta. Hazel Windicott?"

Ela cheirou o perfume das rosas. "Bem, sim, mas só porque não há mais nenhuma candidata para a vaga."

Essa garota. James quis gargalhar. Tinha ficado tão preocupado com a possibilidade de que a leveza que sentira com ela em Londres não sobrevivesse ao tempo que tinham ficado afastados um do outro. Mas ele não se cansava dela.

Será que Hazel também se sentiria assim quando descobrisse o que ele tinha feito na guerra?

Pelo menos, pensou James, ele podia aproveitar aqueles momentos.

O sol já tinha se posto quando eles rumaram para o noroeste do Boulevard de Magenta. James carregava a mala e o saco de enroladinhos. Hazel aninhava o ramalhete como se segurasse um gato.

Eles viraram na Rue la Fayette e desembocaram em uma praça com uma igreja tão grande que fazia os prédios ao redor parecerem pequenos. Situada em um terreno elevado, a basílica de pedra era flanqueada por dois grandes campanários. Santos, pedintes e anjos esculpidos os encaravam do alto. Nos jardins, os caules das ervas-daninhas do ano passado tremelicavam no vento. Guerra. Tudo que não era essencial era negligenciado.

Pensativa, Hazel observou James. "Você precisa voltar a Paris e passar um ano olhando para os prédios, não é?"

O plano de se tornar um arquiteto pareceu enterrado nas trincheiras, junto dos mortos da guerra.

"Seria incrível", respondeu ele. "Mas não teria graça se você não estivesse comigo."

Aquilo me fez prestar atenção. Quando o Para Sempre entra na conversa, sou toda ouvidos. Ou até mesmo o Por Bastante Tempo. Tudo estava acontecendo às mil maravilhas.

Dois jovens corados subiram a escada para a igreja de Saint-Vincent-de-Paul.

"Colette me disse", falou Hazel, sentindo a necessidade de mudar de assunto, "que precisamos visitar essa igreja. Ela tem lindas obras de arte e até mesmo um órgão esplêndido."

"Você vai tocar?"

Ela lançou um olhar torto para James. "Não posso só entrar na igreja e sair tocando o órgão."

Eles cruzaram o pórtico e adentraram o santuário.

"Minha nossa", sussurrou Hazel.

À luz suave dos lustres, a igreja de Saint-Vincent-de-Paul era deslumbrante.

Duas fileiras de colunas margeavam ambos os lados do grande santuário. Um segundo patamar de colunas de uma galeria na parte superior se estendia até o teto belamente entalhado. Pinturas magníficas adornavam as paredes e o abside abobadado. Cheias de detalhes dourados, as pinturas cintilavam, derramando um brilho melancólico no lugar.

Eles caminharam pelo corredor que levava até a outra extremidade da nave e entraram em uma capela lateral. Chapelle de la Vierge. A capela da Virgem Maria. Um lugar reservado de oração.

James colocou a mala no chão e se sentou. Ele observou Hazel examinar com curiosidade as esculturas e vitrais, e sorriu. Então ela percebeu que ele havia se sentado e deu meia-volta, para se acomodar ao lado dele.

"É muito bonita, não acha?"

Ele concordou. "Magnífica."

Hazel olhou para ele, séria. "Achei que talvez você precisasse ver algo muito bonito depois da sujeira e da fumaça da linha de frente."

James colocou um braço ao redor dela e a puxou para perto. "Você tinha razão."

"Não falei isso para receber um elogio", retorquiu Hazel, indignada.

"Vai ter que aceitar mesmo assim."

"Argh."

As janelas foram escurecendo conforme anoitecia em Paris. O lustre ficou mais brilhante e menor conforme o santuário mergulhava na escuridão.

"É bom ver algo que foi feito com amor e cuidado", comentou James. "A guerra faz parecer que tudo que os humanos sabem fazer é destruir."

Hazel se recostou no ombro dele. "É tão ruim assim?"

James só queria pensar nela. Não nas trincheiras.

"É", respondeu ele. "Mas acho que ainda não vi o pior."

Ela se virou para encará-lo. "Espero que isso não seja verdade."

"Vou te dizer o seguinte. Você não vai voltar para Saint-Nazaire, e eu não vou voltar para a frente de batalha. Vamos ficar aqui, admirando as coisas. Certo? Não vamos deixar isso acabar."

Ela sorriu. "Combinado."

James riu. "Você só concordou porque sabe que eu não disse para valer."

"Você não tem escolha", disse ela. "Mas sei que, se pudesse, falaria sério."

Ela sempre o entendia tão depressa, tão completamente, de forma tão natural. James quase chegava a ficar com medo. Se Hazel entendesse tudo que ele sentia por ela, será que ficaria assustada?

"Eu estava com medo de encontrar você." As palavras escapuliram da boca de James.

Ela o observou com os olhos transbordando preocupação.

"Não sabia como seria", acrescentou James. "Não sabia se o que sentíamos um pelo outro, se o que você sentia por mim, se o que eu *esperava* que você sentisse, sobreviveria. Não sabia se era real, ou se eu tinha imaginado tudo."

Ela balançou a cabeça. "Eu entendo."

"Mas você está aqui. É como se nunca tivéssemos nos separado."

Hazel percebeu que James estava atormentado por alguma coisa.

"Eu pensei em você todos os dias", disse ela.

James a olhou. Era hora. Por favor, Deus, agora não, mas era hora.

"Hazel", falou James. "Eu sou um atirador."

Aqueles olhos grandes, emoldurados por cílio longos e escuros, abriram e fecharam, abriram e fecharam.

Não era mais possível disfarçar. James arruinara a imagem que Hazel tinha dele. Ela iria embora. E, já que ela estava de saída, era melhor que soubesse de tudo.

"Matei seis alemães", confessou ele. "Tenho certeza, pois atirei neles a sangue-frio."

Agora ela recuaria, horrorizada.

James achou melhor apressá-la pelo caminho que ela inevitavelmente iria percorrer. "Deixei viúvas", acrescentou. "Crianças órfãs. Pais de coração partido. Atirei neles enquanto eles consertavam cercas ou preparavam o jantar."

Fale. Diga que não quer nunca mais me ver. Mas fale logo.

Não era assim que ele havia planejado contar a ela. James sabia que era algo que precisava ser feito, mas, de modo egoísta e descarado, achara que poderia aproveitar um pouco mais da companhia de Hazel, antes de estragar tudo.

E Hazel?

O que ela via?

Seu belo James, mais bonito do que nunca na luz dourada, enlutado pelo que o dever exigira dele. O que a guerra exigira dele. Será que a guerra e o dever *deveriam* ser tão poderosos assim? A contagem de mortos, concluiu Hazel, ia muito além das famílias que recebiam telegramas.

Seis vidas ceifadas. Hazel sabia que não havia nada que ela pudesse fazer ou dizer que conseguiria amenizar a dor de James. O sofrimento nunca iria deixá-lo. E ele era tão jovem.

Ela se levantou e, deixando as rosas para trás, caminhou devagar até o corredor que levava à secretaria da igreja.

Lá vai ela. James fechou os olhos. Depois os abriu, porque preferiria se magoar a deixar de vê-la indo embora.

Mas Hazel não partiu, ainda não. Ela parou diante de uma porta e falou com um clérigo de batina preta. Hazel pegou algumas moedas da carteira e as entregou ao homem. Uma doação antes de ir embora. Mas então o clérigo lhe entregou algo, e ela voltou para James.

Ele se engasgou com a esperança e o desespero. Não sabia como olhar para ela.

Hazel estendeu a mão. "Venha comigo."

Ele segurou a mão dela e a acompanhou. Ela o guiou até uma prateleira cheia de velas votivas em suportes de vidro, bem em frente à capela da Virgem Maria. Os suportes eram vermelhos, e as velas bruxuleavam dentro de alguns deles. Ela pegou uma caixa de fósforos, abriu o embrulho e tirou uma vela, que entregou a James.

"Para o primeiro alemão." Ela lhe deu os fósforos. Ele hesitou, e ela o cutucou em incentivo. "Acenda."

Com as mãos trêmulas, ele riscou o fósforo. James tentou duas ou três vezes antes de conseguir acender. Ele colocou a vela em um suporte vazio e a apoiou na prateleira. A pequena chama cresceu, e o vidro vermelho começou a luzir.

Hazel lhe entregou outra vela. "Para o segundo alemão."

James riscou outro fósforo e acendeu a vela. Hazel ficou ao lado dele. James colocou a segunda vela ao lado da primeira, que já brilhava intensamente, e viu o filete de fumaça ascender como uma alma que ia ao encontro de Deus.

A prateleira de velas nadou diante dele, um mar de luzes douradas oscilantes em um campo vermelho.

"Para o terceiro alemão."

James enxugou as lágrimas com as pontas dos dedos, e elas estragaram o próximo fósforo. Ele tentou outra vez. James acendeu a terceira vela e a posicionou ao lado das outras.

Ele acendeu a quarta e a quinta velas. Para cada vela, uma vida. Para cada vela, uma luz. Ele preencheu uma prateleira toda com chamas tremeluzentes. Viu suas mãos riscando os fósforos e lembrou: essas mãos apertaram o gatilho. Ele sabia que estava chorando abertamente, e que Hazel o via, mas não se importou. Nada importava. Ele não importava.

Ele cobriu os olhos com as mãos.

"Vai haver mais", sussurrou James, "antes de tudo acabar. Quantas velas vou precisar acender, se é que vou voltar para casa para acendê-las?"

Hazel pegou a caixa de fósforos do bolso de James e acendeu a última vela. Com cuidado, ela afastou a mão direita de James do rosto dele e colocou a vela sobre ela.

"Para o sexto alemão."

Ele acomodou a vela em um suporte, colocou-a na prateleira e observou enquanto elas queimavam. Correntes de ar faziam com que as chamas se curvassem de um lado para o outro. Era um movimento gracioso, como um bando de estorninhos voando.

AFRODITE

Le Bouillon Chartier

13 de fevereiro de 1918

Pobres mortais. Tenho pena deles. Eu poderia passar décadas tentando descrever aquela noite em Paris com riqueza de detalhes e todo o esplendor que eles viveram. E essa foi só *uma* das noites que eles viveram. Eles vivem noite após noite, e mesmo assim continuam se levantando de manhã e amarrando os sapatos. É preciso admirá-los. Eles são tão valentes por continuarem vivendo.

Um beijo, por exemplo...

Mas esperem. Estou me adiantando.

Utilizando o mapa, Hazel conduziu James por uma longa caminhada pela cidade. Mais tarde, chegaram ao Le Bouillon Chartier, um restaurante que a tia de Colette tinha indicado, com toalhas vermelhas, luz amena, muita comida, sem exigências de atender apenas clientes de alta classe social e muito pacientes ao falar *les anglais.* O garçom os acomodou em uma mesa de canto no andar superior, anotou o pedido e os deixou a sós. Eu quase nunca preciso interferir nas atitudes nos garçons franceses. Eles sabem o que estão fazendo.

Hazel chegou mais perto de James e se sentou ao lado dele, que não teve escolha a não ser colocar o braço sobre os ombros dela. É claro que ele não se importou.

"Não foi você", disse ela. "Se você matou aqueles pobres soldados, então eu também os matei."

Como ele tinha sido içado das trincheiras e ido parar naquele restaurante agradável em Paris, com a garota mais querida e gentil do mundo lhe oferecendo um bálsamo para suas feridas?

"O mundo enlouqueceu", continuou Hazel. "É como se os países europeus fossem... leões ou dragões, feras selvagens e mal-intencionadas. Não é você. Não sou eu. É o dragão, que está preso no combate com outros dragões. E tudo que podemos fazer é observar e tentar não sermos queimados."

"Eu não estou só observando", contestou James.

"Não é uma analogia muito boa, agora que parei para pensar", admitiu ela. "Nunca fui muito boa com metáforas." Hazel tocou o próprio queixo, pensativa. "Você é, hmm, você é uma das garras do dragão. E você tem que ser uma, senão eles o prenderão por não ser uma garra e..." Ela suspirou. "Acho que você teria que ser o nariz que cospe fogo. Desisto. Mas não é culpa sua."

"Um nariz", repetiu James. "Já fui chamado de coisas piores."

"Se você tivesse que ser um nariz", disse Hazel, "acho que o de dragão seria o menos estranho."

"Cheio de ranho?"

Ela fez uma careta. "Sabia que suas piadas são péssimas?"

James assentiu. "Só gosto delas assim."

Hazel riu. "Eu também."

Ele queria ficar com ela para sempre.

Um casal chamou a atenção de James. Eles se beijaram como se estivessem sozinhos. James engoliu em seco.

"Você diz a mesma coisa que os capelães", disse James. "'Não é você. Não é nada pessoal.' Só um monstro não levaria isso para o lado pessoal. Mas é nisso que nos transformamos na guerra. Em monstros. Pessoas que riem de cadáveres. Se não fizermos isso, morremos."

Hazel segurou o rosto de James entre as mãos. Ele tinha feito a barba só para vê-la, e Hazel estava louca para sentir a textura das bochechas dele desde quando o vira na estação.

"Então seja um monstro", disse ela. "Faça o que for necessário para sobreviver e voltar para mim."

Ele pegou as mãos dela e as beijou. "Hazel Windicott, se qualquer partezinha minha sobreviver à guerra, não há nada que vá impedi-la de ir ao seu encontro."

As palavras que Hazel tinha imaginado e antecipado ressoaram com tanta naturalidade que ela se perguntou o que tanto havia temido. Elas eram verdadeiras, e a verdade jamais deve fazer com que alguém sinta medo.

"Você precisa voltar", murmurou ela. "Eu amo você. Sabe disso, não sabe?"

Todos os nós se desfizeram do corpo e da mente de James. "Eu sei", respondeu ele, maravilhado com a descoberta. Ele realmente sabia. Então aquela era a sensação de ser amado?

Quanto aos seus próprios sentimentos, James já os tinha decifrado há bastante tempo. "Eu amo você também."

É impossível dizer o que poderia ter acontecido se o garçom não tivesse aparecido bem naquela hora, segurando dois pratos fumegantes de *confit* de pato com batatas. As entradas. Ele muito discretamente tinha esperado um instante, intuindo que palavras importantes estavam sendo ditas, mas quando eles pararam de falar, ele aproveitou a deixa. Se os franceses compreendem profundamente o amor, sabem mais ainda sobre comida e quando ela deve ser saboreada. E isso deve acontecer quando ela fica pronta.

James e Hazel, atordoados e tímidos, celebraram a chegada da refeição como uma forma de mantê-los ocupados depois da avalanche que arremetera sobre eles.

Quanto a mim, fiquei em frangalhos, não me acanha dizer. Tive que pegar um guardanapo para secar as lágrimas. Sabia desde o começo que aqueles dois estavam destinados a ficar juntos. Mas saber não tornou a experiência menos maravilhosa.

Que eles comecem as guerras atrozes, que a destruição sobrevenha, que a praga assole, eu ainda estarei aqui, seguindo meu ofício, mantendo a humanidade unida através de amores como aquele.

UM BEIJO É SÓ UM BEIJO

Dezembro de 1942

“Se esse garoto não beijar essa garota logo, eu vou...”, troveja Ares.

“Vai fazer o quê, Ares?”, pergunta Hades.

Ares solta um muxoxo. “Vou tascar um beijo nela eu mesmo.”

Afrodite começa a rir. “Não é por acaso que eu sou a deusa do amor”, ronrona. “Consigo deixar o deus da guerra desbaratinado por uma moça de quem ele só ouviu falar.”

Apolo materializa um piano suntuoso, pratica um pouco sobre a superfície reluzente e então começa a tocar.

“Lembre-se disto”, canta ele. *“Um beijo é só um beijo, um suspiro é só um suspiro...”*[*]

“Quer parar com esse barulho?” Ares nunca gostou muito de música.

“A rede de Hefesto pode estar prendendo você, deusa, mas sua história cativou todos nós”, diz Apolo, sempre galante. “Mas até consigo entender Ares. Hazel parece ávida para ser beijada.”

“E que história foi aquela do dragão?”, pergunta Ares. “Ela quis dizer que *eu* sou um dragão?”

“Deixe para lá, Ares.” Afrodite dá tapinhas na cabeça dele. “Apenas escute minha historinha de amor.”

* Trecho traduzido da música “As Time Goes By”. (N. T.)

AFRODITE

Já não era sem tempo

13 de fevereiro de 1918

Eles comeram. Eles se entreolharam. Provaram o jantar um do outro. Fizeram todas as coisas adoráveis que um jovem casal costuma fazer em público, quando imaginam que estão sendo sutis e discretos. Na verdade, eles proporcionaram uma diversão repleta de afeto para muitos dos clientes, que adoraram admirar um jovem soldado britânico e sua *petite amie*. Os pombinhos apaixonados estavam despreocupados e alheios a tudo.

Mas já passava da hora. Ares, Apolo, sei como vocês se sentem; eu me senti da mesma forma. James e Hazel também estavam se sentindo assim.

Mas onde? Quando tudo começou, James tinha pensado em fazer algo romântico.

Paris é romântica o suficiente, eu disse a ele. *Ande logo.*

Então, quando o garçom cordial finalmente trouxe a conta — ele não tinha cobrado os *profiteroles* da sobremesa —, James pagou e eles se aventuraram no frio. Teoricamente, eles estavam voltando para a casa da tia de Colette, mas, na verdade, procuravam o lugar perfeito.

Eles encontraram. Um pequeno parque, que não passava de um simples recanto, com árvores desfolhadas, um lago de peixes vazio e uma estátua do meu querido Cupido. Feito sob medida, e de fato era, embora eu não goste de revelar os meus segredos. Estava escuro, mas eu afastei as nuvens e pintei estrelas no céu. Estava frio, mas eu fiz com que o vento corresse pelas laterais do parque, de modo a deixar uma bolha de serenidade ali no meio.

A mala e as flores foram acomodados em um banco enquanto os meus dois queridos caminharam um pouco, de braços dados. Folhas secas foram esmigalhadas conforme eles deixavam o caminho de paralelepípedos. Ambos sabiam o que aconteceria em seguida e não deixariam que a pressa e o senso de urgência os atrapalhassem.

"Hazel?"

"Sim, James?"

"Dance comigo."

Então eles dançaram no parque ao som do cantarolar de Hazel. E quando ela se esqueceu da próxima parte e a tolice do que estavam fazendo lhes ocorreu, eles começaram a rir, pois era fácil demais ir de encontro aos braços um do outro.

"Ah, você", sussurrou ele. "Como você pode ser de verdade?"

"Quando estou com você", disse Hazel, "não sei bem se sou."

E antes que James se desse conta do que estava fazendo, levou as mãos para trás das orelhas de Hazel e deslizou os dedos pelo cabelo dela. Ele beijou a testa de Hazel, aqui e ali, depois encontrou a bochecha e o nariz. Então devagar, bem devagar, James aproximou sua boca da dela e suavemente, quase com reverência, a beijou.

UMA PRECE ATENDIDA

Dezembro de 1942

"Graças à deusa", suspira Ares.

E Afrodite responde:

"De nada."

AFRODITE

Quando éramos jovens

13 de fevereiro de 1918

Será que já existiu uma época em que *nós* fomos jovens?

Nós não envelhecemos, é claro; temos beleza, paixão e vigor eternos, mas será que já houve um momento em que éramos *novos*? Uma época em que vivemos nossas primeiras experiências?

Vocês se lembram do seu primeiro beijo? Aquele alvoroço que subia dos pés ao rosto, toda aquela parte desperta que vocês acharam que estivesse adormecida?

Nada se compara à certeza desse momento. Nada se compara ao encanto. Se eu testemunhar esse momento mais um trilhão de vezes antes que o mundo espirale rumo ao sol, ainda serei uma espectadora deslumbrada, a última espectadora, bebendo do néctar da inveja sagrada.

Como posso embalar vocês pelas últimas vinte e quatro horas?

Não quero encabular James e Hazel, mas também não quero deixar nada passar.

James já tinha beijado garotas. Elas eram quase como estátuas; tinham prendido a respiração e permitido que fossem beijadas, de forma passiva, tranquila, sem responder ao toque. Talvez fosse um capricho feminino. Alguns rapazes até gostavam daquilo. *Esta* donzela do gelo, eles pareciam pensar, podia ser derretida. Era um desafio que poderia ser vencido pelo esforço varonil.

Não foi o caso de Hazel. Ela o beijou de volta, fazendo com que todas as garotas que James tinha beijado virassem pó.

Bem, todos merecem viver bons momentos.

Eles voltaram para a casa da tia de Colette, fazendo várias paradas ao longo do caminho, mas vou deixar a imaginação de vocês preencher os detalhes. Colette e sua tia Solange tinham ficado acordadas até mais tarde, entretidas com docinhos sabor violeta e partidas infinitas de *Le Tourn'oie*, um jogo de tabuleiro que Hazel conhecia como Jogo do Ganso.* Esperar para cumprimentá-los quando chegassem em casa, por mais tarde que fosse, era o mais simpático a se fazer.

"Conversa fiada", disse Colette. "Você quer ver quão bonito é o soldado britânico de Hazel."

Tante Solange deu de ombros. *"Bien sûr"*, respondeu, sem um pingo de constrangimento.

Quando Hazel e James finalmente tocaram a campainha, *tante* Solange tirou partido do privilégio questionável das mulheres europeias de comentar quão alto ele era, beijar e beliscar suas bochechas, admirar seus ombros largos e, em linhas gerais, envergonhar o convidado até que ele ficasse vermelho como um tomate. Quando James tirou francos do bolso para pagar pela hospedagem, *tante* Solange o impediu e mostrou o quarto onde ele passaria a noite. Com aquilo resolvido, ela foi se deitar. Colette seguiu a deixa da tia.

Como a cozinha era o cômodo mais afastado dos quartos, James e Hazel lá ficaram. Deixados a sós, descobriram que dar beijos sem os casacos era um novo prazer a ser desvendado, e talvez estivessem na cozinha até agora, não fosse *tante* Solange, que surgiu de repente à procura da tesourinha de unha — que estava, é claro, na gaveta de utensílios. Então eles se despediram, convictos de que pegar no sono seria impossível.

Mas James não dormia em uma cama de verdade havia meses, e Hazel tinha passado boa parte da noite anterior de pé no trem. Então não demorou muito até que os dois, acomodados nos lençóis com cheiro de lavanda, sucumbissem em um sono profundo e quase sem sonho, a não ser pela recordação adorável que preencheu as horas entre o "boa-noite" e o reencontro.

* No jogo, dois ou mais participantes movem peças no tabuleiro rolando um ou dois dados. O objetivo é chegar ao número sessenta e três primeiro, evitando obstáculos como a Ponte e a Morte. (N. T.)

HADES

Trem da meia-noite

13 de fevereiro de 1918

A mãe de Aubrey Edwards dizia que nada era capaz de manter aquele garoto quieto por muito tempo. Ele era animado como a música que tocava. Flexível como as mãos que apertavam as teclas do piano. Qualquer que fosse a força que o empurrasse para as profundezas, ele retornava à superfície como uma bola de borracha.

Ela se preocupava com o golpe que o afundaria. Ele com certeza estava a caminho; Aubrey era um rapaz negro confiante que vivia em um país segregado.

Não que Nova York não fosse melhor do que o Mississippi. Pelos deuses, era. Em Nova York, as pessoas tinham uma chance. Elas conseguiam empregos que pagavam mais. Não era incrível, mas era melhor. As pessoas votavam. Trabalhavam para o governo. Conseguiam até julgamentos justos ou ao menos julgamentos de verdade em um tribunal, com um juiz que prestava atenção. Era possível fazer compras no mesmo lugar que as pessoas brancas. Não era preciso chamá-las de senhor ou madame e fingir gostar quando eles bolinavam ou chutavam ou cuspiam em alguém na rua.

Mas não se engane: os teatros eram segregados. As escolas públicas eram segregadas. Restaurantes, clubes, escolas, vizinhanças, igrejas. O exército. A força policial. Havia preconceito, havia discriminação, havia discurso de ódio, havia brutalidade.

Havia, ao menos em Nova York, a possibilidade de construir uma vida no Harlem ou no Brooklyn. Estudar era possível. Arte, poesia e música. Empresários e artistas prósperos, jornais. Havia *energia*, e Jim Europe e sua banda. Apesar de tudo, havia esperança e fé que, no tempo de Deus, justiça seria feita, e dias melhores viriam.

Mesmo assim, ela não tinha como guiar Aubrey à vida adulta sem que sua confiança ultrajante fosse maltratada e marcada pela hostilidade. Ela rezava para que ele sobrevivesse às cicatrizes, para que fossem o tipo de marca que permitisse que ele se levantasse e fosse embora.

Se pudesse ver seu filho agora, recostado na janela de um trem da meia-noite, observando a França permeada pelas sombras passar à luz da lua crescente... Se soubesse como sua alma estava desacorçoada e silenciosa, alternando entre memórias de Joey ainda com vida e Joey morto, ficaria de coração partido. Se soubesse de toda a violência que ele testemunhara, ficaria em frangalhos. Se soubesse que Aubrey tinha sido o alvo de tamanha violência, ajoelharia, agradecendo a Deus por ele ter sido poupado. E viraria noites acordada, estremecendo só de pensar na próxima vez, quando talvez ele não tivesse tanta sorte.

AFRODITE

Dia de São Valentim

14 de fevereiro de 1918

Eles acordaram antes de você, Apolo, quando a manhã não passava de um murmúrio nas ruas de paralelepípedos da cidade. Não queriam perder nenhum segundo a mais dormindo.

O quarto de hóspedes de *tante* Solange tinha um *salle de bains* particular, de modo que James tomou banho, um luxo que nunca mais subestimaria. Ele fez a barba, se vestiu em tempo recorde e deixou o aposento. Hazel já estava na cozinha, o que o pegou de surpresa.

"Bom dia", disse ela.

Ele não se apressou para cumprimentá-la. Quem diria que um simples "bom dia" poderia ser tão divino?

Eles ouviram um burburinho vindo do quarto da anfitriã e de repente desejaram estar sozinhos. Apanharam os casacos e cachecóis, e James pegou sua mala, deixando um punhado de francos na mesa de cabeceira.

Desceram a escada de fininho e foram ao encontro da cidade que despertava. A caminhada vigorosa até a Gare du Nord os aqueceu, mas também os desanimou. Teriam que voltar ali no fim do dia. Por ora, James despachou a mala e examinou os horários. O último trem rumo ao norte partiria à meia-noite. Ele comprou um bilhete. Tinham apenas um dia, e um dia não chegava nem perto de ser suficiente, mas eles aproveitariam o máximo possível.

Encontraram uma pâtisserie e comeram folheados irresistíveis no café da manhã, todos elegantes e apetitosos. Sabiam que a comida é infinitamente mais deliciosa quando você está apaixonado? E Paris é um ótimo lugar para sentir fome. Mesmo com o racionamento da guerra, havia creme e manteiga para quem pudesse arcar com os custos, e para aquele dia em particular, James e Hazel podiam.

Eles passearam pelas ruas de Paris, admirando as paisagens, os prédios vistosos, os relevos e curvas e contornos estilosos da Capital do Mundo.

Passaram por uma butique feminina. Da vitrine, um casaco cor-de--rosa, de tecido leve, chamou a atenção de Hazel. Ela não disse nada, mas James percebeu, segurou a mão dela e a conduziu até o interior da loja. Antes que ela pudesse protestar, James e uma vendedora muito sabida já tinham tirado o casaco cinza de Hazel e o trocado pelo cor-de-rosa, que serviu como uma luva. James pagou enquanto Hazel observava o casaco no espelho.

Era para momentos como aquele que três meses de salário do exército valiam.

"Você parece uma tulipa", brincou James.

"Eu me sinto uma", respondeu Hazel. "Não precisava." O sorriso a traía.

Mais tarde, eles se depararam com um estúdio de fotografia, onde o cavalheiro, que tinha começado a trabalhar cedo, se preparava para um casamento típico do Dia de São Valentim.* Eles posaram para um retrato e solicitaram o envio de cópias para os endereços fornecidos. Sentindo--se um tanto engraçadinhos, também posaram ao lado de uma estátua de gesso do meu precioso Cupido.

Não façam troça deles. Jovens apaixonados podem ser criaturas cafonas, mas não aceitarei comentários sarcásticos sobre eles. Qualquer um que já tenha passado pelo que eles estão passando é digno de compaixão. O fotógrafo guardou suas opiniões para si mesmo. Seu ganha--pão era o amor, e ele recebia adiantado.

Eu me certifiquei de que o sol estava o mais quente possível para meados de fevereiro. Não queria que o frio estragasse o dia deles. Embora ela não precisasse de ajuda, muito menos da minha, eu queria que Paris reluzisse.

* Data equivalente ao Dia dos Namorados, celebrado em junho no Brasil. (N. T.)

Eles trilharam o caminho até a torre Eiffel. James ficou boquiaberto com a altura do monumento. "Aqui está uma construção que eu gostaria de ter acompanhado."

Hazel enganchou o braço no dele. "Já pensou em como foi a experiência dos trabalhadores?"

A proximidade de Hazel imediatamente eclipsou a torre de ferro. "Você não está se voluntariando para pintar o topo da torre, está?", perguntou ele.

"Eu já disse a você", respondeu ela. "Meu preço são as Joias da Coroa."

James sorriu. Ela tinha lembrado.

Eles compraram ingressos e entraram em uma longa fila. A torre colossal, que se assomava sobre os dois, fazia com que eles se sentissem minúsculos. O uso de rebites era tão moderno. Era maravilhoso. Para James, aquilo era sinal de mudança, de novos materiais, novas vistas e novas possibilidades para construir um mundo mais impoluto e moderno. Se é que sobraria alguma coisa para ser utilizada em construções nos próximos anos.

É magnífico estar apaixonado em uma cidade onde não se conhece ninguém. A opinião dos outros sobre seu comportamento é insignificante. Então, se você quiser beijar seu xodó na esplanada da torre Eiffel, você o faz.

E no primeiro andar, que poderia muito bem ser a lua.

E no segundo andar, de onde é possível ver Paris se esticando, repleta de detalhes espetaculares.

Então você entra no elevador que vai até o topo vertiginoso da torre. E, lá, vocês se beijam como se não houvesse amanhã.

Da parte mais elevada, é possível ver a eternidade. O rio Sena, serpenteando pela cidade. O belo Palácio do Trocadéro,* do outro lado do rio. O luxuoso domo do túmulo de Napoleão. Os longos e elegantes espaços verdejantes do Champ de Mars se estirando no sentido contrário.

Champ de Mars. Campo de Ares.

* O Palácio do Trocadéro, construído para a Exposição Universal de Paris de 1878, foi demolido e substituído pelo Palais de Chaillot para a Exposição Universal de Paris de 1937. (N. T.)

Eles pegaram o elevador para descer e encontraram uma cafeteria para almoçar. Depois andaram de braços dados pelas margens do Sena, um passeio imprescindível.

Conforme comiam e caminhavam, eles falaram sobre os pais e as famílias. Histórias sobre Maggie e Bob, Georgia Fake e Olivia Jenkins. Sobre os verões passados à beira-mar, na casa dos avós, e um ano inteiro passado em Poplar, sem avós ainda vivos. Papearam muito sobre Colette e Aubrey e a música deles, e sobre Frank Mason, Chad Browning, Billy Nutley e Mick Webber. Sobre Pete Yawkey e os soldados mais experientes do Segundo Grupo. Sobre soldados e sotaques americanos, sobre a sra. Davies. Sobre atiradores e a vida nas trincheiras, sobre o poder de fogo da artilharia, o rio de fluxo constante de homens feridos e a devastação da terra de ninguém.

Ajudava muito falar sobre tudo aquilo. E ter alguém com quem dividir todas essas coisas ajudava James.

Eles foram ao encontro de lojas de chocolate cobertas pela pomposidade do Dia de São Valentim e aproveitaram. Se James fosse duas décadas mais velho, teria ganhado o peso que perdera na guerra em um só dia. Eles decidiram fugir do frio e ir ao cinema. Nenhum dos dois saberia dizer o que aconteceu no filme. E nenhuma barreira linguística tinha nada a ver com aquilo.

Mais tarde, foram jantar em um restaurante refinado. Era melhor fechar com chave de ouro, pensou James. Não tinha gastado um mísero tostão com ele mesmo desde que fora embora de Londres, e aquele dia estava além de qualquer preço. Eles penduraram os casacos e se sentaram à uma mesa. Um garçom os cumprimentou, entregou os cardápios e os deixou a sós.

"Ainda temos tanto para ver em Paris." Hazel apoiou o rosto nas mãos.

"Nós voltaremos." Ele a abraçou pela cintura. "Prometo."

Ela escondeu o rosto no pescoço dele. O dia fora adorável e divertido, mas à medida que a escuridão pairava sobre a cidade, Hazel achava mais difícil conter a tristeza. Pelo bem dele, pensara Hazel, ela ficaria alegre e esperançosa. Tinha falhado.

"Não vá embora", sussurrou ela.

"Certo", disse ele. "Vamos fugir juntos, que tal?"

Ela se empertigou. "Em um balão?"

"Com um poodle."

"Um poodle?"

"E por que não um poodle?"

Hazel não conseguiu pensar em nenhuma objeção. "Muito bem. Um poodle."

"Levaremos chocolate para comer nas refeições", sugeriu James.

"E rosas para enfeitar o balão", disse Hazel.

Ele balançou a cabeça. "Já teremos você, que é toda beleza de que precisamos."

Hazel lançou um olhar contrariado para James. Ele não acreditou que ela estava aborrecida; James era mais esperto do que isso.

"Caso contrário", explicou ele, "o balão ficará pesado demais para voar."

"Com todo esse chocolate."

James assentiu. "Exatamente."

Ela não se deixou convencer. "Então acho que não vou poder levar um piano."

"Ah, mas com certeza leve o piano", respondeu James. "Precisaremos de música no lugar para onde iremos."

Como ela amava aquele garoto que sempre a fazia rir!

"E para onde estamos indo, posso saber?"

Ele ponderou. "Para a lua."

"Acho que vamos passar frio", comentou Hazel.

James fez um uso excelente de suas sobrancelhas. "Manterei você aquecida."

Embora estivesse muito contente, Hazel achou melhor mudar o rumo da conversa.

Ela fez uma sugestão. "Que tal uma ilha tropical?"

James deu um grande sorriso. "Melhor ainda." Descarado! Eu sabia em que ele estava pensando.

"Mas o chocolate derreteria lá", disse Hazel.

"Viveremos à base de coco."

Ela estendeu a mão para apertar a dele. "Então está decidido."

James segurou a mão dela por um instante, e ambos perceberam, na mesma hora, o que tinham prometido. O que oferecer a mão significava.

Hazel tamborilou um dedo na maçã do rosto em um gesto pensativo. "Sabe, é possível que fiquemos sem assunto, estando apenas nós dois."

Ele conteve um sorriso. “Vamos conversar com as crianças da ilha.”

“Ah, é mesmo?” Hazel estava intrigada. “E que crianças são essas?”

James deu de ombros, como se a resposta fosse óbvia. “As crianças que moram lá.”

Ela comprimiu os lábios. “Vamos para uma ilha cheia de crianças?”

“Não de imediato”, explicou James. “Mas ela ficará assim em algum momento.”

Hazel de repente sentiu vontade de se esconder atrás de um golinho de água.

James beijou a mão de Hazel.

Os olhos cintilantes dela foram de encontro aos dele.

Então, no melhor momento possível, o garçom trouxe as sopas.

AFRODITE

Adeus

14 de fevereiro de 1918

"Não vou conseguir dizer adeus", Hazel disse a James conforme eles saíam do restaurante, às nove e meia da noite.

"Não estou indo embora para sempre", respondeu ele. "Só vou ficar fora por um tempinho."

Hazel observou as placas. "Estamos indo para o lugar errado. Este caminho leva para a casa da tia de Colette."

"É para onde estou levando você."

Ela parou de andar. "Quero ir com você até a estação", protestou.

"E depois voltar sozinha para casa, à meia-noite, pelas ruas de Paris?"

"Sei cuidar de mim mesma", implicou Hazel.

Hazel se derreteu toda ao ver a preocupação nos olhos castanhos de James. "Sei que pode", concordou ele, "mas é longe. Não quero que nada aconteça com você."

Diz o rapaz que está voltando para as trincheiras. "Está bem."

Eles passaram por uma porta que deixava acordes de música vazarem. "O que me diz, srta. Windicott?", perguntou James. "O Dia de São Valentim ainda não acabou. Dança comigo?"

Ela sorriu. "Eu provavelmente vou tropeçar e cair."

"Não vou deixar que isso aconteça."

Fiz de tudo para deixar aquela hora se arrastar. James imaginou estar de volta ao salão da paróquia, no evento beneficente, dançando com Hazel pela primeira vez. Talvez ele nunca tivesse ido para a guerra. Talvez tudo não passasse de um estranho devaneio. Talvez eles ainda estivessem dançando em Poplar.

"E se você tivesse recusado meu convite para dançar naquele evento da igreja?"

Mas isso nem pensar! "E se Mabel Kibbey não tivesse me encorajado?"

James riu. "Esse é o nome dela? Preciso agradecê-la."

A música não parou.

"Vai escrever com frequência para mim, não vai", perguntou Hazel.

Como ninguém estava olhando, ele a respondeu com um beijo. "Todo dia, se quiser."

"Eu adoraria."

"Eu também."

Fiz o que pude, mas a hora chegou. Eles tiveram que deixar o salão de dança e andar devagar até a porta de *tante* Solange. Os últimos segundos que eles ousaram gastar adiando a partida acabaram. Seus lábios estavam sensíveis, seus olhos ardiam. Hazel tentou parecer alegre, mas não conseguiu.

"Tome cuidado", disse ela, de novo e de novo. "Cuide-se."

"Você também", devolveu James. "Fique com saúde. Cuide-se."

Nessas horas, não se trata do que é dito. Não premiamos a melhor retórica do adeus. Agradecer ao outro pelos bons momentos passados juntos; despedir-se com lágrimas ou um sorriso; partir com um último beijo ou palavra. A verdade é que ninguém sabe o que fazer. Até mesmo eu tendo a desviar o olhar, dando aos casais um pouco de privacidade.

Quando torno a encarar, vejo uma garota na soleira da porta, observando enquanto um soldado fardado vai embora às pressas, com medo de ceder à tentação ardente de olhar para trás. Vejo uma amiga na escada, esperando para abraçar uma jovem de coração partido que passou um tempo irrazoável ali fora, na esperança de que ele voltasse.

TRÊS TRENS NOVAMENTE

15 de fevereiro de 1918

Hades

Um trem regurgitou Aubrey Edwards e a banda do 15º Regimento de Infantaria de Nova York, o quarteto da Companhia K e uma trupe de dançarinos — soldados de infantaria — em Aix-les-Bains.

Era um lugar peculiar: um balneário luxuoso e requintado, aninhado nos Alpes Franceses, com um lago de águas cristalinas, belos picos montanhosos, um cassino luzente, um teatro opulento e restaurantes e hotéis de primeira categoria. Porém, tudo estava vazio. Era uma cidade fantasma.

Um sargento os encontrou na estação e os conduziu até o único hotel que poderia, com muitas ressalvas, ser considerado a opção mais em conta de Aix-les-Bains. Mesmo assim, os cômodos eram de excelente qualidade, o que deixou a banda de muito bom humor.

O tenente James Reese Europe ordenou que os membros da banda fossem até os quartos, comessem e se encontrassem no palco do teatro para ensaiar dali a duas horas. Antes que Aubrey fosse embora, o tenente Europe o chamou de canto.

"Você", disse ele. "Coma alguma coisa e encontre um piano. No cassino, no hotel. Quero ver você tocando ragtime até o entardecer. Está me ouvindo?"

Aubrey baixou a cabeça. "Não tem problema, Jim. Eu vou dormir e..."

"Isso foi uma ordem, soldado", atalhou Europe. "Você vai tocar com a banda em algum momento, mas é melhor começar a se mexer. Quero ver você tocando 'St. Louis Blues' de trás para a frente. Entendeu?"

Aubrey prestou continência. *Entendido.* Depois foi direto para a cama.

Ares

O soldado James Alderidge se reuniu ao regimento em Gouzeaucourt. Foi na manhã do dia 15 de fevereiro de 1918, após ele ter viajado no trem noturno rumo ao norte, para Bapaume, e pegado carona para o leste em um trem de suprimentos, descendo na parada mais próxima ao setor de combate. Estava exausto depois de passar a noite em claro, oscilando entre a felicidade e o tormento. Mas, quando reencontrou seus camaradas, já estava pronto para responder às perguntas sobre o encontro de Dia de São Valentim com "seu flerte".

"Sim", ele disse milhões de vezes naquela manhã, "foi ótimo, aproveitamos muito."

Afrodite

Tante Solange ficou emburrada por não ter conseguido cravar os olhos e, presumidamente, as mãos no garboso soldado britânico antes que ele fosse embora. Ela precisou jogar várias partidas de jogos de tabuleiro para recobrar o bom humor. No meio da tarde de sexta-feira, Hazel e Colette fizeram as malas e embarcaram em um trem para Saint-Nazaire, que sacolejou devagar na direção do crepúsculo.

AFRODITE

À espera de cartas

19 de fevereiro de 1918

As cartas de James demoraram alguns dias para chegar à cabana um em Saint-Nazaire. Elas seguiram um fluxo constante.

Colette retornou a Saint-Nazaire ávida por ensaiar toda noite. Ela relanceava o olhar para a porta ao sinal de qualquer ruído.

Os dias se passaram, e Colette foi ficando angustiada. Será que Aubrey tinha mudado de ideia sobre ela? Ela visitou o comissário e arranjou desculpas para passar pelo pátio. Não havia registro do soldado Edwards na enfermaria localizada na ala dos soldados negros.

Ela perguntou a outros integrantes do 15º Regimento se algum deles sabia onde Aubrey estava. Mas, com quase dois mil soldados nos regimentos, a maioria dos rapazes não o conhecia, com exceção de um.

"Já faz um tempo que não o vejo, senhorita", informou ele. "Ele deve ter viajado com a banda."

Podia ser pior. Mas por que Aubrey tinha ido? E por que não havia mandado uma carta para ela?

Colette passou semanas sem ter notícias dele. Se Aubrey tivesse lhe escrito uma carta, ela com certeza já a teria recebido.

Ela escreveu para o soldado Aubrey Edwards, 15º Regimento de Infantaria de Nova York, Aix-les-Bains, Quartel-general do Exército Americano, e esperou.

Sem resposta.

HADES

Esconderijo

1º a 12 de março de 1918

Comboios de soldados americanos começaram a chegar em Aix-les--Bains. A banda do 15º Regimento, conduzida pelo tenente James Reese Europe, era a atração mais popular. A pedido do público, a agenda deles foi estendida para quatro semanas, em vez de duas.

Viver os últimos dias de inverno sob o céu azul, ao lado de um lado cristalino congelado, até que não era tão ruim assim. Era mais quente ali, e, quando os soldados não estavam ensaiando ou tocando, escalavam o sopé da montanha que circundava a cidade. Quase esqueciam que *la Grande Guerre* estava acontecendo.

Aubrey se sentou nas margens do Lac du Bourget. Observou a água e viu o rosto inchado de Joey. Não ouviu o trinar dos pássaros; ouviu Joey ralhando com ele por ter voltado tarde. Joey o criticando. Joey o acobertando.

Aubrey tentou tocar piano, mas aquilo fez com que ele pensasse em Colette.

Magoá-la deixou Aubrey de coração partido, ainda mais depois de tudo pelo que ela tinha passado.

Talvez tivesse sido apenas um começo. Mas ele a amava. Com uma garota como Colette, a certeza não tardava a vir. Aonde, contudo, aquilo iria dar? Aubrey não tinha nada a oferecer.

Ele a amava, e Joey tinha morrido por causa desse sentimento.

Em um mundo ideal, a guerra não teria começado. Colette Fournier estaria em Dinant, abraçada em Stéphane, seu antigo romance.

A única alternativa honrosa era deixar que ela encontrasse um novo Stéphane.

Então, quando Aubrey recebeu uma carta dela, pedindo para que ele lhe garantisse que estava são e salvo, ele tomou a decisão mais difícil de todas: guardou a carta sem responder.

APOLO

Três milhões de notas

13 de março de 1918

"Escreveu muito para a sua garota desde que veio para cá?"

Aubrey Edwards ergueu o olhar da escrivaninha. Estava no quarto de hotel do tenente Europe. Já passava da meia-noite, e seus olhos estavam cansados do trabalho minucioso de transcrever partituras para a banda.

"Não", Aubrey respondeu devagar. "Não escrevi."

James Europe espiou por cima do ombro de Aubrey.

"Não está escrevendo em si bemol." Ele apontou para uma marcação ofensiva de compasso.

Droga. Como Europe tinha percebido tão rápido? Aubrey esquecera que estava fazendo partituras para instrumentos de sopro, e não piano. Precisava dormir. Ele pegou uma folha em branco. Alguns soldados passavam a noite em claro em postos de vigia ou cavando trincheiras. Outros ficavam acordados adaptando acompanhamentos de jazz em cançonetas.

"Você foi embora sem dizer nada?", perguntou Europe. "Ela não sabe o que aconteceu com você?"

Aubrey o encarou. "Não foi esse o objetivo?"

Europe preencheu as cabeças e hastes das notas com uma rapidez impressionante. "Não quis colocar um ponto final no seu envolvimento com a moça", disse. "Só tentei impedir que você se metesse em uma enrascada." Ele soprou para secar a tinta das notas. "Saint-Nazaire não era segura para você." O tenente bocejou.

"Você deveria dormir um pouco", sugeriu Aubrey. "Senhor."

O tenente ficou de pé e se espreguiçou. “Ainda não terminei. Disse aos rapazes que passaria a noite em claro, copiando três milhões de notas.” Ele sorriu. “Só não comentei que teria um ajudante secreto.”

“Poxa. Obrigado.”

Europe retomou os rabiscos. “Só me pareceu que você estava disposto a fazer de tudo por aquela garota.” Ele cantarolou um trecho da música e dedilhou um piano imaginário. “Não é verdade?”

O jeito mais rápido de fazer com que Europe mudasse de assunto era mentir e dizer que, na verdade, ele não se importava muito com ela.

Aubrey pensou nos infortúnios provocados pelos alemães. Colette sofrera e perdera muito. E justo quando a garota tornara a sentir esperança novamente, Aubrey a deixara sem dizer adeus.

“Se ela for apenas uma diversão passageira, é melhor deixar essa história morrer. Vai doer, não tenho dúvida, mas será melhor assim.”

Aubrey se curvou para a partitura.

“Edwards”, disse Europe. “Sua tristeza não o levará a lugar nenhum.”

Aubrey baixou o olhar. “Sim, senhor.”

O tenente Europe não ficou satisfeito e aguardou até que Aubrey o encarasse.

“Se ela era importante antes, então é importante agora”, disse ele. “Não seja tolo.”

“Não, senhor”, respondeu o soldado Aubrey Edwards. “Digo, sim, senhor. Não serei.”

AFRODITE

Nota por nota

16 de março de 1918

Querida Colette.

Na última noite em Aix-les-Bains, Aubrey pegou sua própria partitura.

Que grande Romeu eu sou, pensou ele. *Não acredito que decidi escrever para Colette por ordens do meu comandante.*

Ele tentou pensar em algo para dizer. *Lamento muito por ter sumido? Sei que dissemos uma porção de coisas um para o outro, mas, sabe como é, estive muito atarefado?*

Ele nunca deveria ter deixado Colette esperando. Tinha sido muito egoísta da parte dele. Imbecil. Não se mandava às favas uma garota como Colette Fournier.

Seria muito mais fácil se ele pudesse contar a ela sobre Joey, mas o tenente Europe tinha lhe avisado várias vezes para não comentar nada com ninguém. A verdade a desolaria, e não havia necessidade nenhuma de deixar outra pessoa atormentada pela culpa. Só Aubrey já estava de bom tamanho.

As linhas finas da partitura pareciam observá-lo.

Ele se ajoelhou ao lado da cama e pegou a mochila. No fundo, achou um caderno e, dentro dele, as músicas que tinha começado a compor para Colette.

Aubrey escolheu a primeira canção e a copiou, nota por nota. No rodapé, escreveu: *De Aubrey, com amor.*

AFRODITE

Cavando

18 de março de 1918

A brisa marinha que batia no rosto de Hazel trouxe um fio de aroma de primavera conforme ela caminhava até a cabana de recreação do acampamento Lusitânia. A esperança pairava ao seu redor. Saint-Nazaire reagia.

Novas remessas — mas que jeito de falar! — de soldados americanos eram despejadas em Saint-Nazaire quase todos os dias. Mal havia lugar para acomodá-los. Diariamente, divisões treinadas partiam para a frente de batalha. Se aproximava o momento em que o impacto dos americanos na guerra, se é que havia mesmo algum, seria sentido. *Que seja rápido*, torceu Hazel, *e decisivo.*

Hazel entrou na cabana. Ainda que houvesse soldados e voluntários da ACM nas adjacências, o lugar era sempre silencioso por volta do meio-dia. Um pouco surpresa, ela notou a presença de moças que usavam o mesmo uniforme que ela. Por que ela não as conhecera quando fora apresentada aos outros voluntários de Saint-Nazaire?

Porque elas eram negras.

Uma garota se aproximou. "Posso ajudá-la? Você tem alguma mensagem da sede da ACM?"

Hazel balançou a cabeça. "Não. Tenho uma pergunta, hã, de cunho pessoal. Sobre um soldado do 15º Regimento."

A moça a olhou de esguelha. "Me acompanhe." Ela guiou a pianista até um par de poltronas baixas que ficavam em um canto.

"Meu nome é Jennie", disse ela.

"É um prazer conhecer você. Eu me chamo Hazel."

"Você é inglesa, não é?"

Hazel assentiu. "Na mosca. Você conhece o soldado Aubrey Edwards?"

Jennie piscou. "Você já o viu?", sussurrou ela, afobada.

Hazel foi pega de surpresa pela reação. "Se eu já o vi tocando piano, você quis dizer?"

Jennie sacudiu a cabeça em negativa. "Não. Você o viu recentemente?"

Hazel sentiu um aperto no coração. A moça também não sabia.

"Então você o conhece", deduziu Hazel. "Não, não sei onde ele está. Vim na esperança de descobrir se outra pessoa poderia saber."

Jennie recuou um pouco, como se um novo receio tivesse lhe acometido. "Houve algum problema? Por que está atrás dele?"

"Nada de errado", Hazel respondeu, depressa. "Nadinha."

Jennie se tranquilizou. "Aubrey Edwards é muito querido por estas bandas."

"É impossível não gostar dele", concordou Hazel. "Então você também acha que ele está desaparecido?"

Jennie franziu as sobrancelhas e aquiesceu.

"Ele e minha amiga ficaram muito... próximos", explicou Hazel. "Mesmo na noite anterior à turnê da banda, eles passaram um tempo juntos. Ele garantiu a ela que não iria."

A expressão de Jennie era ilegível.

"Depois disso, ele desapareceu", continuou Hazel. "Ninguém mais o viu. Minha amiga mandou uma carta para ele em Aix-les-Bains, mas Aubrey nunca respondeu." Ela viu como tudo aquilo soava. "É claro que, hã, amizades podem acabar. Mas não é o caso. Muito pelo contrário. E minha amiga está angustiada."

Jennie escrutinou o lugar, certificando-se de que estavam mesmo sozinhas.

"Você conhece alguém para quem possamos escrever e perguntar se Aubrey viajou com a banda? Só queremos saber se ele está bem." Ela falava depressa. "Mesmo que ele prefira terminar o envolvimento com a minha amiga."

Jennie ficou pensativa. "Ninguém sabe o paradeiro dele. Aubrey não estava na lista de soldados escalados para a viagem."

Hazel concordou. Jennie parecia estar escondendo o jogo, mas de repente pareceu deixar a incerteza de lado.

"É o seguinte." Jennie se aproximou de Hazel. "Alguns soldados são coveiros."

Hazel empalideceu. "Coveiros?"

"Com tantas doenças e mortes, há centenas de túmulos aqui em Saint-Nazaire."

Hazel temeu o que Jennie diria em seguida.

"No dia em que a banda foi embora, um dos nossos soldados, que é coveiro, nos contou em segredo que recebeu ordens de enterrar um soldado negro."

Hazel sentiu a cabeça começar a girar. Não permitiria que aquela ideia se assentasse.

"Ele foi assassinado", disse Jennie. "Agredido até morrer. Ficou todo desfigurado."

"Mas... há milhares de soldados negros aqui", protestou Hazel.

"Shh!" Jennie estirou um dedo sobre os lábios. "Eu sei. Quando ele me contou, me senti muito mal, é claro, mas não tinha nenhum motivo para achar que fosse alguém que eu conhecia." Ela olhou ao redor mais uma vez. "Aubrey parou de vir à cabana depois que a banda foi viajar. Mas disse a vários camaradas que não participaria da turnê." Ela suspirou. "Então, quando percebi que ele não estava em lugar nenhum, fui conversar com os amigos dele na Companhia K. E ninguém sabia de nada." A voz dela ficou mais grave. "O coveiro me disse que o corpo foi trazido em uma maca pelo tenente Europe e o capitão Fish."

"O maestro? *Aquele* tenente Europe?"

Jennie confirmou. "O capitão Fish era o comandante de Aubrey."

Hazel esfregou as têmporas. Não. Aubrey tinha mais viço do que um bando de dez pessoas. Matá-lo deveria ser impossível. Ele deveria ter mais vidas do que um gato.

Coitada de Colette!

"Isso não prova nada", contestou Hazel. "Podemos estar enganadas."

Jennie ficou em silêncio. Ela parecia alguém que já tentara se convencer e desistido.

"Será que vale a pena escrever para alguém que está acompanhando a banda?"

Jennie comprimiu os lábios. "Não posso comprometer o meu amigo coveiro e espalhar o que ele me confidenciou." Ela lançou um olhar tristonho para Hazel. "Desculpe por não poder ajudar além disso."

Hazel segurou uma das mãos de Jennie. “Estou feliz por ter encontrado você, por mais que a sua história tenha sido difícil de ouvir. É nítido que você também se importa com Aubrey.”

A moça enrijeceu um pouco a postura. “Ele era um bom amigo.”

Pelo visto, pensou Hazel, *Jennie esperava que ele fosse algo mais. E quem pode culpá-la?*

Hazel aquiesceu, agradeceu mais uma vez e foi embora.

AFRODITE

Traição

18 de março de 1918

O que era pior? Ver o coração da pessoa amada esfriar? Ou perder quem se ama após ter duvidado da pessoa?

O pior de tudo era se ver aprisionada nas garras de ambas as agonias. Muitos xodós viveram esse pesadelo durante a guerra. Quando as cartas paravam de chegar, significava que eles estavam mortos ou que tinham sido capturados? Ou que decidiram se afastar? Para quem *tinha* um pingo de humanidade, como Colette, restava esperar que eles ainda estivessem vivos para amar novamente, se assim fosse a vontade de Deus. Mas isso por si só era uma traição agonizante do coração contra si mesmo.

Quando Hazel contou o que havia descoberto, Colette empalideceu, e seu rosto pareceu feito de cera. Ela embalou o corpo para a frente e para trás, tremendo. Hazel segurou as mãos da amiga. Estavam geladas.

"Aubrey...", sussurrou Colette. "Você não pode ter morrido."

"Tenho certeza de que ele está vivo", disse Hazel, acalmando-a. "Pode ter sido qualquer um."

"Ele tinha a vida toda pela frente", murmurou Colette. "Sua música. Seus amigos. Sua família." Ela contorceu o rosto. "Não pode ser real."

"Tenho certeza de que não é", discordou Hazel.

"O destino é cruel e me abomina", sussurrou Colette. "Ele gosta de me ver sofrer."

Hazel condoeu-se da amiga. "Nós não *sabemos*. Torço para que não seja ele."

"Sou um mero fantoche." Os olhos de Colette estavam enturvados e desprovidos de emoção. "Sou um joguete de um deus vingativo." Ela olhou para o teto. "Qual foi meu pecado?"

Hazel abraçou Colette e tentou amenizar a tremedeira. "Não é nada disso."

"É claro que é." Colette se desvencilhou do abraço. Seus olhos estavam indóceis. "Um deus amoroso jamais permitiria que isso acontecesse. E se esse deus não existisse, com certeza o acaso agiria a meu favor ocasionalmente, *non*? A probabilidade não me pouparia?" Ela riu com acidez. "Mas não. Existe um deus, mas ele é perverso e me detesta. Minhas lágrimas caindo são seu esporte predileto."

Hazel afagou as costas de Colette e trouxe um pano úmido para a amiga colocar na testa quente.

Colette demorou para ceder e, quando o fez, Hazel quase se arrependeu. Colette parecia morrediça.

"Ah, Aubrey", sussurrou Colette. "O que eles fizeram com você?"

Hazel foi buscar cobertores e um travesseiro, além do colchonete de acampamento. Naquela noite, ela dormiu no quarto de Colette. Depois que Hazel adormeceu, Colette zanzou pela cabana um no escuro, de camisola e penhoar. Depois sentou-se no banquinho do piano. E no sofá.

Ela remoía indelicadezas direcionadas a mim, mas não me ofendo com o azedume de um coração partido. Eu jamais trairia meus queridos, abandonando-os justo quando o amor lhes batia as asas.

A deusa da paixão é compreensiva. Não é blasfêmia nenhuma me culpar pela perda de um amor. Mas é um ultraje encher o coração de ódio, preconceito, avareza e soberba... até que eu não consiga mais encontrá-lo.

AFRODITE

Isso é verdade?

19 de março de 1918

Colette pegou no sono um pouco antes do amanhecer. Eu ajudei; a coitadinha precisava esquecer. Mas seu descanso durou pouco. Uma batida à porta do quarto acordou Hazel e Colette. A porta foi escancarada.

"Ah. Srta. Windicott. Srta. Fournier. Por favor, compareçam ao meu gabinete."

Elas se vestiram depressa, ajeitaram os cabelos e foram até o gabinete da sra. Davies, que parecia ter se preparado para aquela reunião.

"Fui informada", começou ela, "de que vocês receberam soldados *nesta cabana* após eu me recolher para dormir." A sra. Davies encrespou os lábios. "Isso é verdade?"

Hazel tremeu nas bases. Não tinha experiência nenhuma com desobediência ou rebeldia. Não fazia a menor ideia de como responder.

Colette ficou com vontade de rir. Estava prestes a enlouquecer. Além de tudo pelo que estava passando, ainda tinha que lidar com aquela abelhuda!

"Parece que a senhora acredita nos boatos, madame Davies", Colette respondeu com frieza.

Hazel quis fazer uma reverência para a amiga. Onde ela tinha aprendido a ser tão forte? Tão firme?

Mas a sra. Davies não queria mais nada de gracinhas. "Garota insolente!" Ela se virou para Hazel. "O que tem a dizer sobre isso, srta. Windicott?"

Seja como Colette. "Tendo em vista sua opinião já formada, parece que a srta. Fournier e eu devemos ir embora." Ela se levantou.

A sra. Davies correu até a porta, como se quisesse impedi-las de sair.

"A Associação Cristã de Moços foi criada para enobrecer a idoneidade moral dos jovens. E não para corrompê-la!"

"Sra. Davies", disse Hazel, "com a sua licença." O atrevimento era contagiante.

"Não dou licença *coisa nenhuma*!"

"Estamos pedindo demissão."

"Vocês serão dispensadas sem honrarias!", ameaçou a sra. Davies. "Suas famílias receberão cartas descrevendo seu comportamento. Vocês serão impedidas de se associarem à ACM e sairão daqui sem cartas de recomendação. Outras organizações beneficentes receberão um alerta para não se envolverem com vocês."

Hazel ansiava por dizer à sra. Davies onde ela poderia enfiar todas aquelas proibições. "Tenha um bom dia, sra. Davies", disse a pianista, por fim. "Vamos apanhar nossos pertences e ir embora."

Elas deixaram o gabinete. Hazel ficou um pouco melancólica ao contemplar o salão, o palco e o piano. Fizera tantas memórias ali. Ela recolheu as partituras no banquinho do piano e voltou ao quarto que dividia com Ellen para fazer as malas. Quem sabe, pensou Hazel, ela encontrasse o padre McKnight antes de partir. Não era católica, mas, pelo andar da carruagem, ela provavelmente precisava se confessar com um padre. Antes que fosse atingida por um raio e lançada ao inferno.

Desnorteada de sono, Ellen se sentou na cama e observou a colega arrumar seus pertences.

"O que mais me surpreende", continuou a sra. Davies, que havia seguido as duas, "é que vocês se envolveram romanticamente com *soldados negros*."

Hazel ficou enfurecida. Aubrey Edwards era uma pessoa mil vezes melhor do que a sra. Davies.

"Vocês não têm vergonha? Não se orgulham da sua raça?"

"Neste momento? Nem um pouco", rebateu Hazel. "Mas me orgulho da amizade que fiz com um rapaz incrível que sempre foi respeitoso, gentil e um grande cavalheiro. Bem diferente de vários outros da minha *raça* que já cruzaram essas portas."

Colette, que havia terminado de fazer as malas, apareceu no corredor. "Madame Davies", falou com doçura, "precisamos receber nossos contracheques."

A sra. Davies já esperava por aquilo. "Venham comigo. Vocês precisarão assiná-los."

"O que está acontecendo?", perguntou Ellen.

"Adeus, Ellen", sussurrou Hazel. "Colette e eu pedimos demissão. Não acredite em tudo que a sra. Davies disser. Nós infringimos algumas regras, mas não fizemos nada de errado."

"Vocês estão indo *embora*?" Ellen pulou para fora da cama e abraçou Hazel. "Precisam mesmo ir?"

Hazel abraçou a colega. Ellen balançou a cabeça, incrédula. "Não estou entendendo. Promete que vai me escrever quando chegar em casa?"

Em casa? Hazel engoliu em seco. Qual seria seu próximo passo? Não tinha feito plano nenhum.

"É claro." Ela mandou um beijo para a colega de quarto, afivelou a mala, pegou o casaco, assinou o contracheque e, ladeada por Colette, foi embora.

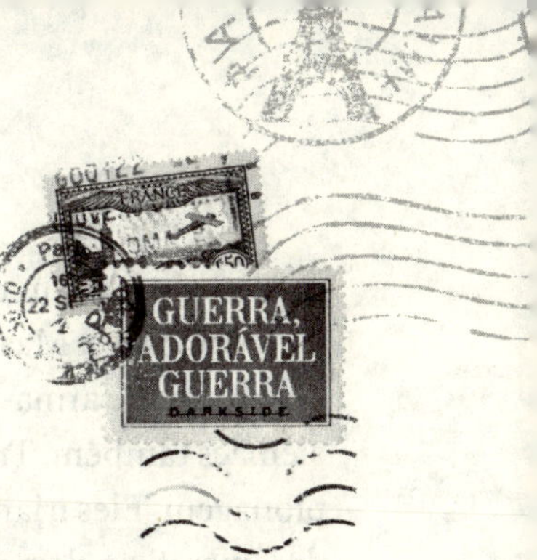

ARES

20 de fevereiro a 20 de março

Preparativos

Há uma mesmice na vida durante a guerra. Os dias se confundem quando não há combate. Um ataque acontece de vez em quando, a dose diária de bombardeios. Algumas mortes, mas nada digno de nota para os familiares. A não ser que o exército decida fazer isso por você; neste caso, eles mandam telegramas, todos sempre muito objetivos.

"Nós lamentamos informar que seu filho, soldado Fulano, foi morto em combate durante intenso bombardeio" ou "não resistiu aos ferimentos e morreu na enfermaria". Em seguida, uma carta escrita por um comandante é enviada, informando que o soldado Fulano morreu depressa, com valentia e sem sentir dor. Eles jamais dizem "ficou horas pendurado em uma cerca de arame farpado, com os intestinos eviscerados, implorando para ser resgatado, mas o medo do fogo inimigo não deixou ninguém se aproximar".

A primeira grande morte da guerra é a verdade.

Quando não estavam de serviço, James e seus camaradas dos Segundo e Terceiro Grupos de Combate dormiam. Eles dormiam no chão. Em montículos de artilharia. Em pé. Marchando. Pode parecer mentira, mas meia hora equivalia a uma longa noite de sono.

Quando o sol se punha, começava a exaustiva atividade de receber e organizar os mantimentos. Eles percorriam, quilômetros a fio, túneis labirínticos, estreitos e apinhados, carregando caixas de rações, água, balas, granadas, sacos de areia e curativos. Fardos de arame farpado cortavam suas mãos.

Os dias ficaram mais longos, e as noites, mais curtas. Houve pouquíssimos combates. Mas lá estavam eles, transportando projéteis pesados, fardos de rifles e armas danificadas para conserto. Estavam se preparando. Os alemães também. Trens de suprimentos, comboios militares e aviões de espionagem. Eles iriam realizar um ataque maciço ao 5º Exército. O exército de James. E os alemães eram três vezes mais poderosos do que os britânicos.

Eles viram, assimilaram e esqueceram. Não havia nada que pudessem fazer até que o pontapé inicial fosse dado.

A boataria e as apostas sobre quando seria o Grande Dia começaram. Várias datas foram cogitadas. Dia 1º de março. Os Idos de Março. Dia de São Patrício.

Quando surgiram os rumores de uma nova data, as tropas ficaram céticas. O Terceiro Grupo de Combate fez pouco caso do dia 21 de março. O equinócio de primavera, o primeiro dia da nova estação. Parecia improvável. Até um pouco supersticioso. Mas os alemães capturados em ataques às trincheiras juravam que seria bem nesse dia.

James escreveu aos pais, a Maggie e a Bob. Tinha muitas coisas para dizer, mas não sabia como. *Bem*, pensou ele, *se você morrer, não vai precisar mais se preocupar com a opinião dos outros.*

Na noite do dia 20 de março, James redigiu uma longa carta a Hazel, escrevendo uma porção de coisas que jamais tivera coragem de dizer em voz alta. Planos para o futuro. Planos que a incluíam. Será que Hazel ficaria triste se ele não retornasse da batalha vindoura?

Se morrer pelo Rei e pela pátria era sua sina, se aquele era o preço a se pagar, não parecia um exagero pedir ao destino que a garota que ele amava, que ele amaria para sempre, fosse para sua última morada sabendo como James se sentia.

Na noite do dia 20 de março de 1918, acompanhado pelos camaradas nas trincheiras de apoio, James Alderidge postou a carta ao entardecer. Em seguida, deitou-se no abrigo e dormiu enquanto ainda podia.

AFRODITE

Reagrupando

20 de março de 1918

Hazel e Colette chegaram a Paris na manhã do dia 20 de março de 1918. Colette foi direto para a cama e lá ficou.

A viagem de trem acontecera em completo silêncio, com exceção de quando Colette falou:

“Quando os alemães aniquilaram minha família, ninguém me deixou ver os corpos deles.”

Hazel aguardou, cabisbaixa.

“Eu tentei, mas eles disseram: ‘*Non*, *mon enfant*, não veja isso. Você não vai aguentar’.”

Hazel fechou os olhos e pensou em seus próprios pais, mortos. Em James, estirado no chão.

“Hazel”, disse Colette, por fim, “você acha que Aubrey morreu?”

As palavras golpearam a pianista. Afinal, o que ela achava que tinha acontecido?

“Acho”, respondeu ela, devagar, “que não devemos tirar conclusões precipitadas.”

Colette encarou a amiga, buscando a verdade. Seus olhos estavam vermelhos. Ela não cairia na arapuca de acreditar em ilusões ou mentiras disfarçadas de incentivo.

“Acho”, falou Hazel, “que não podemos perder a fé.”

Colette voltou a olhar pela janela, para uma fazenda que passava depressa.

ARES

Operação Michael*

21 de março de 1918

James acordou sobressaltado. Estava escuro, e o ar, denso e pesado. Um estrondo trovejava em seus ouvidos.

Um bombardeio. Mas não era um bombardeio qualquer. Os alemães estavam lançando granadas tão rápido que James não conseguia calcular o intervalo entre as explosões. Era um estampido de destruição atrás do outro, como o uivo de uma fera selvagem.

Ele pegou o capacete. O ar cheirava a fumaça, terra e ao odor acebolado do gás mostarda. Comandantes corriam, ladrando ordens. Soldados saíram dos abrigos e empunharam os rifles.

O chão tremia e sacudia como um navio atravessando uma tempestade. Explosões, gritaria. Mais explosões, mais gritaria. Terra chovia em cima deles. Eles voltaram para as trincheiras de apoio, mas os mais experientes sabiam que não havia nenhum corredor seguro para um ataque daquela magnitude.

O Terceiro Grupo de Combate se reuniu ao redor dele. James sabia quem era quem pelos sons, cheiros e alturas. "Você está me devendo dois xelins, Nutley!", Chad Browning gritou com sua voz esganiçada. "Eu disse que seria hoje, mas você não me deu ouvidos. Agora vai ter que pagar."

* Ofensiva militar dos alemães contra os Aliados. A Operação Michael foi o primeiro de quatro ataques da Ofensiva da Primavera. (N. T.)

"Calado!" Billy precisou gritar para ser ouvido.

"Só por cima do meu cadáver", protestou Browning. "Vamos. Pode ir pagando. Não sei se vamos sobreviver, e não vou me sentir bem se tiver que fuçar os bolsos de um camarada morto."

Mick Webber falou, e sua voz era bem mais grave que a de Billy Nutley. "Onde está o sargento McKendrick?"

"Whizz-bang!",** urrou Mason. Eles se abaixaram. A granada explodiu a três metros de distância.

Eles se espalharam, ainda agachados, para evitar que o projétil atingisse todos de uma vez. Granadas passaram assobiando por cima das cabeças dos soldados. A artilharia amiga finalmente começara a retaliação.

"Boa sorte para eles", resmungou Mason. "Os Fritz estão longe demais. Eles planejaram isso tudo."

"É impressão minha", gritou James, "ou as explosões estão se aproximando?"

"É uma barragem", respondeu Mason. "Eles criaram um paredão de artilharia. A ideia é que as tropas rastejem por baixo dele para invadir nossas trincheiras de forma segura, já que estaremos ocupados nos escondendo das granadas. A barragem vai ficando cada vez mais próxima à medida que eles avançam. É claro que, se eles meterem os pés pelas mãos, o tiro vai sair pela culatra."

"Bem que eu queria", grunhiu James. "Devo ir para o posto de vigia dos atiradores?"

"É melhor aguardar as ordens", aconselhou Mason. "Vai ser difícil enxergar com toda essa fumaça e escuridão. É mais seguro aqui."

Explosões e berros se aproximaram ainda mais. A única fonte de luz eram os clarões esporádicos das labaredas. Eles ficaram acocorados, tapando os ouvidos.

Mesmo assim, James conseguia ouvir os gritos. Eram os rapazes do Terceiro Grupo de Combate? Billy, Chad, Mick, Sam, Vincent, Alph?

Onde estava o sargento McKendrick? Será que algo havia acontecido? Se ninguém lhes dissesse o que fazer, eles morreriam ali, como presas fáceis, pois não podiam abandonar o posto sem ordem superior.

** Projétil altamente explosivo de pequeno calibre e grande velocidade. (N. T.)

A barulheira invadia os ouvidos deles. Os soldados prendiam os rifles entre as coxas; naquela situação, as armas pareciam de brinquedo. Se decidissem se esconder em um dos abrigos, uma granada poderia transformá-lo em um túmulo. Na trincheira, eles pelo menos tinham a chance de serem arrastados para longe do alvo.

Eles aspiraram o ar cheio de fumaça como se fosse seu último suspiro e esperaram.

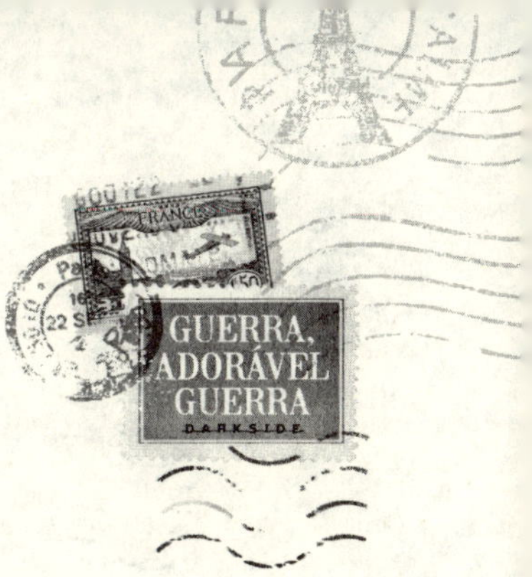

AFRODITE

De Paris

21 de março de 1918

As janelas trepidaram.

Hazel acordou na escuridão do quarto que dividia com Colette na casa de *tante* Solange.

As janelas continuaram trepidando.

O relógio na mesa de cabeceira marcava 4h45.

Ela pousou os pés descalços no assoalho gelado e foi até a janela, para afastar a cortina. Abrindo o trinco da janela de caixilho, ela a escancarou e se curvou para ver lá embaixo.

A cidade vibrava tanto que ela sentia os ossos tiritarem. A terra tremia, e os prédios sacudiam. Um cachorro latiu na rua, e outro mais ao longe respondeu.

Um terremoto?

O frio a deixou arrepiada. Outras janelas também foram abertas. Hazel ouviu Colette se remexer na cama.

O som vinha do norte. E assim continuou, como se rochas longínquas colidissem umas contra as outras, ou como se uma grande banda de percussão entrasse em conflito.

Hazel se deu conta de que eram armas na linha de frente. E não havia sinal de que iriam parar. Armas ao norte, onde James estava.

ARES

Entregues aos franceses

21 de março de 1918

A hora finalmente havia chegado.

Na quinta-feira, dia 21 de março, o 15º Regimento de Infantaria de Nova York chegou de trem em Connantre, na região de Givry-en--Argonne, e se reuniu com o resto da divisão, que tinha ido direto de Saint-Nazaire para lá.

Eles receberam um novo nome. Não eram mais o 15º Regimento de Infantaria de Nova York. Eram agora a 369ª Infantaria dos Estados Unidos. Ou melhor, o *369e Régiment d'Infanterie US* (RIUS). Eles foram entregues ao exército francês para lutar ao lado deles.

Os exércitos francês e britânico haviam implorado aos Estados Unidos para que enviassem tropas de reforço, mas o general Pershing se recusara a abrir mão do comando de quaisquer tropas americanas. Liderar os soldados era sua responsabilidade e, sempre que possível, protegê-los. Ele não queria que os americanos fossem tratados como objetos descartáveis por generais estrangeiros.

Mas ele podia dispensar um regimento de homens negros e deixá-los à disposição dos outros.

ARES
Neblina
21 de março de 1918

A saraivada de tiros durou horas. Morteiros e canhões de campanha buscavam por James.

Tudo que ele podia fazer era esperar. Não havia lugar seguro para se esconder.

Através da fumaça, da sujeira e da desorientação, o sol mal podia ser visto. Já passava das sete da manhã quando houve uma trégua. Os tiros cessaram. O céu estava mais claro, envolto em neblina. Ele encimou as trincheiras, gelado, úmido e pesado. James mal enxergava Frank Mason, que estava a apenas dois metros de distância.

Após o estrondo das armas, o silêncio era ensurdecedor. A neblina abafou e silenciou tudo. O ar estava tão úmido que respirar parecia o mesmo que se afogar.

Vozes baixas começaram a chamar umas às outras. Clamores por médicos e macas perpassaram a neblina, mas os necessitados pareciam morrer antes dos pedidos chegarem aos ouvidos de alguém que pudesse ajudar.

"Mason", sussurrou James.

Mason estava bem ao lado dele. "Quieto", sibilou. "Eles estão vindo."

James limpou as gotas pegajosas de orvalho do rifle e armou a baioneta.

Uma granada explodiu em um dos corredores da trincheira. Chad e Billy tinham ido por ali. Será que estavam bem? Ele sentiu o coração bater depressa. Como poderia alertá-los sem colocar todos em risco?

Eles aterrissavam com leveza quando invadiam as trincheiras. Como o *splash* que um cubo de gelo fazia ao ser colocado em uma bebida. Eram como figuras oníricas de vestes cinzentas portando granadas, rifles e munição. Seus capacetes de pintura camuflada pareciam baldes de carvão.

Uma tropa de choque. Soldados de elite com armamento pesado. Eles não prendiam os soldados; eles os matavam.

Eram dois. James os viu, mas eles não perceberam que ele estava ali. Com os revólveres engatilhados, os soldados de elite apareciam e sumiam de vista.

James ergueu o rifle. Estavam a apenas alguns metros de distância.

Eles ouviram passos se aproximando e se viraram. Era Mason, de costas. Não avistara os inimigos.

James apertou o gatilho.

Um alemão desabou.

O outro foi se virando,
James engatilhando e mirando,
ouviu-se o estalido da arma,
o rifle dele sendo apontado,
um barulho,
a coronha da pistola de Mason desarmando o alemão,
se James atirasse, poderia matar Mason,
preparar,
apontar,
estocada,
alanhar e torcer,
matar,
matar,
matar.
Alguém ficou boquiaberto,
olhos azuis o encararam,
a surpresa estampada nos olhos turquesa
à medida que a garganta derramava sangue na farda cinzenta.

James havia atirado no pescoço do primeiro soldado da tropa de choque. Eles usavam armaduras, o que significava que seus pescoços e axilas ficavam vulneráveis.

"Obrigado, parceiro", disse Mason.

Ele recolheu as armas dos inimigos, ficando com uma e deixando a outra com James. Despojos de guerra. Mason colocou a bandoleira de granadas a tiracolo. James pegou a pistola, que ainda estava quente, desarmou o gatilho e prendeu-a no cinto.

Agora conseguiam ouvir a algazarra da linha de frente sendo gravemente atacada. Era o esperado, já que tropas de choque estavam invadindo as trincheiras de apoio.

Chad e Billy correram até o refúgio.

"Vocês estão bem?", perguntou Chad Browning.

"Onde está McKendrick?", quis saber Billy Nutley.

Outro passo. Um cheiro, um som.

"Abaixem-se!", gritou Mason.

Uma língua de fogo se projetou pela trincheira. Um soldado da tropa de choque estava utilizando um lança-chamas. *Flammenwerfer.* Fogo líquido que ele disparava a metros de distância segurando uma mangueira.

James se agachou, ainda segurando o rifle. Não havia tempo para espreitar o inimigo. Ele mirou no rosto.

O corpo decapitado do alemão tombou para a frente, ainda propelindo fogo. Chad gritou.

"Bater em retirada!", gritou alguém, ao longe. "Recuar!"

Chad se contorcia no tabuado.* Mason e Nutley caíram em cima dele, tentando apagar o fogo. O odor de carne queimada fez com que James pensasse em comida, em carne assada.

"Precisamos de uma maca." Billy estava pálido e ofegante.

Mason balançou a cabeça. "Nunca vamos achar uma por esses lados."

James girou a correia do rifle, posicionando-o nas costas. "Posso carregá-lo. Só me ajudem a colocá-lo nas costas antes de irem embora. Estarei logo atrás de vocês."

"Deixe que eu faço isso", sugeriu Billy.

"Para vocês dois morrerem?", rebateu James. "Você é grande demais. Fique agachado e dê o fora daqui. Billy, leve minha mochila. E me dê cobertura, certo?"

"Ele tem razão, Bill", concordou Mason. "Você não vai conseguir."

"Coloquem-no nas minhas costas", James disse a Mason, "e caiam fora."

* Entabuamento que permitia que os soldados se locomovessem pelas trincheiras sem escorregar no chão enlameado. (N. T.)

Chad Browning havia parado de gritar. Sua farda estava parcialmente derretida, fundida à pele. Mason tirou o capote, eles cobriram Browning e depois o posicionaram nas costas de James. Seus braços flácidos ficaram amolecidos sobre os ombros de James, e sua cabeça pendia contra a do colega. O corpo dele era leve. Chad parecia pesar tanto quanto uma mochila.

"Terceiro Grupo de Combate", chamou Frank Mason, o novo e absoluto comandante. Outros camaradas surgiram através da névoa.

"Onde está Alph?", perguntou Mason. "E Sam?"

Vince Rowan balançou a cabeça. "Granada."

O bassê tinha morrido. *Vai ser igual a Wipers. Um suicídio.*

"Morto?" Mason os encara. "Certo." Ele aponta para o norte. "Vamos por aqui, para as trincheiras de comunicação. Bill, você vai primeiro, depois Mick e, em seguida, James. Tomem cuidado com os alemães lá em cima. Você vai logo depois, Vince. E eu vou atrás."

Com a baioneta armada, Billy Nutley começou a retirada do grupo. Suas costas largas logo desapareceram na neblina. Mick Webber, James e Chad, Vince Rowan e Frank Mason o seguiram. No leste, na direção do amanhecer enevoado, as armas alemães rugiram, reavivadas.

ARES

Jesse James

21 de março de 1918

As trincheiras de comunicação eram um pesadelo. Cheias de fumaça, escorregadias de tanto sangue. Padioleiros levavam os feridos para as enfermarias em meio ao empurra-empurra dos oficiais da reserva que corriam para a frente de batalha. Soldados da tropa de choque alemã infestavam o ponto mais alto das trincheiras. Combatentes britânicos, com suas pistolas a postos, vigiavam as margens e matavam quem se movimentava através da neblina. Mas eles não conseguiam avistar quem atirava as granadas.

James só conseguia pensar em Chad Browning, molenga em suas costas. Ele devia estar sofrendo. Chad, sempre briguento, sempre engraçado. *Quem não gostaria de ser um soldado, hein? Oh, é vergonhoso ser pago por isso...*

Eles se aproximaram de uma equipe da Cruz Vermelha e deixaram Chad aos cuidados deles. Seu corpo queimava através do capote como se a *Flammenwerfer* ainda estivesse disparando labaredas. Chad estava vivo. Não havia mais nada que eles pudessem fazer.

"Terceiro Grupo de Combate! São vocês?"

Clive Mooradian e o atarracado Benji Packer surgiram no campo de visão deles.

"Vamos lá, meus queridos", disse Clive. "Soldados de infantaria alemães estão seguindo a tropa de choque pela barragem. Eles ocuparam uma parte da linha de frente, e nós temos que reconquistá-la."

"Linha de frente?", repetiu Mick. "A tropa de choque acabou de nos expulsar das trincheiras de apoio!"

O soldado Mooradian deu de ombros. "Eles não têm o costume de ficar muito tempo. Vamos voltar antes que os Fritz se sintam em casa demais e comecem a mudar os móveis de lugar."

"Vocês sabem o que aconteceu com o sargento McKendrick?", indagou James.

"Ouvimos dizer que ele foi ferido hoje de manhã", respondeu Benji Packer. "Ficou com uma concussão feia após um ataque aos aposentos dos comandantes. Mas parece que vai sobreviver."

Eles seguiram os membros do Segundo Grupo de Combate até a linha de frente, percorrendo os corredores labirínticos e sufocantes das trincheiras de comunicação lotadas. Outra granada foi atirada na frente de batalha, um pouco atrás de onde eles tinham estado antes.

"É isso", declarou Mason. "Vão em frente, rapazes. Vou subir para dar cabo do miserável que está atirando essas granadas. Me dê uma mãozinha aqui, Alderidge."

James ficou sem reação. "Você vai ser um alvo fácil lá em cima, Frank."

"Vamos *logo*", reclamou Benji. "Vocês estão atravancando o corredor."

"Vou no seu lugar", ofereceu James. "Eu atiro melhor e não tenho família me esperando em casa."

"Pare de ficar se gabando, Jimmy", retrucou Clive. "Quem vai ser?"

"Nós dois vamos", falou Mason. "Nosso Jesse James* pode cuidar dos Jerrys. Vou lhe dar cobertura."

"Então nos alcancem quando puderem", disse Mooradian. "Tem munição? Ótimo. Então vá."

Billy entrelaçou os dedos e ajudou James a subir. Ele escalou a platibanda e se deitou rente ao chão. Ainda contava com a névoa para se esconder, mas sem as paredes das trincheiras, se sentiu vulnerável e exposto. Já tinha odiado as trincheiras. Agora, sem elas, estava perdido.

Frank Mason escalou a trincheira e aterrissou bem em cima dele.

"Desculpe, parceiro", disse Frank. "Nada pessoal."

Através dos rifles, eles observaram a neblina rodopiante.

* Bandido estadunidense cujos crimes foram motivados por vingança a proprietários de terras e a banqueiros antiéticos. Com o passar do tempo, por desafiar a lei e contestar as autoridades da época, Jesse James se transformou em uma figura à la Robin Hood. (N. T.)

ARES

Atirador na neve

21 de março de 1918

Como é ser um atirador na neve?

A neblina era uma parede de neve. O branco era tão claro. Era quase irônico, pois sua pureza os resguardava dos sons de morte e destruição.

James relutara muito em se tornar um atirador. Mas agora ele era um. Os atiradores precisam de roupas camufladas e protetores de capacete, para escudá-los enquanto eles observam, esperam, matam. Mas a batalha o engolfara.

James e Mason rastejaram por mais alguns centímetros.

"Cadê você, Fritz?", sussurrou Mason.

James ergueu uma mão para silenciar o amigo. Ao contrário do que acontecia nas vigias à meia-noite, o estardalhaço da artilharia e dos soldados era tanto que ele não conseguia ouvir um mísero passo ou um graveto quebrando nas proximidades. Mas talvez...

Ali. Mais ao longe. Uma silhueta acinzentada à espreita. Fazendo pontaria com uma arma enorme. Um rifle com lançador de granadas.

James mirou no coração. E assim o atirador sucumbiu.

"Vamos, vamos, vamos", sibilou Mason. "Agora eles sabem que estamos aqui."

Eles seguraram os rifles e rolaram alguns metros para o lado.

Logo em seguida, um soldado da tropa de choque alcançou o lugar onde tinham estado, à procura deles.

Mason atirou. A cabeça do alemão baqueou para o lado. Sangue jorrou de suas têmporas.

"Tiro excelente", murmurou James.

"Não é só você que sabe o que fazer com uma arma."

Eles rolaram mais um pouco e esperaram. "Agora eles sabem que há uma armadilha", cochichou Mason.

Não houve movimentação. No entanto, James sentia que havia alguém ali.

Sem emitir som, ele disse: "Fique aqui. Em alerta. Vou por ali. Me dê cobertura".

Mason assentiu.

Aos pouquinhos, James rastejou para a direita, até ficar a quase três metros de distância de Mason. A neblina foi arrefecendo à medida que o sol da manhã a aquecia. Ele ainda conseguia ver Mason, atento a ele.

Então James viu o que estava fora do campo de visão de Mason. Um soldado da tropa de choque se assomava bem atrás do amigo, apontando o rifle para ele.

Não havia tempo de apanhar seu próprio rifle. Com a mão livre, James pegou a pistola alemã do cinto. Será que conseguiria atirar com a mão esquerda?

Em um movimento rápido, ele engatilhou o revólver e atirou no peito do alemão.

A névoa reivindicou o corpo do Jerry. Mas Mason, assustado, se pôs de pé.

Um lamento.

Um lampejo prateado.

Uma explosão mandou tudo pelos ares. Uma coluna de terra e fumaça. Um deslocamento agudo de ar arremessou James para longe, jogando terra em seu rosto.

Quando a fumaça se dissipou e James esfregou os olhos, Frank Mason não estava mais ali. Havia apenas um fogaréu, um capacete, um par de botas destruídas e um missal de bolso carbonizado.

TELEGRAMA

Dezembro de 1942

O silêncio profundo da noite recai sobre o quarto do hotel.

O fogo se extinguiu e a sala está quase totalmente escura. Apenas o brilho tênue dos deuses oferece algum desafio à noite.

“Adelaide Sutton Mason”, diz Afrodite. “Eu me lembro dela. Ela passou por maus bocados na infância. Teve um pai bruto e beberrão. Tinha tudo para acabar com o tipo errado de homem, até que Frank apareceu.” Ela enxugou as lágrimas. “Eles viveram três anos muito felizes juntos. E, é claro, tiveram dois filhos.”

“Dois?” Ares olha para a deusa. “A fotografia de Mason tinha apenas...”

“Ela escreveu a ele para contar que havia engravidado”, explica Afrodite. “O ferimento dele, lembra? Frank Mason voltou para casa por um tempo.”

Todos os deuses homens aqui presentes são pais. Talvez eles não sejam os melhores exemplos — podemos discutir sobre isso —, mas eles não são insensíveis.

Diante de seus olhos, uma cena aparece. Uma campainha toca. Um jovem magro, que apoiou sua bicicleta em um poste no meio-fio, está parado no degrau da frente. Um envelope tremelica entre seus dedos. A jovem esposa, cujos olhos sempre entendem a piada, espia pela fresta da porta que se abre lentamente.

HADES
Na praia

O soldado Frank Mason adentrou meus domínios de forma um tanto abrupta.

"O que aconteceu?", perguntou ele. "Onde está James?"

A névoa ainda era densa ao redor dele, mas o ar já não fedia mais a fumaça e a pólvora. O cheiro agora era úmido e fresco. Ele ficou de pé com certo esforço e deu um passo adiante.

"James?!", gritou ele. "Você está aí?"

Não havia mais a balbúrdia de bombas explodindo e rifles atirando. Era a quietude da natureza, que, se você parar para prestar atenção, não é quieta coisa nenhuma. Pássaros trinando, insetos zumbindo, galhos balançando.

A neblina se dissipou. Ele se viu em um campo de grama verde-escura pontilhada por flores brancas e delicadas. Sentiu o cheiro do mar, mais adiante. Depois de passar tanto tempo sem acesso ao oceano, confinando por meses a fio nas trincheiras, as águas o chamaram.

Ele começou a correr.

Na areia, Frank Mason olhou para baixo e percebeu que estava descalço e que vestia o conjunto de calça e camisa leve que costumava usar no verão, nos barcos de pesca. Areia molhada se enfiou entre seus dedos, e seu rosto foi borrifado pela água salina.

"Estou em casa", disse ele.

A praia estava praticamente vazia. Era o fim da tarde, quando o dia vai se avizinhando do crepúsculo. De mãos dadas com um garotinho, uma mulher caminhava devagar pela orla.

"Ah, não", gemeu Frank. "Não, não, não!"

Apareci na forma de um velho marinheiro que ele conhecera havia muitos anos, quando entrou para a tripulação pesqueira.

Minha presença não o surpreendeu. Eles raramente são pegos de surpresa; todas as almas sabem que vou encontrá-las no fim da linha.

"Eu morri, não foi?" Ele se virou para mim. "Eles me pegaram, aqueles malditos!"

Aquiesci. "De certa forma, sim. Eles pegaram você. Mas agora você está comigo."

Ele desabou na areia e chorou. "A coitada da minha esposa, sozinha...", soluçou. "Meu filho, que vai crescer sem pai. E o bebê!" Ele se virou para mim, quase suplicando. "Quem vai cuidar deles?"

"Eles vão cuidar muito bem uns dos outros."

Minha resposta não o confortou. "Será um baque e tanto para eles", lamuriou-se. "Não pode me dizer o contrário."

"Será um baque e tanto para eles", falei. "Você vai precisar consolá-los e ajudá-los. Se pudesse escolher, o que faria por eles?"

Ele me encarou. "Vou poder ampará-los?"

"É possível", respondi. "Se sua vontade for forte o bastante."

Frank Mason olhou desanimado para sua família que se aproximava. Seu filho se sentou e começou a construir um castelo de areia.

"Se servir de consolo, lembre-se de que o sono os aproxima de você."

Ele ergueu os olhos, esperançoso.

"Assim como a infância", acrescentei. "Os pequenos veem tudo."

Frank Mason Jr. virou-se para o pai e deu um sorriso todo babado. Em um instante, seu pai estava ao seu lado.

"Até à vista", eu disse a título de despedida, embora não acredite que ele tenha me ouvido.

HADES

Plaquetas de identificação

21 de março de 1918

Já havia anoitecido quando James foi encontrado.

Ele estava no abrigo, a centenas de metros de distância de onde fora para eliminar os soldados da tropa de choque. Não fazia a menor ideia de como tinha ido parar ali.

Era evidente para os médicos, quando eles finalmente o examinaram, que James passara o dia todo sem comer ou beber. Ele havia se enroscado em um canto do abrigo e não saía de jeito nenhum.

Mas ele precisava se mexer. Os alemães tinham dominado as linhas britânicas e agora pressionavam os soldados do 5º Exército da Força Expedicionária Britânica a baterem em retirada. James se tornaria um prisioneiro de guerra se eles não conseguissem tirá-lo dali.

Ele apontava o rifle para todos os colegas que tentavam fazer com que ele saísse do canto. James foi um grande sortudo por não ter sido morto por desacato por um dos superiores. Eles não tolerariam atrasos no recuo das tropas e não tinham como permitir que soldados ficassem para trás, tornando-se prisioneiros, alvos de tortura e, quem sabe, revelando informações confidenciais.

O soldado James Alderidge não tinha segredos.

"Onde está Mason?", repetia ele. "Alguém o viu?"

O soldado responsável por fazer com que ele saísse do canto não era tão cruel quanto os outros. Ele persuadiu James a entregar suas plaquetas de identificação, para que pudessem encontrar alguém que ele conhecia. James obedeceu. As plaquetas, que haviam estado penduradas

em seu pescoço, informaram que seu nome era soldado J. Alderidge, 5º Exército, 7º Corpo, 39ª Divisão, Companhia D. Após uma breve gritaria, eles localizaram outro soldado que o conhecia: William Nutley.

Billy tentou convencê-lo a sair. Quando a persuasão não funcionou, Billy rastejou ao encontro dele. Ele entregou as armas para o camarada sem protestos, e Billy pegou James, todo grandalhão com um metro e oitenta de altura, e o carregou para fora do canto.

Aninhado contra o peito de Billy, James começou a tremer. Os bombardeios noturnos faziam com que pequenas rajadas de luz alaranjada fossem disparadas, parecendo quase festivas, como fogos de artifício.

"Está tudo bem, Jim", disse Billy. "Está tudo bem."

"Você viu Mason?"

"Não, não vi", respondeu Billy.

Ele quase afirmou ter certeza de que o colega estava bem, mas eu o impedi. Mentiras são muito piores do que não receber nenhum conforto. Sobretudo para uma mente já abrasada pela verdade.

Billy o levou para a tenda da Cruz Vermelha. James ficou lá, contraindo-se, tremendo sob um lençol fino e um cobertor. Quando uma enfermeira se aproximou da cama dele, James se sentou, pegou-a pelos braços e perguntou: "Você viu Frank Mason?".

"Sedativo", ordenou a enfermeira. Um ajudante apareceu. Ele mergulhou uma seringa de aço em um frasco e sugou uma dose de alguma substância. James sentiu uma beliscada forte no braço e não se lembrou de mais nada.

…тери — друзья, твоб…

…личное значение, с…

Бегриши в нико…

…и из [illegible] со…

…ошлезоли ту со вереду…

…время: всегда при…

…волнующей ие Но з…

…ти и [illegible]…

…эпра— постоянству и…

…личных [illegible]…

…вательно стим он д…

…тарим стилму…

…удостоинства по…

…ий [illegible]…

Entreato

AFRODITE

O que aconteceu com as correspondências

Quando uma carta chegou à cabana um de recreação da ACM, endereçada a Colette Fournier e enviada de Aix-les-Bains, a sra. Celestine Davies começou a matutar. A carta poderia ter sido escrita por qualquer combatente americano, mas muito provavelmente viera de um dos soldados negros daquela banda itinerante do exército que tinha ido lá para se apresentar.

Em vez de enviar a carta para o endereço registrado da srta. Fournier — uma parente em Paris —, ela encaminhou a carta, com um bilhete um tanto ranzinza, para um sargento do quartel-general do exército americano em Saint-Nazaire. Os soldados negros estavam se sentindo à vontade até demais com os voluntários brancos da ACM. A liderança do exército americano precisava fazer alguma coisa sobre aquela situação com os negros.

O sargento abriu a carta e, descobrindo que continha apenas uma partitura, revirou os olhos e a jogou no lixo.

Uma carta do soldado J. Alderidge, servindo no 5º Exército, ao norte de Paris, chegou à cabana um, endereçada à srta. Hazel Windicott. O coração patriótico da sra. Davies sentiu pena do jovem. J. Alderidge, que servia ao rei e ao país e merecia muito mais do que desperdiçar suas afeições em alguém como Hazel. Ela até podia ser uma moça minimamente atraente e habilidosa com o piano (embora Celestine já tivesse ouvido pianistas melhores), mas não era digna das atenções dele.

Assim, a sra. Davies devolveu a carta a James, aos cuidados do 5º Exército, e incluiu uma mensagem explicando que a srta. Windicott havia sido dispensada da ACM sem honrarias por ter confraternizado com homens mal afamados após o toque de recolher. Ela omitiu a informação de que pelo menos um deles era negro, pois não havia por que ferir o orgulho viril do soldado Alderidge. A sra. Davies informou que ela havia partido sem deixar endereço.

Uma outra falha de comunicação do correio não teve nada a ver com a sra. Celestine Davies.

Conforme o alarido dos bombardeios e as notícias calamitosas chegavam a Paris, Hazel enviou cartas a James, informando seu novo endereço e implorando para que ele escrevesse, avisando que estava bem. Elas foram endereçadas a ele, aos cuidados do 5º Exército, mas no estado caótico das coisas, com o recuo das tropas e à luz dos acontecimentos subsequentes, boa parte das cartas de Hazel jamais foi entregue a James. Milhares de cartas foram extraviadas nessa época. Quando a poeira finalmente baixou e os sacos de correspondência esquecidos foram distribuídos, não havia nenhum soldado James Alderidge a quem entregar as cartas.

...нтерн — Бразил, што...

...војное систена, си...

Беприиии в ниио...

... М ~~[illegible]~~ со ...

...ово езонину со Серију

...бенон: влиуа при ...

...вафирирује си Мв з...

...ти и ~~[illegible]~~

...ара — нетоииугу с...

...итиниих ~~[illegible]~~ еди...

...воти сино стеи он д...

...сорииш стишину и...

...едене намииузМрад но ...

...ии ~~[illegible]~~ ...

Quarto Ato

ARES
Chocolate
24 de março-5 de abril de 1918

Alguns dias depois, os jornais de Paris publicaram notícias horríveis. O 5º Exército Britânico, alojado de Gouzeaucourt até o rio Oise, havia sofrido uma derrota arrasadora. A Operação Michael, cujo alvo era Saint-Quentin, praticamente aniquilara o 5º Exército. Os alemães haviam feito com que a linha de frente recuasse cerca de 95 quilômetros.

Noventa e cinco quilômetros perdidos! Depois de anos de impasse!

Mais trágico do que alguns quilômetros perdidos eram as dezenas de milhares de vidas ceifadas em ambos os lados em apenas alguns dias de conflito. A derrota fora tão funesta que o 5º Exército estava sendo dissolvido.

Hazel, que lia os jornais de Paris com seu francês questionável de colegial, ficou estarrecida. Um exército inteiro fora desmantelado devido ao fracasso e a grandes perdas. Será que James estava entre eles? Ela não quis acreditar. No entanto, com um exército inteiro dissolvido, o que mais ela poderia pensar?

Será que os alemães realmente iriam vencer a guerra, depois de tanta bravura e sacrifício britânicos e com os americanos chegando para engrossar as fileiras?

Pelo menos os Aliados *finalmente* haviam parado os alemães. Os Jerrys não conseguiram conquistar a cidade de Amiens, muito menos alcançar os portos do Canal da Mancha. O comando dos mares da Grã-Bretanha permaneceu em vigor. Para os Aliados, aquilo era crucial. Paris ainda estava a salvo, mesmo com os alemães apontando seus canhões de longo alcance para ela.

Por mais custoso e desanimador que fosse recuar 95 quilômetros antes do ataque alemão, o território perdido não tinha nenhum valor estratégico para os Jerrys. As tropas de choque e a infantaria inimigas avançaram muito mais rápido do que as vias de abastecimento. A bem da verdade, a linha britânica não havia se movido tanto assim. Não tardou até que os alemães que avançavam se vissem presos, cercados e famintos.

Ao saquear os suprimentos que os britânicos deixaram em meio ao afã de bater em retirada, eles encontraram carne, chocolate, cigarros e até mesmo champanhe. Os Fritz haviam sido levados a crer que os Aliados estavam tão pobres e famintos quanto eles. Contudo, mesmo após quatro anos de guerra, lá estavam eles, aproveitando as coisas boas da vida, enquanto as famílias dos Fritz passavam fome.

Qualquer injeção de ânimo que os 95 quilômetros avançados pudessem ter dado aos alemães foi liquidada pelo chocolate nas mochilas de combatente da Força Expedicionária Britânica.

Guerra é estado de espírito. Guerra é suprimento. Guerra é chocolate.

Por mais que a máquina de propaganda alemã tentasse assegurar aos Fritz que eles estavam vencendo sua guerra gloriosa, os soldados não se deixaram enganar. Se os britânicos estavam bebendo espumante e comendo chocolate enquanto os alemães bebiam uma imitação barata de café feita de casca de noz e alcatrão de hulha, não havia mais esperança. Ainda faltavam nove meses e mais quatro milhões de vítimas, mas tudo estava acabado.

HADES

Desfalecido

22-25 de março de 1918

A seringa reapareceu muitas vezes nos dias seguintes.

James acordava na luz faiscante do dia ou na escuridão confusa, tentando entender onde estava. Os sonhos oscilavam no limiar entre o sono e o despertar. O alemão de olhos azuis. O alemão com o lança-chamas, engolfando James. Não, envolvendo Hazel.

Hazel. Onde ela estava? Ela havia ido embora. De vez. Não, estava ali, parada diante dele, até que, *bum*, sumia.

Não, era Frank. Graças a Deus... Não era Hazel, mas, ah, meu Deus, ah, meu Deus, era Frank.

O zumbido. Seus ouvidos zuniam com as troadas estridentes de um míssil. Mas ele nunca atingiu o alvo, nunca foi de encontro ao chão. Continuou vindo na direção dele. Tinindo e tinindo em sua cabeça. James se estrebuchava nos lençóis suados; seus pulsos haviam sido amarrados à cama. Ele estava vestindo uma fina camisola hospitalar, tão fina que jamais o protegeria dos mísseis. Onde estavam suas roupas?

Ele precisava fugir. Tinha que se proteger. Qualquer salva de artilharia poderia atingi-lo.

Não, não. Ele estava em um hospital. Estava a salvo.

Então houve uma explosão. Médicos e enfermeiras começaram a correr, pacientes gritaram.

Desconhecidos correram até a maca dele. Eles a levantaram e carregaram até um caminhão. O caminhão chacoalhou, e James gritou. Alguém se aproximou com a seringa de aço, ele sentiu o beliscão ardido, e seu campo de visão, já reduzido e escuro, ficou borrado nas bordas. James desfaleceu.

HADES

Apostando em corridas de cavalos

Março-Abril de 1918

Quando a Grande Guerra eclodiu, o sr. e a sra. Windicott, que moravam na esquina da Grundy Street com a Bygrove, em Poplar, Londres, agradeceram aos astros, pois sua única filha nunca enfrentaria os perigos da batalha. Ela, uma jovem quieta, sempre muito dedicada ao piano, passaria ilesa por tamanha provação.

Então Hazel começou a agir de forma suspeita e, de repente, se apaixonou por um soldado, largou as aulas de piano e partiu para a França, para ser voluntária em uma grande base de militares americanos. Os horrores que poderiam acontecer com ela faziam com que a sra. Windicott não conseguisse pregar o olho à noite.

As cartas da filha eram cheias de amor por eles e repletas de preocupação com seu pobre soldado.

Com o tempo, eles começaram a comprar, de um livreiro, a Lista Semanal de Baixas. (O *London Times* havia parado de imprimir a lista junto do jornal diário, pois ela tinha crescido tanto que não havia espaço para nenhuma outra notícia.)

Outros habitantes da Grã-Bretanha estudavam a lista com ainda mais medo do que os Windicott. Mas toda semana eles examinavam a lista com uma lupa à procura do nome Alderidge, J. (Chelmsford). Ele era apenas um nome para eles, mas era uma pessoa importante para Hazel. Eles passaram a amá-lo por causa dela.

Para saber o que significa amar uma pessoa em tempos de guerra, é só escolher qualquer nome, observá-lo por tempo suficiente e fazer uma oração de agradecimento quando você não o encontra em uma lista de baixas.

Um apostador de corridas que acompanha com ávido interesse as vitórias, decursos e lesões dos cavalos Bachelor's Button (vencedor da Copa Ascot Gold de 1906) ou Apothecary (vencedor da edição de 1915) sabe o que estou querendo dizer. Os responsáveis por criar a geração que alimentava a guerra eram como apostadores de corridas de cavalos.

APOLO

Émile

22 de março-12 de abril de 1918

Aubrey começou a pensar que mandar uma carta para Colette contendo apenas uma partitura depois de eles terem passado tanto tempo sem se falar talvez não tivesse sido a melhor opção. Então ele escreveu outra. E, mesmo assim, não houve resposta.

Curiosamente, ir para a frente de batalha fizera bem a Aubrey. Seu treinador francês, Émile Segal, era muito divertido. Era um verdadeiro *poilu** ("peludo"), coberto da cabeça aos pés por pelos castanhos grossos e emaranhados. E as caretas que ele fazia eram impagáveis! Ele tinha o hábito de imitar os Boches** e os trejeitos dos soldados franceses. E havia ainda os soldados do 369e ("Sammies", para Émile, em homenagem ao Tio Sam), que se aproveitavam da distribuição diária de vinho para os soldados franceses. O problema é que os Sammies não davam conta de beber tanto vinho francês. Era forte demais.

Aubrey não precisava estar embriagado para rir das palhaçadas de Émile.

* Termo usado pelos britânicos e estadunidenses para se referir aos franceses. O apelido foi inspirado no livro *Le Médecin de Campagne*, publicado em 1833 por Honoré de Balzac, no qual soldados franceses são convocados para uma missão especial e apenas alguns combatentes são considerados peludos o suficiente para realizar o trabalho. (N. T.)

** Termo usado pelos britânicos para se referir aos alemães. (N. T.)

Era quase um milagre. Semanas se passaram, depois meses. A saudade de Joey e a culpa que Aubrey sentia nunca diminuíram. Contudo, após dois meses, o tempo, o trabalho e as amizades mostraram a Aubrey que era possível sentir dor e rir no mesmo dia. Ele nunca teria imaginado que isso seria possível.

Aubrey e Émile logo desenvolveram uma linguagem própria, uma mistura de francês com inglês. Eles sabiam o suficiente do idioma um do outro para se comunicarem de forma cuidadosamente confusa. Um dia, Aubrey trocou a palavra francês para vento, *vent*, pela palavra para vinho, *vin*, e disse a Émile que gostaria de um pouco mais de vento depois do jantar, *s'il vous plait*. Émile o premiou com uma bufa digna de nota. Se eles a tivessem acendido, teriam feito um *Flammenwerfer*.

Feijões no jantar. Bons tempos.

Émile ensinou Aubrey a sobreviver na linha de frente. Mostrou-lhe como discernir projéteis e a diferenciar bombas explosivas de bombas de gás. Como rastejar silenciosamente e distinguir o *vent* que suspirava nas árvores de um grupo de ataque Boche que andava na ponta dos pés. Como aquecer uma tampa de lata em uma pequena chama para apanhar piolhos, esmagando-os sob a tampa em brasa e fazendo com que estourassem feito pipoca.

Em Maffrécourt, onde foram alojados, Aubrey encontrou um piano em uma taverna bombardeada. Não estava em condições muito boas, mas Aubrey tocou para Émile mesmo assim, e outros membros da Companhia K foram ao encontro deles para fazer uma apresentação improvisada.

Depois do espetáculo, Émile Segal fez questão de se gabar de seu camarada pianista sempre que possível. Ver os *poilus* dançando jazz pela primeira vez deixou Aubrey com vontade de enfiar o punho na boca para não gargalhar. Aubrey lhes ensinou o foxtrote, para que eles não surgissem nos portões perolados do além dançando como um bando de palhaços com artrite.

Aubrey se apresentou todas as noites até o dia em que eles entraram nas trincheiras para valer, em 13 de abril de 1918. Aubrey ficou pensando que, depois da guerra, Émile deveria se tornar um empresário. Ele com certeza sabia como atrair uma multidão. E Aubrey sem dúvida gostava de ter uma.

O setor de Champagne estava quieto. Eles se consideravam sortudos, pois, de onde estavam, conseguiam ouvir os tambores da guerra trovejando até o norte. Mas ali não havia muita coisa sendo abatida além de javalis. E a única dor que habitava o coração de Aubrey, além da perda de Joey, era de que ele ainda não havia recebido nenhuma carta de Colette.

AFRODITE

Qualquer trabalho serve

29 de março de 1918

Após uma semana perambulando de braços dados pelas ruas de Paris, dividindo um silêncio enlutado, Hazel e Colette finalmente conseguiram lidar com a realidade mundana e procurar trabalho. De qualquer tipo. Qualquer coisa servia.

Foi difícil. Todos queriam saber o que uma belga e uma britânica estavam fazendo em Paris. Elas já deviam ter feito trabalho de guerra. O que era? Como acabou? Elas receberam cartas de referência? Houve algum problema?

Colette estava tão desconsolada que não conseguiu nem usar sua lábia. E Hazel, por sua vez, tinha dificuldade para dar respostas tranquilas, decididas e um pouquinho desonestas. Os conselhos de admissão não caíram no papo da pianista e recusaram as inscrições.

Elas acabaram encontrando um lugar tão desesperado que as aceitou em um piscar de olhos. O trabalho era servil e humilde, e poucas voluntárias se interessavam nele. Era o tipo de trabalho que os pais de Hazel e *tante* Solange não aprovariam. Mas foi tudo que elas conseguiram.

O trabalho não impelia o exército rumo à vitória e tampouco auxiliava os soldados Aliados. Elas conseguiram emprego trabalhando em cozinhas, preparando e servindo comida em parceria com um órgão da Cruz Vermelha que supervisionava os campos de concentração na França para prisioneiros de guerra alemães.

HADES

O quarto cor-de-rosa

12 de abril de 1918

Foi a quietude que sobressaltou James. A quietude e o asseio.

Os lençóis estavam frescos e brancos. Seu pijama azul-claro era macio. *Morri*, pensou ele. *Estou no Paraíso.*

Mas... um hospital é o Paraíso?

O quarto iluminado pelo sol era moderno e elegante. Suas paredes eram cor-de-rosa. Ao lado da cama havia um vaso de margaridas. Ele não ouviu sons de bombardeio, apenas o tráfego da cidade na rua lá embaixo.

Uma enfermeira adentrou o cômodo. Usava um vestido cinza, um avental branco e uma capa vermelha curta. Uma braçadeira branca exibia uma grande cruz vermelha, e um véu branco afastava seu cabelo do rosto e do pescoço.

"Ah, você acordou", disse ela. "Aceita um copo d'água?"

Ela lhe serviu um copo, e James sorveu o líquido de um gole só. Quando a água molhou sua língua, ele percebeu como ela estava desagradável, parecendo uma lixa. Ele estendeu o copo vazio, e a enfermeira serviu mais.

"Que dia é hoje?", quis saber James. Sua voz falhou. Parecia estranha e juvenil.

"É dia 12 de abril", respondeu ela.

Ele balançou a cabeça. Doze de abril. A batalha... Quando tinha sido?

A lembrança da batalha o golpeou como uma avalanche. *Não, não, não, não.*

A enfermeira pegou o pulso de James entre as pontas dos dedos frios e alisou o cabelo dele.

"Está tudo bem", falou ela. "Você está protegido aqui. Vai ficar bom em um abrir e fechar de olhos."

"Onde estou?", resmungou James.

"No Hospital Maudsley para Militares", informou ela. "Em Camberwell. No sul de Londres."

Londres. Ele estava de volta à Grã-Bretanha. Hazel. As paredes cor-de-rosa faziam James pensar em Hazel.

A enfermeira entregou a James um prato de frango e purê de batata com molho cremoso. Ervilhas enlatadas rolavam no prato. Depois da trincheira, parecia um banquete.

"O que acha de se sentar nesta bela cadeira perto da janela?"

Ele deixou a enfermeira ajudá-lo a se levantar.

"Muito bem. Isso mesmo." Ela colocou uma bandeja no colo dele. "Coma tudo para recuperar as forças. E olhe um pouco a paisagem. Veja as árvores. Vai te fazer bem."

A enfermeira foi embora. James raspou um pouco do purê e comeu. Sua mãe cozinhava melhor, mas depois de comer tanta carne enlatada, aquela refeição parecia digna de um rei. Ele devorou tudo, então partiu para o frango, tentando pegar as ervilhas com a faca. A faca mal cortava o frango. Então James percebeu. Ele provavelmente estava em um hospital psiquiátrico. Era proibido dar facas afiadas a pacientes psiquiátricos.

Era por isso que a enfermeira havia sido tão gentil. Um lugar com paredes cor-de-rosa e uma enfermeira bonita e agradável. Tudo porque ele precisava ser tratado com gentileza, como se fosse uma criança. A comida de repente azedou.

Botões de flor verdes e formosos o espiavam das árvores mais abaixo.

A enfermeira voltou. "Seus pais estiveram aqui. Eles vão voltar hoje à tarde."

A luz dourada nas paredes cor-de-rosa fez com que James fechasse os olhos e respirasse lentamente. Era como um dia à beira-mar, visitando sua avó no verão.

Seus pais sabiam que ele estava em um hospital psiquiátrico. Então o estrago já fora feito. Mas eles o amariam mesmo assim. Mesmo no santuário ferido e ensanguentado de seu coração, James sabia que eles o amariam, e tal certeza o reconfortou.

AFRODITE

Repolhos em Compiègne

Abril-Maio de 1918

Repolhos costumam exalar um aroma muito fresco. É satisfatório ouvir o ruído de trituração quando são cortados e o som que reverbera ao serem atirados em um grande tonel repleto de pedaços de vegetais.

O trabalho de Hazel consistia em fatiar diariamente três carrinhos de mão cheios de repolhos. Eram mais ou menos noventa quilos por dia, e suas mãos ficavam vermelhas e escorchadas por causa do sumo vegetal.

Mas cebolas eram muito piores. Hazel não conseguia lidar com elas. Então Colette, que não tinha a mesma dificuldade, decidiu poupar a amiga e se encarregou de cortar treze quilos de cebola por dia. Colette tinha que usar óculos de aviação para não derramar lágrimas na sopa.

Uma vez fatiados os repolhos e as cebolas, elas higienizavam e cortavam as batatas. Às vezes os açougueiros cediam ossos para que fossem fervidos no caldo, o que fazia os prisioneiros alemães na fila da sopa aplaudirem. Esses eram os grandes momentos da vida em Compiègne.

O acampamento em Compiègne abrigava oito mil prisioneiros de guerra alemães. Eles dormiam em alojamentos varridos pelo vento, tomavam café da manhã com pão racionado antes do amanhecer e trabalhavam o dia todo. O governo francês mandou que reconstruíssem estradas e construíssem trilhos de trem. À noite, os homens passavam fome. Hazel e Colette lhes serviam um pouco daquela sopa cinzenta em suas cumbucas.

Hazel odiava ver como estavam magros e desamparados, abatidos pela guerra e pelo cativeiro.

Agora que via alemães diariamente, com seus olhos azuis brilhantes e suas barbas desgrenhadas, e ouvia seus agradecimentos sempre que ganhavam sopa, ela se perguntava por que eles, os franceses e os britânicos estavam matando uns aos outros havia quatro anos.

É claro que ela sabia sobre as atrocidades que os alemães haviam cometido na Bélgica. Sabia da brutalidade terrível de 1914. Mas com certeza não tinham sido aqueles mesmos alemães que fizeram tudo isso. Como uma nação era capaz de formar almas tão humildes e outras tão letais?

Eles tinham mães, irmãs e xodós. Empregos, passatempos e animais de estimação. Músicas, comidas e livros favoritos. Por que tinham que morrer? Por que nossos meninos tinham que morrer?

Para Colette, servir os alemães era agoniante. Ela via em seus rostos os olhos que apontaram pistolas para seu pai, seu irmão, seus amigos. Ela jamais os perdoaria. Mas ela os alimentou. *Qualquer deus que queira me ferir ainda mais falhará, pois já sofri tudo que uma pessoa pode suportar,* pensou ela. *Qualquer deus que exija perdão de nós terá de se contentar com sopa de repolho.*

Hazel não sabia falar alemão, mas Colette sabia. Ela entendia quando eles, aos sussurros, maldiziam a França e a Grã-Bretanha.

Uns falavam inglês, alguns com sotaque britânico, e outros, americano. Eles ficavam de conversa fiada com ela. Hazel fez de tudo para ser simpática. Torcia para que quem quer que estivesse com James agora fizesse o mesmo. Ela rezou para que alguém o tivesse sob seus cuidados. A outra opção era inconcebível.

Alguns a ignoraram e outros foram rudes e vulgares ao encará-la. Hazel não sabia o que eles murmuravam entre si, mas adivinhava.

Compiègne era monótona e triste perto da comoção de Saint-Nazaire e do glamour parisiense. Depois de limparem tudo, elas caminharam um pouco até o albergue onde a Cruz Vermelha as alojara. Elas conversavam, escreviam cartas e jogavam baralho. Oito garotas, todas francesas, também estavam hospedadas ali. Elas trabalhavam como enfermeiras, datilógrafas e lavadeiras. E eram sempre cordiais.

Apenas a vagarosa aproximação da primavera era capaz de alegrá-las. As folhas se abriam, e açafrões começavam a brotar do solo gelado. A brisa começou a ter cheiro de chuva e coisas verdes e frescas que não eram apenas repolho. Se não fosse pela falta de notícias de Aubrey e James, elas quase sentiriam uma fagulha de esperança.

"Este serviço é nossa penitência", disse Colette enquanto caminhavam de manhã, rumo ao trabalho. "Se não tivéssemos deixado que Aubrey entrasse na nossa cabana, ainda estaríamos lá."

Hazel a encarou, surpresa. "Está arrependida?"

Colette balançou a cabeça. "Faria tudo de novo, mesmo que fosse só para aborrecer a sra. Davies. Mas a justiça é cega, e regras devem ser obedecidas. E agora nós temos que pagar. Cortando cebolas e batatas."

"Se um dia eu largar esse emprego, eu nunca mais, nunquinha, vou comer repolho", disse Hazel, rindo. "É uma pena. Eu gostava de repolho cozido."

Colette fez uma careta enojada. "Eca!"

"Estou com saudade de tocar piano", confessou Hazel. "Fico me perguntando se ainda sei tocar."

Colette pareceu confusa. "Não diga bobagens. Óbvio que sabe."

Elas avançaram mais um pouco, até avistarem o edifício das cozinhas.

"Hazel, você acha que devemos esquecê-los e seguir em frente?", perguntou Colette.

Hazel estremeceu ao ouvir Colette verbalizar a pergunta que começara a rondar sua mente.

"É claro que não", respondeu ela. "Até que nos provem o contrário, continuaremos esperançosas."

"Por quanto tempo?"

Hazel observou seus sapatos sem graça esmagarem o cascalho. "Até que eles voltem para casa sãos e salvos."

Abril se transformou em maio, e maio avançou de forma resoluta até junho. Um dia, Hazel parou para fazer as contas e percebeu que havia fatiado mais de oito toneladas de repolho. Suas mãos estavam como as de sua mãe — vermelhas, esfoladas e craqueladas.

Uma noite, quando a fila do jantar havia terminado e todos os homens estavam sentados ou amontoados em algum lugar, segurando suas tigelas de sopa, Colette voltou ao banheiro para se trocar enquanto Hazel juntava todos os restos de sopa de cada tonel em uma panela pequena.

"Um pouco mais de sopa, por favor?"

Quem falou foi um alemão de sotaque carregado. Hazel olhou para a frente e viu um prisioneiro parado no limiar da porta, equilibrando uma cumbuca nas mãos em concha. Ela lançou um olhar de esguelha para a porta, onde os sentinelas armados sempre montavam guarda.

Eles com certeza diriam aos alemães que era proibido repetir. Mas os sentinelas já tinham ido embora. Hazel estava sozinha com o alemão. E ele parecia faminto.

Ele propositalmente havia se demorado para ficar no fim da fila. Hazel saiu de trás do balcão para lhe servir um pouco de sopa. O homem deixou a tigela cair e prensou Hazel contra a parede. Ele pressionou seu abdômen com uma das mãos; com a outra, apertou seu pescoço. A panela caiu da mão dela, e sopa quente embebeu sua saia. Antes que Hazel pudesse gritar, ele a beijou à força.

Hazel ficou tão pasma que não soube o que fazer. Ela resistiu, mas ele era mais forte. O homem lambeu os lábios e os dentes de Hazel com sua língua nojenta, forçando-a para dentro da boca dela.

Ela se debateu e tentou enfrentá-lo, mas ele era corpulento demais. Enquanto tentava subjugá-la, ele riu, e o som que saiu foi grosseiro, abominável.

O cérebro de Hazel ficou em estado de alerta, e o espanto e a repulsa se metamorfosearam em um medo desesperado. Ela mal conseguia respirar. Ela se estrebuchou, chutou e esperneou. Se ninguém chegasse logo, ele iria... Como isso estava *acontecendo*? Onde estavam os sentinelas?

Então ele a soltou.

Dois prisioneiros alemães o afastaram de Hazel, que continuou parada languidamente contra a parede. Um deu um soco no rosto do agressor, atingindo um olho e a mandíbula. O outro derrubou o homem no chão e sentou-se em seu peito enquanto o primeiro imobilizava suas pernas.

"Vá, Fräulein",* disse um deles. "Sentimos muito."

A comoção trouxe os dois sentinelas franceses de volta. Eles chegaram correndo, vindos de onde quer que estivessem vagando. Colette também apareceu, e em um átimo ela se postou ao lado de Hazel.

"Esse homem a machucou, *mademoiselle*?", perguntaram os sentinelas.

Se dissesse que não, ele poderia assediá-la outra vez. Ou Colette. Ou qualquer outra moça. Mas, se confirmasse, os sentinelas poderiam encaminhar o agressor a algum lugar de onde ele jamais retornaria. Leis

* Forma de tratamento para mulheres solteiras. Hoje em dia, naturalmente, o honorífico é visto como antiquado. (N. T.)

internacionais impediam que países com prisioneiros de guerra os matassem, mas "acidentes" aconteciam. E alguns soldados franceses estavam um tanto ávidos para aproveitar a primeira oportunidade que surgisse.

Hazel esfregou a boca. Ver o homem estatelado no chão olhando para ela com um ar zombeteiro a fez titubear. Mas ela não estava pronta para decretar a morte dele.

"Ou foi só uma briga?"

A perspectiva de ver seus salvadores sendo punidos fez seu coração ficar apertado.

Ela queria tomar um banho quente. Escovar os dentes. Qualquer coisa que eliminasse os vestígios do ofensor.

"Ele foi muito rude comigo." Sua voz saiu tão débil quanto sua resposta. "Eles me defenderam."

Colette repreendeu os sentinelas em uma torrente de frases em francês, esbravejando cobranças como "Por que minha amiga foi deixada sozinha?!" e "Ela tem o direito de ser protegida o tempo todo!".

Hazel cobriu o rosto à medida que sentia o abalo, a aversão e o abuso tomarem conta dela.

"Levantem-se", exigiu o chefe dos sentinelas. "De pé. *Vite*, *vite*."

Seus salvadores soltaram o agressor e todos se levantaram. O ofensor olhou para ela de rabo de olho.

"Vamos para casa, Hazel." Colette a abraçou. Quando deixaram os edifícios do acampamento, ela acrescentou: "Vamos largar essa espelunca e voltar para Paris".

Hazel concordou, satisfeita. Entretanto, ao chegar no dormitório, se deparou com uma carta de sua mãe e um recorte de jornal.

HADES

Bem-vindo

6 de maio de 1918

James foi liberado no começo de maio, após passar algumas semanas internado no Hospital Maudsley.

Os dias se misturaram em um borrão cor-de-rosa.

Houve momentos em que ele não pensou em absolutamente nada, apenas no pintarroxo empoleirado no parapeito da janela e no vaso cheio de flores.

Os tremores amainaram. Ele nunca nem via a seringa.

As enfermeiras tinham o hábito de deixar um gramofone tocando no salão comunitário, onde James fazia as refeições. Ele jogava damas com outros pacientes. Eles conversavam e, de vez em quando, choravam.

Durante a viagem de trem para Chelmsford, seus pais se sentaram um de cada lado de James. Sua mãe o aninhou em seus braços, o que fez com que James se sentisse um garotinho outra vez.

James chorou ao ver Maggie e Bob no alpendre, aguardando a chegada dele, e depois quando foram correndo ao seu encontro. Bob espichara e tinha sardas no nariz; Maggie encorpara um pouco, e seu cabelo estava mais frisado do que nunca. Quando James chorou, ficaram com receio de que fosse por causa deles. James quis dizer a eles que não, que estava felicíssimo por reencontrá-los, mas não conseguiu, então foi para o quarto.

Ele se sentia com 13 anos de novo, a mesma idade de Bob. Soldadinhos de estanho acumulavam poeira na estante. Que irônico.

Ao lado da cama havia uma caixa contendo seu equipamento militar, que milagrosamente tinha sido encontrado. James ficou nauseado só de olhar.

Ele avistou uma pilha de cartas sobre a mesa de cabeceira. James as abriu, deixando a de Hazel por último, sem saber se estava postergando boas ou más notícias.

A primeira missiva era do soldado Billy Nutley.

12 de abril de 1918

Caro James,

Nosso novo sargento me deu seu endereço. Fomos transferidos para o 3º Exército, que está sob o comando do general Byng. Ainda estamos relativamente perto da linha de frente, mas a poeira baixou um pouco. Os Jerrys nos deram uma bela de uma surra, mas eles perderam o fôlego, e agora nós estamos segurando as pontas. Foi uma trabalheira danada e muito custosa.

A família de Chad Browning deu notícias. Ele voltou ao País de Gales e parece estar se recuperando bem, mas não vai sair ileso, é claro. Os pais dele queriam escrever para você, então passei seu endereço a eles. Eu contei o que você fez para o novo sargento, como conteve a tropa de choque e garantiu que Browning ficasse são e salvo. Nós dissemos a ele que você merece uma medalha. Gilchrist morreu, mas acho que você já sabe disso. Selkirk também. Mason está desaparecido. O resto de nós, o que resta de nós, ainda está aqui.

Melhore logo e volte para o regimento. Enquanto isso, pense em nós enquanto estica as pernas.

Abraço,
Bill

James notou que a carta tremia em sua mão. Ele logo abriu a próxima.

20 de abril de 1918

Prezado sr. Alderidge,

Escrevo para exprimir a gratidão que eu e minha esposa sentimos por sua ajuda heroica ao nosso pobre filho, Chad, e sobretudo por tê-lo levado a um local seguro. Ele ainda está no hospital se recuperando das queimaduras e fez vários enxertos. Mas nós continuamos nutrindo a expectativa de vê-lo novo em folha em breve. Afinal, ele continua o Chad de sempre por baixo de todas as ataduras. Não sabemos como agradecê-lo, mas esperamos que, se pudermos ajudá-lo de alguma forma, você não hesitará em nos falar.

Atenciosamente,
Sr. e sra. Bowen Browning,
Tenby, País de Gales

A próxima missiva era do exército. Ele tinha sido agraciado com uma Medalha Militar de Serviços Distintos. Um cheque de 20 libras e um aviso sobre a data de chegada da medalha vieram com a correspondência.

A carta seguinte, escrita por uma mulher, continha o símbolo da ACM no canto. Ele leu a missiva da sra. Davies, que acusava Hazel de praticar condutas imorais com soldados.

Paris girou diante dos olhos de James. Poplar. Os trens. O Royal Albert Hall.

Era impossível acreditar que sua pianista fosse a mesma pessoa que a sra. Davies havia descrito. Era mentira. Só podia ser. Mas então por que essa mulher se daria ao trabalho de enviar uma carta como aquela?

James não tinha mais um coração para ser partido, mas em algum canto escondido e enterrado sob os horrores da guerra, ele chorou. Se Hazel Windicott não fosse a pessoa que parecia ser, então não havia sobrado nada no mundo que valesse a pena. Honra, Direito, Justiça — tudo isso já estava perdido.

Ele releu a carta.

Alguma gentil manobra do destino fizera com que a secretária enviasse a carta, deduziu ele. Para aplacar a dor do adeus. Se o sumiço de James ainda não tinha erradicado a afeição que Hazel sentia por ele, então cabia ao próprio James extinguir tal bem-querer. Ele não era mais qualificado para ser amado por nenhuma garota, fosse ela boa ou má. Era apenas a sombra de um homem. A sombra de um *menino* que, na casa dos pais, se encolhia na pequena cama de seu quarto de infância. Inapto para ser o que qualquer garota poderia vir a querer.

Ele tentou imaginar Hazel ali, naquele instante. Entrando na sala.

James sentiu um calafrio.

Não porque vê-la não era tudo que ele mais queria. Porque *era*. Mas porque haveria um dia em que ele, imerso em recordações tingidas de lilás, pensaria em Hazel e ficaria feliz por tê-la conhecido. Que, ao menos uma vez, ele tinha sido importante para uma garota como ela. Que, ao menos uma vez, ele a tinha beijado e a ouvido dizer que o amava.

A carta de Hazel, que fora encaminhada pelo quartel-general do 5º Exército, não foi aberta. Um grande envelope foi tudo que sobrou. James o abriu e se deparou com um fólio de papelão preto. Na fotografia que havia ali dentro, o Cupido, ele e Hazel, que vestia seu novo casaco cor-de-rosa, sorriam para a câmera.

James passou o resto do dia sem falar com ninguém, nem mesmo com sua família.

ARES

Como se soletra "americano"

14 de maio de 1918

No dia 14 de maio de 1918, três repórteres americanos que procuravam histórias de *doughboys* no exterior chegaram ao setor de Champagne. Eles já haviam visitado os regimentos do general Pershing, que liderava a Força Expedicionária Americana. Seus nomes eram Thomas M. Johnson, do *New York Evening Sun*, Martin Green, do *New York Evening World*, e Irvin S. Cobb, o mais famoso de todos e colunista do *Saturday Evening Post*.

Eles sabiam que soldados negros estavam servindo ao exército, mas achavam que seria na estiva. Os repórteres ouviram boatos de que havia um regimento de soldados negros em ação, mas não chegaram a ver nenhum relatório oficial.

Quando ficaram sabendo da existência da 369ª Infantaria dos Estados Unidos, que era vinculada ao comando francês e que servia no setor de Champagne, eles logo foram atrás do furo jornalístico. Em um golpe do destino, eles chegaram na manhã seguinte após dois soldados, Henry Johnson e Needham Roberts, terem lutado contra 24 alemães em um grupo de ataque.

Irvin Cobb, um sulista do Kentucky, era conhecido por descrever pessoas negras como "escurinhas" preguiçosas e ignorantes, perpetuando estereótipos racistas como o da predileção por melancia. Muitos soldados negros se recusaram a cumprimentá-lo. Mas Cobb, que ficou sabendo dos feitos heroicos dos dois soldados, deparou-se com o campo de batalha coberto de armas alemãs e com uma poça de sangue coagulado do tamanho de uma tina. Então soube que aquela era uma reportagem que ele precisava escrever.

Os três repórteres escreveram suas respectivas matérias. "Jovem negro Joe" foi como apelidaram tanto Johnson quanto Roberts. Outras reportagens saíram com o título "A Batalha de Henry Johnson". Os textos causaram furor no país. Eles descreveram a batalha com detalhes vívidos — como Roberts, baleado em *vários* lugares, deitou-se no chão e lançou granadas no inimigo, enquanto Johnson, que também fora baleado, enfrentou os alemães e protegeu Roberts, primeiro com o rifle, depois com coronhadas e, por fim, com um facão. O fato de ter usado um facão o transformou em uma estrela.

Até mesmo Cobb, que deliberadamente fizera dos estereótipos de Jim Crow* seu ganha pão, ficou comovido pelos atos heroicos de Johnson. Ele acrescentou uma conclusão curiosa na matéria que escreveu:

... como resultado do que nossos soldados negros vão fazer nesta guerra, uma palavra que foi pronunciada bilhões de vezes em nosso país, às vezes com escárnio, às vezes com ódio, às vezes sem maldade nenhuma — mas que tenho certeza de que nunca foi benquista por ouvidos negros e que magoou muita gente —, terá um novo significado para todos nós, Sul e Norte inclusos. Doravante, c-r-i--*-*-o será meramente outra maneira de soletrar a palavra americano.*

* Sistema de leis de segregação racial implementado nos Estados Unidos, principalmente na região Sul, entre o final do século XIX e meados do século XX. O termo "Jim Crow" teve sua origem em um personagem estereotipado de uma canção que retratava um homem negro de maneira depreciativa e caricata. (N. T.)

AFRODITE

Visita

1º de junho de 1918

No sábado, dia 1º de junho, em uma manhã clara e nebulosa, Hazel bateu à porta de uma grande casa na rua Vicarage, no subúrbio de Old Moulsham, em Chelmsford, com o coração na mão.

Uma mulher trajando um vestido de chita que parecia muito confortável abriu a porta.

“Bom dia, querida”, cumprimentou ela. “Posso ajudá-la?”

“Bom dia”, disse Hazel. “Meu nome é Hazel Windicott. Por acaso James Alderidge está aqui?” Ela engoliu em seco. “Sou amiga dele.”

A expressão da mulher se suavizou. “É mesmo?”, perguntou. “Pois então entre, por favor.”

A mulher colocou um dos braços gorduchos sobre os ombros de Hazel e a conduziu até a sala de estar. O cômodo estava escuro, revestido por painéis de carvalho. Era mais aconchegante do que elegante, o que tranquilizou Hazel.

“Vou pendurar seu casaco. Que cor-de-rosa bonito! Fique à vontade.”

Uma garota de mais ou menos 15 anos, cujo cabelo castanho-claro era muito espesso, a espiava de um canto. Maggie.

“Margaret, querida, uma *amiga de James* veio nos visitar. Traga chá e biscoitos, por favor.” Ela enfatizou o fato de que ela era amiga de James como se tivesse dito que Hazel era a rainha da Inglaterra.

Maggie ergueu as sobrancelhas e sumiu de vista.

Hazel ficou zonza ao perceber que cada pedacinho seu estava sendo analisado. Será que sua saia roxa era muito chamativa? E seus sapatos parisienses, será que eram fúteis demais?

"Como você conheceu James?", perguntou a mulher.

James está aqui? Por que não me conta?

"Nós nos conhecemos em um festival da paróquia", respondeu Hazel. "Em Poplar. Um pouco antes de ele partir para a França."

"Um festival da paróquia!", exclamou a mulher. "Esse James gosta mesmo de fazer boca de siri. Mas acho que todos os rapazes são assim."

Hazel decidiu arriscar. "A senhora é a mãe dele?"

A mulher deu um tapinha na própria testa. "Minha querida, sim! Meu juízo deu no pé e levou minha juventude junto. Sim, sou a sra. Alderidge." Ela deu uma risadinha.

"E ele está *aqui*?"

A mulher ficou séria. Ela abriu e fechou a boca. "Você não ficou sabendo?"

Hazel sentiu um calafrio. Ah, pelo amor de Deus, não.

"Sra. Alderidge", arquejou Hazel, "o que foi que eu não fiquei sabendo?"

"Ah, você está tão pálida", lamentou-se a sra. Alderidge. "Quando foi a última vez que teve notícias de James?"

"Estávamos trocando cartas com frequência, mas depois daquela grande batalha em que o 5º Exército... Bem, depois do confronto, eu não soube mais dele. E fiquei com tanto medo."

A sra. Alderidge a olhou com empatia.

"E minha mãe me mostrou um recorte de jornal", Hazel começou a falar mais depressa, "que dizia que ele tinha recebido uma Medalha Militar de Serviços Distintos."

A sra. Alderidge estufou o peito, orgulhosa.

"Eu estava trabalhando na França, mas voltei de lá para tentar descobrir o que aconteceu com ele."

"Você voltou da França", repetiu a sra. Alderidge, maravilhada. "Você estava fazendo trabalho de guerra. Ah, querida, minha querida." Ela fechou os olhos, como se a ternura da situação fosse mais do que ela conseguisse suportar.

Ela é a mãe de James, Hazel pensou com seus botões. *Não agarre os ombros dela e muito menos a chacoalhe.*

Maggie apareceu na soleira da porta segurando uma bandeja de chá, que pousou em uma mesinha próxima. "Devo levar um pouco de chá... lá para cima?", perguntou ela.

Quem está lá em cima? Hazel estava louca para saber. Será que Maggie estava tentando lhe dizer alguma coisa?

"Farei isso daqui a pouco, Margaret", disse a sra. Alderidge.

Maggie saiu do cômodo a passos lentos. A mãe de James serviu chá e perguntou a Hazel se ela costumava tomá-lo com ou sem creme, até que Hazel não aguentou mais esperar.

"Por favor, sra. Alderidge, me diga", implorou ela. "James ainda está vivo?"

A mulher fechou o rosto. "Está, graças a Deus." Ela apoiou a xícara na mesa e segurou as mãos de Hazel. "Pobrezinha. Achou que ele tivesse morrido?"

Os olhos de Hazel ficaram marejados. Ela piscou com força.

"Ele está muito ferido?"

A sra. Alderidge soltou as mãos da pianista. Um novo temor ameaçou tomar conta de Hazel. *Não importa*, ela disse a si mesma. *Seja o que for, não importa. Desde que seja James.*

A mãe de James a encarou por um bom tempo.

"Ele está fisicamente bem", disse ela. "Mas ainda não é ele mesmo."

Pessoas perambulavam pelos cômodos da casa, mas Hazel não as ouviu. *Mas ainda não é ele mesmo.*

"Vou dar um pulinho lá em cima e conversar com ele, que tal?", sugeriu a sra. Alderidge. "Acho que encontrar você vai fazer muito bem para ele."

Hazel logo ouviu os passos da mulher subindo a escada e tentou se recompor.

Ele está fisicamente bem. Mas ainda não é ele mesmo.

Ainda.

Significava que ele *ainda* podia voltar a ser ele mesmo. Que, com o tempo, James poderia se curar.

Os passos ecoaram no aposento bem acima da sala, cuja vista dava para a rua. Hazel encarou o teto. Lá estava James. Em algum lugar acima dela. Bem ali.

Neurose de guerra? Será que era isso? Alguns prisioneiros alemães sofriam daquele mal. Os casos mais graves foram isolados em uma ala. Eles não podiam mais trabalhar.

Sua mente evocou coisas indescritíveis. Camisas de força. Insanidade rapinante. Violência. Pensar nos prisioneiros alemães ressuscitou a cena horrível de Compiègne que havia assombrado seus momentos tranquilos e seus pesadelos. Ela pressionou o punho sobre os lábios.

Pare com isso.

Por que James não havia descido?

Talvez estivesse se vestindo. Ela colocou mechas imaginárias de cabelo atrás da orelha.

Ou talvez ele não pudesse vê-la hoje, mas adoraria vê-la em breve.

Tudo ficaria bem. É claro que sim! Certo. Talvez ela pudesse se hospedar em algum lugar e passar alguns dias na região. Mandaria um telegrama para seus pais e depois encontraria uma senhora íntegra que alugasse quartos e...

Ela ouviu passos descendo a escada.

Hazel se preparou. *James.*

Mas não era ele.

"Lamento muito, srta. Windicott", disse a sra. Alderidge. "James não está se sentindo muito bem para receber visitas."

Hazel deu um sorriso forçado. "Sem problemas. Posso voltar outro dia e..."

A sra. Alderidge balançou a cabeça. "James me pediu para lhe dar um recado."

A pianista baixou a cabeça. Foi o único resquício de privacidade que a situação lhe conferiu.

"Ele me pediu para lhe dizer", falou a mulher, "que é melhor que a amizade de vocês termine com as memórias agradáveis que fizeram. Ele deseja tudo de bom para a saúde e a felicidade da senhorita."

A sra. Alderidge deixou que Hazel absorvesse suas palavras.

"Qualquer que seja o problema dele", Hazel sussurrou para seus joelhos, "eu posso ajudá-lo. Eu teria paciência para aguardar a melhora dele."

A sra. Alderidge suspirou. "É muito gentil da sua parte, minha querida", respondeu, tristonha. "É realmente muito gentil."

Ela se levantou. "Obrigada pelo chá."

"Fique bem, minha querida." A sra. Alderidge entregou o casaco de Hazel. "Lamento muito. Você não faz ideia."

Hazel percorreu o caminho de cascalho até o portão do jardim. Ela quis mais do que tudo olhar para as janelas da frente, para ver se James estaria ali. Porém, ao sentir o olhar penetrante da sra. Alderidge em suas costas, foi embora depressa.

AFRODITE

Observando sua partida

1º de junho de 1918

Na soleira da porta, Maggie parou ao lado da mãe.

"James dispensou uma garota como *ela* sem nem ao menos cumprimentá-la?

A mãe dela suspirou. "Não é culpa dele, Mags."

Maggie balançou a cabeça, discordando. "Não me interessa de quem é a culpa. É idiota, e eu gosto dela."

"Seu irmão também gosta dela."

"Então por que ele não..."

"Não se intrometa, Maggie", disse a mãe. "Já falei demais. O coitado do James já passou por poucas e boas."

Maggie caminhou até a despensa, que havia transformado em seu gabinete, e, matutando sem parar, começou a fazer um exercício de datilografia.

Na janela do segundo andar, James ficou de pé, na penumbra, e observou conforme Hazel ia embora. Foi mais forte do que ele.

Quando ela se virou no portão, ele viu um vislumbre de seu rosto. Ali estava ela, cabisbaixa e perfeita.

Sua postura empertigada, seu cabelo escuro preso em um coque, o pescoço longo, a cabeça caída, tamanha a tristeza que sentia, os passos vagarosos. A renda macia do colarinho da blusa. O casaco vibrante que ele comprara para ela. Hazel estava *bem ali*. E o sol resplandecia ao redor dela, formando uma auréola. A cada passo dado, ela se afastava dele.

Hazel tinha ido vê-lo.

Se Hazel fosse a moça que a mulher da ACM havia dito que ela era, teria se dado ao trabalho de visitá-lo?

Se ela fosse a moça que James conhecera, como ele havia sido capaz de deixá-la ir embora?

Se ele pelo menos pudesse sair em disparada, abraçá-la e ali ficar pelo tempo que fosse, até morrer.

Mas ele já não era mais o rapaz que Hazel conhecera. E jamais voltaria a ser.

Eu nunca vou machucar você, Hazel Windicott.

Ah, meu Deus.

Mas era melhor machucá-la agora, uma única vez, do que prolongar o sofrimento ou deixar que sua pena e sua gentileza a acorrentassem a um compromisso que faria com que ela sofresse para sempre.

Se ele a amava de verdade, deveria deixá-la em paz.

James ficou observando enquanto Hazel ia embora, até que ela virou na esquina e sumiu de vista.

AFRODITE

Espasmos

1º de junho de 1918

Aquele foi o momento em que todo o meu trabalho estava prestes a ir por água abaixo. Perco muitos amores para a má sorte, a estupidez e o egoísmo, sem contar doenças e guerras mortais. Não podia deixar Hazel embarcar naquele trem com destino a Londres. Desesperada, busquei por uma solução. Tinha apenas alguns minutos para evitar que uma tragédia acontecesse.

Hazel caminhava distraída, sem enxergar nada através das lágrimas que vertia.

Havia uma antiga residência paroquial um pouco mais adiante. Na frente de casa, a velha esposa do vigário tricotava.

Não me orgulho do que fiz em seguida.

Em minha defesa, a sra. Puxley sofria com eles várias vezes por dia.

Eu fiz com que ela tivesse um espasmo nas costas. Ela gritou de dor. Sabia que seria dramática.

O grito chamou a atenção de Hazel, que, mesmo desanimada, desatou a correr até ela.

Sei que não foi um gesto nobre, muito menos gentil, da minha parte. Mas nunca aleguei ser nada disso. Não sou cruel. A sra. Puxley passou o resto da semana sem ter nenhum espasmo, e seu marido a beijou duas vezes na bochecha.

Posso continuar? Obrigada.

A sra. Puxley estava tão curvada que, quando Hazel ofereceu ajuda, a velha senhora viu apenas uma saia roxa e um par de sapatos elegantes.

Eram iguais aos que as moças parisienses compravam em lojas de departamento, sapatos que as mulheres de Chelmsford desaprovavam e com os quais secretamente sonhavam.

A saia e os sapatos ajudaram a sra. Puxley a entrar e a se sentar no sofá, buscaram almofadas para sua cabeça e seus joelhos e lhe serviram um copo d'*água. Apesar* da dor que sentia, ela deu uma boa olhada em Hazel.

"Quem é você, minha querida?", perguntou ela. "Você não é daqui."

"Não", respondeu Hazel. "Sou de Londres. Vim visitar um amigo."

A sra. Puxley franziu o cenho quando outro nervo decidiu dar o ar da graça. "Bem, você agiu como meu anjo da guarda", falou.

"A senhora quer que eu chame alguém?", ofereceu Hazel.

"É o dia de folga da arrumadeira", gemeu a sra. Puxley, "e meu marido está em um funeral no centro da cidade."

"Que tal tomar uma aspirina?", sugeriu Hazel.

"Tenho nojo desse treco alemão", retrucou a sra. Puxley. "Até parece que isso funciona."

A velha senhora parecia tão frágil e digna de pena que Hazel não teve coragem de ir embora.

"Você fica olhando de relance para o piano, minha querida", comentou a sra. Puxley. "Sabe tocar?"

"Sei", respondeu Hazel. "Mas já faz um tempinho que não toco."

"Toque para mim", pediu a sra. Puxley. "Uma música tranquila para acalmar meus nervos."

Hazel hesitou. *Não havia levado nenhuma partitura*, e já fazia meses desde a última vez que tocara. Tinha ido da França direto para Chelmsford. Não havia nem ao menos visitado os pais. Pensou que iria vê-los para celebrar o fato de que encontrara James ou para chorar no ombro deles se...

Se.

Havia tantas possibilidades. Mas ela nunca imaginara um cenário em que James estaria vivo e se recusando a vê-la.

"Minha querida?", indagou a sra. Puxley. "Está tudo bem?

"Ah." Hazel forçou um sorriso. "Estou bem."

"Não precisa tocar se for ficar chateada", disse a esposa do vigário.

"Não, não." Hazel logo ficou de pé. "Será um prazer."

Então ela tocou a "Pathétique" de Beethoven para a sra. Puxley. O segundo movimento. "Adagio Cantabile".

Aubrey havia chamado a sonata de "Patética" de Beethoven. Ela pediu em uma oração para que ele estivesse são e salvo em algum lugar.

E agora ela entendia, como não havia entendido antes, a tristeza e o anseio da sonata para piano nº 8 de Beethoven em dó menor, op. 13. Os sentimentos vazaram de seu coração partido para o teclado. Era disso que Hazel estava precisando. De um bálsamo para a sua alma ferida.

"Minha querida", sussurrou a sra. Puxley, ofegante, depois que as últimas notas ressoaram pela casa. "Quem é você?"

"Meu nome é Hazel Windicott", respondeu a pianista.

"Você trabalha como acompanhante? Dá aulas?"

Ah. Hazel tentou explicar. "Eu estava fazendo trabalho de guerra", disse, "mas tive que deixar meu cargo e vir até aqui." Ela torceu para que a velha senhora parasse de fazer perguntas e a deixasse tocar. Dedilhar o piano por tão pouco tempo depois de passar meses longe dele era uma tortura.

A sra. Puxley estava quase salivando. "Está querendo dizer", murmurou, "que está sem compromisso empregatício no momento?"

A triste escolha de palavras fez com que o coração se Hazel se espremesse. Ela estava muito comprometida, mesmo que seu par não sentisse mais o mesmo.

"Eu havia planejado retomar o trabalho de guerra se encontrasse alguma posição", respondeu Hazel. "Mas o que mais quero é me preparar para fazer audições em conservatórios."

As palavras a pegaram de surpresa. Sim. Ela *tentaria*. Onde tinha ido parar seu medo de se apresentar em público? Sumira, assim como seus outros comportamentos infantis. Ela continuaria tocando, qualquer que fosse seu futuro. Porque ela *queria* tocar. Não porque alguém estava contando com isso.

"Espero que a senhorita estude em um conservatório", incentivou a sra. Puxley. "Você é extremamente talentosa."

Hazel havia participado de competições o bastante para saber que não era tão habilidosa assim. Mas sem dúvida haveria lugar para ela em algum lugar; em alguma escola de música conceituada, se ela se empenhasse.

"A senhora tem um lindo piano", elogiou ela. "O tom é encantador, e este cômodo tem uma acústica maravilhosa."

A sra. Puxley pegou a deixa. "Srta. Windicott, sei que é muito precipitado da minha parte, mas eu e meu marido moramos sozinhos aqui, nesta casa enorme. Nosso filho já é casado. Estamos precisando de uma pianista para a escola dominical das crianças. Seria ótimo contar com a senhorita por um tempinho. Pode praticar para as audições e, de quebra, alegrar um pouco nossa rotina."

Hazel ficou estarrecida.

É possível que o convite impulsivo da sra. Puxley tenha sido obra minha.

"Meu marido vive me perguntando por que me dou ao trabalho de manter o piano afinado", comentou a velha senhora, "mas eu sempre digo o seguinte a ele: 'Alfred, nunca se sabe quando vamos precisar de um piano'." Ela se virou para Hazel. "A senhorita claramente foi bem-criada. Trouxe bagagem?"

Bagagem? Elas já estavam discutindo o que fazer com a *bagagem*?

Será que ela deveria fazer aquilo? Aceitar um trabalho ali, perto da casa de James, depois de ele ter dito que não desejava mais vê-la?

Aceite o convite, eu disse a ela. *Aproveite a oportunidade.*

Ele merece, Hazel pensou maliciosamente. Era um absurdo James tê-la mandado embora sem nem ao menos cumprimentá-la! Hazel viajara da França para se certificar de que ele estava bem e não iria embora antes de fazê-lo. Ela só partiria se James a encarasse e dissesse que estava tudo acabado entre eles. Enquanto isso, ela ficaria por perto e tocaria aquele lindo piano. Por que não?

"Minha bagagem está na estação", disse ela.

"Excelente", comemorou a digna senhora, levantando-se do sofá e se esquecendo do espasmo. "Vou pedir ao vizinho para pegá-la para você."

A esposa do vigário, tendo encontrado a pianista para seus dias solitários e para a escola dominical, não estava disposta a deixar Hazel ir a pé até a estação e correr o risco de vê-la mudar de ideia.

ARES

Serviço leve

3-4 de junho de 1918

Na segunda-feira, de paletó e gravata, James foi até o centro da cidade. Tinha uma reunião com a junta militar de avaliação, que era responsável por determinar a evolução de sua convalescença e se ele já estava apto para retornar ao serviço. Se achassem que ele estava bem, James voltaria às trincheiras, onde, dado seu estado entorpecido, bateria as botas em menos de uma semana. Se, por outro lado, achassem que ele ainda não havia se recuperado, seria mais um lembrete humilhante de sua fragilidade.

Três médicos faziam parte da junta. Um parecia ser osso duro de roer; provavelmente o mandaria trabalhar, dizendo que era um vagabundo. O outro tinha empatia por casos de neurastenia, ou seja, soldados com neurose de guerra. E o terceiro era mais reservado. James foi cutucado e espetado, depois teve que se sentar e responder a uma profusão de perguntas disparadas pelos três. Parecia o Dia do Juízo Final. Finda a entrevista, James ficou ali sentado até que o veredito fosse anunciado: ele melhorara. O descanso lhe fizera bem. Ainda não estava pronto para voltar, mas em breve estaria. Teria que comparecer ao posto de recrutamento no dia seguinte para realizar um "serviço leve". Papelada. Apesar de tudo, James já estava pronto para vestir a farda e fazer sua parte.

Ele voltou para casa.

Sentia arrepios só de pensar em vestir a farda. Não queria abandonar a segurança do quarto. Mas talvez lhe fizesse bem fugir um pouco da vigilância constante da mãe.

Na manhã seguinte, James tomou banho, se arrumou e percorreu a Vicarage Road até chegar ao centro da cidade.

AFRODITE

Torcendo para que fosse você

4 de junho de 1918

"Você ama meu irmão, não ama?"

Hazel, que estava ajoelhando para olhar algumas flores mais de perto, deu um pulo. Era meio-dia, e a pianista tinha ido caminhar no parque ao redor da igreja. No sobressalto, quase trombou com uma garota de cabelo frisado.

Margaret.

"Pode me chamar de Maggie", disse a garota. "Então... Você o ama?"

Hazel recuou. "Eu..."

"Posso levar um bilhete seu."

Hazel piscou. "Sua mãe não vai gostar nadinha disso."

"Ela não ficaria sabendo", disse Maggie, como se fosse óbvio. "Não é por isso que ficou em Chelmsford? Para tentar ver James?"

Os sentimentos de Hazel eram assim tão transparentes?

Elas começaram a andar juntas pelo mesmo caminho que Hazel estava fazendo antes de Maggie aparecer.

"Maggie", falou Hazel. "Como James está? Ele... está bem?"

Ela pensou um pouco antes de responder. "Minha mãe diz que ele está bem, mas meu pai não concorda muito."

Hazel ficou com o coração na mão. "E o que você acha?"

Maggie caminhou mais um pouco e olhou para Hazel. "Acho que ele está precisando de algo e não vai melhorar até conseguir", opinou. "Minha mãe estava torcendo para que fosse você."

"Mas agora ela não acha mais."

Maggie balançou a cabeça. "Não. Não acha."

Hazel ficou com o olhar perdido. "É", a pianista respondeu devagar, "acho que eu estava torcendo também."

AFRODITE

Trabalho

4-9 de junho de 1918

James trabalhou a semana toda. Hazel praticou a semana toda.

Os primeiros dias no posto de recrutamento foram insuportáveis. Eles não tinham mesa para James e não sabiam o que ele deveria fazer, então o soldado ficou sentado em um banquinho, esperando alguém aparecer com alguma tarefa. As horas se arrastaram, e ele ficou perdido em pensamentos. *Nunca mais vou ver Hazel.*

Hazel, por sua vez, reconstruiu sua força e sua agilidade ao piano. Ela tentou se manter concentrada, mas um pensamento insistia em tirá-la do prumo. *O que pode ter acontecido para que James não queira mais me ver?*

O posto de recrutamento finalmente designou uma ocupação para James. Ele iria atualizar os arquivos dos recrutas com detalhes das listas de baixas. Foi horrível. Várias vítimas eram rapazes com quem ele havia crescido, seus irmãos mais velhos e, em alguns casos, seus pais. Havia pesar e tristeza em todos os lugares.

Às vezes, voltando para casa, ele ouvia alguém tocar piano na residência paroquial. Entristecido, ele sempre pensava em Hazel.

No sábado, dia 8 de junho de 1918, os alemães implementaram a Operação Gneisenau, em Noyon-Montdidier, na França. Foi o quarto de cinco ataques da Ofensiva da Primavera.

No domingo, dia 9 de junho de 1918, James foi à igreja com a família, mas Hazel, ocupada com as crianças na escola dominical, não o viu.

O vigário, um velho senhor e muito gentil, torcia para que a guerra acabasse logo.

HADES

Deixe-me ir no lugar dele

14 de junho de 1918

À mesa do jantar, na companhia da família, James sorria de vez em quando e comentava sobre o dia de trabalho.

Eu sei de algo que mais ninguém aqui sabe, pensava Maggie.

Na sexta-feira daquela mesma semana, James saiu no fim da tarde para caminhar com Bobby. De vez em quando, eles se afastavam um bocado da cidade e percorriam a estradinha de terra perto do riacho. James adorava passear por aquelas bandas desde criança, assim como Bobby, escoteiro de carteirinha. As tardes eram mais longas agora, e Bobby trouxera seu binóculo. Ele mostrou pássaros a James e informou os nomes de várias árvores e plantas, comentando quais eram comestíveis. James ficou impressionado. O passatempo juvenil poderia ser muito útil. Se estivessem no campo de batalha e Bobby se separasse do esquadrão, ele sem dúvida sobreviveria.

James sentiu seu estômago se revirar só de pensar em Bobby virando um combatente. Ele parou de andar. Bobby seguiu em frente, observando um esquilo com o binóculo. Que infância bonita.

Ele havia segurado Bobby no colo. Brincara de bola com ele, lera para ele, o ensinara a andar, reformara o guidão de sua bicicleta. Bobby estava crescendo, mas ainda era o irmão caçula de James.

James imaginou o corpo de Bobby, queimado e ensopado de sangue, estirado na lama de uma trincheira.

Deixe-me ir no lugar dele, pensou James, mirando o céu. *Estou destruído, mas pelo menos ele está livre. Que eu melhore e volte logo, para que possa morrer no lugar de Bobby. Ele tem um futuro. Que eu volte ao lugar onde pertenço.*

AFRODITE

Destroçado

14 de junho de 1918

Bobby foi atrás do esquilo. James esperou, ouvindo os pássaros piarem e tagarelarem. Então, sabendo que Bobby retornaria são e salvo para casa, começou a fazer o caminho de volta. Sabia o que precisava fazer. Era algo que lhe traria propósito até que fosse a hora de voltar para a linha de frente. Tinha mais uma incumbência, e logo tudo estaria resolvido.

Ele virou na Vicarage Road e quase esbarrou em uma jovem.

"Desculpe, eu...", disse James.

"Olá, James", cumprimentou ela.

Quatro olhos se arregalaram. Dois corações começaram a bater mais rápido.

Ele tirou o chapéu e encarou os olhos ansiosos e suplicantes. O alvoroço em sua cabeça era tanto que ele mal conseguia enxergar.

"Por que está aqui?"

As palavras saíram ásperas, e, ao ver que a magoaram, ele imediatamente se arrependeu de tê-las dito. Ele se expressara mal, mas era tarde demais. Ela deu um passo para trás e desviou o olhar. Então empinou o queixo, orgulhosa.

"Vim ver se você estava vivo", respondeu ela. "E para ficar com você, se possível, para ajudar na sua convalescência, caso não estivesse bem."

O estado de James a assustou. Ele parecia pálido e mais magro do que em Paris. E estava mudado. O ruído de um automóvel à distância o fez estremecer e olhar por cima do ombro.

Mas ele ainda era seu belo James.

Ela estava maravilhosa. Ele nunca a tinha visto usando um vestido de verão; o modelo deixava seus braços à mostra até os cotovelos, e os sapatos leves ressaltavam a beleza de seus tornozelos. Suas bochechas estavam rosadas devido à caminhada. Mechas de cabelo haviam se desprendido do penteado e balançavam na brisa noturna. O céu de lavanda combinava perfeitamente com ela e parecia querer se envolver ao seu redor.

"E se eu tivesse sido destroçado?", James deixou escapar. "Perdido um braço ou algo assim?"

E se você não me amar o suficiente? Foi isso o que ele quis perguntar, o que a deixou ainda mais sentida.

"Você *está* destroçado?", perguntou ela.

Ele cobriu a boca com a mão. Foi quase engraçado. Tinha sido destroçado? Mentalmente, sim. Mas não fazia muita diferença. Seu intelecto nunca fora nada admirável. James vira destroços de verdade. E, como vinha acontecendo, seu riso logo se transformou em choro. Ele engoliu as lágrimas.

Alarmado, percebeu que estava magoando-a.

"Desculpe", disse ele. "Sinto muito."

"Pelo quê?"

Por sobreviver.

A resposta seria patética e soaria mais como um pedido de socorro. Apesar de tudo, ele ainda tinha algum resquício de dignidade, de modo que decidiu não responder nada. James colocou o chapéu de volta, fez uma reverência e se afastou, deixando rastros alquebrados de si mesmo por onde passava, como migalhas de pão ou gotas de sangue.

AFRODITE

Viagem a Lowestoft

15 de junho de 1918

Na manhã seguinte, Hazel chegou à estação de trem de Chelmsford. Um vizinho dos Puxley a levara, junto da bagagem, em sua carroça. Ela comprou um bilhete para Londres.

James adentrou a estação e embarcou em um trem que já estava de saída. Ele não a viu.

Deixe-o ir, pensou Hazel, amargurada.

Mas aquela sementinha não vingou no coração dela. Ali estava James, embarcando no trem. Mais uma chance prestes a ser perdida.

Com sufoco, ela arrastou a mala até a bilheteria.

"Posso trocar minha passagem para Londres por outra? Para aquele trem?", ela perguntou ao bilheteiro, um homem cujo cabelo seboso começava a ralear.

"Para onde a senhorita pretende ir?", perguntou ele.

"Para onde for aquele trem."

O bilheteiro arregalou os olhos. Era a coisa mais interessante que acontecia na estação de trem de Clemsford depois de meses a fio de monotonia. Ele trocou o bilhete dela.

"A senhorita não está indo atrás daquele rapaz que acabou de embarcar, está?", quis saber ele.

"Essa pergunta é um tanto impertinente, o senhor não concorda?", retrucou Hazel. "Onde está o carregador de malas?"

O bilheteiro ficou olhando enquanto Hazel ia embora. "Ela está indo atrás daquele camarada", ele mexericou para o outro bilheteiro. "Aposto uma semana do meu salário."

"Eu faria o mesmo se estivesse no lugar dela", palpitou a outra bilheteira, uma mulher solteira, um pouco mais velha. A guerra já fizera com que mulheres começassem a trabalhar em empregos tipicamente masculinos.

Hazel entrou no trem. Quando ele partiu, ela se levantou e caminhou pelo vagão até avistar James, que estava sentado sozinho em uma cabine para quatro pessoas. Ele olhava pela janela. Hazel se acomodou no assento do corredor, que ficava defronte a James. Se ele tentasse ir embora, Hazel prometeu a si mesma que esticaria a perna para fazê-lo tropeçar.

E, se ela não conseguisse, eu estava ali para ajudá-la.

James levantou a cabeça, mas seu olhar não encontrou o dela. Hazel ficou angustiada, querendo gritar. Mas ele logo a encarou, e a surpresa que brotou em seu rosto fez a tarifa adicional que ela havia pagado valer a pena.

Boquiaberto, ele olhou para Hazel por um bom tempo, depois se afundou no assento, escondeu o rosto no chapéu e começou a gargalhar.

Ela não sabia se ficava aliviada ou se golpeava os joelhos de James com a bolsa.

Ele falou alguma coisa, mas o feltro do chapéu abafou sua voz.

"Como é?"

James tirou o chapéu. "Eu disse que você é uma peça."

"Você vai falar comigo", afirmou Hazel. "É o mínimo que eu mereço."

Ele não se conteve. Sorriu para ela, mesmo que seu rosto já não soubesse mais como sorrir direito. Hazel estava zangada de uma forma tão adorável que James não soube o que fazer. Sem dúvida era um pensamento condescendente, mas tudo bem. Culpado, meritíssimo.

Ver James sorrindo fez com que Hazel se enternecesse um pouco.

"O que quer que eu diga?", perguntou James.

Pois é. O quê?

"Aonde está indo?", quis saber ela.

"Aonde *você* está indo?"

"Nem pensar", devolveu Hazel. "Eu perguntei primeiro."

"Para Lowestoft", respondeu ele.

Era a última coisa que Hazel esperava ouvir, mesmo que ela não tivesse nutrido expectativa nenhuma. "Quis ir à praia para não perder o lindo dia de sol?", indagou ela.

“Não seja sarcástica.”

“Lowestoft parece ser mesmo o lugar ideal para esvaziar a cabeça.”

James lhe lançou um olhar que a fez titubear. Ela perguntou novamente, um pouco mais gentil:

“O que o leva a Lowestoft?”

Ele se virou na direção de Hazel. “Vou encontrar uma pessoa.”

“Uma pessoa que você conheceu na França?”, perguntou ela.

Ele balançou a cabeça. “Uma mulher.”

Hazel não ficou enciumada, mas seu rosto traiu sua perplexidade.

“Em quanto tempo chegaremos?”, quis saber Hazel.

“Cerca de duas horas e meia”, respondeu James. “Você vai comigo?”

Ela o encarou. “Para passar o dia com você?”

“É que, pelo visto, parece que não tenho muita escolha”, comentou James.

“Não tem mesmo”, concordou ela. “Mas estou tentando ser educada.”

James sorriu com um pouco de má vontade e balançou a cabeça. “Você é uma moça extraordinária, Hazel Windicott.”

Hazel o fitou. “Sabe que um amigo meu já me disse isso?”

HADES

O que Adelaide precisava saber

15 de junho de 1918

Foi uma longa viagem. James ficou olhando pela janela. As tentativas de Hazel de jogar conversa fora não foram bem-sucedidas. Ela se ocupou com um livro. Depois comprou um saquinho de castanhas, que ofereceu a James. Ele recusou.

"Sabe de uma coisa?", disse ela. "Você continua reparando nos grandes prédios em todas as cidades pelas quais passamos."

Ele sorriu. Foi um arremedo de sorriso, mas Hazel percebeu. "É mesmo?"

Eles ficaram em silêncio. Em Ipswich, desembarcaram do trem e aguardaram o próximo. James ajudou Hazel a carregar a bagagem. Eles se sentaram novamente em uma cabine privada, de frente um para o outro.

"Como está sua amiga?", perguntou James. "Colette."

"Bem." Hazel fez uma pausa. "Mais ou menos, na verdade. Você se lembra do que eu falei sobre Aubrey? Meu amigo, o pianista de Saint-Nazaire?"

Ele assentiu.

"Ele está desaparecido", disse Hazel. "A banda foi viajar, e não era para Aubrey ter ido com eles, mas ele desapareceu e ninguém teve notícias dele desde então. Mas um soldado negro foi assassinado no acampamento e..." Ela engoliu em seco. "Bem, Colette acha que Aubrey foi morto."

"Você acha que ele foi assassinado?", indagou James.

"Espero que não", respondeu Hazel. "Mas se ele estiver vivo, se ele gostar de Colette de verdade, por que não escreveu para ela?"

Tarde demais, Hazel se deu conta da gafe que cometera. Ela quis se esconder debaixo do assento.

"Talvez ele não se importasse tanto com ela assim."

Hazel enrubesceu e voltou a enfiar o nariz no livro.

"Você e Colette se meteram em apuros por passarem tempo com Aubrey?", perguntou James.

Hazel encarou James abruptamente. "Como você sabe disso? Na minha carta eu disse apenas que havíamos pedido demissão."

Ele não tinha lido a carta, mas não queria dar o braço a torcer. "Então você não me contou tudo?"

"E quem contou?", retrucou Hazel.

Não havia escapatória. "Sua supervisora", respondeu James. "A sra. Davies."

Hazel não se aguentou e ficou de pé. "Como é que é?!"

James olhou ao redor, constrangido. "Ela me mandou uma carta", sussurrou. "Depois que você foi embora, as cartas que mandei começaram a acumular. Ela disse que você foi dispensada da ACM por ter confraternizado com soldados após o toque de recolher."

A fúria de Hazel já não era mais tão adorável assim. "Que atrevimento! Que absurdo!" Ela se voltou contra James. "E você acreditou nela? Foi por isso que parou de me escrever?"

"Não", respondeu ele. "Não foi."

Hazel murchou um pouco, mas continuou estupefata. "Tem certeza?"

Ele olhou pela janela. "Absoluta."

O amargor de Hazel era grande. Foi quase cômico. Apesar do desgosto que sentia, ela ficou empolgada e esperançosa. Se a sra. Davies tivesse separado os dois, não era nada que uma explicação não resolvesse. Mas se o carinho que James sentia por ela tivesse definhado, não havia o que fazer. Atabalhoadamente, ela vasculhou a bolsa para pegar um lenço.

James percebeu que Hazel estava à beira das lágrimas e logo soube que era o responsável.

O maquinista anunciou a estação Lowestoft. James recolheu seus pertences.

Mais uma vez eles apanharam a mala pesada e a guardaram na seção de despacho de bagagem. James desembolsou um cartão, leu o endereço ali escrito e estudou um mapa. Foram embora juntos.

Metade da Grã-Bretanha decidira passar o sábado ensolarado nas praias de Lowestoft. Mães e filhos, jovens que eram moços demais para a guerra e adultos de meia-idade saíram da plataforma carregando cestos de piquenique. James e Hazel seguiram a turba, caminhando na direção da orla, até que ele virou em uma rua.

James avistou o número para onde se dirigia, e Hazel se perguntou se deveria aguardar no portão. Porém, James segurou o portão para ela. Ao passar por ele, Hazel sentiu o cheiro conhecido de loção pós-barba e de algodão limpo e passado. Ela tremeu nas bases. Que vexame.

James respirou fundo, deu um passo adiante e bateu à porta.

Uma mulher abriu a porta lentamente.

James conhecia o rosto dela, mas sua expressão não correspondia à imagem que ele vira. A mulher estava gravidíssima e carregava um bebê robusto.

Ver o garotinho deixou James deprimido. O rosto redondo e gorducho. Ele precisaria de um pai com quem jogar bola, um pai que fosse ensiná-lo a nadar. James ficou com vontade de pegar o menino no colo. Ao mesmo tempo, sentiu um ímpeto de correr desembestado até a estação de trem.

"Sra. Mason?", perguntou ele.

"Quem é o senhor?"

"Meu nome é James Alderidge", disse ele. "Servi com seu marido na França."

Com a mão livre, ela cobriu a boca e arquejou. "Entre, entre, por favor."

Estarrecida, Hazel ficou calada ao ouvir aquilo. Frank Mason. O colega que James mencionara nas cartas. Seu amigo mais próximo da linha de frente. Morto. Finado. Só podia ser.

Eles a seguiram até a cozinha. Não estava arrumada, e a sra. Mason ficou evidentemente constrangida.

"Lamento muito", gaguejou a sra. Mason. "Com o bebê a caminho e este aqui me exaurindo, acabei ficando um pouco negligente..."

"Não é nada", sussurrou Hazel. Ela quis ajudar a mulher a lavar os pratos sujos, mas sabia que a oferta deixaria a sra. Mason ainda mais encabulada.

"Sou Adelaide." A jovem mãe apertou a mão de Hazel. "Você é a sra. Alderidge?"

Hazel corou. "Não, sou uma amiga de James. Meu nome é Hazel Windicott."

“Ah, uma amiga!”, exclamou Adelaide. “Agradeço muito a vocês dois pela visita.” Ela encheu uma chaleira. “Vou ferver um pouco de água e preparar um chá, que tal?” Ela olhou para o canto da cozinha; o garotinho estava tirando potes e panelas do armário. “Frankie! Fique quietinho, meu bem. Vá brincar com os blocos de montar.”

Frankie não parecia disposto a fazer mais nada. Hazel se sentou no chão e pegou os blocos. Ela tentou chamar a atenção dele, mas o menino parrudo a ignorou, então Hazel construiu uma torre sozinha. Depois que decidiu parar de brincar com Frankie, ele quis brincar com ela. Eles logo estavam se divertindo juntos, empilhando blocos e rindo quando eles caíam. Ela percebeu que James e Adelaide não estavam conversando. A mãe do garotinho sorria, e James estava com o olhar cravado nela, um olhar que Hazel não conseguiu decifrar.

Frankie, pensou ela, *pelo menos eu tenho você. Um garoto cujos sentimentos são fáceis de interpretar.*

“É sua vez.” Ela entregou um bloco vermelho ao garotinho.

Adelaide Mason deixou as xícaras de chá a postos. “Muito obrigada pela visita.”

“Frank não me contou que você estava grávida”, James disse gentilmente. “Ele sabia?”

A mulher se atomatou toda. “Sabia.” Ela pegou um lenço de dentro do bolso do avental. “Frank sempre quis ter uma família grande. Um monte de filhos que fossem trabalhar com ele no ramo da pesca.”

Ela começou a chorar. Frankie cambaleou até a mãe, se escondeu na saia dela e também caiu no choro.

“Coitadinho.” Ela riu em meio aos soluços. “A mãe dele hoje em dia chora mais do que seu próprio bebê.”

James ficou olhando para Frankie. O menino foi até ele.

“Olá, rapazinho.” James sorriu. “Vamos dar um aperto de mãos?”

Frankie não parecia muito interessado. Quando a sra. Mason se acalmou, James se dirigiu a ela.

“Seu marido estava na mesma companhia que eu. No mesmo esquadrão”, disse ele. “Eu era um recruta. Ele me ensinou a sobreviver nas trincheiras. Se não fosse por Mason, eu já estaria morto.”

Todos ouviram a pergunta que circulava na mente da mulher. *Então por que ele morreu?*

"Ele era um homem muito gentil e generoso."

"Ele era mesmo, não é?" Adelaide começou a chorar de novo. "Ele sempre me tratou como uma dama e sempre agiu como um cavalheiro." Ela assoou o nariz.

Frankie retomou a construção da torre. Saliva escorria da boca perolada por oito dentes de leite brilhantes. Hazel enxugou o queixo dele com o babadouro e o abraçou.

"É muito solitário lá nas trincheiras", comentou James, "e ter um amigo como o Frank fez toda a diferença."

"Não tenho dúvida", fungou a viúva. "Ele me escreveu e falou de você. Disse que você era um bom camarada. De Chelmsford, não é?" Ela sorriu. "Ele chegou a comentar que, assim que a guerra terminasse, deveríamos convidar você para nos visitar aqui no litoral." Ela empinou o queixo. "Você ainda pode vir." Então se deu conta de que James, ao que tudo indicava, era solteiro, e ela, uma viúva. "Bem, quando você e essa bela moça noivarem, serão muito bem-vindos." A sra. Mason sorriu para Hazel. "Frankie gostou de você!"

"Pois a recíproca é verdadeira." Hazel pegou um bloco azul da mão melada do menino e o colocou no topo da quarta torre. Ela esperou James fazer algum comentário sobre o noivado, mas ele não disse nada.

"Como ele morreu? Você sabe?", perguntou a sra. Mason.

James fechou os olhos.

"As outras viúvas da região receberam cartas de comandantes contando o que aconteceu e pacotes contendo os pertences pessoais de seus maridos, mas eu não recebi nada! Ninguém parece saber. Ele foi enterrado? Onde ele foi enterrado? Eu escrevi mais de uma vez e nada."

Hazel empilhava os blocos sem olhar para eles.

"Os jornais estão dizendo que o 5º Exército foi dissolvido", continuou ela. "Para quem devo escrever?"

Com certo esforço, James se empertigou e começou a falar.

"Eu estava com Frank quando ele morreu", disse ele, afável. "Eu estava lá."

A sra. Mason segurou a toalha de mesa com força; o tecido se amontoou sob suas mãos.

"Foi no dia 21 de março", continuou ele. "O primeiro dia da Batalha de Saint-Quentin. Estávamos sendo atacados e em grande desvantagem."

"Boco", disse Frankie, injetando vocabulário em seu exercício de construção.

"Estávamos vigiando uma seção da trincheira", prosseguiu James, "quando as tropas de choque alemãs a invadiram."

Esse rapaz quieto, aquele que dançou com ela em Londres e em Paris, cercado por alemães armados.

"Eu li sobre eles", sussurrou Adelaide. "Eles pegaram meu Frank?"

James balançou a cabeça.

"Dois deles estavam com pistolas a postos", disse James. "Eu matei um. Frank impediu o outro de atirar em mim. Ele salvou minha vida."

"E você salvou a dele, pelo visto", concluiu Adelaide.

Alguém poderia ter dito que não havia sido por muito tempo. Mas ninguém falou nada.

A mão de Hazel tremeu. James, alemães, armas e sangue. Ela derrubou a torre de madeira.

"Bum!", gritou Frankie.

"Um soldado da tropa de choque tinha um lança-chamas", continuou James. "Nosso amigo, Chad Browning, foi atingido. Foi bem feio."

Adelaide prendeu a respiração. "É aquele rapaz engraçado, não é? Ele morreu?" James negou, e ela ficou aliviada. "Frank também o mencionou em suas cartas." Ela balançou a cabeça na direção de Hazel. "Meu Frank era ótimo escrevendo cartas."

"Porque ele sentia sua falta", disse Hazel. "Ele amava muito você."

A sra. Mason baixou a cabeça e sorriu com tristeza. "O que aconteceu depois?"

"Eu acertei o soldado com o lança-chamas", James contou devagar, "e Frank e outro rapaz pularam em cima de Browning para apagar o fogo. Depois andamos pelas trincheiras e o levamos até a tenda da Cruz Vermelha, que ficava bem longe."

"Frank era um herói, não era?", falou Adelaide. "Eu sempre soube que ele seria."

O pequeno Frankie se cansou da torre que estavam montando e a demoliu, gargalhando. Hazel recolheu os blocos e começou de novo.

"Alguns soldados alemães estavam na platibanda das nossas trincheiras, atirando contra nós", disse James. "Éramos alvos fáceis. Então, assim que cuidamos de Chad, Frank e eu saímos das trincheiras para eliminar os alemães."

Aquela palavra surgia novamente. *Eliminar*. Como se ele fosse jogar fora um saco de lixo. Hazel olhou para a criança sorridente e de bochechas rechonchudas que estava sentada em seus joelhos, brincando com blocos de montar, e para o rapaz sério sentado à mesa. *Ele já foi como você*, ela disse silenciosamente para o pequeno Frankie. Que experiências terríveis uma pessoa precisa enfrentar para falar tão casualmente sobre matar alguém?

Que você nunca precise enfrentá-los, garotinho.

Mas a oração de Hazel não foi atendida. Frankie é um homem feito agora. Soldado Frank Mason Jr. do Regimento de Suffolk. Alocado na Argélia, lutou bravamente contra os nazistas, assim como seu pai enfrentou os alemães antes dele.

HADES

As respostas de James

15 de junho de 1918

A névoa que anuviava a mente de James e a névoa que pairava sobre as trincheiras se misturaram. Por fim, a bruma se dissipou.

"Havia um Jerry portando um rifle com lançador de granadas", prosseguiu ele, proferindo as palavras em um fluxo lento. "Eu o matei."

A sra. Mason estava sentada muito quieta, de olhos fechados.

"E outro me tinha na mira dele. Frank o acertou."

A sra. Mason se encolheu, como se tivesse sentido o impacto da bala.

Hazel se pegou prendendo a respiração. Que pesadelo era aquele que seu James descrevia? Aquele inferno enfrentado por seu doce rapaz que chorava com a beleza de uma orquestra sinfônica?

A chaleira começou a chiar. O pequeno Frankie imitou o som de forma ensurdecedora. Através de uma nuvem de vapor, Adelaide despejou a água sobre as folhas de chá na peneira. O chá começou a cair no bule de porcelana.

"A neblina estava espessa", disse James. "Estávamos no chão. Um Jerry mirou em Frank."

"Miserável!"

Hazel cobriu as orelhas do pequeno Frankie.

"Mas ele não o pegou", explicou James. "Eu atirei naquele Jerry também."

A sra. Mason pousou com estrépito a chaleira no fogão a gás. "Então *quem foi*?"

O coração de Hazel ficou espremido pela sra. Mason. Ela já sabia como a história terminava. Ela estava apenas tentando encontrar um vilão.

"Não sei", James respondeu fracamente. "Algum atirador a alguns quilômetros de distância."

O lenço de Adelaide voltou a ter utilidade.

"Quando atirei no alemão que estava tentando matar Frank", prosseguiu James, "ele ficou tão surpreso que se pôs de pé." Ele engoliu em seco. "Bem a tempo de levar uma bala no peito."

Todos ficaram em silêncio. Adelaide passou os braços pela cintura, como se quisesse se proteger do míssil, descobrindo, para sua surpresa, que também havia um bebê ali para escudar.

"Bum!", gritou Frankie, fazendo outra torre desmoronar.

Adelaide se sobressaltou. "Agora não!", censurou. "Não está vendo que a mamãe precisa pensar?"

Frankie ignorou alegremente a repreensão, como costumam fazer as crianças muito amadas. Hazel se ocupou com uma criação nova: uma torre dupla, com dois blocos de largura. Frankie logo aceitou o desafio. Construir e destruir, construir e destruir. Está aí um jogo que até hoje continua popular.

"Você está querendo dizer", perguntou Adelaide, "que se Frank tivesse ficado deitado, ele ainda poderia estar vivo?"

"Eu sinto muito." A voz de James falhou. "Eu disse a ele para não se levantar. "'Não tenho família me esperando em casa. Fique aqui', eu disse a ele. Mas ele não quis que eu fosse sozinho."

Adelaide agarrou as mãos de James. "Ele jamais teria abandonado você. Essa é a verdade."

James assumiu um ar sorumbático. "Eu sinto muito." Seu corpo tremeu. "Me desculpe."

Adelaide lançou um olhar desesperado para Hazel. *O que devo fazer?*

"Eu queria que tivesse sido eu", disse James. "Ele deveria ter voltado para casa. Para você."

Adelaide Mason serviu uma xícara de chá para James. "Não diga isso", disse ela. "Não é assim que as coisas funcionam. E você sabe disso que eu sei." Ela franziu o cenho e esfregou a barriga. "Este aqui também é um menino. Se não for, saberei que tenho macaquinhos no sótão. Ele gosta de dar uns chutes, assim como seu irmão mais velho." Ela sorriu. "Eles serão nadadores, como o pai. Ele nadava feito um peixe. Sempre me perguntei por que ele não entrou para a Marinha."

Ela serviu xícaras de chá para Hazel e para ela mesma, e uma pequena xícara composta principalmente de leite e açúcar, com um pouco de chá, para Frankie.

"Posso perguntar a você, James", ela disse suavemente, "se você acha que Frank sentiu muita dor?"

James se aprumou. "Nenhuma", respondeu. "Tenho certeza. Foi tudo muito repentino."

Ela dobrou o lenço e limpou o nariz. "Então foi uma bênção, não é?" A voz da sra. Mason chiava conforme ela tentava engolir o choro. "Passei muitas noites imaginando sofrimentos de todos os tipos."

Frankie se entediou com os blocos, então Hazel pegou um livro infantil com orelhas de cachorro e começou a ler baixinho para ele. Ele se acomodou no colo dela.

"Então ele foi enterrado?", perguntou Adelaide.

O corpo de James enrijeceu. "Não sei", sussurrou. "Depois de tudo... eu fiquei inconsciente por um bom tempo. Passei muito tempo no hospital. Na ala de pacientes neurastênicos."

Hazel fechou os olhos e chorou silenciosamente. Frankie a cutucou para que ela continuasse lendo. Estava explicado por que as cartas haviam parado de chegar.

"Acho que é provável", James disse com suavidade, "que não houvesse muito o que enterrar."

A viúva estremeceu e desviou o olhar. Que horror.

James enfiou a mão no bolso da jaqueta e tirou algo dali de dentro.

"Recebi uma Medalha Militar de Serviços Distintos pelo que aconteceu", disse ele, "que deveria ter sido dele." James entregou a medalha, embrulhada em uma larga fita vermelha e azul, à sra. Mason.

"Não posso ficar com isso", protestou ela. "É sua."

"Quero que fique com ela", insistiu James. "E com as 20 libras. Aceite. Gaste com o bebê."

Em busca de incentivo, Adelaide olhou mais uma vez para Hazel, que ainda estava sentada no chão. Hazel assentiu com firmeza. *Aceite.* Adelaide cedeu, aceitando o dinheiro e a medalha.

Ele também entregou a ela o missal chamuscado de Frank. Quando ela pousou os olhos no livro, começou a chorar.

"Frank me mostrou sua foto mais de uma vez", disse James, abrindo o missal na página onde a foto estava guardada. "Ele tinha muito orgulho de você e do filho."

Ela pegou o livro e o pressionou contra o peito. "Não sei como te agradecer."

Frankie aproveitou o momento para se virar no colo de Hazel e lançar os braços gordinhos em volta do pescoço dela.

"Fiquei muito preocupada com meu Frank sozinho lá fora", continuou Adelaide, chorando. "Isso foi o que mais me assombrou. Pensar nele sem ninguém." Ela limpou o nariz. "E quando soube que ele tinha morrido, não consegui dormir. Fiquei pensando nele morrendo sozinho, sem ninguém que se importasse com ele de verdade." Ela tomou as mãos de James mais uma vez. "Saber que ele nunca esteve sozinho, que morreu ajudando seu amigo..." Os olhos dela transbordaram. "Será um grande conforto para mim nos próximos anos. Que conforto."

Ela estendeu os braços para Frankie, que se esqueceu de Hazel e foi de encontro à mãe. Ela o pegou no colo e lhe deu um abraço apertado. "Os filhos dele vão ouvir essa história."

Hazel se virou para James. Ele estava muito mais velho do que quando ela o conhecera, há sete, oito meses. Parecia exausto. Drenado, pálido e abatido.

Ainda assim, havia algo no rosto dele que ela não via desde Paris. Algo que se parecia muito com paz.

ктери – Sprages, шаб

вонное система, си

Тверишии в нимо

и М [illegible] о иза

онмезонному по /среду

Агено: вешера чуго си

варирууя се Иб з

ти и [illegible]

пра – шпомезу сти

мотпимовых [illegible]

ловтсмыно стем ое до

шариш – стешу, ше

досемишуюМЦрд но ме

ний [illegible]

Entreato

LITORAL

15 de junho de 1918

Afrodite

Eles foram embora juntos, prometendo visitá-los novamente. Hazel ficou se perguntando se ela estava mentindo.

O salto do sapato de Hazel virou, e ela tropeçou. James lhe ofereceu o braço. Ela corou, mas aceitou mesmo assim.

Eles chegaram à esquina onde deveriam dobrar à direita para voltar à cidade e à estação de trem, mas James deu uma guinada para a esquerda.

"Não vamos voltar para a estação?", perguntou Hazel.

James protegeu os olhos do sol. "O dia está lindo", suspirou. "Seria uma pena não passarmos na praia, não acha?"

Hazel não sabia o que pensar.

Eles percorreram o caminho desgastado até a orla, onde a terra gradualmente se transformava em areia e onde a grama ia raleando em ervas daninhas esparsas até desaparecer por completo. Eles tiraram os sapatos e as meias, o que foi um momento delicado para Hazel, mas ela deu um jeito de fazer dar certo, tirando a meia-calça por baixo da saia. Ver seus pés descalços quase fez com que James tivesse um ataque do coração.

Eles enrolaram as meias e as enfiaram nos sapatos, que carregaram conforme andaram na areia. A sensação dos grãos quentes entre os dedos dos pés fez com que Hazel se esquecesse de si mesma. Ela correu até a água, deixando suas coisas caírem em uma pilha, e ficou na parte rasa, levantando as saias quase até os joelhos. James ficou para trás, observando-a.

Ela quase fez com que ele se esquecesse da dor. E as pernas dela! Ele não deveria olhar. *Deveria, sim. Mas tente ser um pouquinho mais discreto.*

A brisa marinha e a areia cálida, o riso das crianças e os grasnados das gaivotas, o cheiro de pipoca e das salsichas fritas, tudo aquilo pulsava de vida ao redor dele. Ondas de cristas brancas iam e vinham sem parar.

Ele visitara a viúva e o filho de Frank. Estava feito. James sempre soube que era algo que deveria fazer. Todas as semanas que se passaram, o esforço de combater o medo, tudo aquilo havia deixado James um tanto desacorçoado.

E lá estava Hazel, curvando-se para pegar uma concha e tentando espiar o que havia ali dentro.

Hades

James sentiu um leve cheiro de Woodbine. Uma presença conhecida estava ao lado dele, mas ele não deveria olhar. Era uma situação um pouco alarmante, mas, ao mesmo tempo, era tão íntima como o raiar do dia.

Ele manteve o olhar fixo na linha do horizonte. "Você é um homem de sorte, Frank."

"Que nada", respondeu Frank.

"É uma bela família que você tem."

"Eu sei isso."

Ambos olharam para Hazel.

"Por que *eu* que..."

"Porque você pode", atalhou Frank. "Vá atrás dela, parceiro. Vai passar a perna em você mesmo para quê? Eu não pensaria duas vezes se estivesse no seu lugar."

James pensou no garotinho robusto nos braços de Hazel e em como ela riu e brincou com ele. Será que alguma vez houve uma garota tão maravilhosa? Tão gentil? Alguém que amava crianças. Será que havia outra pessoa assim tão...? James estava esbaforido, e não era por causa do sol. *Uma criança*. Então se lembrou da barriga redonda de Adelaide. Mais uma criança que nunca conheceria o pai.

"Vou cuidar deles", disse Frank. "Sei que você vai fazer o mesmo."

“Eles vão me mandar de volta para a guerra”, respondeu James.

Frank riu. “Você vai tirar o time de campo em breve, parceiro. Não tenha medo. Acho que em breve você também vai passar para o outro lado.”

James observou enquanto Hazel chutava as ondas.

“Você não está aqui, está?”, indagou James. “Isso é obra do meu parafuso a menos?”

“E que diferença faz?”, perguntou Frank. “Se for seu parafuso a menos mandando você se casar com aquela garota e ser feliz, de quem seria o conselho que você preferiria receber?”

“Somos jovens demais, não acha?”

“Não precisa juntar os trapos amanhã”, falou Frank. “Você se sente jovem?”

“Não”, admitiu James.

“Ela vai fazer com que você se sinta jovem outra vez.”

“Eu nem sei como sobreviver a mais um dia”, disse James.

“Ninguém sabe”, afirmou Frank. “Mas aquela garota ali vai te ajudar.”

Ele sentiu uma mão firme pousar entre suas omoplatas. Ela lhe empurrou, e James deu um passo trôpego adiante.

Afrodite

Por um instante desesperador, Hazel pensou que James a abandonara. Ela não conseguia vê-lo. Suas saias afundaram nas ondas, absorvendo a água fria e agarrando-se às pernas. Então de repente lá estava ele, diante dela, com as calças arregaçadas até os joelhos e as mangas até os cotovelos. Sua camisa estava aberta.

Hazel foi tomada pelo desejo de inspecionar as novas partes do corpo de James que haviam surgido em seu campo de visão.

Ele segurou o rosto dela entre as mãos. James sentiu o coração na garganta ao ver a dor estampada no rosto de Hazel.

“Eu nunca mais serei o garoto que você conheceu.”

Ela se afastou. “Mas é ele quem eu vejo”, disse. “O único garoto que consigo ver.”

James fechou os olhos com força. “O que eu fiz e o que vi... Tudo isso estará para sempre comigo.”

Foi a última vez que Hazel fez aquele pedido. "Deixe-me sempre estar com você também."

Ele ficou parado e em silêncio por mais tempo do que Hazel suportava esperar.

Ela se virou na direção do banco de areia e começou a se afastar.

James correu até ela e a deteve. Antes que Hazel pudesse falar, despachei um empurrãozinho, e ela tombou em seus braços. James quase não conseguiu se preparar a tempo de impedi-los de cair.

A sensação do corpo dela contra o dele o atravessou como se ele estivesse tomando um choque. Quando Hazel se endireitou e se afastou, James a puxou e a segurou bem rente ao seu corpo, fazendo com que ela desse rodopios. Na água banhada pelo sol, os dedos dos pés de Hazel desenhavam círculos ao redor de James.

...ктери – Дрюзья, ...

...вное системы, с...

Терминъ в нашо...

...и 19 [illegible] ...

...околезогли иу во /сферу

...фремя: влияя при...

...вариеруй ся Ив з...

...ти и [illegible] ...

...пра – полнотну у ...

...ной тинилых [illegible] ...

...вотельно сти он д...

...порист сгиму...

...годе ...Ирод но ...

...ний [illegible] ...

Quinto Ato

AFRODITE

A Batalha de Henry Johnson

5 de junho de 1918

Em Paris, Colette havia começado a trabalhar em uma cafeteria. Um dia, se deparou com um jornal velho e manchado de café enquanto limpava as mesas. Estava prestes a jogá-lo fora quando uma manchete chamou sua atenção: *"La Bataille d'Henry Johnson, Héros Nègre Américain! 24 Allemands Tués!"*.

Ela deixou os clientes de lado e devorou o artigo. A matéria narrava o feito heroico de um soldado negro americano do estado de Nova York chamado Henry Johnson, que havia lutado bravamente contra um grande grupo de ataque alemão. Ele era membro do *369e Régiment d'Infanterie US*, vinculado ao 4º Exército da França sob o comando do general Henri Gouraud e alocado no setor Meuse-Argonne. A divisão mencionada no artigo era famosa por sua notável banda militar.

Ela desabou em uma cadeira. Seu coração bateu mais forte e sua cabeça pareceu sofrer uma inundação. A esperança, sua tenebrosa inimiga, bateu à porta.

Colette ignorou os clientes cujo café havia esfriado. Ela apoiou os cotovelos na mesa suja e tentou pensar. Aubrey fazia parte da Guarda Nacional do 15º Regimento de Infantaria de Nova York. Será que se tratava da mesma divisão? Ou havia dezenas de divisões negras no exército americano, todas com bandas notáveis?

Mas e se fosse o regimento de Aubrey? Ele estava morto.

O comandante bem que poderia lhe confirmar aquela informação. Ela ainda passaria as noites em claro, mas pelo menos não ficaria se perguntando o que havia acontecido. Ela saberia. Teria certeza.

Colette era capaz de lidar com a verdade. Era um traço da personalidade dela que ela conhecia muito bem.

A batalha ocorrera algumas semanas antes, em maio. Estavam em meados de junho. Eles ainda poderiam estar lá. Não custava nada escrever uma carta para tentar descobrir.

AFRODITE

Junta médica

1º de junho de 1918

A junta médica em Chelmsford concluiu que James estava melhorando. Comer muito, dançar e rir aparentemente eram o tônico fortificante de que ele tanto precisava. James recebeu ordens para comparecer à requalificação militar no dia 15 de julho.

Tudo mudara. Ele não tinha mais vontade de voltar à guerra e de morrer por Bobby. Ele queria viver por Bobby, por Maggie e sobretudo por Hazel. As noites haviam se tornado difíceis novamente à medida que vislumbres das trincheiras tornaram a povoar seus sonhos. Mas sempre que o dia raiava, ele se recompunha. Não havia motivo para desperdiçar os dias ensolarados de verão com uma bela garota ao seu lado. Ele tinha que aproveitar o máximo possível.

Hazel odiara a notícia, odiara com todas as forças, mas ainda faltavam duas semanas. Eles já tinham passado duas semanas juntos. A pianista decidiu aproveitar sem medo as semanas remanescentes.

Apesar de tudo, as notícias eram muito positivas. Os Aliados haviam conseguido deter as quatro principais ofensivas alemãs durante a primavera. Os alemães não tinham alcançado o Canal da Mancha, e o bloqueio naval britânico ainda era mantido. Os americanos estavam finalmente botando sua força à prova. Eles podiam não ter tanta experiência, mas compensavam em números, em estado de espírito e em suprimentos. O jogo estava virando. Tinha que estar. O resto da guerra passaria a toda brida, e James voltaria são e salvo para casa. E logo.

AFRODITE

Correio

29 de junho de 1918

"Colette!", chamou *tante* Solange. "Alguém veio te ver."

Era de manhã cedo. Colette saiu cambaleando da cama. Talvez Papin, o gerente seboso da cafeteria, a tivesse seguido até sua casa. Aquele biltre de uma figa. Ela iria lhe dizer onde ele poderia procurar outra garçonete.

"Un moment!", gritou Colette. Ela vestiu as roupas do dia anterior e prendeu o cabelo com alguns grampos. Não se daria ao trabalho de parecer elegante para Papin. Ela deveria escovar os dentes? *Non.* Ela deixaria o visitante esperando. Se fosse Papin e ela estivesse com mau hálito, *bien*.

Ela entrou na sala de estar.

Encostado na porta e preenchendo toda a sala, atraindo para si mesmo toda a luz da manhã, estava Aubrey.

Era ele mesmo. De verdade. Em carne e osso.

O grito que ela deu acordou os vizinhos. Colette quase desmaiou de tanto chorar. Ela se curvou, deslizou até o chão e chorou.

A alegria é capaz de fazer isso. E pode doer tanto quanto a dor.

Aubrey, que passara a viagem toda de trem pensando no que dizer, entrou em pânico. E agora?

"Seu monstro!", gritou ela. "Achei que você tivesse morrido."

Ele definitivamente estava encrencado.

Ali estava aquele sorriso malandro que Colette conhecia tão bem.

"Os Boches fizeram o possível para me derrubar", disse ele, "mas eu ainda não estou pronto para virar presunto."

Colette não deixou Aubrey fugir da discussão. "O que você tem a dizer sobre isso?", ela exigiu saber, aos prantos. "Como pôde fazer isso comigo?" Ele cheirava a sabonete e a hortelã. Ela se lembrou, apavorada, de que não era o caso dela.

(Aubrey não reparou em nada disso naquele momento.)

Ele sabia que deveria dizer as palavras certas.

Aubrey estendeu um envelope. "Escrevi uma carta para você. Queria me certificar de que seria entregue, então achei melhor trazer eu mesmo."

Ela olhou para a carta com desconfiança e depois se afastou. "Deixa só eu me arrumar primeiro...", ela começou a dizer, mas Aubrey segurou sua mão.

"Juro", disse ele, "que você é a coisa mais limpa e arrumada que eu vejo em meses."

Colette começou a chorar mais uma vez, e sua visão ficou turva. "Você está aqui mesmo? De verdade?"

"Estou", respondeu Aubrey. "Mas não diga nada ao coronel Hayward."

Ela recuou. "Você será morto por deserção à pátria! Vá embora! Agora!"

Aubrey riu. "Fiz um acordo com o capitão Fish. Voltarei hoje à noite."

Deixar Colette Fournier, ainda mais agora que ele a havia encontrado, seria terrível! Os exércitos do Kaiser não conseguiriam forçar Aubrey a fazer tal coisa.

Colette foi tomada por um arroubo de emoções. "Achei que você tivesse morrido", repetiu. "Ouvimos dizer que um soldado foi assassinado e... Por que você não me escreveu?" Ela engoliu em seco. "Todas aquelas coisas que você me disse... Era tudo mentira?"

"Era tudo verdade." Aubrey ficou com um nó na garganta. "Ainda é." Ele estendeu o envelope mais uma vez. "Expliquei tudo na carta."

Irresoluta, Colette pegou o envelope. Esperara tanto por uma resposta que ter que aguardar mais um pouco até terminar de ler a carta parecia quase um insulto. *Só me diga a verdade!*

Mas Aubrey fora até ali, ao encontro dela. Estava tentando se desculpar. Ela deveria ser mais gentil.

Colette se sentou no sofá e ouviu uma comoção no quarto de *tante* Solange.

"Tome cuidado", sussurrou ela. "Minha tia vai querer ficar toda em cima de você."

Ele riu. "Acho que consigo lidar com uma senhora."

Colette deu de ombros. "*Bonne chance*. Está por sua própria conta e risco."

◆ ◆ ◆

Dez minutos depois, eles deixaram o apartamento e foram passear pela cidade.

"Você não estava exagerando quando falou da sua tia", disse Aubrey.

Colette não queria perder tempo falando da má conduta de sua tia. "Aubrey, sinto muito pela morte do seu amigo." Ela balançou a cabeça. *"Quelle horreur!"*

Aubrey não disse nada, mas apertou seu braço. Eles continuaram andando. Os olhos de Aubrey viram Paris, suas ruas charmosas, suas lojas elegantes, sem assimilar muito.

"Entendo por que você não me escreveu", disse Colette. Ela deu um cutucão nas costelas dele. "Mas isso não quer dizer que eu te perdoo. *Ainda*."

Aubrey sabia que estava perdoado e continuou.

Era o sorriso dele que sempre a conquistava. E pensar que ela nunca o vira durante a manhã! Nunca soubera como seu Aubrey brilhava à luz do sol.

Juro que eu não estava fazendo nada. Era tudo obra de Aubrey. O charme dele também não passou despercebido para as moças que transitavam pelas ruas.

Colette sorriu para si mesma.

Aubrey se derreteu todo, como se fosse a primeira vez.

"Parece que estou fazendo algo de errado", disse ele, por fim. "Eu, aqui com você, enquanto Joey está morto. Sendo que eles estavam atrás de mim. Eu, que achava que era imortal."

Colette ouviu. Ela deixou Aubrey levar o tempo que precisasse.

"Por que eu?", ele se perguntou em voz alta. "Por que ainda estou vivo sendo que tantos camaradas morreram? Por que ainda estou vivo sendo que tantos negros são mortos apenas por respirar o mesmo ar que brancos que destilam ódio?"

Colette não confiou em si mesma para responder naquele momento. Se dissesse o que realmente queria dizer — "Você foi poupado porque eu preciso de você" —, revelaria para os céus traiçoeiros que ela precisava de Aubrey, e então, da próxima vez, o destino não erraria o alvo que ela acabara de pintar no peito dele.

"Se eu os tivesse ouvido", continuou Aubrey. "Se eu tivesse saído com ele. Se eu tivesse levado a pistola."

"Talvez você também estivesse morto."

"Se ele não tivesse tido que mijar!"

Ela encostou a cabeça no ombro dele. "Eu sei."

Então Aubrey se lembrou de que ela sabia bem até demais.

"Ele era meu amigo", disse ele. "Sei que não é a mesma coisa que perder sua família e..."

Ela o interrompeu dando um beijo em sua bochecha. "O luto não é uma competição. O que aconteceu foi horrível. Ninguém deveria passar por isso. Muito menos entre seus próprios compatriotas. É um crime contra a humanidade. Contra a decência e a razão."

"Às vezes parece que a América nem sabe mais o que são essas coisas", Aubrey retrucou amargamente.

"Mas a América produziu você", contemporizou Colette. "Então não pode ser de todo ruim."

"Mas não é como se fosse um caso isolado. Coisa de bandido, sabe? Isso acontece em todos os lugares. No exército. No Sul. E fora do Sul também."

Colette o observou. "Você vai voltar?", ela quis saber. "Ou vai poder ficar aqui na França?"

Aubrey esbugalhou os olhos. "Ficar aqui?" Ele cogitou a possibilidade, mas logo desistiu. "O Tio Sam não vai permitir. E eu sinto falta da minha família."

Colette se recostou no braço dele. "Se você tem uma família", murmurou, "e tem a chance de ficar perto dela, faça isso."

Ele beijou o dorso da mão de Colette. "Não acredito que estou aqui. Você não faz ideia de como eu estava com saudade."

"Posso, sim."

Aubrey ficou sério. "Não sou mais o mesmo. Não tenho muito para oferecer a você. Agora sou um soldado, não um pianista."

Colette riu. "Ah, claro. E eu sou uma bailarina."

"Sério?"

Ela revirou os olhos. "Você sempre será um pianista, Aubrey. Ninguém pode tirar isso de você." Colette olhou para ele com uma expressão triste e roçou as pontas dos dedos em seu rosto. "Você não está apenas enlutado", falou. "Está assim porque poderia ter sido você. Você pensa que deveria ter sido. Você se culpa por não ser a pessoa que estava usando a latrina quando os assassinos vieram. Você está em estado de choque por causa de sua própria morte."

Ele enrijeceu. "Falando assim, parece que sou egoísta."

Colette estreitou os olhos. "*Non*. Assim parece que você é igual a mim."

Aubrey a observou com curiosidade.

"Eu me culpo todo santo dia por ter decidido cruzar o rio naquela manhã para colher maçãs. Por ter corrido para o convento assim que ouvi os primeiros disparos."

Aubrey acariciou a mão dela. Que Deus abençoasse as maçãs e as freiras.

"Eu me sinto um monstro por ter sobrevivido aos alemães que foram atrás da minha família e atiraram nela a sangue-frio. Sou uma covarde egoísta. Depois que minha mãe morreu de tanta tristeza, meu coração continuou batendo. Veja bem, eu amei tanto minha vida que não me recusei a viver em um mundo sem as pessoas que perdi."

Pedestres passavam ao redor deles.

"Você não é um monstro por ter vivido", disse Aubrey. "Colher maçãs não é um crime."

"E não é crime sair de mansinho à noite para encontrar sua *petite amie*", disse ela, sorrindo ironicamente. "Bem, o exército diria que é, mas aí já são outros quinhentos."

Aubrey observou os cachos de Colette que escapavam do cachecol e dançavam na brisa. Eles haviam se encontrado uma vez e depois outra. Ali estava ela. Não uma cantora de jazz, não uma belga glamourosa, mas uma garota enlutada que entendia o que ele estava sentindo. Uma moça que fizera de tudo para se manter viva e que despertava em Aubrey a vontade de lutar e de viver ao lado dela.

Mas e depois? Ele teria que voltar para a frente de batalha. Se a guerra terminasse, ele precisaria voltar para Nova York.

Nova York parecia muito distante. Em Nova York, ele não podia beijar Colette ao ar livre. Não sem temer os comentários alheios.

Mas, em Paris, ele podia. Aubrey poderia beijá-la como se estivesse correndo atrás de todo o tempo perdido.

Pelo menos para aquele beijo a morte e o sofrimento estariam bem longe.

Talvez ele devesse apenas beijar Colette e nunca mais parar.

Mas, mais cedo ou mais tarde, até mesmo os melhores beijos acabam.

"Senti tanto sua falta", sussurrou ele. "Eu nunca quis te deixar."

Eles continuaram caminhando. Uma espécie de paz se espalhou pelo corpo de Aubrey. Ele não tinha percebido quão pesado era manter Joey em segredo por todos aqueles meses.

"Queria poder fazer algo por Joey", admitiu Aubrey. "Ou para a família dele. Ou algo para eu poder me lembrar dele."

Colette sorriu. "É uma ótima ideia", disse. "Algo para salvaguardar a memória dele."

"Mas o quê?", perguntou Aubrey. "Uma lápide chique?"

Eles viraram em uma esquina. "Muitas vezes desejei poder fazer algo por Alexandre, meu irmão. Um memorial. Mas todas as ideias pareciam sem graça e insuficientes."

"Lápides são tão... frias", comentou Aubrey. "Memoriais só conseguem ir até certo ponto."

"Fique rico", brincou ela, "e doe um prédio no nome dele."

Eles começaram a olhar ao redor e realmente ver Paris. Aubrey percebeu que estava com sede, então eles pararam em uma cafeteria para tomar limonadas.

"Escrevi músicas para Joey nas trincheiras", disse ele. "Escrevi para você também."

"Vamos viajar para Nova York e gravá-las lá", disse Colette.

Aubrey deixou o canudo cair. "Isso foi um convite?"

Colette corou. Será que havia se precipitado? "Eu que pergunto." *Eu vou para onde você estiver, Aubrey Edwards.*

"É um convite, *mademoiselle*", respondeu Aubrey. "Acredite se quiser."

DEZEMBRO DE 1942
Um final possível

"Podemos encerrar por aqui", Afrodite diz aos outros deuses. "Podemos terminar agora mesmo, com nossos jovens casais finalmente felizes depois de tantas agruras."

Hades entrelaça os dedos e, pensativo, observa a deusa do amor.

A história que está sendo contada é longa, mas o que é a passagem do tempo para os imortais? Afrodite consegue encaixar uma epopeia entre os tique-taques de um relógio.

Hefesto coça o queixo barbudo. Então se levanta e anda até a rede dourada. Com um toque, ela se abre, deixando uma fresta para Afrodite passar.

"O julgamento está encerrado", anuncia ele. "O réu foi inocentado." Ele sorri ironicamente. "A prisão *deste* réu é ilegal. Deusa, perdoe-me por detê-la."

Afrodite pisca. Por um instante, fica atordoada demais para aproveitar a oportunidade de escapar. Ela se aproxima de Hefesto e fala baixinho, para que só ele possa ouvir:

"Devo ir embora agora?", pergunta ela. "Você quer que eu coloque um ponto final nisto tudo?"

Ele gesticula na direção da porta para mostrar que não vai impedi-la. "Você está livre para ir embora se quiser."

"Não é o que você está pensando", sussurra Afrodite. "Eu e ele."

Ele balança a cabeça. "Não comece. Vamos apenas lidar com a verdade de agora em diante. Você e eu."

Ela morde o lábio. "Não foi isso o que eu quis dizer." Ela se vira e flagra Ares espichando o pescoço para tentar ouvir o que eles estão dizendo. "Não estou negando o caso. O que quero dizer é..."

Hefesto preferiria estar ouvindo qualquer coisa menos isso.

"A grande guerra exerce um fascínio poderoso em você." É melhor que ele diga o que precisa ser dito de uma vez por todas. "Muitos corações precisam de você. Ser necessária é inebriante. É isso?"

Apolo dedilha em seu piano e finge não escutar. Hades admira a rua pela janela.

"Não sou o que eles pensam." Afrodite encara o chão. "Não sou uma mulher vulgar."

"Eu sei disso." Ele realmente sabe. Não importa o que os outros digam. Não importa como vão julgar.

Ela passa pela fresta na rede dourada.

"De todo modo, obrigado pela história", diz Hefesto. "Não vou esquecê-la. Você é ótima no que faz. E... acho que entendi o que você quer dizer."

A deusa sorri.

Hefesto não resiste e sorri de volta. "Eu invejo seus mortais."

Ela ergue uma sobrancelha. "Como diz Ares... Eles morrem, sabia?"

O deus do fogo assente. "Morrem. Mas os sortudos vivem primeiro." Ele se curva. Sua deficiência motora dificulta um pouco o gesto. "Os sortudos passam um tempo com você."

Afrodite pisca, surpresa.

Ares já está farto desses dois sussurrando. Ele tenta passar pela fresta, mas não consegue. "Ei! Me deixa sair daqui."

"Vá para o inferno", Hefesto diz ao irmão.

"Tecnicamente, ele não pode", comenta Hades.

Ares se dirige ao irmão. "Esse não é o fim da história. Ela não está te contando tudo." Um sorriso de escárnio se espalha por seus lábios. "Ela *nunca* te contou tudo."

O RESTO DA HISTÓRIA

15 de julho-17 de agosto de 1918

Ares

A guerra foi perdendo tração. O último avanço significativo dos alemães, a Ofensiva Champagne-Marne, também chamada de Segunda Batalha do Marne, terminou com uma derrota esmagadora da Alemanha. Duzentas e cinquenta mil vítimas entre mortos e feridos.

James e Aubrey foram à luta na longínqua Frente Ocidental. James foi transferido para o 10º Exército, que estava sob o comando do general Charles Mangin. Ele ficou chateado por não poder reencontrar os amigos, mas havia coisas maiores em jogo.

James chegou à frente de batalha bem quando a contenda começou. Agora veterano e um atirador mortal, ele lutou como um guerreiro do Egeu. Não porque adorava um combate, mas porque ele lhe proporcionava a melhor chance de voltar para casa.

Eu adoraria dizer que James lutou sem medo. Que, depois de tudo pelo que ele passou, se sentia imune ao perigo. Mas a batalha foi brutal. Morte por todos os lados. Se não tivesse pensado em seu flerte e na família, ele nunca teria sobrevivido.

Aubrey também lutou como um dragão. Foi o pior combate que ele experienciou. Todos os homens da 369ª Infantaria dos Estados Unidos eram dragões no campo de batalha. Gigantes. Hoplitas. De todos eles, cento e setenta e um foram condecorados com a Croix de Guerre dos franceses. *Les Hommes de Bronze*. Era assim que eles foram chamados. *Blutlustige Schwarzmänner*. "Homens negros sedentos de sangue" em alemão.

Não sei sobre a sede de sangue, mas ninguém em sã consciência gostaria de ser um Jerry que caiu em uma trincheira dos Harlem Rattlers. Muito menos um Jerry que fez um dos Harlem Hellfighters* de prisioneiro. Eles vão atrás do culpado. E sempre conseguem dar o troco.

Eles lutaram como um só. Lutaram como tocavam na banda do tenente Europe. A vivência alimenta a união; uma banda de soldados que, juntos, enfrentaram o mesmo inimigo, a mesma guerra, durante toda a vida, entende o significado de união. Assim como seus pais e seus avós que vieram antes deles.

Afrodite

Eu nunca disse que não contaria o resto da história, Ares.

Colette e Hazel voltaram a fatiar repolhos e cebolas em Compiègne. Hazel estava apreensiva. Vivia tendo pesadelos com o alemão que a assediara. Ela e Colette começaram a segunda estadia no campo de concentração reunindo-se com os sentinelas e os sargentos responsáveis, dizendo que esperavam que a segurança delas e dos outros trabalhadores fosse garantida. Os diretores do acampamento estavam com tanta falta de pessoal e tão gratos que elas haviam retornado que prontamente aceitaram todas as condições. Hazel ficou atenta, mas não viu o ofensor em lugar nenhum.

Compiègne ficava perto de Soissons, onde James estava alocado. As cartas trocadas entre eles voavam de um lado para o outro, quase tão rápido quanto telegramas. Embora os sons dos disparos fossem mais altos, ela recebia cartas de James com tanta frequência que nunca parou por muito tempo para se perguntar se ele estava bem.

* O apelido "Harlem Rattlers" foi dado ao regimento devido à sua conexão com o bairro do Harlem, onde muitos de seus soldados eram recrutados, e em referência à cascavel ("rattlesnake" em inglês) na bandeira de Gadsden, criada durante a Guerra de Independência dos Estados Unidos e que simboliza coragem. Já "Harlem Hellfighters" surgiu entre os alemães, que reconheceram a bravura do regimento. Embora seja um termo mais sensacionalista, tornou-se parte da história do regimento, destacando a busca dos soldados por cidadania e igualdade. (N. T.)

Quando a batalha terminou, James escreveu para Hazel. Ele tinha meio dia de descanso no sábado seguinte. Será que ela poderia passar esse tempo com ele? Naquele mesmo dia, chegou uma carta de Aubrey dizendo que ele teria a segunda-feira de folga. Então as meninas arquitetaram um plano. Elas vestiriam seus velhos uniformes da ACM e viajariam em um comboio militar até a estação mais próxima do setor de James. Ele as encontraria lá. Eles passariam algumas horas maravilhosas juntos. Então Colette e Hazel pegariam o ramal de volta para uma das linhas tronco, sentido Verdun. Elas viajariam no domingo e passariam a segunda-feira com Aubrey.

Foi uma decisão desavergonhada, atrevida, inofensiva e tão, tão simples. Elas embarcaram no trem em Compiègne sem grandes transtornos e, suando no calor de agosto, fizeram a curta viagem até o ponto de encontro. Ao verem que ninguém parecia se importar se elas eram da ACM ou do circo, elas tiraram os casacos de lã. À medida que o trem se aproximava da estação de Soissons, Hazel pegou emprestado um espelho e um pente de Colette para se arrumar. Estava tão animada que mal sentia o calor.

James aguardou ansiosamente a chegada do trem. As poucas semanas que haviam se passado pareciam ter durado mais que a guerra.

Ele enxugou o suor da testa e foi procurar uma sombra.

Ares

O estrondo dos projéteis agora era tão normal quanto o trânsito na cidade grande ou o trinar dos pássaros no interior. James mal reparava no barulho.

Os trilhos começaram a vibrar. Ele viu as nuvens de fumaça e ouviu o ruído da locomotiva. *Aí vem ela!*

Dentro do vagão, Hazel ergueu a cabeça.

"Quase lá", disse ela. "O trem está reduzindo a velocidade."

De repente, um deslocamento de ar fez com que James caísse. Então, depois da explosão, veio o zumbido. Um canhão de longo alcance. Um Long Max.

A explosão fez o chão tremer. Terra e sujeira caíram como chuva. Fumaça e chamas engoliram o que restara do trem.

Hades

A locomotiva e os dois primeiros vagões foram destruídos.

Os outros vagões colidiram uns com os outros.

Soldados e trabalhadores de guerra foram arremessados ao redor dos vagões.

Cacos de vidro das janelas quebradas voaram como estilhaços.

Colette saiu ilesa, pois Hazel havia jogado seu corpo sobre o da amiga.

James encontrou Colette segurando Hazel, embalando-a como se fosse uma criança. Como se ela tivesse acabado de pegar no sono. Como se ela pudesse ser persuadida a acordar.

"A culpa é minha", repetia ela. "Eu não deveria ter amado Hazel. Eu não tinha o direito de fazer isso." Ela engoliu em seco e pranteou: "*La guerre* leva embora todas as pessoas que eu amo. Nem Hazel ela vai poupar. Eu nunca deveria ter me tornado amiga dela".

James, o veterano, sabia o que fazer. Fazer pressão no sangramento e chamar um médico. Afrouxar roupas apertadas para facilitar a respiração.

James, o rapaz do festival da paróquia, estava perdido na neblina de um mundo sombrio, procurando por toda a parte alguém que não seria encontrado.

HADES

Royal Albert Hall

Hazel chegou. Estava usando um vestido de verão e andava descalça na grama aveludada. Pequenas flores brancas brilhavam como pérolas em meio à paleta verde-escura.

Ela caminhou na direção de uma porta desconhecida. Hazel a abriu e adentrou uma sala ampla e escura, tão grande que as paredes sumiram de vista. A ausência de eco lhe deu vertigem.

Ela não estava pronta para estar aqui.

Hazel pensou ter visto um raio de luz ao longe. Cautelosamente, ela avançou. O piso de madeira era macio sob seus pés descalços.

A luz ficou mais forte. O feixe de luz oval de um holofote iluminava um piano de cauda Steinway & Sons de quase três metros feito de ébano acetinado. A tampa aberta parecia acenar para ela.

Era um belíssimo instrumento. Hazel nunca havia chegado perto de um piano tão luxuoso, tão imaculado. Nunca, em toda sua vida. O que, naquele momento, ainda era verdade.

Hazel se aproximou do banco e se sentou.

As luzes se atenuaram, brilhando o suficiente apenas para que Hazel pudesse ver onde estava. O salão solene e majestoso se apresentou para ela. Era o Royal Albert Hall. No meio da noite, completamente vazio.

Ela tocou. As notas soaram hesitantes. Conforme cada som se espalhava pelo lugar, a insegurança da pianista ia desaparecendo. Hazel começou a tocar para valer. "Pathétique". O segundo movimento da sonata para piano nº 8 de Beethoven em dó menor, op. 13. "Adagio Cantabile".

O som inundou o salão vazio e voltou para ela como se fosse uma revelação. Tanta pureza, tanta doçura de tom. Os martelos tocavam as cordas como se batessem um sino, dominando a escuridão com beleza.

Hazel chorou. Nunca tocara assim. Nunca tivera um instrumento como aquele. Nem um espaço com uma acústica tão fenomenal. Ela nunca havia tocado como bem entendesse, livre, sem um corpo nervoso atrapalhando sua diversão. Sem o medo paralisante de ser observada por uma plateia. Mas, agora que parava para pensar sobre o assunto, era um crime não ter mais ninguém ali para ouvi-la tocar tão bem.

Assumi a forma de *monsieur* Guillaume e me sentei ao lado dela. Ele não estava morto, mas Hazel entendeu.

"Eu morri, *monsieur*?"

Ela olhou para cima, ainda tocando, e viu, nos balcões, bem onde ela e James haviam se sentado, um pequeno grupo de pessoas. Seus pais. Colette. Aubrey. *Tante* Solange. Georgia Fake. Olivia Jenkins. O padre McKnight. Ellen Francis. O vigário e a sra. Puxley. Maggie.

James.

Eles estavam longe, mas Hazel os via nitidamente.

Ao lado deles estavam outras pessoas. Enchendo fileiras e mais fileiras, lotando o balcão. Pessoas que Hazel ainda não conhecia. Pessoas que teriam entrado em sua vida e a alegrado, preenchido, mas agora isso não aconteceria mais. Uma menina de cabelos escuros e cacheados. Um garoto de cabelos cor de areia.

"Por favor", pediu Hazel. "Posso voltar só por mais um tempinho?"

Ela aguardou minha resposta enquanto seus dedos ainda tocavam.

Não sou indiferente à música. Não precisamos todos sermos iguais a você, Apolo, para apreciá-la.

Também não sou indiferente ao amor, não importa quantos amores eu tenha sido forçado a interromper.

Hazel insistiu. "Não pode me mandar de volta?"

"Isso já aconteceu antes", respondi, "mas é impossível passar por isso e retomar a vida de antes."

"Por favor," implorou Hazel. "Quando você me chamar novamente, virei de boa vontade."

Levantei-me do banco e me recolhi nas sombras. Por mais que isso me entristeça, entendo que minha companhia nem sempre é bem-vinda.

Ela continuou tocando, e fiquei feliz por vê-la assim. A música era a melhor saída para Hazel; talvez fizesse com que ela aceitasse o inevitável.

Alguém se materializou ao meu lado.

"Olá, Afrodite", falei. Você se lembra, deusa? "A que devo a honra de tal visita?"

Você me cumprimentou com uma mesura. "Tenho um pedido, meu senhor. Imploro que me devolva Hazel. Poupe-a."

"Minha adorável deusa", falei, "a guerra tem suas vicissitudes. Se toda alma benquista fosse arrancada das garras da morte simplesmente porque sentiriam falta dela, o universo seria desmantelado."

"Hazel ainda tem uma longa jornada pela frente", teimou Afrodite. "Ela tem muito mais para fazer e oferecer."

"O mesmo pode ser dito sobre cada um dos milhões que morreram durante a guerra", respondi.

Afrodite, você se virou na minha direção e se ajoelhou. "Por favor, me dê Hazel", você implorou. "Eu ainda mal comecei a cerzir o amor dela. James precisa dela. Os pais de Hazel precisam dela. Colette precisa dela. Por favor, senhor Hades, deus do Submundo, soberano de todos."

Se não me falha a memória, acredito que precisei de um lenço.

"Ela está gravemente ferida."

"Não onde importa", você rebateu.

"As Moiras protestarão", alertei. "Elas ficarão no encalço dela."

"Eu vou cuidar dela, meu senhor", você disse, deusa. "Farei de tudo para protegê-la."

Embora os mortais gostem de me retratar assim, e eu os perdoe por isso, meu coração não é feito de pedra.

Peguei sua mão e levantei você. "Paixão, amor e beleza", eu disse a você, Afrodite. "Você sabe que ela não pode mais ter os três."

AFRODITE

Preguiçosa

20 de agosto de 1918

Uma bolsa de sangue pendia de um suporte de metal. Hazel percebeu que o líquido vermelho fluía para uma agulha injetada em seu braço. A pele perfurada doía; a haste estava cravada em sua carne como uma afronta.

Ela não sabia, mas estava em um hospital de campanha.

Seu corpo doía. Seu abdômen. Até mesmo respirar era dolorido. Coisas dentro dela que ela não sabia nomear gritavam em protesto. Hazel virou a cabeça de um lado para o outro para ver. O gesto fez com que ela sentisse fisgadas de dor no corpo todo.

Ela tentou se sentar e, suspirando, caiu de volta no travesseiro.

Colette brotou ao lado dela em um átimo. "Bom dia!"

Hazel olhou em volta. "É de manhã?"

Colette beijou a bochecha de Hazel. "*Non, ma chère.* Não é. Mas você teve uma longa noite de sono." Ela puxou um banquinho e se sentou ao lado da amiga. "Está doendo muito?"

Hazel respirou devagar. Ainda não estava completamente desperta.

"Deixa para lá", disse Colette. "Já sei a resposta."

"Há quanto tempo estou aqui?" Hazel ficou aturdida com a rouquidão de sua voz.

Os olhos de Colette se encheram de preocupação. "Três dias", respondeu. "Nós ficamos tão apreensivos."

"Nós?" Hazel desistiu de tentar se sentar. "Posso beber um pouco de água?"

Colette deslizou o braço sob o travesseiro de Hazel e a colocou na posição vertical. Ela viu que a amiga estremeceu de dor, então a ajudou a beber água.

A pianista fechou os olhos. Colette pegou sua mão e entrelaçou seus dedos nos dela.

"Que bom que você está acordada."

Hazel sorriu e abriu os olhos. "Também estou feliz por ver você." Ela respirou fundo. "Três dias?"

"Preguiçosa."

Hazel riu por um instante, até que a dor lhe disse para não fazer mais isso.

"Colette", disse ela, "o que aconteceu comigo?"

Colette sentiu um aperto no peito. Por onde começar? "Você se lembra da viagem de trem?"

Hazel assentiu.

"Você se lembra da explosão?"

Hazel franziu o cenho. "Explosão?" Ela esperou um pouco. Seus pensamentos ainda estavam nebulosos. "Acho que sim."

"Um tiro de canhão atingiu o trem", Colette explicou gentilmente. "Algumas pessoas morreram. Muitas outras ficaram feridas."

Hazel estudou o rosto de Colette. "Você parece estar bem."

Colette engoliu em seco. *Ela não se lembra do que fez.* Ela abriu a boca para contar, mas hesitou. Algo — eu, no caso — pediu para que ela não o fizesse.

"Ah, você me conhece", Colette disse com afetada descontração, embora estivesse arrasada. "Sou uma grande sortuda."

"Só você mesmo." Hazel sorriu. "E o que me atingiu?"

"Vidro quebrado", explicou Colette. "Muitos estilhaços. Seu corpo estava todo cortado. Você sangrou muito." Ela deu um beijo na mão da amiga. "Achamos que tínhamos perdido você."

Hazel fez uma auditoria de seu próprio corpo. Ela mexeu os dedos. Eles estavam lá. Depois mexeu os dedos dos pés. Estavam lá também. Ela viu dois montinhos no lugar onde os pés deveriam estar.

"Alguma parte de mim se escafedeu?"

Colette ficou com vontade de rir, mas se segurou. Aparentemente o humor de Hazel não havia sido perdido.

"Eles tiveram que operar para remover os estilhaços e estancar o sangramento", respondeu Colette. "Os médicos disseram que foi um verdadeiro milagre você ter sobrevivido."

Hazel tentou assimilar todas as informações. O que ela havia visto? Do que ela se lembrava? Um piano... Uma casa de espetáculo. Uma presença ao lado dela. Não era assustadora, mas também não era confortável. Mas tinha estado ali, atento.

E, naquele ínterim, ela quase morrera. Hazel fora aberta em uma mesa cirúrgica. Estranhos examinaram suas entranhas. Ela estremeceu.

"Colette", disse Hazel, "meus pais já estão sabendo?"

Colette assentiu. "Nós demoramos para localizá-los. Eles devem chegar daqui a algumas horas."

Hazel gesticulou pedindo mais água, e mais uma vez Colette a ajudou. Ela abriu os lábios secos e rachados e comeu uma colherada de maçãs assadas. A paciente fechou os olhos. Ela ficou assoberbada só por comer e beber.

"Colette?"

"Sim, querida?"

"Por que não consigo enxergar com meu olho direito?"

Uma risada ou um soluço escapou dos lábios de Colette. "Está tudo bem", disse. "É só uma atadura. Segundo os médicos, não há nada de errado com seu olho."

"Então por que ele está com uma atadura?"

Colette chorou. Ela se lembrou daquela cena terrível. Vermelho, branco e ossos onde o rosto adorável de sua amiga deveria estar.

"Sua bochecha estava muito cortada, *chèrie*", sussurrou Colette. "E sua testa também."

A mente de Hazel estava abençoadamente turva naquele momento. Ela não conseguia sentir tudo que iria sentir mais tarde.

"Mas seu olho saiu ileso", acrescentou Colette. "Os médicos disseram que foi um milagre. Como se alguém tivesse coberto seu olho para você."

"Bem." Hazel respirou fundo. "Se eu descobrir quem foi, vou agradecer. Não dá para comprar olhos na lojinha da esquina."

Uma sombra surgiu ali perto. Colette olhou para a porta, e Hazel, mais lenta, fez o mesmo.

O soldado James Alderidge estava parado na porta.

"Olá, srta. Windicott", cumprimentou ele. "Senti sua falta."

AFRODITE

Cicatrizes

21 de agosto-1º de setembro de 1918

Colette e James nunca contaram a Hazel que ela salvara a vida da amiga. O heroísmo é um fardo pesado de carregar. James sabia muito bem daquilo. E, com um empurrãozinho meu, Colette concordou em fazer segredo.

Hazel não precisava de feitos heroicos para fazer as pazes com seu novo rosto. Ela estava viva. Todas as pessoas que ela amava estavam ali. Desde seu encontro com a morte, muitas coisas que antes pareciam importantes simplesmente não importavam mais.

Ela só se preocupou com as cicatrizes vermelhas no lado direito de seu rosto por causa de James. Ele implorou para estar presente no dia em que as ataduras foram removidas; queria estar ao lado dos pais dela e de Colette. Hazel relutou, mas acabou concordando.

Uma enfermeira retirou delicadamente o curativo e o emplastro. Hazel abriu o olho direito e piscou diante da luz desconhecida. Era bom ver James sorrindo para ela.

"Ah, veja só, aí está você", disse ele.

"Não posso me ver. Só se você me trouxer um espelho", respondeu ela, jocosa. "Por favor."

Ele lhe entregou um espelho. Curiosa, Hazel avaliou o próprio reflexo.

"Sarou melhor do que eu esperava", observou o cirurgião, examinando as cicatrizes. "Os cortes não infeccionaram. Você é muito sortuda."

Melhor do que ele esperava? "Estou horrorosa", ela declarou sem rodeios.

"Não tanto quanto estava no trem. Você está ótima", elogiou James.

"Obrigada", respondeu Hazel. "Eu acho." Ela olhou para seus pais e viu sua mãe se esforçando para manter a compostura. Coitadinha.

"Agora sou o monstro de Frankenstein", suspirou ela. "Serei muito útil a partir de agora. Vou poder assustar ladrões, afastar espíritos malignos..."

O sr. e a sra. Windicott, abraçados ao lado de Hazel, sorriram para a filha e verteram um sem número de palavras de encorajamento. Mas a verdade é que ninguém seria capaz de julgá-los se, naquela noite, ao voltar para a hospedaria, eles chorassem nos travesseiros.

Aubrey a visitou em uma tarde de domingo. Colette não contou nada para a amiga; ela o levou até o quarto de Hazel no hospital, onde a pianista estava terminando mais uma série de exercícios de fortalecimento.

"O que você tem feito ultimamente, lady Hazel de la Windicott?"

Hazel gritou e quase pulou de susto, mas uma dor lancinante a deteve. Aubrey a abraçou. Ele sabia o que a amiga tinha feito no trem e jamais se esqueceria daquilo.

Aubrey e James finalmente se conheceram. Tenho certeza de que eles teriam sido amigos em qualquer outra circunstância, mas com Hazel e Colette em suas vidas, eles logo se tornaram concunhados — se não unidos pela família, unidos pela verdade.

Agosto passou, e as noites começaram a esfriar. Hazel foi informada de que receberia alta hospitalar no dia seguinte.

O atual sargento de James era uma alma compassiva, ainda que seus comportamentos pendessem para a gabolice. Ele deixava o jovem soldado visitar seu xodó ferido sempre que possível. Superada a Segunda Batalha do Marne, restavam apenas trabalhos de conserto, fortificação e limpeza, mas se uma jovem heroína apaixonada por um soldado de sua companhia não merecia conforto e alegria, quem é que mereceria? Ele sabia que o soldado Alderidge não teria muita utilidade se não pudesse fazer suas visitas à enferma com certa regularidade.

Naquela última noite no hospital, depois que os pais de Hazel foram fazer as malas para a viagem a Londres no dia seguinte, James foi até o quarto de Hazel e se sentou ao lado dela.

"Você não vai me deixar amanhã, vai?", indagou ele.

As cicatrizes de Hazel já haviam desinchado, embora ainda estivessem bem avermelhadas. Seu rosto nunca mais seria o mesmo. Ele sabia disso. Ela também. Seu sorriso entortara, e sua sobrancelha direita estava entrecortada por uma porção de linhas. Um pedaço rosado da pálpebra inferior invadia a visão do olho direito. A bochecha de Hazel nunca mais seria redonda e macia.

Mas ela estava ali. Inteira. Da cabeça aos pés.

"Eles estão me expulsando", disse ela. "Não tenho pagado o aluguel."

"Queria que você pudesse ficar", falou James, "mas estou feliz por ver você indo embora daqui e ficando sã e salva de uma vez por todas."

Hazel revirou os olhos. "As coisas se acalmaram. Os jornais estão dizendo que os Aliados escorraçaram os alemães de volta para a Linha Hindenburg."*

"É, o jogo está virando", comentou James. "Talvez tudo termine até o Natal."

Hazel fechou os olhos. "Espero que sim."

Ela se virou e olhou para James. Seu coração estava partido. Ele estava sendo muito gentil, e ela, desde que acordara naquele quarto de hospital, fingia que tudo estava certo entre eles. Parecia a coisa mais gentil a se fazer. Mas a farsa não tinha como continuar.

Quando ela acordou, a vida parecia repleta de doçura e de gratidão. Qualquer vida, mesmo uma vida mutilada, era uma dádiva. Suas cicatrizes, escondidas atrás de ataduras, não a afligiam. Porém, a cada dia que passava, a doçura ia desaparecendo, deixando cada vez mais incertezas em seu lugar.

Hazel finalmente tomou uma decisão. Estava na hora; ela estava indo para casa. A guerra ainda não havia acabado. Qualquer separação poderia se transformar em um último adeus. E havia coisas que morriam mesmo quando todos sobreviviam. Havia palavras que ela precisava dizer a James enquanto ainda podia.

"Obrigada", disse ela, "por salvar minha vida. E por ficar ao meu lado durante esse tempo todo."

* Complexa rede de trincheiras, casamatas e obstáculos construída pelos alemães para deter os avanços inimigos. (N. T.)

Ele sorriu. "Você não precisa me agradecer por isso."

"Você tem sido meu amigo mais querido", continuou Hazel. "Foi muito gentil da sua parte."

James arregalou os olhos. "Hazel, o que você está querendo dizer?"

O coração de Hazel ficou confrangido. A pianista passara os últimos dias preocupada com aquela conversa. Como seria capaz de expressar tudo que queria dizer?

"Hazel Windicott", James disse com a voz hesitante. "Você por acaso está me dizendo adeus?"

Ela deu um passo para trás. Por que ele estava tão chocado, tão magoado? Como ela teria coragem de fazer aquilo? Hazel respirou fundo e se fortaleceu para o que viria a seguir.

"Nunca mais serei a mesma. Nós dois sabemos muito bem disso."

Ele se aproximou. "Você não vai mesmo fazer isso, vai?", murmurou. "Você não pode fazer isso."

Ela virou o rosto para que sua face direita o cumprimentasse. A bochecha cortada por linhas vermelhas parecia uma zombaria de seu antigo rosto.

"Este é o rosto..."

"Sim, é o rosto." Ele a interrompeu. "É o rosto que eu quero ver." James a encarou. "Acha mesmo que cicatrizes fariam alguma diferença para mim?"

Como ele era capaz de fazer tal pergunta sendo que a aparência dela havia mudado de forma tão drástica? "Mas elas fazem diferença", protestou Hazel. "Elas fariam diferença para qualquer um. Pensar isso não o torna desleal. Nem mesmo fraco."

"Hazel!"

Ela agarrou o respaldo de uma cadeira para se firmar. "Não posso deixar você se comprometer com isto aqui pelo resto da sua vida. Não posso deixar você se comprometer comigo para sempre, seja por piedade, seja por dever."

James estava claramente desgostoso.

Agora ele protestaria, agora ele insistiria, agora ele faria alguma declaração que, com o passar dos anos, perderia o significado. Ele ficaria preso.

Agora Hazel teria que discutir com James e persuadi-lo a deixá-la ir. Uma traição horrível aos seus próprios sentimentos.

Ele estendeu a mão e acariciou o rosto dela com as pontas dos dedos. Ele pairou sobre as cicatrizes para não a machucar.

O olho esquerdo de Hazel marejou.

James a abraçou. Hazel não conseguiu se desvencilhar, tampouco teve força de vontade para tentar com mais afinco. Ela escondeu a bochecha em seu peito.

"Nunca mais serei a mesma", fungou ela.

Ele se afastou para encará-la.

"Você sempre será a mesma", afirmou James. "Você sempre será minha querida Hazel."

Ainda era amor o que ela via ali? O mesmo amor de Lowestoft? De Chelmsford? De Poplar?

James beijou sua bochecha marcada. "*Eu* nunca mais serei o mesmo. Você sabe disso."

"Você é o mesmo para mim", discordou Hazel.

Ele lançou um olhar cético para ela.

"Você está se saindo muito bem", disse ela. "Seus problemas ficaram para trás."

Ele ficou em silêncio por um tempo.

"Eu bem que gostaria", disse James, por fim, "que isso fosse verdade. Que meus problemas tivessem ficado para trás."

Ela queria abraçá-lo e tranquilizá-lo. *Não seja tola*, ela lembrou a si mesma. *Você não pode mais fazer isso.*

"Você ainda é você", insistiu ela. "Ainda é James. Ainda é maravilhoso. Ainda é inteligente e gentil. Ainda é bonito. Ainda é corajoso. Ainda é forte."

James andava de um lado para outro. Parecia desesperado. Ele esgrouvinhou o cabelo de tanto passar os dedos pelos fios. "Você acha que eu fui até você no festival de Poplar por causa da sua aparência?", ele quis saber.

"Calma lá", disse Hazel. "Agora você vai me dizer que meu antigo rosto era medonho?"

Ele quis abraçá-la, mas se conteve. "Sua aparência nunca foi medonha. Sempre foi perfeita. Ainda é."

Ela deu uma risada amarga e descrente. "Você é louco!"

"Sim", respondeu James. "Sou. Agora você sabe. Tão louco e tão desvairado que passei semanas em uma sala com paredes cor-de-rosa. Depois de ter passado semanas dopado com morfina. Quem sabe quando vou precisar voltar e fazer tudo isso de novo?"

Hazel não tinha percebido. *Ele ainda está com medo.*

"Ter que voltar não é nada vergonhoso. Você vai superar isso. Você vai melhorar, assim como melhorou na última vez. O que aconteceu com você não é culpa sua."

Ele olhou para ela.

É claro que o que aconteceu com Hazel também não era culpa dela, mas não era a mesma coisa.

"Por que você não me deixou?", sussurrou ele. "Por que não fugiu do rapaz que não bate bem?"

Hazel sentiu as lágrimas voltando. "Como você tem coragem de me perguntar isso? Por que eu faria uma coisa dessas?"

"Você acha que eu te amo menos do que você me ama", James disse suavemente.

"Eu nunca disse isso!"

"Você acha que agora tudo que eu vejo quando olho para você são as linhas no seu rosto", concluiu James. "Elas vão clarear com o tempo."

Hazel enxugou os olhos na manga. "Mas nunca vão desaparecer."

"E mesmo assim você consegue ver o lado bom... Tudo que sobrou de um jovem que foi para a guerra."

Ela balançou a cabeça, zangada. "Você está enganado. Você não é uma sombra." Hazel respirava depressa. "Você é tudo para mim."

Ele afundou em uma cadeira. "Então como pode me deixar? Como pode tentar me fazer deixar você?"

Ela continuava enxugando os olhos na manga, mas as lágrimas não paravam de cair. "Porque você vai passar o resto da vida olhando para mim e vendo as cicatrizes. Você as verá e eu observarei você. Se eu deixar você ficar, vou passar o resto da vida vendo você tentar fazer as pazes com o fato de ter me feito uma promessa. Mesmo quando você desejar nunca ter feito uma." Ela escondeu o rosto nas mãos. "Não vou aguentar."

"Você não é só um rosto. Marcado ou não." Ele tirou algo do bolso e gentilmente fez com que Hazel mostrasse o rosto. Depois colocou o objeto na palma da mão da pianista.

Um anel de ouro.

"Se acha que consigo viver sem você, srta. Windicott", disse James, "você não me conhece mesmo."

DEZEMBRO DE 1942

Lenços

Na penumbra do quarto de hotel, às vésperas do amanhecer, é possível ouvir os fungados de deuses imortais prendendo o choro.

Hades conjura uma pilha de lenços. Até Ares pega um.

Afrodite volta seu belo olhar para o marido.

"Entendeu?", pergunta ela. "Entendeu por que eu os invejo?"

Ares esconde seu lenço usado atrás de uma almofada. "Quer dizer que trocaria de lugar com ela?"

"É fácil fazer uma escolha hipotética", responde ela. "Mas... sim. Eu trocaria em um piscar de olhos."

O deus da guerra balança a cabeça em descrença. "Você é a deusa da beleza. Por que abriria mão da sua aparência, da sua perfeição, pela mortalidade dela? Pelas cicatrizes dela?"

Apolo e Hades se entreolham, desolados.

"Nós enxergamos o que somos capazes de ver", diz Hades.

Ares revira os olhos. "Não seja enigmático. Estou farto disso."

Hefesto segura o braço da cadeira e se prepara para intervir, caso Hades não aprove o tom de voz de Ares.

"Vai de cada um enxergar um rosto cheio de cicatrizes ou um amor para a vida toda", comenta Apolo.

AFRODITE

Onzes

1918 e além

As semanas foram passando. O outono ficou cada vez mais frio e cinzento, mas os jovens corações não repararam.

Então aconteceu um milagre: a guerra terminou. O Kaiser abdicou, um novo governo alemão foi formado e, às onze da manhã do dia 11 de novembro, representantes da Alemanha assinaram o armistício. Os soldados de ambas as forças beligerantes esperaram a manhã passar e depois foram embora. Em alguns lugares, porém, as hostilidades continuaram até o relógio dar onze horas.

Alguns precisam matar até o último segundo, ao que parece.

A Força Expedicionária Americana demorou para enterrar seus mortos, recolher tudo e voltar para os Estados Unidos. Enquanto esperava a liberação, a 369ª Infantaria dos Estados Unidos viajou para a Alemanha e tornou-se a primeira divisão Aliada a chegar ao rio Reno, um feito que os Aliados acharam que iriam conseguir antes do verão de 1914. Ou até o Natal, pelo menos. Sempre, sempre até o Natal.

Quando não estava ocupado com os deveres da infantaria, Aubrey visitava Émile em um hospital militar francês. O *poilu* havia perdido um braço na última semana de combate e tinha quatro anos de xingamentos acumulados para proferir — não pelo ferimento em si, mas pelo momento inoportuno da lesão.

“Seu ferimento desgraçado, onde você estava esse tempo todo? Justo quando eu poderia ter usado você de desculpa para escapar dessa guerra miserável?”, rugia ele. “Mas não, você ficou na espreita, me mantendo em segurança para que os alemães pudessem mijar em mim com seus tiros ano após ano, e agora, agora, quando tudo finalmente acabou, *agora* você me aparece?"

Ele acenou com o braço amputado para o céu.

"Enfermeira", dizia Émile, "traga uma garrafa de vinho e um piano. Meu amigo imprestável, que *por acaso* tem todos os dedos, pode fazer algo útil com eles e me distrair um pouco."

Émile era o favorito de todas as enfermeiras.

"Quem você está chamando de imprestável?", retrucou Aubrey.

"Você, seu porco", retorquiu Émile. "Há quem esteja dando duro aqui, tendo as unhas dos pés aparadas e as nádegas limpas pelas enfermeiras. Enfermeiras muito bonitas, diga-se de passagem. E você fica aí sentado como se não tivesse nada melhor para fazer do que rir do seu pobre amigo Émile, que lhe ensinou tudo que você sabe."

"Você está coberto de razão", disse Aubrey. "Depois de um ano de combate, de passar semanas reconstruindo estradas e de rodar a França toda tocando jazz, venho aqui só para provar quão imprestável eu sou."

"Eu sempre soube que você seria uma pedra no meu sapato", disse Émile. "Eu bem que disse para o meu tenente: 'Pelo amor de Deus, não me coloque para servir com esse pianista imprestável', mas alguém me dá ouvidos? É claro que não."

Meia dúzia de enfermeiras estavam no corredor, rindo e ouvindo as reclamações de Émile.

"Vou morrer sozinho", bradou ele, agitando o braço amputado.

"Ah, claro que vai", disse Aubrey.

"Enfermeira!", berrou Émile. "Traga aquele piano!"

Um dia, as enfermeiras realmente lhe trouxeram um. Émile riu tanto que caiu da cama. Daquele dia em diante, os concertos de Aubrey atraíram pacientes de todas as alas do hospital, até que finalmente Émile se recuperou o suficiente para voltar para casa. Uma das enfermeiras, ao que parecia, havia pedido demissão na mesma época e voltaria para casa com ele.

Émile agarrou Aubrey e lhe tascou um beijo em cada bochecha. O bigode pinicou a pele do amigo. "Venha nos visitar, meu amigo. Também vamos visitar você em Nova York. Nós somos irmãos."

"Irmãos", concordou Aubrey.

◆ ◆ ◆

James chegou em casa muito antes de Aubrey. Depois de uma parada em Chelmsford, ele foi para Poplar e se hospedou na casa do tio para ficar o mais próximo possível de Hazel. Ele a levou para jantar. Para museus e festivais de inverno e concertos de Natal. Para as casas de chá J. Lyons.

"Minha mãe quer saber", James disse uma noite, enquanto voltavam para casa depois de assistirem a uma peça de teatro, "se vamos passar o Natal com eles."

Hazel arregalou os olhos. Um jantar de Natal dali a duas semanas parecia bastante oficial. Mas nada era realmente oficial ainda. Não para ninguém além dos dois.

"Eu adoraria", respondeu Hazel. "Mas não tenho coragem de deixar meus pais sozinhos. Eu me sentiria péssima."

Eles atravessaram uma rua movimentada. "Eles estão convidados", disse James. "Quanto mais gente, melhor."

"Perfeito!" Hazel sorriu. "Minha mãe vai passar o resto das festas de fim de ano se preocupando com o que vestir."

"Eu estava pensando", continuou James, "que deveríamos convidar Colette e Aubrey também. Se ele conseguisse tirar licença, eles poderiam vir passar o Natal aqui."

"Ah! Escreverei para ela o quanto antes", disse Hazel. "Melhor ainda. Vou mandar um telegrama."

James prosseguiu. "Então comecei a pensar que se estivermos todos reunidos para a ceia de Natal, deveríamos matar dois coelhos com uma cajadada só."

Hazel fez uma pausa para prestar atenção em um chapéu laranja berrante. "E comemorar o Boxing Day?"*

* Tradicionalmente comemorado no Reino Unido no dia 26 de dezembro, o Boxing Day tem origens incertas, mas uma explicação comum é que era o dia em que os empregadores distribuíam caixas contendo presentes, alimentos ou dinheiro aos seus funcionários e aos menos afortunados. Atualmente, o Boxing Day é conhecido por ser um feriado dedicado a compras, com grandes descontos e liquidações em lojas físicas e on-line. (N. T.)

James acrescentou casualmente: "E fazer uma festa de casamento".

Hazel ficou tão atônita que se esqueceu do chapéu. Seus pés se recusaram a dar outro passo. "Está falando sério?"

Ele assentiu. "Com todas as veras."

Hazel estava atarantada. Sobre sua cômoda havia um pratinho de porcelana onde ela guardava bugigangas. Dentro, escondido do mundo, encontrava-se um anel de ouro. Às vezes, à noite, ela o colocava. Mas nunca o usara abertamente. Seus pais nem sabiam que ele existia.

James ficou parado diante dela, observando, esperando.

Hazel estimava o anel e o amor que ele representava. Para ela, contudo, ele significava que um dia, um dia muito distante, eles iriam, se James ainda estivesse apaixonado por ela, talvez, em algum momento... Ela não conseguia nem pensar na palavra. E agora...

"Você quer se *casar*", ela disse lentamente, "daqui a duas semanas."

Ele assentiu. "Só porque não consigo pensar em uma maneira respeitável de fazer isso antes."

Como alguém deveria se comportar em uma situação daquela? Sem dúvida não como um idiota que parecia ter visto um passarinho verde. (Ela estava errada, aliás.) Mas alguém deveria manter os pés no chão.

"O casamento é para sempre, James", afirmou Hazel.

"É esse o objetivo."

Ela engoliu em seco. "Não acha que somos jovens demais?"

James ficou preocupado.

"Jovens demais?", indagou ele, sério. "Depois da guerra, sinto como se tivesse 102 anos."

"Eu também." Ela sorriu. "Com uns 97 anos, pelo menos."

Ele a abraçou e sussurrou ao pé de seu ouvido: "Demorei para beijar você e quase perdi minha chance. Esperei a guerra acabar para pedir você em casamento e você quase morreu". Ele beijou a testa dela. "Se eu aprendi alguma coisa com essa guerra é que a vida é curta. Não vou desperdiçar mais um segundo sequer esperando por você."

"Eu não sabia", observou Hazel, "que você estava tão impaciente."

Não é difícil imaginar o que aconteceu a seguir. Eu, é claro, assisti de camarote.

Eles ficaram bem entretidos por um tempo, até que finalmente voltaram a conversar.

James cruzou os braços. "Você ainda não me respondeu. Ceia de Natal? Casamento de Natal? O que vai ser, srta. Windicott?"

Hazel quis atormentá-lo só mais um pouquinho. Então tamborilou os dedos no queixo, pensativa.

"O que será que eu coloco na caixa de Colette e de Aubrey?", refletiu a pianista. "Temos que preparar algo divertido. Acho que eles nunca comemoraram o Boxing Day."

Eles ficaram de braços dados e continuaram caminhando. "Desde que eles estejam conosco no dia 25, não me importo nem um pouco com o dia 26." James lançou um olhar contundente para Hazel. "Estaremos *muito* ocupados."

Aubrey conseguiu licença para viajar para Londres e levar Colette para o casamento. Ele tocou, ela cantou e os amigos de Chelmsford de James ficaram maravilhados por ele ter virado amigo de grandes talentos do jazz durante a guerra. As pessoas de Chelmsford tinham razão; aqueles dois iam longe.

Hazel e James comeram o bolo, jogaram o buquê e encontraram um apartamento barato em Londres. Era apertado e ficava no segundo piso. Hazel enfeitava as janelas com vasos de flores. James distendeu um músculo ao subir uma espineta de segunda mão pela escada. Para a consternação dos vizinhos, eles adotaram um poodle.

Maggie, que estava estudando administração, os visitava nos fins de semana. Colette vinha sempre que possível, até que a divisão de Aubrey voltou para os Estados Unidos.

Hazel deu aulas de piano para jovens, e James foi contratado por um escritório de engenharia. Eles queimavam o jantar e ficavam sem dinheiro e davam um jeito de resolver os pepinos à medida que eles surgiam. Eles convidavam seus pais para ir tomar chá e faziam longas caminhadas no Hyde Park.

Três anos depois do casamento, Hazel deu à luz uma menina chamada Rose. Seus pais, que ficaram no céu com a netinha, a apelidaram de Rosie.

James distendeu outro músculo ao realocar a espineta para um apartamento maior. Um ano depois, Rosie aprendeu a andar; ela agarrava o pelo do poodle e cambaleava ao lado dele.

Então James recebeu uma carta da Escola de Arquitetura Bartlett da University College, em Londres. Eles precisaram se mudar outra vez, agora para outra parte da cidade. Hazel assumiu mais alunos e retomou os estudos com *monsieur* Guillaume.

Houve noites em que James acordou chorando. Momentos estranhos em que uma luz piscando ou o estampido do escapamento de um carro faziam com que ele começasse a tremer. Mas Hazel estava ali, para confortá-lo e para ouvir o que ele tinha a dizer. Ela encorajou James a entrar em contato com um dos médicos do Hospital Maudsley. James por fim juntou-se a eles e acabou liderando uma confraria de apoio para veteranos da Grande Guerra. Os meninos de cáqui mais uma vez serviram juntos e cuidaram uns dos outros. Ajudar os outros a lidar com os traumas, como Colette havia feito alguns anos antes, era uma ótima válvula de escape.

No mesmo ano em que James se formou na Escola de Arquitetura Bartlett, Hazel recebeu um envelope grosso da Real Academia de Música, em Londres. Ela estudou no conservatório, fazendo uma pausa quando seu segundo filho, Robert, nasceu.

James se tornou arquiteto, e a espineta foi substituída por um piano de meia cauda. Ainda de segunda-mão, é claro.

Sempre que James perguntava se Hazel queria tocar no Royal Albert Hall, a resposta da pianista era não. Ele nunca entendeu o porquê. Ela tocava em casas de espetáculo menores, para um público muito sortudo.

Alguns de seus colegas de classe se perguntavam se as cicatrizes e a maternidade haviam prejudicado ou atrapalhado sua carreira. Hazel não se importava com o falatório, pois tinha a vida com a qual sempre sonhou.

Hazel nunca ganhou prêmios importantes nem obteve grande sucesso. Mas aqueles que a ouviram tocar reconheceram seu amor pela música e sua gratidão pela vida.

Seu maior fã sempre foi James.

Houve uma época em que a posição do piano no apartamento fazia com que James visse apenas o lado esquerdo do rosto dela enquanto Hazel tocava e ele brincava com a pequena Rosie e segurava o bebê Robby. Ela era igualzinha à garota que ele havia visto no festival da paróquia.

Porém, quando eles decidiram mudar os móveis de lugar, deixando o lado direito de Hazel à mostra, James decidiu que gostava ainda mais assim. Ela era dele, de todos os ângulos. As cicatrizes eram um lembrete de que ela havia voltado.

DO HARLEM

1919 e além

Ares

Os vitoriosos sobreviventes dos Harlem Hellfighters marcharam pela Quinta Avenida para uma recepção calorosa. Foi a primeira vez que soldados negros desfilaram em Nova York. Marchando em perfeita sincronia, empertigados e com os rifles apoiados nos ombros, ostentando com orgulho faixas e medalhas e dezenas de Croix de Guerre, eles arrebataram a cidade. Famílias e paqueras até tentaram, mas não conseguiram ficar nas calçadas. Eles invadiram as fileiras e atacaram seus heróis com abraços e beijos e bebês que alguns pais só tinham visto em fotografias.

Eles marcharam até o arsenal onde haviam se alistado para receberem dispensa honrosa. Já era noite quando Aubrey finalmente deixou o arsenal, ansioso para chegar em casa.

Afrodite

Mas sua casa foi até ele. Sua mãe e seu pai, tio Ames, Kate e até mesmo o sonolento Lester encurralaram Aubrey na saída do arsenal. Foi um trabalho em equipe de fazer inveja nas vigias alemãs.

Seis dias depois, no domingo, Aubrey levou uma beldade belga para jantar com eles.

E lá Colette ficou. A família de Aubrey a adorou. Sempre que Colette não estava fazendo audições para ser cantora de apoio em uma casa de espetáculo ou em uma apresentação de baixo orçamento, e sempre que Aubrey não estava tocando com a banda do 15º Regimento, o que era bem frequente, eles praticavam e escreviam músicas juntos.

Apolo

O tenente James Reese Europe tinha grandes planos. A fama de sua música e as façanhas lendárias dos Hellfighters fizeram com que James Reese Europe se tornasse um nome conhecido. Ele marcou sessões de gravação da banda com a Pathé Records. Eles gravaram "Memphis Blues", de W. C. Handy, e composições próprias como "Castle House Rag", "Clef Club March" e "On Patrol in No Man's Land", grande sucesso da guerra. Europe também agendou uma turnê nacional para a banda, começando pelo Nordeste dos Estados Unidos. Os Aliados haviam vencido a guerra, e agora Europe estava decidido a conquistar os americanos com sua música ousada. Onde quer que fossem, eles causavam furor. Ali estava a chance de mudar não apenas os gostos musicais, mas também as atitudes em relação às questões raciais. Era o que Jim Europe esperava, pelo menos.

Hades

Contudo, na noite em que iriam se apresentar em Boston, pouco antes de subirem ao palco, Steven Wright, um dos gêmeos que tocavam percussão, perdeu as estribeiras com Jim Europe por ele supostamente favorecer o outro percussionista. Quando ele protestou, Wright, que sofria de neurose de guerra, esfaqueou Europe no pescoço com um canivete. Europe instruiu Noble Sissle a conduzir a apresentação enquanto ele ia para o hospital. No entanto, a facada atingiu uma artéria, e Europe morreu algumas horas depois. A América havia perdido um visionário do jazz prestes a alavancar uma carreira lendária.

Azoado e incrédulo, Aubrey foi de Boston para casa de trem. Jim Europe lhe ensinara tudo que ele sabia sobre jazz. Ele continuara de onde tio Ames havia parado e transformara Aubrey em um músico de verdade. Ele o mantivera vivo em Saint-Nazaire depois da morte de Joey. E o consolara em Aix-les-Bains. Era para Europe ser o trem expresso que levaria Aubrey para terras distantes cheias de proezas. E agora ele estava morto.

James Europe foi a primeira pessoa negra a ganhar um memorial público na cidade de Nova York. Milhares de pessoas fizeram fila para prestar condolências.

Apolo

Aubrey e Colette fizeram audições em casas de espetáculo e restaurantes por toda a cidade de Nova York.

Os proprietários bateram a porta na cara deles ou soltaram baforadas de charuto em seus rostos. Alguns até os deixavam tocar dezesseis compassos de uma música, mas decidiam que seus clientes não iriam se interessar por música negra, mesmo que uma jovem branca estivesse cantando. Muitos proprietários não gostavam de estrangeiros nem de "escurinhos". Mesmo assim, Colette recebeu ofertas indecentes para voltar mais tarde, sem Aubrey, e se candidatar a outro tipo de trabalho. Aubrey, por sua vez, era frequentemente informado de que a cozinha estava precisando de ajudantes de garçom e de pessoas para lavar a louça, caso estivesse interessado. Ele nunca nem tocara em Colette na presença deles, mas fora advertido mais de uma vez para ficar longe dela.

A rejeição teria desgastado a maioria das pessoas. E, a bem da verdade, quase os esgotou. Até que um dia, em uma audição em que estavam bem jururus e certos de que não daria em nada, o dono da cafeteria falou: "Acho que vocês dão para o gasto".

Eu adoraria dizer que, depois de tantos percalços, o que veio a seguir foi um mar de rosas.

Aubrey e Colette formaram uma banda e passaram algumas semanas tocando naquela cafeteria. Um tempo depois, quando dois músicos de sopro não deram as caras, o proprietário rompeu com eles. Mas o dono de uma casa de espetáculo havia deixado um cartão de visita na caixinha de gorjetas de Aubrey.

O dinheiro era escasso. Os membros da banda discutiram e desistiram de tocar. O público era oito ou oitenta; ou amavam as músicas ou as odiavam. Colette foi alvo de comentários sarcásticos, e as mulheres avisaram que ela não estava segura convivendo com homens negros.

Aubrey deixou a raiva de lado e escreveu mais músicas. Quanto mais ele tocava, melhor eram suas composições. Quanto mais Colette cantava, mais ousada ficava e mais colaborativa ela se tornava, escrevendo letras e fazendo arranjos musicais. Ela treinou com dançarinos e acabou aprendendo o foxtrote.

Foi uma época agitada, caótica, louca e criativa. Aubrey foi longe. Colette estava radiante. Ela sentia falta de Hazel e elas se escreviam regularmente, mas Colette não se sentia solitária. Ela adorava a mãe de Aubrey e sua irmã, Kate.

Então 1920 chegou e, com ele, veio a Lei Seca. Restaurantes e casas de espetáculo entraram em crise. Alguns se tornaram bares clandestinos. A Era do Jazz começou para valer.

A banda de Aubrey e Colette cresceu, a lista de músicas aumentou, a reputação do grupo se solidificou e as reservas aumentaram. Eles saíram em turnê para o Nordeste, depois para o Meio-Oeste e até mesmo para a Costa Leste. Ou seja, cidades do Sul. O Sul de Jim Crow.

O agente deles geralmente conseguia marcar shows em estabelecimentos sulistas onde músicos negros eram bem-vindos. Mas houve vezes em que os gerentes os conheceram enquanto eles afinavam os instrumentos, davam uma boa olhada neles e os mandavam chispar, a não ser que alguém que não fosse Colette cantasse.

"Por aqui", disse um gerente, "gostamos de bandas brancas e não nos importamos com bandas negras. Mas uma moça branca cantando com uma banda de negros? Vocês estão loucos."

"Toque sem mim", Colette disse a Aubrey.

"Nem pensar", devolveu ele. "Ou tocamos juntos, ou não tocamos nada."

Eles perdiam dinheiro com as reservas canceladas. Em outras apresentações, aprenderam a ir embora rapidamente, todos juntos, pela porta da frente, apesar das reclamações dos proprietários. Músicos negros deveriam sair pela porta dos fundos. O problema era que bêbados — isso que a Lei Seca estava em vigor — tinham o costume de esperá-los do lado de fora da porta dos fundos.

"Lutei contra os hunos na França", Aubrey disse com amargor, "mas isso aqui é pior. Prefiro enfrentar os Boches a aturar um bando de preconceituosos. Em combate, você pelo menos sabe quem é seu inimigo."

Eles voltaram ao Harlem. Gravações, álbuns e vendas de partituras os esperavam. Logo eles tiveram seu primeiro show no rádio. Nova York estava começando saber quem eles eram.

Afrodite

"Vamos poder folgar no próximo sábado", Aubrey disse durante o café da manhã.

"Eu sei." Ela procurava a rima perfeita em um dicionário de inglês americano. "Vai ser um ótimo dia para procurar o terno novo que você está querendo comprar."

"Já comprei um", disse ele. "Vou usá-lo no sábado."

Ela tamborilou o lápis na ponta do nariz. "*Dança*, *lembrança*, *mudança*, *esperança*... O que mais posso usar?" Colette fez anotações. "Quando é que você comprou um terno?"

"*Aliança?*"

"*Non, merci.*"

"Então não aceita se casar comigo no sábado?", disse Aubrey.

A sra. Edwards, que espiava da cozinha, prendeu a respiração. Ela nunca ouviu a resposta de Colette, mas imaginava qual seria. Não foi o pedido de casamento mais romântico do mundo, mas foi de coração. A sra. Edwards começou a pensar no cardápio da cerimônia, um pouco mal-humorada porque Aubrey bem que poderia tê-la avisado com antecedência. O bolo por si só levaria dias para planejar!

...стрии – Эрфурт, ...

...воине многимъ, ...

Тверимии въ ими...

...мы ~~[illegible]~~ ...о ...

...одно изъ нихъ / среду...

...вена: вилия при ...

...вельтирующій съ Мъ з...

...ти и ~~[illegible]~~ ...

...гора – нето изу ...

...нотъ иныхъ ~~[illegible]~~ ...

...воть сильно стим он д...

...егорией – стимузы...

...а дозиномину Морд но ...

...ний ~~[illegible]~~ ...

Encerramento

DEZEMBRO DE 1942

Alegações finais

"Meritíssimo", Afrodite diz de seu novo assento perto da lareira, onde esticou as pernas diante das brasas, "a defesa encerra por aqui."

Ela é deslumbrante, pensa Hefesto.

"Podemos parar com essa bobagem de tribunal?", retruca Ares. "Isso não é e nunca foi um julgamento."

Apolo toca um estribilho no piano. "Frog Legs Rag", de James Sylvester Scott.* "Até parece. Você foi o único a ser julgado, Guerra. E foi condenado por ser um idiota de marca maior. Sabia?"

Hefesto encara Afrodite.

"Tudo de ruim que aconteceu nessas duas histórias foi obra sua", diz Apolo. "As perdas de Colette. Os traumas de James. Os ferimentos de Hazel. Até mesmo as injustiças que Aubrey tem que aturar remontam à guerra." Ele franze o cenho. "Mesmo que seja por meio da intolerância, do preconceito, da escravidão e do ódio... É tudo obra sua."

Ares permanece majestoso, apesar da malha dourada que o envolve. "Ele está certo, deusa?", indaga. "Você estava pregando uma peça em mim?"

Afrodite sorri. "É uma teoria interessante, Apolo. Não se iluda, Ares. Nem tudo foi sobre você, ainda que Zeus saiba que houve um dedo seu em muitas coisas."

O alívio de Ares rapidamente se transforma em aborrecimento. "Olha, só me deixem sair daqui, que tal?"

* Compositor e pianista estadunidense conhecido por suas contribuições significativas para o ragtime no início do século xx. (N. T.)

“Como vou saber que você não vai arrancar minha cabeça quando for liberto?”, pergunta Hefesto.

A voz de Hades reverbera com a autoridade do soberano do Submundo. “Ares vai se comportar”, diz. “Do contrário, teremos uma conversinha.”

Hefesto abre a rede. De punhos cerrados, seu irmão se desvencilha da malha. Veias ondulam em seu torso à medida que seus poderes desenfreados retornam. Ele respira fundo.

“Bem, então vou indo”, diz Ares. “Mas antes...” Ele hesita e se vira para Afrodite. “Sua história, deusa. O que aconteceu depois que a guerra terminou?”

Ela não entende de primeira. “Depois?”

“Com James e Hazel.” Ele dá de ombros como se não se importasse muito. “Com Aubrey e Colette.”

“Como assim?”, indaga Afrodite. “Eles se casaram, é claro.”

“Ambos os casais”, complementa Apolo, “foram felizes para sempre.”

“Bem”, comenta Hades, “não sei se esse é o melhor jeito de dizer.”

Ares franze as sobrancelhas, confuso. “Por que não?”

“A vida nunca é assim”, explica Hades. “Há a guerra. Esta. A guerra que estamos vivendo agora. O estopim ocorreu bem quando os filhos de ambos os casais já podiam ser recrutados.”

“É mesmo?” Ares parece satisfeito. “Excelente. Duas gerações no campo de batalha. Vou ficar de olho neles.”

Hades percebe que Afrodite está tensa.

“Para onde vamos agora, Ares?”, pergunta ele.

O deus da guerra reflete. “Preciso visitar o Pacific Theatre”, diz. “Verifique os últimos desdobramentos. Meu docinho, estarei no Olimpo, esperando por você.”

“Vá com os deuses”, diz Afrodite, um pouco condescendente. Hades a olha com curiosidade.

Ares desaparece com um estrondo semelhante ao disparo de um canhão. Hefesto relaxa de forma quase imperceptível. Ele respira fundo, e parece ser a primeira vez em muito tempo que faz isso.

Afrodite se vira para as outras testemunhas. “Obrigada a ambos por estarem aqui nesta noite. E por tudo que fazem para aprimorar meu trabalho.”

Apolo faz uma mesura como se fosse um pianista ao fim de um concerto. “Às ordens, deusa. Não perderia um evento como esse nem que chovesse canivetes. O amor e a arte andam juntos como barítono e contralto, como pintura e tela, como o nascer do sol e um céu ardente. Sempre que quiser contar uma história, providenciarei a trilha sonora."

Afrodite manda um beijo para ele. "Obrigada, Apolo." Ela acena na direção da janela. "O sol já vai nascer. Não se atrase."

"Sabe, deusa", diz Apolo, enfiando os pés argilosos nas pontas das asas marrons e brancas, "acho que deveríamos trabalhar juntos. Criar um musical na Broadway, quem sabe."

Hefesto se volta para a esposa. "Eu apoio."

Afrodite fica sem jeito. "Eu... hmm..."

"Vamos conversando", diz Apolo. "Podemos trocar ideias durante o almoço um dia desses." Ele dá uma piscadela para os dois. "Vejo vocês em breve." Com um clarão do nascer do sol, ele vai embora.

Hades se levanta e desmaterializa sua poltrona de aparência severa, que desaparece com um *puf*.

"Você me deixou na dúvida, senhora Afrodite", diz Hades. "Fiquei pensando se eu próprio não estava em julgamento."

Afrodite fica de joelhos e lança um olhar de desalento para ele. "Então eu falhei, meu senhor Hades, ao demonstrar minha gratidão. Você é minha coroa e minha glória."

Hefesto fica surpreso ao ver os olhos de Hades marejados.

"Minha arte é só um monte de rabiscos", murmura ela. "Mas você a transforma em uma das maravilhas do mundo."

Hades se curva à deusa do amor. "Por palavras tão graciosas," diz ele, "eu lhe darei uma bênção, se é que posso concedê-la. O que deseja?"

Afrodite retorce as mãos, ansiosa. "Se for do seu agrado, cuide dos filhos deles nesta guerra. Os filhos de James e Hazel. De Colette e Aubrey. Faça com que eles voltem para casa em segurança. Eu imploro."

Hades assente. "Se as Moiras permitirem, farei isso." Ele franze as sobrancelhas. "Se as Moiras não permitirem, conversarei com elas."

Hefesto até se preocuparia com as Moiras, se elas não fossem osso duro de roer.

"Vou prometer o seguinte", continua Hades. "Quando algum membro dessas famílias vir ao meu encontro, farei com que sua morte seja indolor. De um jeito ou de outro, vou mantê-los em segurança."

Ele desaparece, deixando marido e mulher sozinhos.

"Não foi o que você estava esperando?", pergunta Hefesto.

Ela olha para as brasas cintilantes. "É difícil conseguir exatamente o que se espera da Morte", reflete.

Hefesto ri. "Digo, pelo desfecho da sua história."

"Ah." Ela mira o fogo. "Isso ainda está em aberto."

Hefesto estica as pernas. Por mais divino que possa ser, ele sente dores e rigidez nos membros como qualquer mortal. E ele passou muito tempo sentado.

Por que ele fez tudo isso? O que esperava realizar? Tudo é tão constrangedor. É tão tolo pensar que, ao confrontar Afrodite e expor sua infidelidade, ele poderia mudar o rumo das coisas. Ele tinha enlouquecido? O que poderia ter acontecido com ele?

Ainda assim, aqui está ela, sentada ao lado dele. E durante sua longa história, sua postura em relação a Ares parece ter sido... O quê? Bem, com certeza não foi o que Hefesto esperava de uma deusa para com seu amante.

"Acho que você tem razão sobre os atletas olímpicos serem inadequados para o amor verdadeiro. Sobre a morte e a fragilidade serem essenciais", diz Hefesto.

Ela se aproxima do fogo. "Dizemos que um edifício é feito de tijolos, mas é a argamassa, ao preencher as rachaduras, que deixa tudo no lugar. Ela dá ao prédio a força necessária para que ele fique em pé."

"A cicatrização", diz ele, "que torna um osso quebrado mais duro, mais forte do que era antes." Hefesto, o único deus atirado do alto do Olimpo quando era criança e que caiu em um monte de terra qualquer, tem lugar de fala. Seus ossos são de ferro.

Afrodite apoia a cabeça em uma almofada.

Ele é um deus. Ele já a viu um trilhão de vezes. Mas sua beleza ainda consegue mexer com ele. Sempre consegue. E ela estar eternamente fora de alcance a torna ainda mais bela.

Ele foi derrotado. Seu ciúme e sua infantilidade foram expostos. Humilhado pela teia que ele mesmo teceu para vilipendiar sua esposa infiel.

E, apesar de tudo isso, ela ainda está ao seu lado.

Hefesto decide tentar mais uma vez.

"Você diz que a perfeição limita você", diz ele, "mas você não é tão perfeita como gosta de deixar transparecer."

Afrodite arqueia as sobrancelhas. "É mesmo?"

"Sim." Ele vira os ombros na direção ela. "Para começar, você tem um péssimo gosto para homens."

Um sorriso ameaça brotar nos lábios dela. "A qual deles você está se referindo?"

Ao idiota do meu irmão. "A todos eles", responde Hefesto. "Você fez uma seleção e tanto." Ele dá de ombros. "Você se casou comigo, e eu não sou grande coisa."

Ela olha para o corpo dele e o encara como se dissesse: "E daí?".

"Os mortais são seu ponto fraco", continua ele. "Você não esconde o jogo quanto se trata deles. Fica vulnerável a tudo. Não pense que gosto de dizer essas coisas, mas você já virou sinônimo para isso no Olimpo. Eles dizem que você fica investida demais nos mortais. Que é emocionada. Que isso mancha sua reputação e prejudica seu discernimento."

Ela fica zangada. "Quem é que diz essas coisas?"

"Ah, sabe como é." Ele dá de ombros. "As pessoas."

"Hermes", conclui ela. "Ele está precisando ouvir umas verdades."

A tentativa de Hefesto de reconquistar Afrodite está se tornando a última.

"O que quero dizer é que, se o amor exige certa fragilidade, você não deve se excluir da equação", diz Hefesto, engolindo em seco. "E você teria que procurar muito para encontrar um deus mais frágil e mais destroçado do que eu."

Ela olha para ele. Seu sorriso de Mona Lisa não revela nada.

"O que me diz, deusa?", pergunta Hefesto. "E quanto a mim?"

Ela abraça as próprias pernas languidamente. "Eu digo que já não era sem tempo."

DEZEMBRO DE 1942

Já não era sem tempo, segunda parte

Hefesto coça o cocuruto. “Como é?”

“Você não faz ideia.” A voz de Afrodite fica aguda para repreendê-lo. “Estou há anos tentando fazer com que você me faça essa oferta. *Você.*”

Ele pisca, perplexo.

“Como sofri com aqueles encontros horríveis com seu irmão estúpido e arrogante.” Ela revira os olhos. “Certificando-me de posar estrategicamente para a câmera de Hermes. *Argh.*”

Hefesto fica com a impressão de que o quarto começou a girar.

Afrodite se espreguiça diante da lareira. “Ele é tão *chato*”, reclama. “Quase comecei a roer as unhas. E eu *jamais* faria uma coisa dessas.”

“Você... me... queria?”

“Você nunca me quis”, rebate Afrodite. “Você é o único deus que não me quis. Então Zeus me colou a você como um selo postal. E você aceitou. Mas só porque precisava fazer isso. Não porque você havia me escolhido. Logo você! O único deus que tem o mínimo de cérebro e só um pouquinho de ego olímpico.”

“O mínimo de cérebro?”, repete Hefesto. “Só um pouquinho de...”

“Mas você se ressentiu de mim”, fala Afrodite. “Eu era o lembrete vergonhoso de que você era... O quê? O gesto de caridade do Olimpo? Você tinha certeza de que eu nunca poderia me apaixonar por você. Então você me rejeitou.”

“Como pode dizer uma coisa dessas?”, ruge ele. “Tudo que eu queria...”

“Você estava disposto a ter uma esposa”, prossegue ela, “mas só se Zeus o obrigasse a se casar. Mas você nunca fez questão de me conhecer.”

Ela coloca mais lenha na lareira. "Você faz ideia do quanto me esforcei para garantir que você ficasse sabendo que Ares e eu estaríamos aqui? Passei meses arquitetando seu pequeno tribunal."

Hefesto se pergunta se está sonhando. Alucinando. Enlouquecendo.

"Meses arquitetando?", ecoa ele. "*Eu* que planejei tudo isso."

Ela dá um tapinha no joelho dele. "É claro que planejou, querido."

Hefesto desvia o olhar. Ele não sabe se ri ou se quebra um janela.

"Então quem esteve em julgamento o tempo todo fui eu", ele diz lentamente. "Em julgamento por ser incapaz de amar."

"Não, seu idiota", responde Afrodite, exasperada. "Você foi acusado de ser *capaz* de amar. E de ser amado. Se pelo menos tivesse se dado ao trabalho de olhar para mim e me conhecer."

O deus do fogo flexiona os dedos tensionados. Nada faz sentido. Tudo não passa de um sonho estranho. Não pode ser.

"Você não faz ideia do quanto eu olho para você, deusa", diz ele. "Eu fico tentando me convencer de que posso parar de admirá-la quando quiser, mas..."

Ela se levanta, furiosa, e os lustres começam a tremer. "Então por que nunca enxergou a verdade? Eu venho tentando lhe contar há muito tempo. Se você tentasse, poderia me conhecer. Se você deixasse, eu poderia te amar."

Nem mesmo Poseidon, deus dos terremotos, poderia fazer com que Hefesto se sentisse mais cambaleante.

O espelho atrás de Afrodite reflete sua cabeça calva, sua barba eriçada, sua postura torta, suas mãos nodosas, chamuscadas e marcadas por uma eternidade de uso na forja vulcânica.

"Você se sentiria melhor", pergunta ela, "se eu alterasse minha aparência? Se eu tivesse um rosto um pouco mais, digamos, mediano?"

Hefesto engole em seco. "Não tem problema. Precisamos ser autênticos um com o outro."

Afrodite bufa. Ela cobre o rosto com a mão e dá uma risadinha. Apesar de tudo, Hefesto também começa a rir.

A crise de riso acaba minguando. Depois de tudo que foi dito, Hefesto está em frangalhos e se sentindo tímido ao lado da esposa. O casamento era mais simples quando o grande plano era capturá-la em uma rede.

"Então foi tudo obra sua."

"Você mesmo disse que eu sou ótima no que faço."

Hefesto balança a cabeça. "Ainda não entendi como flagrar vocês dois juntos iria..."

"Eu precisava mostrar o amor a você", explica ela. "A reação de vocês revelaria a qualquer pessoa com o mínimo de bom senso qual dos dois tem um coração amoroso."

"O mínimo de bom senso", repete Hefesto.

A luz rosa e dourada do sol irrompe da fresta da cortina. A longa história não impediu Apolo de criar outro amanhecer digno de nota. Feito sob medida, pensa Hefesto, para um casal apaixonado. Ele espera que em algum lugar os Alderidge e os Edwards também estejam admirando o céu.

"O que acontece a seguir?", quer saber ele.

Afrodite dá uma piscadela que seria capaz de deslumbrar um exército inteiro.

"Podemos nos encontrar algum dia de manhã", sugere ela, "para tomar chá e comer bolo de limão."

Hefesto se levanta e estende a mão. Afrodite aceita o convite e fica de pé.

Agora? Hefesto está na dúvida. Será que *agora* é a melhor hora? Faz muito, muito tempo que ele tem esperado por este momento.

Afrodite o ajuda. É o que ela faz de melhor. Ela é famosa por isso.

Beijos acontecem aos montes todos os dias, mesmo em um mundo solitário como o nosso.

Mas este é um beijo para ficar na história.

FRANCE
GUERRA,
ADORÁVEL
GUERRA
DARKSIDE

NOTA HISTÓRICA

Guerra, Adorável Guerra é uma obra de ficção, mas vários personagens são pessoas reais, e a cronologia de acontecimentos da Primeira Guerra Mundial é verídica. Os soldados e os sargentos da Força Expedicionária Britânica são fictícios, mas seus superiores são reais. Para saber mais sobre o que aconteceu com o 5º Exército, leia *The Fifth Army in March 1918*, de Walter Shaw Sparrow.

James Reese Europe, compositor e maestro da Orquestra Clef Club e tenente da Banda Militar da Guarda Nacional do Exército, 15º Regimento de Infantaria de Nova York (que depois viria a se tornar a 369ª Infantaria dos Estados Unidos), com o auxílio de outros maestros de bandas negras do exército, alimentou o amor da França pelo jazz. Durante sua estadia em Aix-les-Bains, ele brincou sobre passar noites em claro para copiar "três milhões de notas" enquanto transcrevia partituras. (Achei que seria divertido inserir Aubrey como seu ajudante não creditado.)

Europe ascendeu junto de Vernon e de Irene Castle, dupla de dança branca famosíssima dos anos anteriores à guerra. Eles dançaram ao som da música de Jim Europe, usando versões de danças afro-americanas que ele lhes ensinara. Eles foram fenômenos globais, criadores de tendências e ícones de estilo, ajudando a trazer a música e a dança afro-americanas para o *mainstream* mundial.

A energia criativa e o talento ilimitados do maestro certamente teriam feito com que James Reese Europe se tornasse um nome muito conhecido. Infelizmente, sua vida foi tragicamente ceifada no dia 9 de maio de 1919, quando um percussionista insatisfeito, provavelmente com neurose de guerra, o atacou. Para saber mais sobre sua notável vida, sua liderança e sua música, recomendo o livro *A Life in Ragtime: A Biography of James Reese Europe*, de Reid Badger.

Hamilton Fish III, capitão da Companhia K, foi uma estrela do futebol americano de Harvard e filho de uma família abastada fortemente enraizada na história e na política americanas. Após a Grande Guerra, Hamilton Fish III foi eleito para a Câmara dos Representantes dos Estados Unidos, onde serviu durante décadas como um firme defensor dos veteranos, dos soldados e da paz.

Usei os nomes verdadeiros de vários membros da banda militar, incluindo Pinkhead Parker (saxofonista), Alex Jackson (tubista) e Luckey Roberts (pianista). Jesús Hernandez (clarinetista) foi um dos vários músicos de sopro de Porto Rico recrutados por Jim Europe para completar sua orquestra. Noble Sissle (tambor-mor, vocalista) passou a liderar uma banda. Seu talento e seu charme foram registrados em imagens disponíveis on-line. Sissle foi um dos amigos mais próximos de Europe, assim como o lendário compositor de piano de jazz e ragtime, Eubie Blake. (Blake afirma que foi Europe quem cunhou o termo "show" para descrever um evento para o qual um músico é contratado para se apresentar.)

Todos os acontecimentos envolvendo a Orquestra Clef Club e os Harlem Hellfighters foram extraídos de fontes históricas, incluindo o "concerto de música negra" no Carnegie Hall e o desfile da vitória na Quinta Avenida. Os relatos de racismo no acampamento Dix e no acampamento Wadsworth, assim como em Saint-Nazaire e em Aix-les-Bains, foram retirados de registros históricos. (Em relação ao Carnegie Hall, algumas fontes que consultei me disseram que dez pianos verticais foram usados na orquestra. Outras alegam que foram catorze. Optei pelo número menor, embora este possa ser o único livro impresso que afirma que dez pianos em um palco são "o número menor".)

Militares negros na Grande Guerra

A participação dos Estados Unidos no último ano da Primeira Guerra Mundial é uma história de sacrifício, de valor e de honra. Mas não é uma história de heroísmo branco. A verdade lamentável de como os militares negros que arriscaram tudo pelo seu país foram vítimas de ataques ódio, traição e violência *de seus próprios compatriotas* é uma parte importantíssima da história.

A 369ª Infantaria dos Estados Unidos não foi o único regimento negro a entrar em combate na Grande Guerra. Dos quase 400 mil soldados negros americanos que serviram, 200 mil foram enviados para a Europa e, deles, aproximadamente 42 mil lutaram. Os demais trabalhavam como estivadores, coveiros, construtores de estradas e ferrovias e outros trabalhos pesados no ramo militar conhecido como Serviço de Abastecimento. Os soldados negros do SDA foram cruelmente maltratados, trabalharam de manhã à noite, sete dias por semana, muitas vezes recebendo o mínimo de comida, roupa ou alojamento. Enfrentaram brutalidade, humilhação e lembretes violentos de que deveriam se curvar a uma suposta supremacia branca e que restaurantes, lojas, vagões de trem e, acima de tudo, a sociedade branca, principalmente as mulheres brancas, eram zona proibida. Um soldado do SDA chegou a descrever o tratamento recebido como sendo "nos moldes da escravidão".*

* Lentz-Smith, *Freedom Struggles*, página 94 (Nota do original, de agora em diante N. O.)

A longa noite escura

Com o estopim da Grande Guerra, a supremacia branca nos Estados Unidos estava no seu apogeu pós-Guerra Civil. O país, marcado pelo amargor e pelas divisões da Guerra Civil, estava cansado da rivalidade entre Norte e Sul. As oportunidades políticas, econômicas e culturais possíveis que colocariam um ponto final na ruptura entre os dois extremos eram tentadoras demais para serem ignoradas. A segregação racial, fosse avidamente adotada ou silenciosamente ignorada, havia se tornado o compromisso que lubrificou a reunificação nacional dos interesses políticos e econômicos do Norte e do Sul — à custa dos direitos legais, civis e humanos da população negra.

Os ativistas negros descreveram o período entre 1890 e a Grande Guerra como "a longa noite escura". Com a decisão de 1896 no caso Plessy v. Ferguson, que legalizou a doutrina jurídica de "separados, mas iguais", a segregação racial, agora legalmente abençoada, logo se infiltrou na vida estadunidense. Escolas, trens, ônibus, restaurantes, teatros, locais de trabalho, igrejas e espaços cívicos foram segregados em ambos os lados da linha Mason-Dixon.

A supremacia branca não era uma visão limitada de alguns gatos pingados; era onipresente, consagrada na Casa Branca com a eleição de Woodrow Wilson em 1912, o primeiro democrata do Sul eleito desde James Polk, mais de sessenta anos antes. Como presidente de Princeton, Wilson vetou as inscrições de negros para a universidade. Como presidente dos Estados Unidos, Wilson equipou sua administração com democratas do Sul que demitiram e rebaixaram trabalhadores negros, segregando o serviço postal e o Departamento do Tesouro. Essas políticas fizeram com que leis de segregação habitacional fossem aprovadas nas legislaturas estaduais do Sul.

A supremacia branca baseava-se — e ainda se baseia — na ganância, sobretudo no desejo de enriquecer com mão de obra gratuita ou barata e com recursos roubados, ou de reduzir a competição por empregos e privilégios, suprimindo a elegibilidade de outros grupos; no medo de ver o poder político negro nas urnas; no receio de ver a força da resistência negra armada; e principalmente no pânico de contaminar a "pureza" da raça branca com crianças birraciais. Baseava-se, portanto, além do sexo, em dólares, leis, votos e armas. Os negros "depravados" tinham que ser mantidos longe das mulheres brancas e de situações que colocassem seu intelecto, capacidade, caráter, força, determinação, bravura e ambição em evidência.

E existe jeito melhor de expor essas qualidades formidáveis do que através do serviço militar? Os negros estadunidenses, ávidos por provar que um país negro poderia produzir cidadãos e soldados exemplares, acorreram à Grande Guerra, encarando-a como uma grande oportunidade. Em contrapartida, o país supremacista branco — os Estados Unidos que controlavam as rédeas do poder político — via os homens negros armados e treinados em combate como seu pior pesadelo.

Exportando Jim Crow

Foi com alarme que os militares supremacistas brancos acompanharam os franceses relativamente igualitários acolherem os soldados negros como companheiros de luta, temendo que isso os "mimasse" e desestabilizasse ainda mais a "questão racial" dos Estados Unidos. O exército dos EUA proibiu os soldados negros de interagirem com mulheres brancas no exterior, mas elas os acolheram bem.

Desesperados, os oficiais do exército dos EUA induziram seus homólogos franceses a distribuir um memorando aos oficiais militares franceses intitulado "Informações Secretas Sobre as Tropas Negras Americanas". W. E. B. du Bois o publicou na *Crisis Magazine*, periódico da Associação Nacional para o Avanço das Pessoas Negras, em 1919. Alguns exemplos do conteúdo:

> [...] o público francês habituou-se a tratar o negro com familiaridade e tolerância.
>
> Americanos [...] temem que o contato com os franceses suscite nos negros americanos aspirações que, para eles [os brancos], podem parecer intoleráveis [...]

> Embora seja um cidadão dos Estados Unidos, o homem negro é considerado pelo americano branco como um ser inferior com quem só são possíveis relações de negócios ou de serviços. O negro é constantemente censurado por sua falta de inteligência...
>
> Os vícios do negro são uma ameaça constante para o americano, que deve reprimi-los severamente. Por exemplo, as tropas negras americanas na França deram origem a tantas queixas por tentativa de estupro quanto todo o resto do exército...*

As acusações caluniosas sobre estupro eram falsas.

Quando o alto comando militar francês tomou conhecimento do memorando, ordenaram que ele fosse recolhido e queimado. No fim da guerra, o exército francês homenageou as contribuições dos militares negros estadunidenses, incluindo os feitos da 369ª Infantaria dos Estados Unidos.

As boas-vindas dos heróis

Em 1918, quando a guerra terminou e os militares negros voltaram para casa, seu orgulho, sua autoestima e sua confiança enfureceram os supremacistas brancos do Sul. Os linchamentos aumentaram no ano seguinte. Veteranos negros da Grande Guerra eram alvos comuns, e muitos foram espancados, ameaçados e maltratados. Alguns foram agredidos apenas por usarem uniformes em público.

* Extraído de "Secret Information Concerning Black Troops", datado de 7 de agosto de 1918 e reimpresso na *Crisis Magazine*, na edição de maio de 1919, volume 18, número 1 (número inteiro 103). Editado por William Edward Burghardt du Bois. The Crisis Publishing Company, uma publicação da Associação Nacional para o Avanço das Pessoas Negras. (N. O.)

A situação não melhorou para a maioria dos negros estadunidenses que serviram; para muitos, a represália agressiva se tornou insuportável. A diferença é que os militares negros que haviam retornado da guerra não eram mais sonhadores. Eles voltaram confiantes, irritados e determinados, prontos para organizar e exigir direitos legais e cívicos. Quando a Segunda Guerra Mundial começou, 25 anos depois, um milhão de soldados negros serviram. Vinte e cinco anos após o fim da Segunda Guerra Mundial, a Lei dos Direitos Civis de 1964, a Lei dos Direitos de Voto de 1965 e a Lei dos Direitos Civis de 1968, conhecida como Lei da Habitação Justa, haviam sido aprovadas. Lutar pela liberdade apesar da violência e da opressão se tornou parte do contexto geracional a partir do qual surgiram heróis dos direitos civis.

Para saber mais sobre militares negros durante e depois da guerra, eu recomendo o extraordinário livro *Freedom Struggles: African Americans and World War I*, de Adriane Lentz-Smith. Para um estudo mais detalhado sobre os Harlem Hellfighters, leia *A More Unbending Battle: The Harlem Hellfighters' Struggle for Freedom in WWI and Equality at Home*, de Peter N. Nelson, e *Harlem's Hell Fighters: The African-American 369th Infantry in World War I*, por Stephen L. Harris.

O documentário *Men of Bronze: The Black American Heroes of World War I*, lançado em 1977 e dirigido por William Miles, que na época era o historiador oficial da 369ª Infantaria dos Estados Unidos, apresenta imagens originais dos Harlem Hellfighters e entrevistas com o capitão Hamilton Fish III e outros sobreviventes do regimento. Os assassinatos em Saint-Nazaire de homens da 15ª Guarda Nacional de Nova York (assim chamada na época) por fuzileiros navais, seguidos de assassinatos retaliatórios, são descritos nessas entrevistas.

Muitos relatos narram a realidade brutal de como os negros estadunidenses, tanto do Norte quanto do Sul, foram tratados pelos brancos durante a primeira metade do século XX. *Black Boy: A Record of Childhood and Youth*, a autobiografia de Richard Wright (que também escreveu *Native Son*), é um relato fascinante sobre o ódio racial durante os anos de guerra e as décadas subsequentes.

As mulheres na Primeira Guerra Mundial

A Grande Guerra causou um impacto reverberante nas mulheres, sobretudo no Reino Unido, onde um grande percentual de homens se engajou com a guerra. Antes do conflito, leis e mentalidades rigorosas mantiveram as mulheres das classes média e alta britânicas em esferas restritas, especialmente domésticas. As mulheres da classe trabalhadora atuavam principalmente como empregadas domésticas, ganhando salários baixos. Algumas trabalhavam sob condições deploráveis em fábricas, recebendo salários insuficientes para manter as contas em dia.

Quando a guerra eclodiu na Europa, milhões de homens britânicos migraram para outro continente. Com isso, todos os setores passaram a enfrentar uma terrível crise laboral: agricultura, pregação, ensino, trabalho administrativo, entretenimento, atletas profissionais, manufatura, medicina, transporte e muito mais. De repente, as mulheres operavam trens, dirigiam caminhões e ambulâncias, trabalhavam em fábricas, auxiliavam em hospitais e até realizavam cirurgias. Mulheres de todos os níveis socioeconômicos se voluntariaram para "fazer sua parte". Mulheres abonadas organizaram instituições de caridade e organizações humanitárias para auxiliar os refugiados belgas e os feridos de guerra, assim como viúvas e órfãos. Elas abriram hospitais e contrataram médicas e enfermeiras para atendê-los. Mulheres jovens juntaram-se à força terrestre e mudaram-se para o campo, para cultivar alimentos necessários. A Cruz Vermelha empregou milhares de enfermeiras e auxiliares de enfermagem. A Associação Cristã de Moços (ACM) recrutou voluntárias e secretárias para as cabanas de recreação. Milhares de mulheres abandonaram a servidão doméstica e assumiram empregos de produção de guerra com melhores salários nas fábricas, produzindo milhões de projéteis de artilharia. Se quiser ler um relato envolvente, delicado e, por vezes, divertido sobre como as mulheres se dedicaram ao lema "fazer sua parte" em todos os aspectos da vida britânica, recomendo o livro *Fighting on the Home Front: The Legacy of Women in World War One*, de Kate Adie.

Boa parte da sociedade ficou horrorizada ao ver mulheres no local de trabalho, expostas à corrupção do mundo. Uma fatia mais conservadora afirmou que a situação "anormal" seria temporária; assim que a guerra terminasse, as mulheres abandonariam seus empregos e regressariam à vida doméstica, cedendo seus cargos aos homens. Em grande medida, isso foi o que aconteceu.

Contudo, a capacidade das mulheres foi comprovada, expondo a falácia da crença de que as mulheres eram frágeis, emotivas ou ineptas para a vida política. Quando a guerra terminou, o parlamento britânico aprovou a Lei de Representação do Povo de 1918, concedendo sufrágio, ou seja, direitos de voto, a todos os homens, independentemente da propriedade, e a todas as mulheres com mais de 30 anos, com requisitos mínimos de propriedade. Em 1920, a Décima Nona Emenda à Constituição dos Estados Unidos atribuiu o direito de voto às mulheres estadunidenses. Em 1928, o parlamento estendeu a Lei da Representação do Povo, concedendo sufrágio a todas as mulheres com mais de 21 anos, o que as deixou em pé de igualdade com os homens. (A França concedeu o direito de voto às mulheres em 1944, quando a Segunda Guerra Mundial estava prestes a acabar.)

Caso queira ler o relato comovente de uma jovem enfermeira de guerra que se tornou ativista pela paz e pelos direitos das mulheres, recomendo *Testament of Youth*, de Vera Brittain. Este amado livro de memórias é um dos melhores relatos de mulheres na Primeira Guerra Mundial. Em 2014, a BBC e a Heyday Films lançaram uma adaptação cinematográfica. Estrelado por Alicia Vikander e Kit Harington, o filme honra a essência do livro com muita sensibilidade.

Muitas mulheres estadunidenses também se voluntariaram, incluindo mulheres afro-americanas. *Two Colored Women with the American Expeditionary Forces*, de Addie W. Hunton e Kathryn Magnolia Johnson, traz uma visão contundente sobre o trabalho inspirador e o racismo enfrentado pelas mulheres que atuaram como voluntárias da ACM na "cabana dos negros" no acampamento Lusitânia, em Saint-Nazaire.

O impacto da Primeira Guerra Mundial

A Primeira Guerra Mundial foi o primeiro confronto a usar aeronaves para vigilância e combate de forma expressiva. Também foi a primeira guerra em que submarinos foram usados com grande eficácia. Os tanques foram inventados durante a Grande Guerra — um projeto dirigido por Winston Churchill — na esperança de ultrapassar as crateras e o arame farpado da terra de ninguém para adentrar o território inimigo. Por terra, por mar e por ar, um novo sistema de guerra foi conduzido, com canhões capazes de bombardear alvos a dezenas de quilômetros de distância. Embora as armas nucleares e os mísseis inteligentes ainda não tivessem sido inventados, a Primeira Guerra Mundial nos deu o conceito e a prática de guerra que permanece em vigor até hoje.

Avanços médicos surgiram a partir do tratamento de milhões de pessoas. As armas modernas criaram lesões grotescas e debilitantes, mas inovações em próteses e em cirurgia reconstrutiva proporcionaram um aumento na qualidade de vida para muita gente. Máscaras faciais, ainda que de aparência estranha, escondiam lesões horríveis e devolviam dignidade e privacidade para aqueles que as usavam.

Lesões com menos probabilidade de serem observadas, mas não menos incapacitantes, eram as mentais e as emocionais. Foi só no decorrer da guerra que o impacto cerebral das explosões próximas foi mais bem compreendido. Demorou ainda mais para que a destruição psicológica da guerra de trincheiras fosse encarada como um ferimento de guerra e não como mera covardia ou fraqueza. As manifestações de neurose de guerra variavam entre tremores incontroláveis, recusa em retornar ao combate, comportamentos erráticos e violentos, suicídio, pesadelos, gritos, depressão e ansiedade. Hospitais como o Maudsley surgiram em grande número e expandiram suas instalações de saúde mental, projetando-as tendo em vista o conforto, os tratamentos, a reabilitação e a gestão de medicamentos. Paredes cor-de-rosa e tratamento amigável e alegre foram grandes inovações da época. Embora o mundo tivesse, e ainda tenha, um longo caminho a percorrer para compreender, tratar e quebrar o estigma de doenças mentais, é inspirador ver os avanços obtidos a partir da compaixão por aqueles que sofreram de maneiras que, não muito antes, teriam sido rotuladas como covardia e comportamento afeminado.

Uma guerra dos velhos contra os jovens

Os homens mais velhos tomaram as decisões que levaram o mundo à guerra no verão de 1914, mas foram principalmente os jovens que suportaram as consequências do conflito. Inúmeros jovens mentiram sobre sua idade e se alistaram ainda adolescentes.

Ao longo da guerra, os soldados que viram vidas sendo desperdiçadas na carnificina fútil e interminável, sem nenhum ganho perceptível, ficaram cada vez mais desiludidos com os líderes de meia-idade que derramaram sangue jovem da segurança de suas cadeiras com respaldo de couro. A disparidade entre o sangue e a sujeira das trincheiras e a imagem de honra heroica evocada pela propaganda de guerra causou uma crise de fé — de cunho religioso e patriótico — em milhões de pessoas.

Poetas e artistas nas trincheiras usaram a arte para criticar a guerra aparentemente travada pelos velhos sobre os jovens. As obras de Wilfred Owen, Siegfried Sassoon, Robert Graves, Ivor Gurney, Alan Seeger e Edward Thomas, e até mesmo a poesia idealista do início da guerra de Rupert Brooke, servem como memoriais à juventude e à inocência perdidas para sempre, ao lado de obras de escritores e poetas conhecidos como Thomas Hardy, Ezra Pound, Rudyard Kipling, William Butler Yeats, Carl Sandburg, Ernest Hemingway e Gertrude Stein. Mulheres que trabalharam na linha de frente, entre elas Vera Brittain, autora de *Testament of Youth*, contribuíram com obras poéticas impressionantes para o cânone da guerra. O portal *Poetry Foundation* organizou uma seleta extraordinária de poesias da Primeira Guerra Mundial em seu *website*. É genial, amargo e comovente.

Para livros de memórias e relatos fictícios de como foi a vida na linha de frente, recomendo os clássicos perenes *All Quiet on the Western Front*, de Erich Maria Remarque, e *Goodbye to All That*, de Robert Graves.

Não é fácil apurar as causas e as afrontas que fizeram com que o mundo iniciasse uma guerra tão desoladora; talvez seja por isso que a Primeira Guerra Mundial seja menos compreendida do que a Segunda. Para entender como nos metemos em tamanha confusão global, recomendo as aclamadas obras *The Guns of August*, de Barbara W. Tuchman, e *The War That Ended Peace*, de Margaret MacMillan.

In memoriam

O trabalho de pesquisa durante a escrita de *Guerra, Adorável Guerra* me fez amar esses soldados, esses Tommys e *poilus* e *doughboys* e *anzacs* e Jerrys que lutaram e morreram na Frente Ocidental porque não tinham escolha. Mas foi só quando viajei para a França e para a Bélgica, só quando visitei trincheiras preservadas e túneis subterrâneos, crateras, monumentos de tirar o fôlego, museus de guerra e fileira após fileira de lápides imaculadas — que provaram como a Europa valoriza sua memória — que comecei a vislumbrar o custo verdadeiro da Grande Guerra. Nunca vi nada assim. Sepulturas cuidadosamente marcadas com "Soldado galês, conhecido somente por Deus" partiram meu coração.

Um tema frequente nos escritos dos soldados era como a natureza, apesar da desolação nos campos de batalha e nas trincheiras, conseguia pintar o céu com um pôr do sol glorioso ou criar uma manhã agradável com o frescor do orvalho e o canto dos pássaros. Apesar do horror e do desespero, a Grande Guerra descortinou o valor da vida ao enfatizar sua brevidade, revelando que o lar, a liberdade, a segurança, a família, a beleza e o amor são valiosíssimos.

Muitos nunca retornaram da guerra. Outros retornaram, mas nunca mais foram os mesmos. Outros ainda voltaram e tiveram que enfrentar o preconceito e o ódio que a história ainda não aprendeu a deixar no passado. Eles pagaram um preço.

Seus filhos pagaram um preço semelhante na guerra global que se seguiu. Temos uma grande dívida para com eles.

Como teria sido o século XX se um jovem de 19 anos chamado Gavrilo Princip não tivesse conseguido assassinar o arquiduque Franz Ferdinand, líder do Império Austro-Húngaro, em um desfile em Sarajevo em junho de 1914? É possível que alguma outra faísca tivesse acendido o mesmo fusível. Talvez não. Não temos como saber.

Mas podemos escolher usar quaisquer meios que estejam ao nosso alcance para sermos agentes de cura, de esperança, de justiça, de fartura e, acima de tudo, de paz.

FRANCE
GUERRA,
ADORÁVEL
GUERRA
DARKSIDE

Bibliografia selecionada

Os títulos marcados com asterisco já foram publicados no Brasil até a data desta edição.

Adie, Kate. *Fighting on the Home Front: The Legacy of Women in World War One.* London: Hodder & Stoughton, 2013.

Badger, Reid. *A Life in Ragtime: A Biography of James Reese Europe*. New York: Oxford University Press, 1995.

Brittain, Vera. *Testament of Youth: An Autobiographical Study of the Years 1900-1925.* New York: Penguin Books, 2005. Publicado originalmente na Grã-Bretanha em 1933 pela Victor Gollancz Limited.

Graves, Robert. *Good-bye to All That: An Autobiography*. London: Penguin Books, 2008. Publicado originalmente no Reino Unido em 1929 pela Anchor.

Harris, Stephen L. *Harlem's Hell Fighters: The African-American 369th Infantry in World War I.* Washington, DC: Potomac Books Inc., 2003.

Hunton, Addie W., and Kathryn Magnolia Johnson. *Two Colored Women with the American Expeditionary Forces*. Brooklyn: Brooklyn Eagle Press, 1920.

Lentz-Smith, Adriane. *Freedom Struggles: African Americans and World War I*. Cambridge: Harvard University Press, 2009.

* MacMillan, Margaret. *The War That Ended Peace: The Road to 1914*. New York: Random House, 2013.

Miles, William (diretor). *Men of Bronze: The Black American Heroes of World War I*. 1977.

Nelson, Peter N. *A More Unbending Battle: The Harlem Hellfighters' Struggle for Freedom in WWI and Equality at Home*. New York: Basic Civitas, parte do Perseus Books Group, 2009.

* Remarque, Erich Maria. *All Quiet on the Western Front*. Toronto: Little, Brown & Company, 1929.

Sparrow, Walter Shaw. *The Fifth Army in March 1918*. London: John Lane, 1921.

Tuchman, Barbara W. *The Guns of August: The Outbreak of World War I*. New York: Random House, 2014. Publicado originalmente em 1962 pela Macmillan.

Wright, Richard. *Black Boy (American Hunger): A Record of Childhood and Youth*. New York: Harper Perennial, 2006. Publicado originalmente em 1945 pela Harper & Brothers.

Agradecimentos

A guerra que acabaria com todas as guerras não atendeu às expectativas. Ela não terminou em um mês. Não acabou no Natal. Não foi gloriosa e sem dúvida não impediu guerras futuras.

Aqueles que me apoiaram durante a escrita deste livro, no entanto, superaram todas as expectativas.

Meu primeiro rascunho deveria ter ficado pronto no Natal. Não ficou. Mas, quando ele finalmente nasceu, minha editora, Kendra Levin, escalou destemidamente a platibanda para a terra de ninguém daqueles primeiros rascunhos, várias e várias vezes. Deveria haver uma Medalha Militar de Serviços Distintos por contribuições editoriais. Eu inclusive quero indicar Kendra para a Cruz Vitória.

Minha agente, Alyssa Henkin, e meu editor, Ken Wright, defenderam este projeto desde o início. Espero sempre estar à altura da fé que eles têm em mim.

Toda a equipe da Penguin Young Readers acolheu *Guerra, Adorável Guerra*. Regina Hayes e Dana Leydig deram palpites excelentes nos primeiros rascunhos. Eu não teria feito nada sem Janet Pascal. E deixo aqui meu mais profundo agradecimento a Kaitlin Severini, por seu empenho sempre tão cuidadoso. Kim Ryan fez com que meu trabalho percorresse o mundo. Marisa Russell traz visibilidade para o meu trabalho e Carmela Iaria se certifica de que ele vai parar nas mãos certas. Samira Iravani e Jim Hoover deixam meus livros lindos, e Jocelyn Schmidt e Jennifer Loja tornam tudo isso possível.

Tenho a sorte de ter leitores antigos e generosos que separaram um tempinho para o livro e para compartilhar suas ideias. Nancy Werlin, Debbie Kovacs, Kelly Anderson, Alison Brumwell, Kyle Hiller, Hannah Gómez, Herb Boyd e Luisa Perkins, muito obrigada por deixarem sua marca nesta história.

Rezei conforme escrevia cada página, e nunca me esqueci da força que me guiou para que eu chegasse até aqui. A ajuda divina deu vida a este projeto, que recebeu várias contribuições, incluindo as de Afrodite.

O ritmo e o processo de pesquisa e escrita de *Guerra, Adorável Guerra* foram intensos, e minha família teve que conviver com uma Julie que era presente, mas não muito. Eles tocaram suas vidas com alegria e me deram espaço para fazer o que eu precisava fazer, e comemorei cada marco com amor e *deliveries* de comida. Obrigada sobretudo a Daniel, por sempre acreditar. É a família Berry que traz esses livros ao mundo.

Na dianteira do exército Berry está meu glorioso Phil, meu amor e a inspiração para que eu escrevesse *Guerra, Adorável Guerra*.

JULIE BERRY é autora dos romances *The Passion of Dolssa*, finalista do Michael L. Printz Award e do Los Angeles Times Book Prize, e *All the Truth That's in Me*, finalista do Carnegie Medal e do Edgar Allan Poe Awards. Ela possui bacharelado em comunicação pelo Rensselaer Polytechnic Institute e mestrado em literatura infantil e juvenil pelo Vermont College of the Fine Arts. Mora no sul da Califórnia com sua família.

DARKLOVE.

My hand was the one you reached for
All throughout the Great War
Always remember
We're burned for better
I vowed I would always be yours
'Cause we survived the Great War

"THE GREAT WAR"

— TAYLOR SWIFT —

PLYMOUTH
& DOVER
ENGLISH CHANNEL
HAVRE
CAEN
BREST
LOIRE R.
F R A
ROCHELLE
AY OF
CAY
BORDEAUX
GARONNE R.
TOU
PYRENEES
AN MTS
SARAGOSSA